# RÓMULO G.

## *Doña Bárbara*

Rómulo Gallegos (1884–1969) fue un novelista y político venezolano que sirvió brevemente como el primer presidente elegido democráticamente de la nación. Después de publicar *Doña Bárbara,* se vio obligado a huir a España, pero regresó en 1936 para ocupar una variedad de cargos políticos. Fue forzado al exilio nuevamente por un golpe de estado en 1948, y regresó diez años después, en 1958.

# RODRIGO BLANCO CALDERÓN

Rodrigo Blanco Calderón (Caracas, Venezuela, 1981) es escritor, editor y profesor universitario. En 2007 fue incluido en el grupo Bogotá39, que reúne a los mejores narradores de América Latina de menos de treinta y nueve años. En 2013 fue "escritor invitado" en el International Writing Program de la Universidad de Iowa. Con su primera novela, *The Night,* ganó el Premio Paris Rive Gauche 2016, el Critics Award en Venezuela y el Premio Mario Vargas Llosa 2019. Actualmente vive en Málaga, España.

# DOÑA BÁRBARA

*Rómulo Gallegos*

Prólogo de Rodrigo Blanco Calderón

*Vintage Español*
*Una división de Penguin Random House LLC*
*Nueva York*

# *Doña Bárbara,* **de Rómulo Gallegos:**

## **Un blanco vuelo de garzas.**

I

El 15 de junio de 2016 una noticia impactó de forma particular a la ya de por sí convulsionada sociedad venezolana: las tumbas de Rómulo Gallegos y de su esposa, Teotiste Arocha, en el Cementerio General del Sur, en Caracas, habían sido profanadas. La denuncia la hizo a través de redes sociales una nieta del escritor. Al día siguiente, el Alcalde de Caracas y el Ministro de Cultura declararon que sí había habido actos de vandalismo contra el panteón de la familia, pero negaron lo relativo a la profanación de los restos. En los días siguientes, las denuncias de la nieta de Gallegos, así como de algunos políticos de la oposición, continuaron. El gobierno procedió a sellar de nuevo las tumbas y, de paso, la discusión.

La profanación de tumbas se ha convertido en una perversa costumbre en los últimos años en Venezuela. Se le atribuye a los llamados "paleros", quienes suelen utilizar huesos humanos en sus rituales de brujería. Para el año 2015 se calculaba que el cuarenta por ciento de las tumbas del viejo cementerio de Caracas ya habían sido profanadas por los adeptos a esta rama de la santería. Junto con el vodú haitiano y el candomblé brasileño, la santería es una de las tres religiones afroamericanas de nuestro continente. Fue traída desde la actual Nigeria por los esclavos africanos importados para trabajar en las plantaciones de azúcar durante el periodo colonial. Aunque la santería contaba con una presencia en Venezuela, experimentó una expansión considerable a partir de la llegada de Hugo Chávez al poder en enero de 1999. No solo por las creencias del fallecido y polémico expresidente venezolano, sino por los fuertes vínculos políticos, económicos, sociales y culturales que estableció con el gobierno de Cuba, país que históricamente ha sido el núcleo de la santería en el Caribe.

Que semejante destino le fuese deparado a su país y a sus propios restos y los de su amada Teotiste, ¿le hubiera parecido al autor de *Doña Bárbara* un exabrupto inimaginable o sería, más bien, la funesta confirmación de los males sobre los que tanto nos advirtió a lo largo de su vida?

La pregunta escapa del marco puramente nacional cuando vemos la ola de populismo que ha resurgido en estas primeras décadas del siglo XXI, tanto en el resto de América Latina como en los Estados Unidos y en Europa. Reconocemos allí el mismo elemento "bárbaro" que es el foco político y moral de la novela más célebre de Gallegos: el peligro que representan los caudillos para la estabilidad de las sociedades modernas. Bien como obstáculo que impide el desarrollo de estas, bien como regresión a etapas supuestamente superadas.

Fiel a la filosofía positivista en la que se forjó su visión del mundo, Rómulo Gallegos (1884–1969) se plantó ante la misma esfinge cuyo enigma había hipnotizado también al escritor argentino Domingo Faustino Sarmiento en *Facundo* hacia 1845: civilización o barbarie. No porque hubiera alguna duda en la escogencia, que siempre debía ser la civilización, sino porque la razón y la voluntad parecían ser un camino vedado de antemano en aquellas tierras exuberantes del Nuevo Mundo. ¿Por qué situar las acciones de *Doña Bárbara,* publicada en 1929, ante esa encrucijada planteada por Sarmiento casi noventa años antes? Quizás tenga que ver con lo que el historiador venezolano Mariano Picón Salas señaló una vez: que hasta la muerte del general Juan

Vicente Gómez el 17 de diciembre de 1935, Venezuela no entró de lleno al siglo XX.

Sin embargo, la frase de Picón Salas, aunque resulte atractiva, puede resultar engañosa. No solo porque el dúo "civilización y barbarie" es más una moneda que un cruce de caminos, como lo precisó Walter Benjamin en su *Tesis sobre la filosofía de la historia*, sino porque la larga dictadura de veintisiete años de Juan Vicente Gómez fue un periodo sanguinario, yermo y desolador de la historia venezolana, pero, al mismo tiempo, uno de los más luminosos en términos intelectuales.

El término "luminoso" aquí no es casual. Fue un joven Rómulo Gallegos, para entonces con veinticinco años, quien junto a otros escritores de su misma generación fundó la revista *La Alborada*, de breve existencia editorial pero cuya importancia han demostrado los años. Publicada entre los meses de enero y marzo de 1909, *La Alborada* surge en medio del entusiasmo provocado por el fin de la dictadura de Cipriano Castro (1899–1908), gracias al derrocamiento propiciado por quien había sido su hombre de confianza y compadre, Juan Vicente Gómez. El lema de la revista fue "Sustituir la noche por la Aurora".

No le tomaría mucho tiempo a Gómez deshacer las esperanzas de los "alborados", pues pronto instauraría la dictadura más longeva y sanguinaria que vivió Venezuela en toda su historia republicana. La persecución política, el encarcelamiento, la tortura y el asesinato fueron los destinos de quienes se opusieron al dictador. Los más cautos optaron por el silencio y los más afortunados recurrieron al amargo recurso del exilio.

El caso de Gallegos, en este sentido, tuvo una particularidad. Su exilio fue consecuencia de la resonancia de su novela *Doña Bárbara*, publicada el 15 de febrero de 1929 en la editorial Araluce, de Barcelona, España, con un éxito inmediato de crítica y de público. Se sabe que Juan Vicente Gómez era un aficionado al cine, hasta el punto de mandar a hacer las películas que quería ver. En cambio, era poco inclinado a la lectura y tenía una cohorte de aduladores que leía para él. Así, al oír de esa novela de la que todo el mundo estaba hablando, ordenó que le leyeran unos capítulos. La lectura se prolongó con el paso de las horas y cuenta la leyenda que incluso pidió que se encendieran las luces de los automóviles de sus ministros para iluminar el patio de su hacienda y continuar escuchando aquella historia de una cacica cuyos ensalmos, belleza y ambición eran motivo de temor y reverencia en los llanos de Apure.

Al contrario de lo que le sugirió algún intrigante palaciego, Gómez no percibió ninguna referencia velada a su persona y más bien disfrutó de esa historia que de manera tan magistral captaba la entraña de ese latifundio suyo llamado Venezuela. Como premio a la hazaña novelística, en 1931 Gómez decide nombrar a Rómulo Gallegos senador por el estado Apure. Poco después Gallegos viaja a Nueva York y desde allí, el 24 de junio, hace pública su carta de renuncia al cargo. Entonces comienza el exilio autoimpuesto y su participación activa como opositor de la dictadura gomecista.

Este primer exilio será particularmente provechoso para Gallegos, pues le permitirá completar, con *Cantaclaro* (1934) y *Canaima* (1935), el trío de novelas que, junto con *Doña Bárbara*, conforman la etapa más lograda de su narrativa.

## II

La experiencia que dio origen a *Doña Bárbara* ocurrió durante la Semana Santa de 1927, cuando Rómulo Gallegos fue por primera vez a la región conocida como el Cajón del Arauca. Específicamente, a un hato llamado La Candelaria. Llevaba el borrador de una difusa novela que se titularía *La Coronela*, cuyo escenario principal era el llano. En apenas esos pocos días descarta su proyecto inicial y se deja llevar por el entorno. Suspendida la escritura, se dedica a absorber las voces, el lenguaje, las faenas, los rituales, las creencias, los mitos, los rumores, los esplendores y las derrotas de esa región del país que, al igual que todo el territorio allende la capital caraqueña, permanecía desconocido, aislado e ignorado para los propios venezolanos.

En la llanura venezolana el escritor encontrará el doble tesoro de la Naturaleza apenas tocada por la civilización. Esas tierras de Dios donde, al decir de Gallegos, "todavía no ha terminado el sexto día del Génesis". Y donde toda la rustiquez de los paisajes y las costumbres, aún impregnados de las labores divinas, es el paraíso sobre el cual el hombre de ciudad puede montar su tienda de campaña.

De regreso en Caracas, Gallegos volcará su experiencia de forma enfebrecida y escribirá la primera versión de *Doña Bárbara* en tan solo veintiocho días. Tiempo después, por motivos de salud de su esposa, la pareja viaja en barco hacia Barcelona, España. Durante la travesía, Gallegos siente el impulso de arrojar el manuscrito al mar y Teotiste se lo impide. En Barcelona revisará la novela y entregará la versión final a la editorial Araluce.

A un lado del Atlántico, en Venezuela, le corresponderá a Pedro Sotillo consagrar al autor de *Doña Bárbara* como "el más realizado de los escritores venezolanos contemporáneos. Sin disputa". Del otro, será Ricardo Baeza, escritor de origen cubano radicado en España, quien refrendará el juicio de Sotillo y el veredicto de la Asociación del Mejor Libro del Mes, que otorgó a la novela de Gallegos dicho premio en septiembre de 1929. Dice Baeza en un artículo publicado en *El Sol*, de Madrid, el 14 de enero de 1930, que "el Sr. Gallegos es el primer gran novelista que nos da Suramérica y que ha escrito una de las mejores novelas que hoy por hoy cuenta el idioma". Es en este mismo texto donde se le exalta como una especie de "Rubén Darío de la novela", etiqueta que el propio Gallegos recordará después, no sin cierta ironía.

Semejante comparación es hiperbólica y desatinada. No será la única, sin embargo. En los años cincuenta, durante su segundo exilio, después de haber sido el primer presidente de Venezuela elegido por votación directa para luego terminar derrocado por un golpe militar el 24 de noviembre de 1948, apenas nueve meses después de asumido el poder, Gallegos despertaba un entusiasmo que hoy, sin desmerecer un ápice de su vida y su obra, no pueden menos que llamar la atención.

En el prólogo a *Una posición ante la vida*, la magnífica

recopilación de artículos, discursos y conferencias que Lowell Dunham publicó en 1954, Arturo Roa llega a decir que "[Gallegos] es ya tan clásico como Homero, Shakespeare o Cervantes y tan universal como ellos. *Doña Bárbara, Cantaclaro* y *Canaima* se pueden tratar de tú a tú con la *Ilíada, Hamlet* o *El Quijote*".

Por su parte, Jesús López Pacheco, en el prólogo a la edición de las *Obras Completas* publicadas en España por Aguilar en 1958, afirma lo siguiente: "Hoy, Rómulo Gallegos es, efectivamente, una poderosa columna de dignidad donde están puestas todas las miradas de América, desde México hasta Argentina. En él están simbolizados la esperanza de la libertad, el amor a la gran patria común, el viejo sueño de unidad continental, el progreso, el espíritu y la cultura de todos los pueblos latinoamericanos…".

Todo eso era Gallegos en los años cincuenta: el amor por el pasado colonial y la esperanza latente del sueño bolivariano. Además de una síntesis de Homero, Shakespeare y Cervantes.

¿Cómo y por qué se opera esta transformación? ¿En qué momento un escritor que con inveterada humildad ha pregonado la urgencia de la aplicación de los valores humanistas para su pobre país atrasado, se convierte él mismo en la encarnación definitiva de esos anhelos? A una escala global, además. Es difícil saberlo. Lo cierto es que en esos años, el joven escritor español Camilo José Cela escribirá su propia versión de *Doña Bárbara*, que titulará *La catira* y será publicada en 1955. Esta novela fue un encargo del general Marcos Pérez Jiménez, el mismo militar que derrocó a Rómulo Gallegos en 1948. Este encargo, como lo reflejó la minuciosa investigación de Gustavo Guerrero, buscaba un doble servicio de la novela (y del novelista) a las instancias del poder. Dotar a la dictadura perezjimenista de una narración épica que arraigara en el imaginario popular, como de alguna manera lo hizo *Doña Bárbara* con respecto al proyecto político del partido Acción Democrática, y, al mismo tiempo, crear una oportunidad para renovar el lazo de América Latina con España: un puente de hispanidad que las antiguas colonias de ultramar le tendían al caudillo Francisco Franco.

# III

Conviene preguntarse ahora ¿qué había en Rómulo Gallegos que permitiera proyectar en él tamañas esperanzas? ¿Y qué papel jugó *Doña Bárbara* en todo esto? Sin duda, el primero en percibir el potencial iconográfico de su personaje fue el mismo Gallegos, quien en 1938 (había regresado a Venezuela un par de años antes) funda los Estudios Ávila, empresa de producción cinematográfica donde intentó adaptar su novela a la gran pantalla. Para fortuna suya, el proyecto no prosperó y así le tocaría a la actriz mexicana María Félix encarnar a su personaje en 1943, dándole un rostro y una sensualidad legendarios. Al fenómeno de ventas, traducciones y críticas, así como al del impacto profundo en el imaginario de los pueblos latinoamericanos, se sumaba la fastuosidad que brindaba la época de oro del cine mexicano. *Doña Bárbara* conquistó, quien sabe si por primera vez en el ámbito hispano, el triple podio de lo culto, lo popular y lo masivo. Lugar que en las décadas siguientes ocuparía Pablo Neruda, desde la poesía y la militancia en el comunismo.

A partir de los años sesenta, junto a la vejez inexorable del autor, la obra viviría también su "hora menguada". En esos años, Venezuela logró convertirse en una democracia representativa y moderna. Un país receptor de inmigrantes, y anfitrión y promotor de diversas actividades culturales internacionales. Una de las iniciativas más importantes en este sentido fue la creación en 1964 del Premio Internacional de Novela Rómulo Gallegos, en homenaje al autor de *Doña Bárbara* y, también, como una estrategia del estado venezolano para meter un contrapeso a la influencia que la Revolución cubana y el premio Casa de las Américas tenían en aquel momento.

En esos años finales de la década de los sesenta, se terminaba de fraguar lo que en la historia contemporánea de Venezuela se conoció como "la pacificación", que consistió en el desmantelamiento de los grupos guerrilleros y la asimilación de sus diversos cuadros dentro de las universidades, publicaciones, ministerios y demás instancias culturales y educativas del estado. Esto dio pie a otra de las situaciones especiales que marcaron la vida de Rómulo Gallegos: en el momento en que al fin Venezuela materializaba el ideal civilizatorio soñado desde la época de *La Alborada*, su obra era negada por el medio literario emergente. De pronto, sus novelas resultaban anacrónicas, tanto en lo estético como en lo político.

Ya adentrándonos en la tercera década del siglo XXI, apagados los estertores del boom de la novela latinoamericana, es interesante preguntarnos qué puede decirle *Doña Bárbara* a los lectores de hoy. Si pensamos en ese segmento de la población conocido como "nativos digitales", la pregunta es aún más vertiginosa. ¿Cómo transmitirles a unos jóvenes que nunca han vivido sin internet, que están predispuestos a la vida nómada en un mundo globalizado, donde importan menos las dimensiones del cuarto propio que el ancho de banda de conexión, que hubo una época en que la posesión de un pedazo de tierra lo era todo? ¿Que unos kilómetros de más o de menos en la fijación de una frontera podía desencadenar la guerra entre dos países? ¿O que, como sucede en *Doña Bárbara*, la ausencia de la palabra "inclusive" que omitió el negligente redactor de un documento de repartición de tierras pudiera ocasionar la aniquilación entre las dos ramas de una misma familia?

Pues esta es la historia que se cuenta en *Doña Bárbara*: la del hato Altamira, el más grande del Cajón del Arauca, herencia de los hermanos José y Panchita Luzardo, esta última casada con Sebastián Barquero. Muerto el padre, los hermanos quieren dividir la tierra. Como una isla entre ambas partes, conformadas ahora por el nuevo hato Altamira reducido a su mitad y el hato La Barquereña, hay una zona llamada Palmar de La Chusmita, que es el centro de la disputa. Al no llegar a un acuerdo en la interpretación del documento, deciden levantar cada uno sus cercas alrededor del Palmar, aislándolo, para que no sea de nadie. Sobre este interregno, nos dice el narrador de la novela: "Había en el centro del palmar una madrevieja de un caño seco, que durante el invierno se convertía en tremedal, bomba de fango donde perecía cuanto ser viviente se le atravesase".

Este agujero negro del monte, ciénaga irresoluble en las letras de un documento, es también una suerte de Aleph de la llanura venezolana. Grado cero del paisaje que contiene la esencia del vasto territorio que Lorenzo Barquero, el desgraciado hijo de Panchita, bautizará como "la devoradora de hombres".

Con ambigüedad deliberada, la novela traza el paralelismo entre la llanura y Doña Bárbara, quien también es conocida con el mismo sobrenombre. La trama se desarrollará en el espacio que se despliega entre el personaje y la Naturaleza, entre la realidad y el símbolo. Santos Luzardo, el héroe emblemático, regresa a los predios de Altamira después de muchos años, siendo el único hombre sobreviviente de la guerra que enfrentó a su familia con los Barquero. Remonta el curso del río Arauca como lo hace el capitán Marlow en *El corazón de las tinieblas*: a contracorriente, como quien viaja hacia el pasado, atraído por la presencia recóndita de una leyenda. El señor Kurtz, en la novela de Conrad, y Doña Bárbara, en la de Gallegos.

En la ausencia de los Luzardo, "la devoradora de hombres", a través de argucias que mezclan la seducción, la violencia física, la intimidación y la magia negra, ha ido apropiándose de los terrenos que rodean el hato El Miedo, nombre con el que rebautizó la antigua hacienda La Barquereña. La propiedad se la había arrebatado a Lorenzo Barquero, a quien con sus embrujos dejó convertido en un despojo embrutecido por el alcohol y a cargo de la hija de ambos: una muchacha silvestre llamada Marisela.

Como un avatar del tremedal, motivo del litigio, Doña Bárbara ha ido extendiendo sus dominios cual si la llanura hubiera acordado con ella castigar la codicia y desidia de los dueños legítimos.

Es aquí donde Santos Luzardo, joven abogado de la ciudad, hace su entrada en el escenario de la infancia para establecer en esas tierras salvajes el imperio de la ley y recuperar lo que le pertenece. Su pensamiento y sus palabras no difieren mucho de los del grupo de la revista *La Alborada*, ni de los del personaje Reinaldo Solar (la primera novela de Gallegos, publicada bajo el título *El último Solar* en 1920), ni de los discursos y proclamas del escritor-presidente. Quizás es esta característica la que hace de su héroe un personaje un tanto rígido, una "columna de dignidad", como dirán del propio Gallegos en la década del cincuenta durante su segundo exilio.

No deja de ser una afortunada ironía que en los mundos ficcionales de Gallegos, quien en sus distintas facetas fue ante todo un pedagogo, lo verdaderamente dramático y cautivante sean los momentos en que sus personajes se rebelan o se desvían del recto sendero de la razón. O cuando simplemente no pertenecen a él. Es Doña Bárbara en sus conversaciones con "El Familiar", ese espíritu animal que solo ella escucha y que la guía con mensajes inciertos. Es Juan Primito, el tonto del pueblo, que adivina el futuro alimentando a los zamuros con agua, aceite o sangre, dependiendo de la sed que traigan las aves agoreras. Es Melquiades el "Brujeador", matón al servicio de Doña Bárbara y que parece secretamente vinculado al "Bramador", un mítico caimán al que no le entran balas.

Esto no quiere decir que Gallegos sea bueno a pesar de sí mismo o de su decimonónico concepto de la literatura entendida como una herramienta ilustrada. Pues la complejidad de sus personajes, el ritmo irresistible de las acciones, el manejo soberbio de los tiempos y los momentos de mayor lirismo de su prosa, son el resultado de una tamización de las experiencias y las exaltaciones por el filtro de la conciencia estética. Nunca pierde de vista Gallegos al lector y nunca trata de sorprenderlo.

Ilustraré lo que digo con una anécdota. Cuenta Isaac Pardo, escritor venezolano que fue discípulo de Gallegos, que asistió en Barcelona junto a su maestro a una exposición de Pablo Picasso. Después de recorrer algunas salas, Gallegos abandonó el museo muy molesto. Pardo lo alcanzó en la calle y al preguntarle por qué se había marchado de esa manera, Gallegos le respondió: "No me gusta que me tomen el pelo".

Gallegos es un escritor que no les toma el pelo a sus lectores. Puede emocionarlos, instruirlos, divertirlos y hasta aburrirlos, pero ninguna de estas reacciones será la consecuencia de un truco literario sino la de un organismo vivo respondiendo ante otro organismo vivo.

En el prólogo a la edición conmemorativa por los veinticinco

años de *Doña Bárbara*, publicada por el Fondo de Cultura
Económica de México en 1954, titulado "Cómo conocí a doña
Bárbara", Gallegos narra su paseo por un río y cómo, al sentir la
plenitud del paisaje, una frase vino a su mente:

"Tierra ancha y tendida, toda horizontes como la esperanza,
toda caminos como la voluntad".

Y luego agrega:

"Estoy seguro de que la formulé mentalmente y no tenía, ni
aún tengo en qué fundarme para creer que el señor Rodríguez [el
guía que lo acompañaba] poseyese virtud de penetración de
pensamientos; pero lo cierto es que lo vi sonreír 'como de cosa
sabida', cual si me hubiera descubierto que ya tenía yo personaje
principal de novela destinada a buena suerte".

Inspiración, telepatía, sicastenia: la llanura como espacio de
deconstrucción psíquica, que puede llevar a la aniquilación, a la
medianía animal o a una nueva elevación. Es elocuente el dato que
aporta Gallegos en el mentado prólogo: "Pintura de un desgraciado
tiempo de mi país, no podían faltar, sin embargo, en mi novela,
Santos Luzardo y Marisela, de pura invención de novelista, pero
con formas definidas en las palpitaciones del corazón venezolano".
A diferencia de la propia Doña Bárbara, de Juan Primito, de María
Nieves, de Carmelito y de Antonio Sandoval, personajes cuyos
referentes reales Gallegos conoció en su viaje por la llanura, la pareja
protagónica de la novela surge de la "pura invención del novelista".
Como abstracciones que tendrían un correlato (también según el
novelista) en las aspiraciones de la colectividad venezolana: resarcir,
desde el amor, lo que la codicia, el odio y la barbarie han roto.

Esta tendencia a la conciliación y a la síntesis ha tenido mala
prensa en el arte y la literatura del siglo XX. Sobre todo a partir de
la segunda mitad, cuando las transformaciones sociales, tendientes
a una liberación jamás antes vista de las costumbres y a la exaltación
de los jóvenes, se aproximaron a los postulados de vida implícitos
en las vanguardias. De esta cercanía con el folletín, hay que
reconocerlo, viene en parte la popularidad de que ha gozado *Doña
Bárbara* desde su publicación hace ya noventa años. Esta y otras

historias de Gallegos han sido vertidas con éxito a formatos como el cine, la radio, el teatro y la telenovela. Puede que esta conexión con la cultura de masas haya influido en los vaivenes del aprecio y de la indiferencia que entre los círculos intelectuales sigue generando su obra.

En esta hora menguada de nuestra época, atenazada por temores que no parecen tener asiento en la tierra (terrorismo, calentamiento global, populismos de izquierda y de derecha, capitalismos de estado, vigilancia cibernética y pandemias), conviene recordar el doble significado de la palabra "apocalipsis". Un término que tiene su acepción bíblica, como "fin del mundo" y que tiene también una acepción griega, etimológica, que significa "revelación". En el siglo XX, en un pequeño país del sur de América llamado Venezuela, existió un escritor que vivió constantemente cercado por la catástrofe y la iluminación. Y que constantemente apostó por la segunda.

Así lo dejó consignado en la impresión última de aquel viaje de abril de 1927, donde en apenas cinco días captó la fibra íntima de la llanura venezolana que le permitiría escribir su obra más leída: "si dije que probablemente oí entonces el bramido salvaje de un toro, bien he podido agregar que en el aire sereno aleteaba la ternura de un blanco vuelo de garzas".

Rodrigo Blanco Calderón
Málaga, 11 de marzo de 2020

# Primera parte

# I

## *¿Con quién vamos?*

Un bongo[1] remonta el Arauca bordeando las barrancas de la margen derecha.

Dos bogas lo hacen avanzar mediante una lenta y penosa maniobra de galeotes. Insensibles al tórrido sol los broncíneos cuerpos sudorosos, apenas cubiertos por unos mugrientos pantalones remangados a los muslos, alternativamente afincan en el limo del cauce largas palancas cuyos cabos superiores sujetan contra los duros cojinetes de los robustos pectorales y encorvados por el esfuerzo le dan impulso a la embarcación, pasándosela bajo los pies de proa a popa, con pausados pasos laboriosos, como si marcharan por ella. Y mientras uno viene en silencio, jadeante sobre su pértiga, el otro vuelve al punto de partida reanudando la charla intermitente con que entretienen la recia faena, o entonando, tras un ruidoso respiro de alivio, alguna intencionada copla[2] que aluda a los trabajos que pasa un bonguero, leguas y leguas de duras remontadas, a fuerza de palancas, o coleándose, a trechos, de las ramas de la vegetación ribereña.

En la paneta[3] gobierna el patrón, viejo baquiano de los ríos y caños de la llanura apureña, con la diestra en la horqueta de la espadilla, atento al riesgo de las chorreras que se forman por entre los carameras que obstruyen el cauce, vigilante al aguaje que denunciare la presencia de algún caimán en acecho.

A bordo van dos pasajeros. Bajo la toldilla, un joven a quien la contextura vigorosa, sin ser atlética, y las facciones enérgicas y expresivas préstanle gallardía casi altanera. Su aspecto y su indumentaria denuncian al hombre de la ciudad, cuidadoso del buen parecer. Como si en su espíritu combatieran dos sentimientos contrarios acerca de las cosas que lo rodean, a ratos la reposada altivez de su rostro se anima con una expresión de entusiasmo y le brilla la mirada vivaz en la contemplación del paisaje; pero, en seguida, frunce el entrecejo, y la boca se le contrae en un gesto de desaliento.

Su compañero de viaje es uno de esos hombres inquietantes, de facciones asiáticas, que hacen pensar en alguna semilla tártara caída en América quién sabe cuándo ni cómo. Un tipo de razas inferiores, crueles y sombrías, completamente diferente del de los pobladores de la llanura. Va tendido fuera de la toldilla, sobre su cobija, y finge dormir; pero ni el patrón ni los palanqueros lo pierden de vista.

Un sol cegante, de mediodía llanero, centellea en las aguas amarillas del Arauca y sobre los árboles que pueblan sus márgenes. Por entre las ventanas, que a espacios rompen la continuidad de la vegetación, divísanse, a la derecha, las calcetas del cajón del Apure —pequeñas sabanas rodeadas de chaparrales y palmares— y, a la izquierda, los bancos del vasto cajón del Arauca —praderas tendidas hasta el horizonte— sobre la verdura de cuyos pastos apenas negrea una que otra mancha errante de ganado. En el profundo silencio resuenan, monótonos, exasperantes ya, los pasos de los palanqueros por la cubierta del bongo. A ratos, el patrón emboca un caracol y le arranca un sonido bronco y quejumbroso que va a morir en el fondo de las mudas soledades circundantes, y entonces se alza dentro del monte ribereño la desapacible algarabía de las chenchenas o se escucha, tras los recodos, el rumor de las precipitadas zambullidas de los caimanes que dormitan al sol de las desiertas playas, dueños terribles del ancho, mudo y solitario río.

Se acentúa el bochorno del mediodía, perturba los sentidos, el olor a fango que exhalan las aguas calientes, cortadas por el bongo.

Ya los palanqueros no cantan ni entonan coplas. Gravita sobre el espíritu la abrumadora impresión del desierto.

—Ya estamos llegando al palodeagua —dice, por fin, el patrón, dirigiéndose al pasajero de la toldilla y señalando un árbol gigante—. Bajo ese palo puede usted almorzar cómodo y echar su buena siestecita.

El pasajero inquietante entreabre los párpados oblicuos y murmura:

—De aquí al paso del *Bramador* es nada lo que falta y allí sí que hay un sesteadero sabroso.

—Al señor, que es quien manda en el bongo, no le interesa el sesteadero del *Bramador* —responde ásperamente el patrón, aludiendo al pasajero de la toldilla.

El hombre lo mira de soslayo y luego concluye, con una voz que parecía adherirse al sentido, blanda y pegajosa como el lodo de los tremedales de la llanura:

—Pues entonces no he dicho nada, patrón.

Santos Luzardo vuelve rápidamente la cabeza. Olvidado ya de que tal hombre iba en el bongo, ha reconocido ahora, de pronto, aquella voz singular.

Fue en San Fernando donde por primera vez la oyó, al atravesar el comedor de una pulpería. Conversaban allí de cosas de su oficio algunos peones ganaderos, y el que en ese momento llevaba la palabra se interrumpió de pronto, para decir después:

"— Ese es el hombre."

La segunda vez fue en una de las posadas del camino. El calor sofocante de la noche lo había obligado a salir al patio. En uno de los corredores, dos hombres se mecían en sus hamacas y uno de ellos concluía de esta manera el relato que le hiciera el otro:

—Yo lo que hice fue arrimarle la lanza. Lo demás lo hizo el difunto: él mismo se la fue clavandito como si le gustara el frío del jierro.

Finalmente, la noche anterior. Por habérsele atarrillado el caballo, llegando ya a la casa del paso por donde esguazaría el Arauca, se vio obligado a pernoctar en ella, para continuar el viaje al día siguiente en un bongo que, a la sazón, tomaba allí una carga de cueros para San Fernando. Contratada la embarcación y concertada la partida para el amanecer, ya al coger el sueño oyó que alguien decía por allá:

—Váyase alante, compañero, que yo voy a ver si quepo en el bongo.

Fueron tres imágenes claras, precisas, en un relámpago de memoria, y Santos Luzardo sacó esta conclusión que había de dar origen al cambio de los propósitos que lo llevaban al Arauca: "Este hombre viene siguiéndome desde San Fernando. Lo de la fiebre no fue sino un ardid. ¿Cómo no se me ocurrió esta mañana?"

En efecto, al amanecer de aquel día, cuando ya el bongo se disponía a abandonar la orilla, había aparecido aquel individuo, tiritando bajo la cobija con que se abrigaba y proponiéndole al patrón:

—Amigo, ¿quiere hacerme el favor de alquilarme un puestecito? Necesito ir hasta el paso del *Bramador* y la calentura no me permite sostenerme a caballo. Yo le pago bien, ¿sabe?

—Lo siento, amigo —respondió el patrón, llanero malicioso, después de echarle una rápida mirada escrutadora—. Aquí no hay puesto que yo pueda alquilarle porque el bongo navega por la cuenta del señor, que quiere ir solo.

Pero Santos Luzardo, sin más prenda y sin advertir la significativa guiñada del bonguero, le permitió embarcarse.

Ahora le observa de soslayo y se pregunta mentalmente: "¿Qué se propondrá este individuo? Para tenderme una celada, si es que a eso lo han mandado, ya se le han presentado oportunidades. Porque juraría que éste pertenece a la pandilla de *El Miedo*. Ya vamos a saberlo".

Y poniendo por obra la repentina ocurrencia, en alta voz, al bonguero:

—Dígame, patrón: ¿conoce usted a esa famosa doña Bárbara[4] de quien tantas cosas se cuentan en Apure?

Los palanqueros cruzáronse una mirada recelosa y el patrón respondió evasivamente, al cabo de un rato, con la frase con que contesta el llanero taimado las preguntas indiscretas:

—Voy a decirle, joven: yo vivo, lejos.

Luzardo sonrió comprensivo; pero, insistiendo en el propósito de sondear al compañero inquietante, agregó, sin perderlo de vista:

—Dicen que es una mujer terrible, capitana de una pandilla de bandoleros, encargados de asesinar a mansalva a cuantos intenten oponerse a sus designios.

Un brusco movimiento de la diestra que manejaba el timón hizo saltar el bongo, a tiempo que uno de los palanqueros, indicando algo que parecía un hacinamiento de troncos de árboles encallados en la arena de la ribera derecha, exclamaba, dirigiéndose a Luzardo:

—¡Aguaite! Usted que quería tirar caimanes. Mire cómo están en aquella punta de playa.

Otra vez apareció en el rostro de Luzardo la sonrisa de inteligencia de la situación, y, poniéndose de pie, se echó a la cara un rifle que llevaba consigo. Pero la bala no dio en el blanco, y los enormes saurios se precipitaron al agua, levantando un hervor de espumas.

Viéndoles zambullirse, el pasajero sospechoso, que había permanecido hermético mientras Luzardo trataba de sondearlo, murmuró, con una leve sonrisa entre la pelambre del rostro:

—Eran algunos bichos y todos se jueron vivitos y coleando.

Pero sólo el patrón pudo entender lo que decía y lo miró de pies a cabeza, como si quisiera medirle encima del cuerpo la siniestra intención de aquel comentario. Él se hizo el desentendido y, después de haberse incorporado y desperezado con unos movimientos largos y lentos, dijo:

—Bueno. Ya estamos llegando al palodeagua. Y ya sudé mi calentura. Lástima que se me haya quitado. ¡Sabrosita que estaba!

En cambio, Luzardo se había sumido en un mutismo sombrío, y entretanto el bongo atracaba en el sitio elegido por el patrón para el descanso del mediodía.

Saltaron a tierra. Los palanqueros clavaron en la arena una estaca a la cual amarraron el bongo. El desconocido se internó por entre la espesura del monte, y Luzardo, viéndolo alejarse, preguntó al patrón:

—¿Conoce usted a ese hombre?

—Conocerlo, propiamente, no, porque es la primera vez que me lo topo: pero por las señas que les he escuchado a los llaneros de por estos lados, malicio que debe de ser uno a quien mientan *El Brujeador*.

A lo que intervino uno de los palanqueros:

—Y no se equivoca usted, patrón. Ése es el hombre.

—¿Y ese *Brujeador*, qué especie de persona es? —volvió a interrogar Luzardo.

—Piense usted lo peor que pueda pensar de un prójimo y agréguele todavía una miajita más, sin miedo de que se le pase la mano —respondió el bonguero—. Uno que no es de por estos lados. Un guate, como les decimos por aquí. Según cuentan, era un salteador de la montaña de San Camilo y de allá bajó hace algunos años, descolgándose de hato en hato, por todo el cajón del Arauca, hasta venir a parar en lo de doña Bárbara, donde ahora trabaja. Porque, como dice el dicho: Dios los cría y el diablo los junta. Lo mientan asina como se lo he mentado por su ocupación, que es brujear caballos, como también aseguran que y que sabe las oraciones que no mancan para sacarles el gusano a las bestias y a las reses. Pero para mí que sus verdaderas ocupaciones son otras. Esas que usted mentó en denante. Que, por cierto, por poco no me hace usted trambucar el bongo. Con decirle que es el espaldero preferido de doña Bárbara...

—Luego no me había equivocado.

—En lo que sí se equivocó fue en haberle brindado puesto en el bongo a ese individuo. Y permítame un consejo, porque usted es joven y forastero por aquí, según parece: no acepte nunca compañero de viaje a quien no conozca como a sus manos. Y ya que me he tomado la licencia de darle uno, voy a darle otro también, porque me ha caído en gracia. Tenga mucho cuidado con doña Bárbara. Usté va para *Altamira*, que es como decir los corredores de ella. Ahora sí puedo decirle que la conozco. Ésa es una mujer que ha fustaneado a muchos hombres, y al que no trambuca con sus carantoñas lo compone con un bebedizo o se lo amarra a las pretinas y hace con él lo que se le antoje, porque también es faculta en brujerías. Y si es con el enemigo, no se le agua el ojo para mandar quitarse de por delante a quien se le atraviese y para eso tiene a *El Brujeador*. Usted mismo lo ha dicho. Yo no sé qué viene buscando usted por estos lados; pero no está de más que le repita: váyase con tiento. Esa mujer tiene su cementerio.

Santos Luzardo se quedó pensativo, y el patrón, temeroso de haber dicho más de lo que se le preguntaba, concluyó, tranquilizador:

—Pero como le digo esto, también le digo lo otro: eso es lo que cuenta la gente, pero no hay que fiarse mucho porque el llanero es mentiroso de nación, aunque me esté mal el decirlo, y hasta cuando cuenta algo que es verdad lo exagera tanto que es como si juera mentira. Además, por lo de la hora presente no hay que preocuparse: aquí habemos cuatro hombres y un rifle y el Viejito viene con nosotros.

Mientras ellos hablaban así, en la playa, *El Brujeador*, oculto tras un mogote, se enteraba de la conversación, a tiempo que comía con la lentitud peculiar de sus movimientos, de la ración que llevaba en el porsiacaso.[5]

Entretanto, los palanqueros habían extendido bajo el palodeagua la manta de Luzardo y colocado sobre ella el maletín donde éste llevaba sus provisiones de boca.

Luego sacaron del bongo las suyas. El patrón se les reunió y, mientras hacían el frugal almuerzo a la sombra de un paraguatán, fue refiriéndole a Santos anécdotas de su vida por los ríos y caños de la llanura.

Al fin, vencido por el bochorno de la hora, guardó silencio, y durante largo rato sólo se escuchó el leve chasquido de las ondas del río contra el bongo. Extenuados por el cansancio, los palanqueros se tumbaron boca arriba en la tierra y pronto comenzaron a roncar. Luzardo se reclinó contra el tronco del palodeagua. Sin pensamientos, abrumado por la salvaje soledad que lo rodeaba, se abandonó al sopor de la siesta. Cuando despertó, le dijo el patrón vigilante:

—Su buen sueñito echó usted.

En efecto, ya empezaba a declinar la tarde y sobre el Arauca corría un soplo de brisa fresca. Centenares de puntos negros erizaban la ancha superficie: trompas de babas y caimanes que respiraban a flor de agua, inmóviles, adormitados a la tibia caricia de las turbias ondas. Luego comenzó a asomar en el centro del río la cresta de un caimán enorme. Se aboyó por completo, abrió lentamente los párpados escamosos.

Santos Luzardo empuñó el rifle y se puso de pie, dispuesto a reparar el yerro de su puntería, momentos antes, pero el patrón intervino:

—No lo tire.

—¿Por qué, patrón?

—Porque... Porque otro de ellos nos lo puede cobrar, si usted acierta a pegarle, o él mismo si lo pela. Ése es el tuerto del *Bramador*, al cual no le entran balas.

Y como Luzardo insistiese, repitió:

—No lo tire, joven, hágame caso a mí.

Al hablar así, sus miradas se habían dirigido, con un rápido movimiento de advertencia hacia algo que debía de estar detrás del palodeagua. Santos volvió la cabeza y descubrió a *El Brujeador*, reclinado al tronco del árbol y aparentemente dormido.

Dejó el rifle en el sitio de donde lo había tomado, rodeó el palodeagua y, deteniéndose ante el hombre, lo interpeló sin hacer caso de su ficción de sueño:

—¿Conque es usted amigo de ponerse a escuchar lo que puedan hablar los demás?

*El Brujeador* abrió los ojos, lentamente, tal como lo hiciera el caimán y respondió con una tranquilidad absoluta:

—Amigo de pensar mis cosas callado es lo que soy.

—Desearía saber cómo son las que usted piensa haciéndose el dormido.

Sostuvo la mirada que le clavaba su interlocutor, y dijo:

—Tiene razón el señor. Esta tierra es ancha y todos cabemos en ella sin necesidad de estorbarnos los unos a los otros. Hágame el favor de dispensarme que me haya venido a recostar a este palo. ¿Sabe?

Y fue a tumbarse más allá supino y con las manos entrelazadas bajo la nuca.

La breve escena fue presenciada con miradas de expectativa por el patrón y por los palanqueros, que se habían despertado al oír voces, con esa rapidez con que pasa del sueño profundo a la vigilia el hombre acostumbrado a dormir entre peligros, y el primero murmuró:

—¡Umjú! Al patiquín como que no lo asustan los espantos de la sabana.

Inmediatamente propuso Luzardo:

—Cuando usted quiera, patrón, podemos continuar el viaje. Ya hemos descansado un poco.

—Pues en seguida.

Y a *El Brujeador*, con tono imperioso:

—¡Arriba, amigo! Ya estamos de marcha.

—Gracias, mi señor —respondió el hombre sin cambiar de posición—. Le agradezco mucho que quiera llevarme hasta el fin; pero de aquí para alante puedo irme caminando al píritu, como dicen los llaneros cuando van de a pie. No estoy muy lejote de casa. Y no le pregunto cuánto le debo por haberme traído hasta aquí, porque sé que las personas de su categoría no acostumbran cobrarle al pata-en-el-suelo los favores que le hacen. Pero sí me le pongo a la orden, ¿sabe? Mi apelativo es Melquíades Gamarra, para servirle. Y le deseo buen viaje de aquí para alante. ¡Sí, señor!

Ya Santos se dirigía al bongo, cuando el patrón, después de haber cruzado algunas palabras en voz baja con los palanqueros, lo detuvo, resuelto a afrontar las emergencias:

—Aguárdese. Yo no dejo a ese hombre por detrás de nosotros dentro de este monte. O él se va primero o nos lo llevamos en el bongo.

Dotado de un oído sutilísimo, *El Brujeador* se enteró.

—No tenga miedo, patrón. Yo me voy primero que ustedes. Y le agradezco las buenas recomendaciones que ha dado de mí. Porque las he escuchado todas, ¿sabe?

Y diciendo así, se incorporó, recogió su cobija, se echó al hombro el porsiacaso, todo con una calma absoluta, y se puso en marcha por la sabana abierta que se extendía más allá del bosque ribereño.

Embarcaron. Los palanqueros desamarraron el bongo y después de empujarlo al agua honda, saltaron a bordo y requirieron sus palancas, a tiempo que el patrón, ya empuñada la espadilla, hizo a Luzardo esta pregunta intempestiva.

—¿Es usted buen tirador? Y perdóneme la curiosidad.

—Por la muestra, muy malo, patrón. Tanto que no quiso usted dejarme repetir la experiencia. Sin embargo, otras veces he sido más afortunado.

—¡Ya ve! —exclamó el bonguero—. Usted no es mal tirador. Yo lo sabía. En la manera de echarse el rifle a la cara se lo descubrí, y a pesar de eso la bala fue a dar como a tres brazas del rollo de caimanes.

—Al mejor cazador se le va la liebre, patrón.

—Sí. Pero en el caso suyo hubo otra cosa: usted no dio en el blanco, con todo y ser muy buen tirador, porque junto suyo había alguien que no quiso que le pegara a los caimanes. Y si yo le hubiera dejado hacer el otro tiro, lo pela también.

—¿*El Brujeador*, no es eso? ¿Cree usted, patrón, que ese hombre posea poderes extraordinarios?

—Usted está mozo y todavía no ha visto nada. La brujería existe. Si yo le contara un pasaje que me han referido de ese hombre... Se lo voy a echar, porque es bueno que sepa a qué atenerse.

Escupió la mascada de tabaco y ya iba a comenzar su relato, cuando uno de los palanqueros lo interrumpió, advirtiéndole:

—¡Vamos solos, patrón!

—Es verdad, muchachos. Hasta eso es obra del condenado *Brujeador*. Boguen para tierra otra vuelta.

—¿Qué pasa? —inquirió Luzardo.

—Que se nos ha quedado el Viejito en tierra.

Regresó el bongo al punto de partida. Puso de nuevo el patrón rumbo afuera, a tiempo que preguntaba, alzando la voz:

—¿Con quién vamos?

—¡Con Dios! —respondieron los palanqueros.

—¡Y con la Virgen! —agregó él. Y luego a Luzardo—: Ése era el Viejito que se nos había quedado en tierra. Por estos ríos llaneros, cuando se abandona la orilla, hay que salir siempre con Dios. Son muchos los peligros de trambucarse y si el Viejito no va en el bongo, el bonguero no va tranquilo. Porque el caimán acecha sin que se le vea ni el aguaje, y el temblador y la raya están siempre a la parada, y el cardumen de los zamuritos y de los caribes, que dejan a un cristiano en los puros huesos, antes de que se puedan nombrar las Tres Divinas Personas.

¡Ancho llano! ¡Inmensidad bravía! Desiertas praderas sin límites, hondos, mudos y solitarios ríos. ¡Cuán inútil resonaría la demanda de auxilio, al vuelco del coletazo del caimán, en la soledad de aquellos parajes! Sólo la fe sencilla de bongueros podía ser esperanza de ayuda, aunque fuese la misma ruda fe que los hacía atribuirle poderes sobrenaturales al siniestro *Brujeador*.

Ya Santos Luzardo conocía la pregunta sacramental de los bongueros del Apure; pero ahora también podía aplicársela a sí mismo, pues había emprendido aquel viaje con un propósito y ya estaba abrazándose a otro, completamente opuesto.

# II

## El descendiente del Cunavichero

En la parte más desierta y bravía del Arauca estaba situado el hato de *Altamira*, primitivamente unas doscientas leguas de sabanas feraces que alimentaban la hacienda más numerosa que por aquellas soledades pacía y donde se encontraba uno de los más ricos garceros de la región.

Lo fundó, en años ya remotos, don Evaristo Luzardo, uno de aquellos llaneros nómadas que recorrían —y todavía recorren— con sus rebaños las inmensas praderas del cajón del Cunaviche, pasando de éste al del Arauca, menos alejado de los centros de población. Sus descendientes, llaneros genuinos de "pata-en-el-suelo y garrasí", que nunca salieron de los términos de la finca, la fomentaron y ensancharon hasta convertirla en una de las más importantes de la región; pero, multiplicada y enriquecida la familia, unos tiraron hacia las ciudades, otros se quedaron bajo los techos de palma del hato, y a la apacible vida patriarcal de los primeros Luzardos sucedió la desunión y ésta trajo la discordia que había de darles trágica fama.

El último propietario del primitivo *Altamira* fue don José de los Santos, quien, por salvar la finca de la ruina de una partición numerosa, compró los derechos de sus condueños, a costa de una larga vida de trabajos y privaciones; pero, a su muerte, sus hijos José y

Panchita —ésta ya casada con Sebastián Barquero— optaron por la partición, y al antiguo fundo sucedieron los dos: uno, propiedad de José, que conservó la denominación original, y el otro, que tomó la de *La Barquereña*, por el apellido de Sebastián.

A partir de allí y a causa de una frase ambigua en el documento, donde al tratarse de la línea divisoria ponía: "hasta el palmar de *La Chusmita*", surgió entre los dos hermanos la discordia, pues cada cual pretendía, alegando por lo suyo, que la frase debía interpretarse agregándosele el inclusive que omitiera el redactor, y emprendiendo uno de esos litigios que enriquecen a varias generaciones de abogados y que habría terminado por arruinarlos, si cuando les propusieron una transacción la misma intransigencia que iba a hacerles gastar un dinero por un pedazo de tierra improductiva no les dictara, en un arrebato simultáneo:

—O todo o nada.

Y como no podía ser todo para ambos, se convino en que sería nada y cada cual se comprometió a levantar una cerca en torno al palmar, viniendo así a quedar éste cerrado y sin dueño entre ambas propiedades.

Mas no paró aquí la cosa. Había en el centro del palmar una madrevieja de un caño seco, que durante el invierno se convertía en tremedal, bomba de fango donde perecía cuanto ser viviente la atravesase, y como un día apareciera ahogada allí una res barquereña, José Luzardo protestó ante Sebastián Barquero por la violación del recinto vedado; se ofendieron en la disputa, Barquero blandió el chaparro[6] para cruzarle el rostro al cuñado, sacó éste el revólver y lo derribó del caballo con una bala en la frente.

Sobrevinieron las represalias, y matándose entre sí Luzardos y Barqueros, acabaron con una población compuesta en su mayor parte por las ramas de ambas familias.

Y en el seno mismo de cada una se propagó la onda trágica.

Fue cuando la guerra entre España y los Estados Unidos. José Luzardo, fiel a su sangre —decía—, simpatizaba con la Madre Patria, mientras que su primogénito Félix, síntoma de los tiempos que ya empezaban a correr, se entusiasmaba por los yanquis. Llegaron al hato los periódicos de Caracas, cosa que sucedía de mes en mes, y desde las primeras noticias, leídas por el joven —porque ya don José andaba fallo de la vista—, se trabaron en una acalorada disputa que terminó con estas vehementes palabras del viejo:

—Se necesita ser muy estúpido para creer que puedan ganárnosla los salchicheros de Chicago.

Lívido y tartamudo de ira, Félix se le encaró:

—Puede que los españoles triunfen; pero lo que no tolero es que usted me insulte sin necesidad.

Don José lo midió de arriba a abajo con una mirada despreciativa y soltó una risotada. Acabó de perder la cabeza el hijo y tiró violentamente del revólver que llevaba al cinto. El padre cortó en seco su carcajada y sin que se le alterara la voz, sin moverse en el asiento, pero con una fiera expresión, dijo, pausadamente:

—¡Tira! Pero no me peles, porque te clavo en la pared de un lanzazo.

Esto sucedía en la casa del hato, poco después de la comida, congregada la familia bajo la lámpara de la sala. Doña Asunción se precipitó a interponerse entre el marido y el hijo, y Santos, que a la sazón tendría unos catorce años, se quedó paralizado por la brutal impresión.

Dominado por la terrible serenidad del padre, seguro de que llevaría a cabo su amenaza si disparaba y erraba el tiro, o arrepentido, quizá, de su violencia, Félix volvió el arma a su sitio y abandonó la sala.

Poco después ensillaba su caballo, dispuesto a abandonar también la casa paterna, y fue inútil cuanto suplicó y lloró doña Asunción. Entretanto, como si nada hubiera sucedido, don José se había calado las gafas y leía, estoicamente las noticias que terminaban con la del desastre de Cavite.

Pero Félix no se limitó a abandonar el hogar sino que fue a hacer causa común con los Barquero contra los Luzardo, en aquella guerra a muerte cuya más encarnizada instigadora era su tía Panchita, y ante la cual las autoridades se hacían de la vista gorda, pues eran tiempos de cacicazgos y Luzardos y Barqueros se compartían el del Arauca.

Ya habían caído en lances personales casi todos los hombres de una y otra familia, cuando una tarde de riña de gallos, en el pueblo, como supiese Félix, bajo la acción del alcohol, que su padre estaba en la gallera, se fue allá, instigado por su primo Lorenzo Barquero, y se arrojó al ruedo, vociferando:

—Aquí traigo un gallito portorriqueño. ¡No es ni yanqui, siquiera! A ver si hay por ahí algún pataruco español que quiera pegarse con él. Lo juego embotado y doy de al partir.

Había terminado ya con la victoria de los norteamericanos la desigual contienda y decía aquello para provocar al padre. Don José saltó al ruedo blandiendo el chaparro para castigar la insolencia; pero Félix hizo armas, a él también se le fue la mano a la suya y poco después regresaba a su casa, abatido, sombrío, envejecido en instantes, y con esta noticia para su mujer:

—Acabo de matar a Félix. Ahí te lo traen.

En seguida ensilló su caballo y cogió el camino del hato.

Llegó a la casa, se dirigió a la sala donde se había desarrollado la primera escena de la tragedia, se encerró allí, previa prohibición absoluta de que se le molestara, se quitó del cinto la lanza y la hundió hasta la empuñadura en la pared de bahareque, en el mismo sitio donde la habría clavado, la noche de la funesta lectura, a través del corazón del hijo, pues fue allí, se decía, y en el momento de proferir su tremenda amenaza, donde y cuando había dado muerte a Félix y quería tener ante los ojos, hasta que se le apagasen para siempre, la visión expiatoria del hierro filicida hundido en el muro.

Y, en efecto, encerrado en aquella pieza, sin pan ni agua, sin moverse del asiento, sin pestañear casi, con un postigo abierto a la luz y dos pupilas que pronto aprendieron a no necesitarla durante la noche para ver, todo voluntad en la expiación tremenda, estuvo varios días esperando la muerte a que se había condenado y allí lo encontró la muerte, sentado, rígido ya, mirando la lanza clavada en el muro.

Cuando, por fin, llegaron las autoridades a representar la farsa acostumbrada en casos análogos, ya no había necesidad de castigo y costó trabajo cerrar aquellos ojos.

Días después, doña Asunción abandonaba definitivamente el Llano para trasladarse a Caracas con Santos, único superviviente de la hecatombe. Quería salvarlo educándolo en otro medio, a centenares de leguas de aquellos trágicos sitios.

Los primeros años fueron tiempo perdido en la vida del joven. La brusca trasplantación del medio llanero, rudo, pero de intensas emociones endurecedoras del carácter, al blando y soporoso ambiente ciudadano, dentro de las cuatro paredes de una casa triste, al lado de una madre aterrorizada, prodújole un singular adormecimiento de las facultades. El muchacho animoso, de inteligencia despierta y corazón ardiente —de quien tan orgulloso se mostraba el padre cuando lo veía jinetear un caballo y desenvolverse con destreza y aplomo en medio de los peligros del trabajo de sabanas, digno de aquella raza de hombres sin miedo que había dado más de un centauro a la epopeya, aunque también más de un cacique a la llanura, y en quien, con otro concepto de la vida, cifraba tantas esperanzas la madre, al oírlo expresar sentimientos e ideas reveladoras de un espíritu fino y reflexivo—, se volvió obtuso y abúlico; se convirtió en un misántropo.

—Te veo y no te conozco, hijo. Te has vuelto cimarrón —decíale la madre llaneraza todavía, a pesar de todo.

—Es el desarrollo —observábanle las amigas—. Los muchachos se ponen así cuando están en esa edad.

—Es el estrago de los horrores que hemos presenciado —añadía ella.

Eran ambas cosas; también la trasplantación. La falta del horizonte abierto ante los ojos, del cálido viento libre contra el rostro, de la copla en los labios por delante del rebaño, del fiero aislamiento en medio de la tierra ancha y muda. La macolla de hierba llanera languideciendo en el tiesto.

A veces, doña Asunción lo sorprendía en el corral, soñador, despierto, boca arriba en la tierra dentro de la espesura de un resedal descuidado. Estaba "enmatado", como dice el llanero del toro que busca el refugio de las matas y allí permanece días enteros echado, sin comer ni beber y lanzando de rato en rato sordos mugidos de rabia impotentes, cuando ha sufrido la mutilación que lo condena a perder su fiereza y el señorío del rebaño.

Pero al fin la ciudad conquistó el alma cimarrona de Santos Luzardo. Vuelto en sí del embrujamiento de las nostalgias, se encontró con que ya tenía más de dieciocho años, y en punto de instrucción muy poca cosa sobre la que trajo del Arauca; pero se propuso recuperar el tiempo perdido y se entregó con ahínco a los estudios.

A pesar de los motivos que tenía para aborrecer *Altamira*, doña Asunción no había querido vender el hato. Poseía esa alma recia e inmodificable del llanero para quien nada hay como su tierra natal, y aunque nunca pensó en regresar al Arauca, tampoco se había decidido a romper el vínculo que la unía al terruño. Por lo demás, administrado por un mayordomo honrado y fiel, el hato le producía una renta suficiente.

—Que lo venda Santos, cuando yo muera —solía decir.

Pero, a la hora de morir, le recomendó:

—Mientras puedas, no vendas *Altamira*.

Y Santos lo conservó, por respetar la postrera voluntad materna y porque su renta le permitía cubrir, holgadamente, las discretas exigencias de su vida morigerada. Por lo demás, bien habría podido prescindir de la finca. La tierra natal ya no lo atraía, ni aquel pedazo de ella, ni toda entera porque al perder los sentimientos regionales había perdido también todo sentimiento de patria. La vida de la ciudad y los hábitos intelectuales habían barrido de su espíritu las tendencias hacia la vida libre y bárbara del hato; pero, al mismo tiempo, habían originado una aspiración que aquella misma ciudad no podía satisfacer plenamente. Caracas no era sino un pueblo grande —un poco más grande que aquel destruido por los Luzardo al destruirse entre sí—, con mil puertas espirituales abiertas al asalto de los hombres de presa, algo muy distante todavía de la ciudad ideal, complicada y perfecta como un cerebro, adonde toda excitación va a convertirse en idea y de donde toda reacción que parte lleva el sello de la eficacia consciente, y como este ideal sólo parecía realizado en la vieja y civilizadora Europa, acarició el propósito de expatriarse definitivamente, en cuanto concluyera sus estudios universitarios.

Para esto contaba con el producto de *Altamira*, o vendida ésta, con la renta que le produjera el dinero empleado en fincas urbanas, ya que de su profesión de abogado no podía esperar nada por allá. Pero, entretanto, ya en *Altamira* no estaba el honrado mayordomo de los tiempos de su madre, y mientras Santos se contentaba, apenas, con echarle una ojeada a las cuentas, muy claras siempre sobre el papel, que de tiempo en tiempo le rendían los administradores, éstos hacían pingües negocios con la hacienda altamireña. Además, dejaban que los cuatreros se metiesen a saco con ella y toleraban que los vecinos herrasen allí, como suyos, hasta los becerros que aún andaban pegados a las tetas de las vacas luzarderas.

Luego comenzaron los litigios con la famosa doña Bárbara, a cuyos dominios fueron pasando leguas y leguas de sabanas altamireñas, a fuerza de arbitrarios deslindes ordenados por los tribunales del Estado.

Concluidos sus estudios, Santos se trasladó a San Fernando a hojear expedientes por si todavía fuese posible intentar acciones reivindicatorías; pero allá, hecho un minucioso análisis de las causas sentenciadas en favor de la mujerona, se comprobó que todo, soborno, cohecho, violencia abierta, había sido asombrosamente fácil para la cacica del Arauca; también descubrió que cuanto se había llevado a cabo contra su propiedad pudo suceder porque sus derechos sobre *Altamira* adolecían de los vicios que siempre tienen las adquisiciones del hombre de presa, y no otra cosa fue su remoto abuelo don Evaristo, *El Cunavichero*.

Decidió entonces vender la finca. Pero nadie quería tener de vecina a doña Bárbara, y como, por otra parte, las revoluciones habían

arruinado el Llano, perdió mucho tiempo buscando comprador. Al
fin se le presentó uno; pero le dijo:

—Ese negocio no lo podemos cerrar aquí, doctor. Es menester
que usted vea, con sus propios ojos, cómo está *Altamira*. Aquello
está en el suelo: unas paraparas es lo que queda en las sabanas. Y
reses flacas toditas. Si quiere, váyase allá y espéreme. Ahora sigo
para Caracas a vender un ganado; pero dentro de un mes pasaré por
*Altamira* y entonces conversaremos sobre el terreno.

—¡Allá lo esperaré! —díjole Santos, y al día siguiente partió
para *Altamira*.

Por el trayecto, ante el espectáculo de la llanura desierta, pensó
muchas cosas: meterse en el hato a luchar contra los enemigos, a defender sus propios derechos y también los ajenos, atropellados por
los caciques de la llanura, puesto que doña Bárbara no era sino uno
de tantos; a luchar contra la Naturaleza: contra la insalubridad que
estaba aniquilando la raza llanera, contra la inundación y la sequía
que se disputan la tierra todo el año, contra el desierto que no deja
penetrar la civilización.

Pero no eran propósitos todavía, sino reflexiones puras, entre-
tenimientos del razonador, y a una, optimista, sucedía inmediatamente otra, contradictoria.

—Para llevar a cabo todo eso se requiere algo más que la voluntad de un hombre. ¿De qué serviría acabar con el cacicazgo de doña
Bárbara en el Arauca? Reaparecería más allá bajo otro nombre. Lo
que urge es modificar las circunstancias que producen estos males:
poblar. Mas para poblar: sanear primero, y para sanear: poblar
antes. ¡Un círculo vicioso!

Mas he aquí que un sencillo incidente, el encuentro con *El
Brujeador* y las palabras con que el bonguero le hizo ver los peligros
a que se expondría si intentaba atravesársele en el camino a la temible doña Bárbara, pone de pronto en libertad al impulsivo poster-
gado por el razonador y lo apasionante ahora es la lucha.

Era la misma tendencia de irrefrenable acometividad que causó
la ruina de los Luzardos; pero con la diferencia de que él la subordi-

naba a un ideal: luchar con doña Bárbara, criatura y personificación de los tiempos que corrían, no sería solamente salvar *Altamira*, sino contribuir a la destrucción de las fuerzas retardatarias de la prosperidad del Llano.

Y decidió lanzarse a la empresa con el ímpetu de los descendientes de *El Cunavichero*, hombres de una raza enérgica: pero también con los ideales del civilizado, que fue lo que a aquéllos les faltó.

# III

## *La Devoradora de Hombres*

¡De más allá del Cunaviche, de más allá del Cinaruco, de más allá del Meta! De más lejos que más nunca —decían los llaneros del Arauca, para quienes, sin embargo, todo está siempre "ahí mismito, detrás de aquella mata"—. De allá vino la trágica guaricha.[7] Fruto engendrado por la violencia del blanco aventurero en la sombría sensualidad de la india, su origen se perdía en el dramático misterio de las tierras vírgenes.

En las profundidades de sus tenebrosas memorias, a los primeros destellos de la conciencia, veíase en una piragua que surcaba los grandes ríos de la selva orinoqueña. Eran seis hombres a bordo, y al capitán lo llamaban "taita"; pero todos —excepto el viejo piloto Eustaquio— la brutalizaban con idénticas caricias: rudas manotadas, besos que sabían a aguardiente y a chimó.

Piratería disimulada bajo patente de comercio lícito era la industria de aquella embarcación, desde Ciudad Bolívar hasta Río Negro. Salía cargada de barriles de aguardiente y fardos de barajitas, telas y comestibles averiados, y regresaba atestada de sarrapia y balatá. En algunas rancherías les cambiaban a los indios estas ricas especies por aquellas mercancías, limitándose a embaucarlos; pero en otros parajes los tripulantes saltaban a tierra sólo con sus rifles al hombro, se internaban por los bosques o sabanas de las riberas y cuando volvían a la piragua, la olorosa sarrapia o el negro balatá venían manchados de sangre.

Una tarde, ya al zarpar de Ciudad Bolívar, se acercó a la embarcación un joven, cara de hambre y ropas de mendigo, a quien ya Barbarita había visto, varias veces, parado al borde del malecón, contemplándola, con ojos que se le salían de sus órbitas, mientras ella, cocinera de la piragua, preparaba la comida de los piratas. Dijo llamarse Asdrúbal, a secas, y propúsole al capitán:

—Necesito ir a Manaos y no tengo para el pasaje. Si usted me hace el favor de llevarme hasta Río Negro, yo estoy dispuesto a corresponderle con trabajo. Desde cocinero hasta contador, en algo puedo serle útil.

Insinuante, simpático, con esa simpatía subyugadora del vagabundo inteligente, prodújole buena impresión al capitán y fue enrolado como cocinero, a fin de que descansara Barbarita. Ya el taita empezaba a mimarla: tenía quince años y era preciosa la mestiza.

Transcurrieron varias jornadas. En los ratos de descanso y por las noches, en torno a la hoguera encendida en las playas donde arranchaban,[8] Asdrúbal animaba la tertulia con anécdotas divertidas de su existencia andariega. Barbarita se desternillaba de risa; mas si él interrumpía su relato, complacido en aquellas frescas y sonoras carcajadas, ella las cortaba en seco y bajaba la vista, estremecido en dulces ahogos el pecho virginal.

Un día le deslizó al oído:

—No me mire así, porque ya mi taita se está poniendo malicioso.

En efecto, ya el capitán empezaba a arrepentirse de haber aceptado a bordo al joven, cuyos servicios podían resultarle caros, especialmente aquellos, que no se los había exigido, de enseñar a Barbarita a leer y escribir. Durante estas lecciones, en las cuales Asdrúbal ponía gran empeño, letras que ella hacía llevándole él la mano, los acercaban demasiado.

Una tarde, concluidas las lecciones, comenzó a referirle Asdrúbal la parte dolorosa de su historia: la tiranía del padrastro que lo obligó a abandonar el hogar materno, las aventuras tristes, el errar sin rumbo, el hambre y el desamparo, el duro trabajo de las minas del Yuruari, la lucha con la muerte en el camastro de un hospital. Finalmente, le habló de sus planes: iba a Manaos en busca de la fortuna, ya estaba cansado de la vida errante, renunciaría a ella, se consagraría al trabajo.

Iba a decir algo más; pero de pronto se detuvo y se quedó mirando el río que se deslizaba en silencio frente a ellos a través de un dramático paisaje de riberas boscosas.

Ella comprendió que no tenía en los planes del joven el sitio que se imaginara, y los hermosos ojos se le cuajaron de lágrimas. Permanecieron así largo rato. ¡Nunca se le olvidaría aquella tarde! Lejos, en el profundo silencio, se oía el bronco mugido de los raudales de Atures.

De pronto, Asdrúbal la miró a los ojos y le preguntó:

—¿Sabes lo que piensa hacer contigo el capitán?

Estremecida al golpe subitáneo de una horrible intuición, exclamó:

—¡Mi taita!

—No merece que lo llames así. Piensa venderte al turco.

Referíase a un sirio sádico y leproso, enriquecido en la explotación del balatá que habitaba en el corazón de la selva orinoqueña, aislado de los hombres por causa del mal que lo devoraba, pero rodeado de un serrallo de indiecitas núbiles, raptadas o compradas a sus padres, no sólo para hartazgo de su lujuria, sino también para saciar su odio de enfermo incurable a todo lo que alienta sano, transmitiéndole su mal.

De conversaciones de los tripulantes de la piragua, sorprendidas por Asdrúbal, había descubierto éste que en el viaje anterior Moloch de la selva cauchera había ofrecido veinte onzas por Barbarita, y que si no se llevó a cabo la venta fue porque el capitán aspiraba a mayor precio, cosa no difícil de lograr ahora, pues en obra de unos meses la muchacha se había convertido en una mujer perturbadora.

No se le había escapado a ella que tal fuera la suerte a que la destinaran; pero hasta entonces todo el horror que la rodeaba no había alcanzado a producirle más que aquel sentimiento, miedo y gusto a la vez, originado de las torpes miradas de los hombres que con ella compartían la estrecha vida de la piragua.

Pero al enamorarse de Asdrúbal se le había despertado el alma sepultada y las palabras que acababa de oír se la estremecieron de horror.

—¡Sálvame! Llévame contigo —iba a decirle, cuando vio que el capitán se les acercaba.

Traía un rifle y dijo, dirigiéndose a Asdrúbal:

—Bueno, joven. Ya usted ha conversado bastante. Ahora vamos para que haga algo más productivo. *El Sapo* va a buscar una poca de serrapia que deben de tenernos por aquí y usted lo va a acompañar. —Y poniéndole el rifle en las manos—: Esto es para que se defienda, si los atacan los indios.

Asdrúbal meditó un instante. ¿Habría oído el capitán lo que él acababa de decirle a la muchacha? ¿Esta comisión que ahora le daba?... En todo caso, había que afrontar la situación.

Al ir a ponerse de pie, Barbarita trató de detenerlo dirigiéndole una mirada de súplica; pero él le hizo una rápida guiñada de ojos y, levantándose decidido, abandonó el campamento en pos de *El Sapo*. Era éste el segundo de a bordo, mano derecha del capitán para cuantas fuesen comisiones siniestras, y Asdrúbal lo sabía; pero irremisiblemente perdido estaba, desde luego, si demostraba miedo y se resistía a cumplir la orden recibida. Al menos llevaba un rifle y contra un hombre solamente, mientras que allí eran cinco contra él. Barbarita lo siguió con la mirada y durante un buen rato sus ojos permanecieron fijos en el boquete del monte por donde desapareció.

A todas éstas, los tripulantes habían cambiado entre sí miradas de inteligencia, y cuando, pocos momentos después, so pretexto de un posible ataque de los indios ribereños, el capitán les ordenó hacer una exploración playas arriba —ya le había dado una orden análoga al viejo Eustaquio— comprendiendo que quería alejarlos del campamento para quedarse a solas con la muchacha, respondiéronle, al cabo de un corto murmullo de rezongos:

—Deje eso para más después, capitán. Ahora estamos descansando.

Era la rebelión que hacía algún tiempo venía preparándose por causa de la perturbadora belleza de la guaricha; pero el capitán no se atrevió a sofocarla en el acto, pues comprendió que aquellos tres hombres estaban de acuerdo y resueltos a todo, y aplazó el escarmiento para cuando regresara *El Sapo*, con cuya ciega adhesión contaba.

Barbarita, como se diese cuenta también de las siniestras intenciones del taita, miró a los rebeldes como a sus salvadores y corrió hacia ellos; mas, al advertir cómo la miraban, se detuvo, con el corazón helado por el terror, y maquinalmente tornó al sitio donde la dejara Asdrúbal.

De pronto cantó el "yacabó", campanadas funerales en el silencio desolador del crepúsculo de la selva, que hielan el corazón del viajero.

—Ya-cabó. Ya-cabó...

¿Fue el canto agorero del ave o el propio gemido mortal de Asdrúbal? ¿Fue la descarga repentina de la prolongada tensión nerviosa, o la sideración,[9] misteriosamente transmitida a distancia, de un golpe mortal que en aquel momento recibía otro cuerpo: el tajo de *El Sapo* en el cuello de Asdrúbal?

Ella sólo recordaba que había caído de bruces, derribada por una conmoción subitánea y lanzando un grito que le desgarró la garganta.

Lo demás sucedió sin que ella se diese cuenta y fue: el estallido de la rebelión, la muerte del capitán y en seguida la de *El Sapo*, que había regresado solo al campamento, y el festín de su doncellez para los vengadores de Asdrúbal.

Cuando, ahogándose en la sofocación de la carrera, el viejo Eustaquio llegó en su auxilio al grito lanzado por ella, ya todos estaban hartos y uno decía:

—Ahora podemos vendérsela al turco, aunque sea por las veinte onzas que ofreció enantes.

Reflejos de hogueras empurpuran la oscuridad de la noche; óyese salvaje gritería. Es la caza del gaván. Los indios encienden fogatas de paja en torno a los pantanos inaccesibles, el ave levanta el vuelo, asustada por la algarabía, y sus alas se tiñen de rosa al resplandor del fuego entre las tinieblas profundas; pero, de pronto, los cazadores enmudecen y apagan rápidamente las hogueras, y el ave, encandilada, cae indefensa al alcance de las manos.

Algo semejante ha acontecido en la vida de Barbarita. El amor de Asdrúbal fue un vuelo breve, un aletazo apenas, a los destellos del primer sentimiento puro que se albergó en su corazón, brutalmente apagado para siempre por la violencia de los hombres, cazadores de placer.

De sus manos la rescató aquella noche Eustaquio —viejo indio baniba que servía de piloto en la piragua, sólo por estar cerca de la hija de aquella mujer de su tribu que, a la hora de sucumbir a los crueles tratos del capitán, le recomendó que no le abandonase a la guaricha—; pero ni el tiempo, ni la quieta existencia de la ranchería donde se refugiaron, ni el apacible fatalismo que el son de los tristes yapururos removía por instantes en su alma india, habían logrado aplacar la sombría tormenta de su corazón: un ceño duro y tenaz le surcaba la frente, un fuego maligno le brillaba en los ojos.

Ya sólo rencores podía abrigar su pecho y nada la complacía tanto como el espectáculo del varón debatiéndose entre las garras de las fuerzas destructoras. Maleficios del Camajay-Minare —siniestra divinidad de la selva orinoqueña, el diabólico poder que reside en las pupilas de los dañeros y las terribles virtudes de las hierbas y raíces con que las indias confeccionan la *pusana* para inflamar la lujuria y aniquilar la voluntad de los hombres renuentes a sus caricias, apasiónanla de tal manera que no vive sino para apoderarse de los secretos que se relacionan con el hechizamiento del varón.

También la iniciaron en su tenebrosa sabiduría toda la caterva de brujos que cría la bárbara existencia de la indiada. Los ojeadores, que pretenden producir las enfermedades más extrañas y tremendas sólo con fijar sus ojos maléficos sobre la víctima; los sopladores, que dicen curarlas aplicando su milagroso aliento a la parte señalada del cuerpo del enfermo; los ensalmadores, que tienen oraciones contra todos los males y les basta murmurarlas mirando hacia el sitio donde se halle el paciente, así sea a leguas de distancia, todos le revelaron sus secretos, y a vuelta de poco las más groseras y extravagantes supersticiones reinaban en el alma de la mestiza.

Por otra parte, su belleza había perturbado ya la paz de la comunidad. La codiciaban los mozos, la vigilaban las hembras celosas, y los viejos prudentes tuvieron que aconsejarle a Eustaquio:

—Llévate a la guaricha. Vete con ella de por todo esto.

Y otra vez fue la vida errante por los grandes ríos, a bordo de un bongo, con dos palanqueros indios.

El Orinoco es un río de ondas leonadas; el Guainía las arrastra negras. En el corazón de la selva, aguas de aquél se reúnen con las de éste; mas por largo trecho corren sin mezclarse, conservando cada cual su peculiar coloración. Así, en el alma de la mestiza tardaron varios años en confundirse la hirviente sensualidad y el tenebroso aborrecimiento al varón.

La primera víctima de esta horrible mezcla de pasiones fue Lorenzo Barquero.[10]

Era éste el menor de los hijos de don Sebastián y se había educado en Caracas. Ya estaba para concluir sus estudios de derecho, y le sonreía el porvenir en el amor de una mujer bella y distinguida y en las perspectivas de una profesión en la cual su talento cosecharía triunfos, cuando, a tiempo que en el Llano estallaba la discordia entre Luzardos y Barqueros, empezó a manifestarse en él un extraño caso de regresión moral. Acometido de un brusco acceso de misantropía, abandonaba de pronto las aulas universitarias y los halagos de la vida de la capital, para ir a meterse en un rancho de los campos vecinos, donde, tumbado en un chinchorro, pasábase días consecutivos, solo, mudo y sombrío, como una ñera enferma dentro de su cubil. Hasta que, por fin, renunció definitivamente a cuanto pudiera hacerle apetecible la existencia en Caracas: a su novia, a sus estudios y a la vida brillante de la buena sociedad, y tomó el camino del Llano para precipitarse en la vorágine del drama que allá se estaba desarrollando.

Y allá se tropezó con Barbarita, una tarde, cuando de remontada por el Arauca con su cargamento de víveres para *La Barqueña*, el bongo de Eustaquio atracó en la pos del *Bramador*, donde él estaba dirigiendo la tirada de un ganado.

Una tormenta llanera, que se prepara y desencadena en obra de instantes, no se desarrolla, sin embargo, con la violencia con que se desataron en el corazón de la mestiza los apetitos reprimidos por el odio, pero éste subsistía y ella no lo ocultaba.

—Cuando te vi por primera vez te me pareciste a Asdrúbal —díjole, después de haberle referido el trágico episodio—. Pero ahora me representas a los otros; un día eres el taita, otro día *El Sapo*.

Y como él replicara, poseedor orgulloso:

—Sí. Cada uno de los hombres, todos aborrecibles para ti; pero, representándotelos, uno a uno, yo te hago amarlos a todos, a pesar tuyo.

Ella concluyó, rugiente:

—Pero yo los destruiré a todos en ti.

Y este amor salvaje, que en realidad le imprimía cierta originalidad a la aventura con la bonguera, acabó por pervertir el espíritu ya perturbado de Lorenzo Barquero.

Ni aun la maternidad aplacó el rencor de la devoradora de hombres; por el contrario, se le exasperó más; un hijo en sus entrañas era para ella una victoria del macho, una nueva violencia sufrida, y bajo el imperio de este sentimiento concibió y dio a la luz una niña, que otros pechos tuvieron que amamantar, porque no quiso ni verla siquiera.

Tampoco Lorenzo se ocupó de la hija, súcubo de la mujer insaciable y víctima del brebaje afrodisíaco que le hacía ingerir, mezclándolo con las comidas y bebidas, y no fue necesario que transcurriera mucho tiempo para que de la gallarda juventud de aquel que parecía destinado a un porvenir brillante, sólo quedara un organismo devorado por los vicios más ruines, una voluntad abolida, un espíritu en regresión bestial.

Y mientras el adormecimiento progresivo de las facultades —días enteros sumido en un sopor invencible— lo precipitaba a la horrible miseria de las fuentes vitales agotadas por él veneno de la *pusana*, la obra de la codicia lo despojó de su patrimonio.

La idea la sugirió un tal coronel Apolinar que apareció por allí en busca de tierras para comprar, con el producto de sus rapiñas en la Jefatura Civil de uno de los pueblos de la región. Ducho en argucias de rábulas, como advirtiese la ruina moral de Lorenzo Barquero y se diese cuenta de que la barragana era conquista fácil, se trazó rápidamente su plan y, a tiempo que empezaba a enamorarla, entre un requiebro y otro, le insinuó:

—Hay un procedimiento inmancable y muy sencillo para que usted se ponga en la propiedad de *La Barquereña*, sin necesidad de que se case con don Lorenzo, ya que, como dice, le repugna la idea de que un hombre pueda llamarla su mujer. Una venta simulada. Todo está en que él firme el documento; pero eso no es difícil para usted. Si quiere, yo le redacto la escritura de manera que no pueda haber complicaciones con los parientes.

Y la idea encontró fácil asidero.

—Convenido. Redácteme ese documento. Yo se lo hago firmar.

Así se hizo, sin que Lorenzo se resistiera al despojo; pero cuando ya se iba a proceder al registro del documento, descubrió Bárbara que existía una cláusula por la cual reconocía haber recibido de Apolinar la cantidad estipulada como precio de *La Barquereña* y comprometía la finca en garantía de tal obligación.

Y Apolinar explicó:

—Ha sido menester poner esa cláusula como una tapa contra los parientes de don Lorenzo, que si descubren que es una venta simulada pueden pedir su anulación declarándolo entredicho. Para que no haya dudas, yo le entregaré a usted ese dinero en presencia del registrador. Pero no se preocupe. Es una comedia entre los dos.

Luego usted me devuelve mis reales y yo le entrego esta contraescritura que anula la cláusula.

Y le mostró un documento privado cuya invalidez corría de su cuenta.

Ya era tarde para retroceder, y, por otra parte, también ella se había trazado su plan para apoderarse de aquel dinero que Apolinar quería invertir en fincas, y le respondió devolviéndole el contradocumento:

—Está bien. Se hará como tú quieras.

Apolinar comprendió que también se rendía a su amoroso asedio y se complació en sus artes. Por el momento, la mujer que se le entregaba con aquel *tú*; luego, la finca. Y su dinero intacto.

Días después le comunicó a Lorenzo:

—He resuelto reemplazarte con el coronel. De modo que ya estás de más en esta casa.

A Lorenzo se le ocurrió esta miseria:

—Yo estoy dispuesto a casarme contigo.

Pero ella le respondió con una carcajada y el ex hombre tuvo que ir a refugiarse junto con su hija, y ahora de veras y para siempre, en un rancho del palmar de *La Chusmita*, que tampoco era tierra suya, en virtud de aquella transacción por la cual su madre y su tío José Luzardo habían renunciado a la propiedad que les asistía sobre aquella porción de la antigua *Altamira*.

Ni el nombre quedó de *La Barquereña*, pues Bárbara se lo cambió por *El Miedo*, denominación del paño de sabana donde estaban situadas las casas del hato, y éste fue el punto de partida del famoso latifundio.

Desatada la codicia dentro del tempestuoso corazón, se propuso ser dueña de todo el cajón del Arauca, y asesorada por las extraordinarias habilidades de litigante de Apolinar, comenzó a meterles pleitos a los vecinos, obteniendo de la venalidad de los jueces lo que la justicia no pudiera reconocerle, y cuando ya nada tenía que aprender del nuevo amante y todo el dinero de éste había sido empleado en el fomento de la finca, recuperó su fiera independencia haciendo desaparecer, de una manera misteriosa, a aquel hombre que podía jactarse en llamarla suya.

*Altamira*, descuidada por su dueño en manos de administradores fácilmente sobornables, fue la presa predilecta de su ambición de dominio. Leguas y leguas diéronle los litigios, y entre uno y otro el lindero de *El Miedo* iba metiéndose por tierras altamireñas, mediante una simple mudanza de los postes, favorecida por la deliberada imprecisión y oscuridad de los términos con que los jueces comprados redactaban las sentencias y por la complicidad de los mayordomos de Luzardo, que se hacían de la vista gorda.

A cada noticia de una de estas bribonadas, Santos Luzardo cambiaba de administrador y así, de mano en mano, fue *Altamira* a caer en las de un tal Balbino Paiba, antiguo tratante en caballos que había tenido la oportunidad de ir a comprarle algunos a la dueña de *El Miedo* y la audacia de dirigirle un requiebro en el preciso momento en que ella estaba necesitando un mayordomo para *Altamira*, sin que se sospechase que hubiera inteligencia entre ambos.

Fue a raíz del último pleito ganado a Santos Luzardo, enamorándole al abogado que, además de poco escrupuloso, era blando al amor. Las quince leguas de sabanas altamireñas pasaron a engrosar las de *El Miedo*; pero ella no se conformó con esto e hizo que el abogado recomendase a Balbino Paiba para la mayordomía vacante. Desde entonces y trabajando sin descanso, cuantos orejanos y mostrencos habían caído por allá en rodeos y carreras fueron marcados con el hierro de *El Miedo*, y, entretanto, el lindero errante avanzando, *Altamira* adentro.

Y, mientras las tierras limítrofes iban incorporándose de este modo a su feudo, y la hacienda ajena engrosaba sus rebaños, todo el dinero que caía en sus manos desaparecía de la circulación. Hablábase de varias botijuelas repletas de morocotas, su moneda predilecta, que ya tenía enterradas, y era fama que, una vez, cierto dueño de hato muy rico en cabezas de ganado, sabedor de que ella para apreciar su dinero no lo contaba sino lo medía, cual si se tratase de cereales, fue a proponerle:

—Présteme una cuartilla de morocotas, doña.

Dice el cuento que ella fue y vino con la medida colmada por encima de los bordes.

—¿Cómo la quiere, ño, con o sin copete?

—Rasita, doña. Porque a la hora de pagar, el copete me puede salir muy caro.

Ella quitó las monedas excedentes, pasando al ras de los bordes de la medida una regla que al efecto usaba, y dijo:

—Fíjese, ño. Así la quiero cuando me la pague: descopetada de un solo toletazo.

Esto contaban. Tal vez habría mucho de leyenda en cuanto se decía a propósito de su fortuna; pero bastante rica y muy avara sí era doña Bárbara.

En cuanto a la conseja de sus poderes de hechicería, no todo era, tampoco, invención de la fantasía llanera. Ella se creía realmente asistida de potencias sobrenaturales y a menudo hablaba de un "socio" que la había librado de la muerte, una noche, encendiéndole la vela para que se despertara, a tiempo que penetraba en su habitación un peón pagado para asesinarla, y que, desde entonces, se le aparecía a aconsejarle lo que debiera hacer en las situaciones difíciles o a revelarle los acontecimientos lejanos o futuros que le interesara conocer. Según ella, era el propio milagroso Nazareno de Achaguas; pero lo llamaba simplemente y con la mayor naturalidad: "el Socio" y de aquí se originó la leyenda de su pacto con el diablo.

Mas, Dios o demonio tutelar, era lo mismo para ella, ya que en su espíritu, hechicería y creencias religiosas, conjuros y oraciones, todo estaba revuelto y confundido en una sola masa de superstición, así como sobre su pecho estaban en perfecta armonía amuletos de los brujos indios y escapularios, y sobre la repisa del cuarto de los misteriosos conciliábulos con "el Socio", estampas piadosas, cruces de palma bendita, colmillos de caimán, piedras de curvinata y de centella, y fetiches que se trajo de las rancherías indígenas, consumían el aceite de una común lamparilla votiva.

Tocante a amores, ya ni siquiera aquella mezcla salvaje de ape-

titos y odio de la devoradora de hombres. Inhibida la sensualidad
por la pasión de la codicia y atrofiadas hasta las últimas fibras femeniles de su ser por los hábitos del marimacho —que dirigía personalmente las peonadas, manejaba el lazo y derribaba un toro en
plena sabana como el más hábil de sus vaqueros y no se quitaba de
la cintura la lanza y el revólver, ni los cargaba encima sólo para inti-
midar—, si alguna razón de pura conveniencia, como la necesidad
de algún mayordomo incondicional, en un momento dado, o en el
caso de Balbino Paiba, de un instrumento suyo en el campo enemigo, la movía a prodigar caricias; más era hombruno tomar que
femenino entregarse. Un profundo desdén por el hombre había re-
emplazado al rencor implacable.

No obstante este género de vida y el haber traspuesto ya los
cuarenta, era todavía una mujer apetecible, pues si carecía en absoluto de delicadezas femeniles, en cambio el imponente aspecto del
marimacho le imprimía un sello original a su hermosura: algo de
salvaje, bello y terrible a la vez.[12]

Tal era la famosa doña Bárbara: lujuria y superstición, codicia y
crueldad, y allá en el fondo del alma sombría una pequeña cosa
pura y dolorosa: el recuerdo de Asdrúbal, el amor frustrado que
pudo hacerla buena. Pero aun esto mismo adquiría los terribles caracteres de un culto bárbaro que exigiera sacrificios humanos: el recuerdo de Asdrúbal la asaltaba siempre que se tropezaba en su
camino con un hombre en quien valiera la pena hacer presa.

# IV

## *Uno solo y mil caminos distintos*

El paso del *Algarrobo* daba acceso al hato de *Altamira* por depresiones de los altos ribazos que allí encajonaban el cauce del Arauca.

Al son de la guarura que anunciaba la llegada de un bongo, corrieron a asomarse al borde de la barranca derecha unas cuantas muchachas y bajaron a la playa tres chicos y dos hombres.

En uno de éstos, araucano buen mozo, cara redonda de color aceitunado, Santos Luzardo reconoció a Antonio Sandoval.[13] Antoñito el becerrero, en los tiempos de su infancia en el hato su camarada de expediciones en busca de panales de aricas y nidos de paraulatas.

Saludó descubriéndose respetuosamente; pero cuando Luzardo le echó los brazos, tal como lo hiciera para despedirse de él trece años antes, murmuró:

—¡Santos!

—No has cambiado de fisonomía, Antonio —dijo Luzardo, apoyadas todavía sus manos en los hombros del peón.

Y éste, volviendo al tratamiento respetuoso:

—Usted sí que es otra persona. Tanto, que si no hubiera sido porque sabía que venía en el bongo no lo habría reconocido.

—¿De modo que no te he cogido de sorpresa? ¿Cómo supiste que venía?

—Parece que la noticia la trajo a *El Miedo* el peón que acompañaba a *El Brujeador*.

—¡Ah! Sí. Eran dos, y uno ha debido de venirse anoche mismo por tierra.

—A mí me dio el pitazo Juan Primito —concluyó Antonio—. Un bobo de allá de *El Miedo*, que todo lo descubre y es un telégrafo para transmitir novedades. Porque me he pasado todo el día preocupado por causa de ese empeño de *El Brujeador* de venirse con usted en el bongo. De eso estábamos hablando, cuando sonó la guarura, yo y mi vale Carmelito.

Referíase al compañero, y en seguida presentándoselo:

—Carmelito López. Un hombre en quien puede confiarse con los ojos cerrados. Es de los nuevos; pero luzardero, también, hasta los tuétanos.

—A su mandar —dijo el presentado, lacónicamente, tocándose apenas el ala del sombrero. Un hombre de facciones cuadradas, cejijunto, nada simpático al primer golpe de vista. Uno de esos hombres que están siempre "encuevados", como dice el llanero, sobre todo en presencia de extraños.

No obstante y a causa de las recomendaciones de Antonio, a Luzardo le produjo buena impresión; pero al mismo tiempo, se dio cuenta de que no había sido recíproca.

En efecto, era Carmelito uno de los tres o cuatro peones del hato con cuya lealtad podía contar Santos Luzardo en la lucha que se había propuesto emprender contra los enemigos de su propiedad. Había llegado a *Altamira* hacía poco tiempo y si aún permanecía allí, a pesar de lo mal avenido que estaba con el mayordomo Balbino Paiba, era por complacer a Antonio, quien, extremando la tradicional fidelidad de los Sandovales hacia los Luzardos, no sólo soportaba al mayordomo traicionero, sino que procuraba retener en *Altamira* a los pocos peones honrados que por allí quedaran, en la esperanza de que algún día resolviera Santos ir a encargarse del hato. Como Antonio, Carmelito se había alegrado con la noticia de la llegada del amo; Balbino Paiba sería destituido y obligado a rendir cuenta de sus latrocinios; se acabarían los abusos de doña Bárbara y todo marcharía en regla.

Pero del concepto que tenía Carmelito de la hombría estaba excluido todo lo que descubrió en Santos Luzardo, apenas éste saltó del bongo: la gallardía, que le pareció petulancia, la tersura del rostro, la delicadeza del cutis ya sollamado por el resol de unos días de viaje, rasurado el bigote, que es atributo de machos, los modales afables, que le parecieron amanerados, el desusado traje de montar, aquel saco tan entallado, aquellos calzones tan holgados arriba y en las rodillas tan ceñidos, puños estrechos en vez de polainas, y corbata, que era demasiado trapo para llevar encima por aquellas soledades.

—¡Hum! —murmuró entre dientes— ¿Y éste es el hombre de quien tanto esperábamos? Con este patiquincito presumido no se va a ninguna parte.

Entretanto, el padre de Antonio, un anciano de piel cuarteada pero con la cabeza todavía negra, bajaba la rampa que conducía a la playa, rengueando y sonriente.

—¡Viejo Melesio! —exclamó Santos, saliéndole al encuentro—. ¡Sin una cana todavía!

—Indio no los pinta, niño Santos —y después de reír un rato, con una risa silenciosa, apenas mueca, que dejaba ver las encías desdentadas y la negra saliva de la mascada de tabaco—: ¡Conque no se había olvidado de mí el niño Santos! ¡Déjeme que lo miente asina, como desde pequeñito lo he mentado, hasta que me vaya haciendo a llamarlo dotol! Usted sabe que los viejos semos duros de bocas pa cogé los pasos nuevos.

—Dígame como mejor le parezca, viejo.

—Siempre habrá respeto, ¿verdad, niño? Venga, pa'que se repose en casa, un saltico aunque sea, antes de seguir pa'la suya.

A la derecha de la rampa se extendían, blanqueadas por la intemperie, las palizadas de los corrales donde se reunía el ganado que por allí se sacaba, y a la izquierda se agrupaban las construcciones típicas de la vivienda llanera: dos casas de bahareque y palma, que eran las habitaciones de la familia de Melesio, y entre ambas un caney de gruesa y baja techumbre pajiza, bajo el cual había una mesa larga rodeada de bancos; otro caney, más allá, alto y espacioso, a cuyos horcones estaban amarradas las bestias de Antonio y Carmelito y la que ellos habían traído del hato para Santos; otro, en fin, separado de las casas y de cuyas travesañas de macanilla pendían cueros de venados y de chigüires, recién curtidos, pestilentes todavía.

Detrás de este caney se alzaba una hilera de árboles; jobos, dividives y el alto algarrobo que le daba nombre al esguazadero. Lo demás era llanura despejada, la inmensidad de los pastos, en cuyo remoto confín circular, y como suspendida en el aire por efecto del espejismo, divisábase la ceja de una arboleda, la "mata" llanera, bosque aislado en medio de las sabanas.

—¡*Altamira!* —exclamó Santos—. ¡Los años que no te veía!

De las puertas de las casas desaparecieron las muchachas que poco antes se habían asomado al borde del ribazo, y Melesio dijo:

—Son mis nietas. Muchachas cimarronas, como decimos por aquí. En toda la tarde no han hecho sino aguaitar pa'el río, esperándolo a usted, y ahora que llega, se esconden.

—¿Hijas tuyas, Antonio? —preguntó Santos.

—No, señor. Yo todavía ando escotero, a Dios gracias.

—De los otros hijos —explicó Melesio—. De los difuntos que en paz descansen.

Penetraron bajo el sombroso abrigo del caney pequeño. El piso de tierra había sido barrido con esmero y los bancos colocados al hilo de la horconadura, como para las noches de joropo. Además, había un butaque, lujo del rústico mobiliario del llanero, puesto allí para el huésped en sitio de honor.

—Salgan pa juera, muchachas —gritó Melesio—. No sean tan camperusas. Arrímense pa'que saluden al dotol.

Ocultas detrás de las puertas y al mismo tiempo deseosas de presentarse, las ocho nietas de Melesio disimulaban su timidez riendo y empujándose unas a otras.

—Salí tú primero, chica.

—¿Guá y por qué no salís tú?

Por fin aparecieron, en fila india, como si marcharan por una vereda angosta, y con una misma frase, pronunciada con un idéntico tono cantarino de voz, saludaron a Luzardo tendiéndole unas manos escurridizas.

—¿Cómo está? ¿Cómo está? ¿Cómo está?

A tiempo que el abuelo iba diciendo:

—Ésta es Gervasia, la de Manuelito. Ésta es Francisca, la de Andrés Ramón. Genoveva, Altagracia... Las novillas sandovaleras, como les dicen por aquí. En maules no tengo sino esos tres zagaletones que le sacaron sus macundos del bongo. La herencia que me dejaron los hijos: once bocas con sus dientes completos.

Pasada la vergüenza del saludo y de la presentación, se fueron sentando en los bancos, una al lado de la otra, en el mismo orden en que habían salido de la casa, sin hallar qué hacer con las manos ni dónde poner los ojos. La mayor, Genoveva, no pasaría de diecisiete años; algunas eran buenas mozas, de tez arrosquetada, ojos negros y brillantes, y todas de carnes macizas y aspecto saludable.

—Tiene usted una familia que da gusto, Melesio —dijo Luzardo—. Fuerte y sana. Se ve que por aquí no reina el paludismo.

El viejo se cambió la mascada de uno al otro carrillo y respondió:

—Voy a decirle, niño Santos. Es verdad que por aquí no es tan enfermizo como por esos otros llanos que usted ha atravesado; pero a nosotros también nos jeringa el paludismo. Yo, que le estoy hablando, once hijos tuve y siete de ellos llegaron a hombres. Usted debe recordarlos. Pues hoy sólo me queda Antonio. Y asina como le hablo yo, le pueden hablar también muchos otros. Lo que sucede es que habemos personas que le damos fiebre a la calentura. En buena hora lo haiga dicho, por todos los que estamos presentes, con el favor de Dios. Pero con los demás hace su juego el paludismo.

Escupió la amarga saliva de la mascada y, volviendo a su lenguaje metafórico de hombre criado entre reses, concluyó, con fatalismo bromista:

—No tiene sino que mirar cómo me he quedado con el mautaje solamente. El ganado grande: los hijos y las mujeres de los hijos, me los arrasó el gusano.

Y volvió a soltar su risa silenciosa.

—Pero cuántos abuelos no le envidiarán, Melesio, al verlo rodeado de tantas nietas bonitas —dijo Santos, desechando el tema aflictivo.

—Con sus favores —murmuró Genoveva, mientras las demás cuchicheaban azoradas.

—¡Hum! —hizo Melesio—. No se esté creyendo que eso es una ventaja. Ojalá me hubieran dejado con un hatajo de feas, porque ésas se pastorean sin mucho trabajo. Viciversa, ni dormir completo puedo. Toda la noche tengo que estar como el alcaraván: ¡oído al zorro! Y de rato en rato me tiro del chinchorro y voy a darles una recorrida, contándolas una por una, a ver si están completas las ocho.

Y la plácida mueca volvió a marcarle las mil arrugas del rostro, mientras las muchachas, rojas de vergüenza y haciendo esfuerzos por contener la risa, refunfuñaban:

—¡Jesús, taita! Las cosas suyas.

Allanándose al tono chancero de Melesio, Santos charló un rato dándoles bromas a las muchachas. Rebullían ellas, entre complacidas y azoradas, escuchábalo el viejo con la silenciosa risa desplegada en el rostro y lo contemplaba en silencio Antonio con una mirada leal.

Se presentó luego uno de los muchachos con la taza de café, que nunca le falta al llanero para obsequiar a sus huéspedes.

—Va usted a beber en la misma taza en que bebía su padre, a quien Dios tenga en su gloria —dijo Melesio—. Desde entonces, nadie más la ha usado.

Y en seguida.

—¡Conque no me morí sin ver al niño Santos!

—Gracias, viejo.

—No tiene de qué darlas, niño. Luzardero nací y en esa ley tengo que morir. Por estos lados, cuando se habla de nosotros los Sandovales, dicen que y que tenemos marcado en las nalgas el jierro de *Altamira*. ¡Je! ¡Je!

—Siempre han sido ustedes muy consecuentes con nosotros. Es la verdad.

—En buena hora lo diga, pa'que estos muchachos que lo están

escuchando sigan siempre por el mismo rumbo. Sí, señor. Consecuentes semos y siempre lo hemos sido: hablando cuando nos toca y callando cuando no nos preguntan; pero cumpliendo siempre el deber en lo que nos corresponde. ¿Que hay cosas de cosas? ¡No señor! Lo que siempre le he dicho a Antonio: los Sandoval con los Luzardo hasta que ellos no nos corran de lo suyo. Porque si...

—Bueno, viejo —intervino Antonio sonriendo—. Todavía no están preguntándonos nada.

Y Santos comprendió lo que quería decir Melesio con aquello de "callando cuando no nos preguntan". Anticipábase a los reproches que él pudiera hacerles, por no haberlo tenido al corriente de las bribonadas de los administradores y dejaba traslucir el resentimiento de quienes, a pesar de la probada y tradicional lealtad, se vieron subordinados a advenedizos como Balbino Paiba, quien ni siquiera de vista conocía Luzardo.

—Comprendo, viejo. Y reconozco que el verdadero culpable de lo que ocurre por aquí soy yo, pues estando ustedes, nadie mejor para haberles confiado mis intereses. Pero la verdad es que nunca me ocupé ni quise ocuparme del hato.

—Sus estudios, que no le dejaban tiempo —dijo Antonio.

—Y el despego de esta tierra.

—Eso sí es malo, niño Santos —observó Melesio.

—Y ya me doy cuenta —prosiguió Luzardo— de lo tirante que ha debido de ser la situación de ustedes en *Altamira*.

—Sosteniendo el barajuste, como dicen —manifestó Antonio.

Y el viejo, apoyando, en el mismo estilo metafórico de ganaderos:

—Y que no han sido pocas las atropelladas. Antonio, mijo, principalmente, ha tenido que dejarse supiritar, sobre todo por el don Balbino, y hasta aparentarse enemigo de usted para que no lo despidiera. Que, por cierto, ya estará fijándose usted en que no ha venío a recibirlo a usted.

—Mejor está así —dijo Santos—. Y ojalá se le ocurra marcharse del hato antes de que yo llegue a la casa, pues ¿qué cuentas puede rendirme, que no sean de las que siempre me rindieron sus antecesores, todas del Gran Capitán, ni qué cargos puedo hacerle, si de todas sus pillerías el verdadero culpable soy yo?

Al oír esto, Carmelito que estaba más allá, apretándoles las cinchas a los caballos amarrados a los horcones del caney grande, murmuró:

—¿No lo dije? Ya el hombre está deseando que no se le presenten dificultades con el mayordomo. La regla no manca, con los patiquines no hay esperanza. A quien van a tener que arreglarle su cuenta, y esta noche mismo, es a mí, porque de madrugada voy a estar ensillando.

Y quizás hasta el mismo Antonio pensó algo semejante, a pesar de la afectuosa adhesión que le profesaba a Santos, al oírlo dispuesto a tolerar que el mayordomo se fuera tranquilo con el producto de sus pillerías, pues arrugó el ceño y guardó silencio de contrariedad.

Santos continuó saboreando, sorbo a sorbo, el café tinto y oloroso, placer predilecto del llanero, y mientras tanto, saboreó también una olvidada emoción.

El hermoso espectáculo de la caída de la tarde sobre la muda inmensidad de la sabana; el buen abrigo, sombra y frescura del rústico techo que lo cobijaba; la tímida presencia de las muchachas, que habían estado esperándolo toda la tarde, vestidas de limpio y adornadas las cabezas con flores sabaneras, como para una fiesta; la emocionada alegría del viejo al comprobar que no lo había olvidado el "niño Santos", y la noble discreción de la lealtad resentida de Antonio, estaban diciéndole que no todo era malo y hostil en la llanura, tierra irredenta donde una gente buena ama, sufre y espera.

Y con esta emoción, que lo reconciliaba con su tierra, abandonó la casa de Melesio, cuando ya el sol empezaba a ponerse, rumbo de baquianos a través de la sabana, que es, toda ella, uno solo y mil caminos distintos.

# V

## *La lanza en el muro*

Del que seguían las bestias, sendero abierto por las pezuñas del ganado, se levantaban con silencioso vuelo las lechuzas y aguaitacaminos, encandilados todavía por la claridad diurna, y al paso de la cabalgata lanzaban sus ásperos gritos los alcaravanes.

Parejas de venados huían por todas partes, hasta perderse de vista. Distante, en la contraluz de un crepúsculo de colores calientes y suntuosos, se destacaba la silueta de un jinete que iba arreando un rebaño. Reses señeras se engreían, aquí y allá, amenazantes, o se disparaban ariscas, a la vista del hombre, mientras que otras, mansas, se encaminaban paso a paso y por distintos rumbos hacia los corrales del hato, donde ya se elevaban las blancas humaredas de la boñiga seca que era costumbre quemar al aproximarse la noche, para ahuyentar las nubes de mosquitos perturbadores del sueño de gente y ganado.

Lejos se alzaba la polvareda de una "rochela" de caballos salvajes. Un bando de garzas se alejaba hacia el Sur, una tras otra en la armoniosa serenidad del vuelo.

Pero era un cuadro de desolación dentro del grandioso marco de la llanura. Ya le habían dicho a Santos Luzardo que en *Altamira* no quedaban sino unas "paraparas" y, en efecto, toda aquella hacienda que se movía sobre el inmenso paño de sabana sería, apenas, un centenar entre bestias y reses, cuando antes, hasta los tiempos de José Luzardo, eran yeguadas y rebaños numerosos.

—¡Se acabó esto! —exclamó Santos—. ¿A qué he venido si aquí no hay nada que salvar?

—Hágase cargo —dijo Antonio—. Por un lado, doña Bárbara, y por el otro una runfla de mayordomos, a cual más ladrón, haciendo de las suyas con el ganado de acá. Y, como si fuera poco, los cuatreros del Cunaviche metiéndose en *Altamira* como río en conuco, cada vez que les dé la gana; los revolucionarios por un lado y por el otro las comisiones del Gobierno que vienen a buscar caballos y de aquí es de donde se los llevan, porque doña Barbara, para que no le quiten los suyos, los encamina para acá.

—El desastre —concluyó Santos—. La ruina bien merecida.

—Pero todavía queda, doctor —agregó Antonio—. Puras cimarroneras, y a Dios gracias, porque si no, a estas horas también le habrían manoteado esas reses. En *Altamira*, afortunadamente, desde la soltada de las queseras, casi todo el ganado se ha alzado, pero las cimarroneras han sido aquí una salvación, porque, como dan tanta brega, los mayordomos se han contentado con cogerse el ganado manso. Una de estas noches lo voy a llevar al mastrantal de *Mata Luzardera* para que se dé una idea de la plata que todavía tiene que defender. Pero si se hubiera dilatado en venir unos días más, ni eso habría encontrado, pues ya el don Balbino tenía dispuesto empezar a darles choques a las cimarroneras para repartírselas con doña Bárbara. Para algo se ha enredado ella con él.

—¡Cómo! ¿De modo que Paiba es el amante de turno de doña Bárbara?

—Pero ¿usted no lo sabía, doctor? ¡Ah, caramba! Si por eso es que está él aquí. A lo menos, la misma doña Barbara dice que fue ella quien hizo poner a Balbino en *Altamira*.

Y fue entonces cuando Santos vino a darse cuenta de la traición del apoderado que le recomendara a Paiba, encima de haber dejado perderse la causa que él le confiara.

Una leve sonrisa, que sólo la mirada zahorí de Antonio podía percibir, cruzó por el rostro de Carmelito, y ya aquél se arrepentía de las palabras con que había puesto en evidencia la desairada situación de Luzardo, cuando descubrió también en éste, por el fiero gesto, el encabritamiento de la hombría que Carmelito no le reconocía, y de la cual él mismo había llegado a dudar, por un momento, hacía poco.

—Tenemos hombre —se dijo para sus adentros, complacido en el hallazgo—. La raza de los Luzardo no se ha acabado todavía.

Guardó respetuoso silencio el peón leal; Carmelito continuó hermético, y por largo rato se escucharon las pisadas de los caballos. Luego, allá lejos, por donde iba, negra en la contraluz del crepúsculo, la silueta del jinete en pos del rebaño, un cantar de notas largas, tendido en la muda inmensidad. Y la emoción apaciguante del paisaje natal volvió a apoderarse del ánimo de Santos. Dejó vagar la vista, desarrugando el ceño, por la ancha tierra y fueron acudiendo a sus labios los nombres familiares de los sitios que reconocía a distancia.

—*Mata Oscura, Uveral, Corozalito*. El palmar de *La Chusmita*.

Cosa de un instante nada más, al pronunciar el nombre del lugar aciago, de la discordia que destruyó a su familia, sintió que surgían intempestivamente del fondo de su ser torvos sentimientos que le oscurecían la recuperada serenidad del ánimo. ¿Acaso el odio de los Luzardo por los Barquero, la pasión de la cual se creía exento?

Y a tiempo que se hacía la interrogación, reveladora de conciencia alerta, oyó que Antonio, fiel también al rencor de la "familia", como, por antonomasia, decían los Sandoval, murmuraba:

—¡El maldito palmar! Sí, señor. Allá está purgando en vida su crimen el que azuzó al hijo contra el padre.

Referíase a Lorenzo Barquero, instigador de Félix Luzardo la tarde de la monstruosa tragedia de la gallera, y parecía verdaderamente suyo el rencor que le vibraba en la voz.

En cambio, tras una breve pausa, Santos se complació en comprobar que sólo un interés compasivo lo movía a hacer esta pregunta:

—¿Vive todavía el pobre Lorenzo?

—Si se puede llamar vida al resuello, que es lo que le queda. El

"Espectro de *La Barquereña*", lo mientan por aquí. Es una piltrafa de hombre. Dicen que fue doña Bárbara quien lo puso así; pero para mí que fue castigo de Dios, porque comenzó a secarse en vida desde la hora y punto en que el difunto José lo clavó en el bahareque.

Aunque Santos no comprendió todo lo que quería decir Antonio con la frase final, le repugnó que mezclara a su padre en aquel asunto y cambió el tema haciendo una pregunta relativa al ganado que pacía por allí.

Se ocultó por fin el sol, pero quedó largo rato suspendido sobre el horizonte el lento crepúsculo llanero en una faja de arreboles sombríos cortados por la línea neta del disco de la llanura, mientras en el confín opuesto, al fondo de una transparente lontananza de tierras mudas, comenzaba a levantarse la luna llena. Se fue haciendo más y más brillante el fulgor espectral que plateaba los pajonales y flotaba como un velo en las hondas lejanías, y ya era entrada la noche cuando llegaron a las fundaciones del hato.

Una casa grande, de bahareque y tejas, torcidas las paredes, despatarradas las techumbres, de cinc las de los corredores que la rodeaban, con un palenque por delante para defenderla del ganado y algunos árboles por detrás, en lo que se denomina el patio, no muy altos, pues el llanero no los consiente cerca de sus viviendas por temor al rayo; al fondo, la cocina y unas piezas destinadas a almacenar las yucas, topochos y frijoles que producían los conucos para el consumo del personal; a la derecha el caney sillero y los que servían de dormitorios de la peonada, y entre éstos y aquél, la tasajera, donde se secaba al aire y al sol, pasto de las moscas, la carne salada; a la izquierda, las trojes donde se depositaba el maíz en mazorcas, el totumo y el merecure del gallinero, los botalones de tallar sogas, las majadas, medias majadas y corralejas y finalmente, el chiquero de los marranos, eso era el hato de *Altamira*, tal como lo fundara el cunavichero don Evaristo, en años ya remotos, excepto las tejas y el cinc, de los techos de la casa de familia, mejoras introducidas por el padre de Santos. Una fundación primitiva, asiento de una industria rudimentaria y abrigo de una existencia semibárbara en medio del desierto.

Dos mujeres que se asomaron a la puerta de la cocina a fisgonear cómo era el amo y tres peones que acudieron a recibirlo, era toda la gente que había por allí.

Antonio los fue presentando por sus nombres, oficios y condiciones. A uno de color cetrino y tres o cuatro pelos lacios por bigotes, con estas palabras:

—Venancio, el amansador. Hijo de ño Venancio, el quesero. ¿Se acuerda usted de ño Venancio?

—¡Cómo no voy a acordarme! —respondió Santos—. Gente de la casa, desde tiempo inmemorial.

—Pues no tengo nada que decirle —manifestó el presentado. Pero Santos volvió a ver en aquel rostro la misma expresión de recelo que ya había descubierto en el de Carmelito.

—El cabrestero María Nieves —prosiguió Antonio, presentando al segundo, un catire retaco—. Llanero marrajo,[14] hasta en el nombre que parece de mujer. Ya usted se irá dando cuenta de la clase de hombre que es. Yo no le presento sino lo bueno.[15]

—Son favores suyos, Antonio —dijo el aludido, y dirigiéndose a Luzardo, agregó—: Aquí me tiene, pues, para lo poco que pueda serle útil.

En cuanto al tercero, un zambo contento, canilludo y desgalichado, que todo se volvía movimiento, no tuvo tiempo de presentarlo Antonio.

—Con su licencia, doctor. Yo me voy a presentar yo mismo, no vaya a ser cosa que mi vale Antonio le dé malas recomendaciones, porque ya le estoy viendo la bellaquería pintada en los ojos. Soy Juan Palacios; pero me llaman *Parajote* y así puede mentarme. No soy de la casa desde tiempo inmemorial, como usted acaba de decir, pero conmigo puede contar para todo lo que se le ofrezca, porque yo no soy sino lo que se me ve por encima. Y con ésta, si no es abuso, le entrego al zambo *Pajarote*.

Diciendo así, le tendió la mano y Santos se la estrechó, complacido en aquella ruda franqueza, tan llanera también.

—Así se habla, *Parajote* —murmuró Antonio, con agradecida lealtad.

—¡Guá, zambo! Las palabras son para decirlas.

Cruzó algunas Santos con sus peones y luego se retiró a la casa, y entonces Antonio hizo estas preguntas, que no le había parecido prudente formular en presencia de aquél:

—¿Por qué está esto tan solo? ¿Qué se han hecho los demás muchachos?

—Se fueron —respondió Venancio—. Apenas habían partido ustedes para *El Paso*, ensillaron y cogieron rumbo a *El Miedo*.

—¿Y don Balbino? ¿No ha estado por aquí?

—No. Pero eso es plan combinado por él. Yo había maliciado ya que estaba sonsacando a los muchachos.

—No se ha perdido gran cosa, pues toda era gente balbinera, bellaca y manguareadora —concluyó Antonio, después de una breve cavilación.

Entretanto, molido el cuerpo por las incomodidades del largo viaje, pero con el espíritu excitado por las emociones de aquella jornada, decisiva en su existencia, Santos Luzardo se había reclinado en la hamaca que encontró dispuesta para él en una de las habitaciones de la casa y analizaba sus sentimientos.

Eran dos corrientes contrarias: propósitos e impulsos, decisiones y temores.

Por una parte, lo que había sido fruto de reflexiones ante el espectáculo de la llanura: el deseo de consagrarse a la obra patriótica, a la lucha contra el mal imperante, contra la Naturaleza y el hombre, a la búsqueda de los remedios eficaces; propósito desinteresado, hasta cierto punto, pues lo que menos contaba en él era el ansia de reconquistar la riqueza dedicándose a restaurar el hato.

Pero en aquella decisión hubo también mucho del impulsivo escapado de la disciplina del razonador, al contacto con el medio propicio: la llanura semibárbara, "tierra de los hombres machos", como solía decir su padre, pues bastó que el bonguero ponderase los riesgos que corría quien intentara oponerse a los planes de doña Bárbara, para que él desistiese de su propósito de vender el hato.

Finalmente, ¿no fue de aquel mismo contacto con el medio, de donde se originó el intempestivo acceso del rencor de la familia, ante la visión del palmar de *La Chusmita*, y no sería esta regresión a la violencia, aunque momentánea, una advertencia que le prevenía contra sí mismo? La vida del Llano, esa fuerza irresistible con que atrae su imponente rudeza, ese exagerado sentimiento de la hombría producido por el simple hecho de ir a caballo a través de la sabana inmensa, pondría en peligro la obra de sus mejores años, consagrados al empeño de sofocar las bárbaras tendencias del hombre de armas tomar, latente en él.

Luego, lo prudente era volver al propósito primitivo: vender el hato. Además, era lo que estaba de acuerdo con sus verdaderos planes de vida, puesto que cuanto pensó a bordo del bongo tal vez no fue sino momentánea exaltación. ¿Estaba acaso preparado para la obra que se proponía? ¿Sabía, realmente, lo que era un hato, cómo había que manejarlo y de qué modo corregir las deficiencias de una industria que había venido pasando a través de varias generaciones sin perder su forma primitiva? Las líneas generales del vasto plan civilizado no podían escapársele; pero los detalles ¿podría acaso, dominarlos? Desplazada de un momento a otro su inteligencia de aquel espacio ideal de las teorías por donde hasta allí había discurrido, ¿daría algún resultado positivo aplicada a pormenores tan concretos y mezquinos como tenían que ser los de la administración de una finca de aquel género? ¿No estaba ya bastante demostrada su incompetencia por la torpeza con que hasta allí había procedido en todo lo relativo a *Altamira*.

Tal era la falla de aquel carácter, tan bien templado por lo demás: Santos Luzardo no sentía la presencia de las energías que alentaban en él, se tenía miedo y exageraba la necesidad de la actitud vigilante.

La aparición de Antonio, anunciándole que ya estaba servida la mesa, lo sacó de sus cavilaciones.

—No tengo apetito —respondió.

—El cansancio, que quita las ganas —observó Antonio—. Por esta noche tiene que acomodarse a dormir en esta pieza así como está, pues no tuvimos tiempo sino de barrerla. Mañana se procederá a darle una lechada a las paredes y a asearla un poco más. A menos, que usted disponga hacerle una reparación general a la casa, porque, verdaderamente, así como está no puede habitarla.

—Por el momento dejémosla así. Quizá venda el hato. Dentro de un mes pasará por aquí don Encarnación Matute, a quien le he propuesto que me compre *Altamira*, y, si me hace una oferta aceptable, cerraré el negocio inmediatamente.

—¡Ah! ¿Conque piensa usted desprenderse de *Altamira*?

—Creo que es lo mejor que pueda hacer.

Antonio se quedó pensativo unos instantes y luego:

—Usted que lo ha resuelto, así le convendrá —dijo. Y entregándole un manojo de llaves agregó—: Aquí tiene las llaves de la casa. Ésta, más mohosa, es la de la sala. Puede que ya ni funcione, porque esa pieza no se ha vuelto a abrir. Ahí todo está tal como lo dejó el difunto, que en paz descanse.

"Tal como lo dejó el difunto. Desde la hora y punto en que el difunto lo clavó en el bahareque."

Y la rápida asociación de aquellas dos frases de Antonio fue un instante decisivo en la vida de Santos Luzardo.

Se levantó de la hamaca, cogió la palmatoria donde ardía una vela y le dijo al peón:

—Abre la sala.

Antonio obedeció y, después de batallar un rato contra la resistencia de la cerradura oxidada, abrió la puerta, cerrada hacía tres años.

Una fétida bocanada de aire confinado hizo retroceder a Santos: una cosa negra y asquerosa que saltó de las tinieblas, un murciélago, le apagó la luz de un aletazo.

Volvió a encenderla y penetró en la habitación, seguido por Antonio.

En efecto, todo estaba allí como lo dejara don José Luzardo: la mecedora donde murió, la lanza hundida en el muro.

Sin pronunciar una palabra, profundamente conmovido y con la conciencia de que realizaba un acto trascendental, Santos se acerco a la pared y, con un movimiento enérgico como el que debió de hacer su padre para clavar la lanza homicida, la retiró del bahareque.

Era como sangre la herrumbe que cubría la hoja de acero. La arrojó lejos de sí, a tiempo que le decía a Antonio:

—Así como he hecho yo con esto, haz tú con ese rencor que hace poco te oí expresar, que no es tuyo, por lo demás. Un Luzardo te lo impuso como un deber de lealtad; pero otro Luzardo te releva en este momento de esa monstruosa obligación. Ya es bastante con lo que han hecho los odios en esta tierra.

Y cuando Antonio, impresionado por estas palabras, se retiraba en silencio, agregó:

—Dispón lo necesario para que mañana se proceda a la reparación de la casa. Ya no venderé *Altamira*.

Volvió a meterse en la hamaca, sereno el espíritu, lleno de confianza en sí mismo.

Y entretanto, afuera, los rumores de la llanura arrullándole el sueño, como en los claros días de la infancia: el rasgueo del cuatro en el caney de los peones, los rebuznos de los burros que venían buscando el calor de las humaredas, los mugidos del ganado en los corrales, el croar de los sapos en las charcas de los contornos, la sinfonía persistente de los grillos sabaneros, y aquel silencio hondo, de soledades infinitas, del llano dormido bajo la luna, que era también cosa que se oía más allá de todos aquellos rumores.

# VI

## *El recuerdo de Asdrúbal*

Aquella misma noche, en *El Miedo*.

Cerca de la oscurecida llegó *El Brujeador*. Dijéronle que doña Bárbara acababa de sentarse a la mesa, pero como tenía cuentas que rendirle y noticias que comunicarle, y, además, estaba deseoso de tumbarse a descansar, no quiso esperar a que ella concluyese de comer y se dirigió a la casa, todavía con su cobija al brazo.

Mas, ya al entrar, se arrepintió de su prisa. Doña Bárbara comía acompañada de Balbino Paiba, persona con quien no simpatizaba. Trató de revolverse, a tiempo que ella le decía:

—Entra, Melquíades.

—Yo vuelvo más tarde. Siga comiendo tranquila.

Y Balbino, con sorna y mientras se enjugaba, a manotadas, los gruesos bigotes impregnados del caldo grasiento de las sopas:

—Entre, Melquíades. No tenga miedo, que aquí no hay perros.

*El Brujeador* le arrojó una mirada muy poco amistosa y replicó, mordaz:

—¿Está seguro, don Balbino?

Pero Balbino no entendió la reticencia y el otro continuó, dirigiéndose a doña Bárbara:

—Vine solamente a darle cuenta de que las bestias llegaron bien a San Fernando, y a entregarle lo suyo.

Dejó la cobija sobre una silla, se corrió hacia adelante el bolsillo de la faja y sacó varias monedas de oro, que luego puso apiladas en la mesa, diciendo:

—Cuente a ver si está completo.

Balbino las miró de soslayo, y aludiendo a la costumbre de doña Bárbara de enterrar todo el oro que le caía en las manos, exclamó:

—¿Morocotas? ¡Ojos que te vieron!

Y siguió masticando el trozo de carne que le llenaba la boca; pero sin apartar de las monedas la codiciosa mirada.

A la brusca contracción del ceño, las cejas de doña Bárbara se juntaron y se separaron en seguida, con el rápido movimiento del aletazo del gavilán. No acostumbraba a tolerarle chanzas al amante en presencia de terceros, como tampoco le consentía ternezas ni nada que pudiese ponerla en condiciones de inferioridad, y no procedía así por espíritu de disimulo, porque en esto, como en todo lo demás, su despreocupación era absoluta, sino por la naturaleza misma de los sentimientos que le inspiraba aquel hombre.

Balbino Paiba no lo ignoraba; pero, como era torpe y jactancioso, no desperdiciaba ocasión de aparentar que tenía un ascendiente absoluto sobre ella, aunque por cada uno de sus alardes ya se hubiera llevado un chasco. La chanza que acababa de permitirse era de las que menos solía tolerar la avara doña Bárbara y se la cobró en seguida.

—Debe de estar completo —dijo, guardándose el dinero sin contarlo—. Usted nunca se equivoca, Melquíades. No tiene esa mala costumbre.

Balbino se manoteó los bigotes, no para limpiárselos, sino como maquinalmente hacía cuando algo lo contrariaba. A él nunca le había dado una muestra de confianza semejante; por lo contrario, siempre contaba minuciosamente el dinero que él debiera entregarle, y si algo faltaba —cosa que ocurría con alguna frecuencia— se quedaba mirándolo sin decir palabra, hasta que él, fingiendo caer en cuenta de su descuido completaba la cantidad con lo que se había dejado en el bolsillo. Además, claro estaba que aquello de la mala costumbre se refería a él. A pesar de los excelentes servicios que le había prestado en su calidad de mayordomo de *Altamira*, aún no había logrado captarse su confianza. En cuanto a su condición de amante, ni siquiera podía contar con la precaria garantía de un capricho.

—Bueno, Melquíades —prosiguió doña Bárbara—. ¿Qué me cuentas? ¿Por qué mandaste adelante al peón?

—¿No le contó él? —interrogó, a su vez, tratando de evadir la explicación en presencia de Balbino, ante el cual siempre era sumamente parco de palabras.

—Sí. Me dijo algo; pero quiero que me refieras los detalles.

Estas palabras, así como las que antes le había dirigido, las pronunció sin mirarlo a la cara, atenta al plato que se servía. Recíprocamente, Melquíades también le hablaba sin verla. Brujos ambos, habían aprendido de los "dañeros" indios a no mirarse nunca a los ojos.

—Pues en San Fernando escuché decir que había llegado el doctor Santos Luzardo, a meterle a usted, de atrás pa'lante, todos esos pleitos que usted le ha ganado. Me dio curiosidad de conocer al hombre y por fin logré que me lo mostraran. Pero a luego lo perdí de vistas, hasta que, ayer tarde, yo que estoy ensillando para seguir con la fresca de la noche y amanecer aquí con el día, cuando oigo que llega un viajero diciendo que se le ha atarrillado la bestia y contratando un bongo que estaba allí cogiendo una carga de cueros de chigüire para que lo trajera hasta el paso del *Algarrobo*. "Ése es mi hombre", me dije, y desensillé otra vuelta, me calé mi cobija y fui a acurrucarme en el caney donde le iban a servir la comida, a escuchar lo que conversara.

—Y oíste muchas cosas, seguramente. Ya me las imagino.

—Pues para que vea: nada que valiera la pena de estar sudando calenturas ajenas, como dice el dicho. Pero, oyendo al doctorcito, que da gusto oírlo cuando se le afloja la lengua, porque conversa muy sabroso, pensé: "Hombre que le gusta escucharse, no puede estar callado mucho tiempo. La cuestión es tener paciencia y la oreja parada". Y anoche mismo le dije al peón: Llévate mi caballo arrebiatado, que yo voy a ver si quepo en el bongo.

Y refirió luego la escena del palodeagua, durante la siesta, pintando a Santos Luzardo como a hombre arriesgado y peligroso.

Era el espaldero de doña Bárbara uno de esos sujetos tortuosos y agazapados que siempre necesitan manifestar todo lo contrario de lo que sienten. Sus ademanes blanduzcos, sus palabras calmosas y su costumbre de mostrarse siempre muy admirado de la hombría de los demás envolvían una maldad buida y fría que traspasaba los límites de lo atroz.

—No se agache tanto, zambo —díjole Balbino, al oírlo ponderar las condiciones varoniles del dueño de *Altamira*—. Ya sabemos que usted no es hombre para achicársele a patiquines.

—Pues mire, don Balbino. Voy a decirle. No es que me agache, ¿sabe? Es que el hombre es talludito y, además, se empina cuando hace falta.

—Si es así, mañana lo rebajaremos un poco, para emparejarlo —concluyó Paiba, quien, por lo contrario, no acostumbraba concederle nada al enemigo.

*El Brujeador* sonrió, y luego, sentencioso:

—Acuérdese, don Balbino, de que siempre es mejor recoger que devolver.

—No tenga cuidado, Melquíades. Yo sabré recoger mañana lo que sembré hoy.

Aludía al plan urdido para imponérsele a Luzardo: sonsacarle los peones, ausentarse de *Altamira* aquella noche, caer al día siguiente por allá, y, con un pretexto cualquiera, provocar un altercado con el primer peón que encontrase y despedirlo del trabajo, todo sin hacer caso de la presencia de Luzardo.

Mas, como al tener una idea en la cabeza ya no podía estar tranquilo si no lo divulgaba y, además, necesitaba demostrarle a Melquíades que él sí se atrevía con Santos Luzardo, no se contentó con la vaga alusión a sus planes y, tragando deprisa el bocado, comenzó a exponerlos:

—Mañana muy temprano va a saber el doctor Luzardo qué clase de hombre es su mayordomo Balbino Paiba.

Pero se interrumpió para observar lo que, entretanto, hacía doña Bárbara.

Acababa de servirse un vaso de agua y se lo llevaba a los labios, cuando, haciendo un gesto de sorpresa, echó atrás la cara y se quedó luego mirando fijamente el contenido del envase suspendido a la altura de sus ojos. En seguida la expresión de extrañeza fue reemplazada por otra de asombro.

—¿Qué pasa? —interrogó Balbino.

—Nada. El doctor Luzardo, que ha querido dejarse ver —respondió, mirando siempre el agua del vaso.

Balbino hizo un movimiento de recelo, Melquíades dio un paso hacia la mesa y, apoyando en ésta la diestra, se inclinó a mirar también el embrujado envase, y ella prosiguió visionaria:

—¡Simpático el catire! ¡Qué colorada tiene la cara! Se conoce que no está acostumbrado a los soles llaneros. ¡Y viste bien!

*El Brujeador* se retiró de la mesa con estas frases mentales:

—Perro no come perro. Que te lo crea Balbino. Todo eso te lo dijo el peón.

Era en efecto, una de las innumerables trácalas de que solía valerse doña Bárbara para administrar su fama de bruja y el temor que con ello inspiraba a los demás. Algo de esto sospechaba Balbino, pero, sin embargo, la cosa lo impresionó:

—¡Tres Divinas Personas! —invocó entre dientes, agregando en seguida—: ¡Por si acaso!

Entretanto, doña Bárbara había depositado el vaso sobre la mesa, sin llevárselo a los labios, asaltada por un recuerdo repentino que le ensombreció la faz:

"Era a bordo de una piragua... Lejos, en el profundo silencio, se oía el bronco mugido de los raudales de Atures... De pronto cantó el yacabó..."

Transcurrieron unos instantes.

—¿No vas a terminar de comer? —inquirió Balbino.

Y la pregunta se quedó sin respuesta.

—Si no tiene nada más que mandarme —dijo Melquíades, al cabo de un rato.

Recogió su cobija, se la echó al hombro y esperó otro rato para agregar:

—Bueno, con su permiso, yo me retiro. Que la pase usted bien.

Balbino continuó comiendo, mientras la mujerona cavilaba. Luego retiró de pronto el plato, se manoteó los bigotes y abandonó la mesa.

Comenzó a parpadear la lámpara. Se apagó por fin. Doña Bárbara estaba todavía junto a la mesa, y su pensamiento, inmóvil, torvo, sombrío, en aquel momento atroz de su pasado.

"... Lejos, en el profundo silencio, se oía el bronco mugido de los raudales de Atures... De pronto cantó el yacabó..."

# VII

## El "Familiar"

Noche de luna llena, propicia para los cuentos de aparecidos. Bajo los techos de los caneyes o encaramados en los tramos de las puertas de los corrales, siempre hay entre los vaqueros alguno que hable de los espantos que le han salido.

La ambigua claridad del satélite, trastornando las perspectivas, puebla de duendes la llanura. Son las noches de las pequeñas cosas que de lejos se ven enormes, de las distancias incalculables, de las formas disparatadas. De las sombras blancas apostadas al pie de los árboles, de los jinetes misteriosos, inmóviles en los claros de sabana, que desaparecen de pronto cuando alguien se queda mirándolos. Noche de viajar "con el escalofrío de capotera y la Magnífica en los labios" —según decía *Pajarote*—. Noches alucinantes en que hasta las bestias duermen inquietas.

En *Altamira*, siempre era *Pajarote* quien contaba los casos más espeluznantes. La vida andariega del encaminador de ganados y la imaginación vivaz suministránbanle mil aventuras que narrar, a cual más extraordinaria.

—¿Muertos? A todos los que salen desde el Uribante hasta el Orinoco y desde Apure hasta el Meta, les conozco sus pelos y señales —solía decir—. Y si son los otros espantos, ya no tienen sustos que no me hayan dado.

Las almas en pena que recogen sus malos pasos por los sitios donde los dieron; la Llorona, fantasma de las orillas de los ríos, caños o remansos y cuyos lamentos se oyen a leguas de distancia; las ánimas que rezan a coro, con un rumor de enjambres, en la callada soledad de las matas, en los claros de luna de los calveros, y el Ánima Sola que silba al caminante para arrancarle un Padre Nuestro, porque es el alma más necesitada del purgatorio; la Sayona, hermosa enlutada, escarmiento de los mujeriegos trasnochadores, que les sale al paso, les dice: "Sígueme" y de pronto se vuelve y les muestra la horrible dentadura fosforescente, y las piaras de cerdos negros que Mandinga arrea por delante del viajero y las otras mil formas bajo las cuales se presenta, todo se le había aparecido a *Pajarote*.

Nada tenía, pues, de sorprendente que aquella noche, abandonando de pronto el cuatro que punteaba, anunciara que había visto al "familiar"[16] de *Altamira*.

Según una antigua superstición, de misterioso origen, bastante generalizada por allí, cuando se fundaba un hato se enterraba un animal vivo entre los tranqueros del primer corral construido, a fin de que su "espíritu", prisionero de la tierra que abarcaba la finca, velase por ésta y por sus dueños. De aquí veníale el nombre de "familiar" y sus apariciones eran consideradas como augurios de sucesos venturosos. El de *Altamira* era un toro araguato que, según la tradición, enterró don Evaristo Luzardo en la puerta de la majada, y decíanle también "el Cotizudo" por atribuírsele grandes pezuñas de toro viejo, vueltas flecos, como cotizas deshilachadas.

A pesar de que allí no era costumbre tomar muy en serio las visiones de *Pajarote*, a un mismo tiempo dejaron de oírse las maracas que sacudía María Nieves y se enderezaron en sus chinchorros Antonio y Venancio. Sólo Carmelito permaneció indiferente.

Pero algo más que simple curiosidad revelaba la expresión de Antonio. Hacía muchos años que no se aparecía "el Cotizudo", tantos cuentos eran los de la adversidad que se había ensañado con los Luzardo, de modo que entre los habitantes actuales del hato sólo su padre —el viejo Melesio— recordaba haber oído hablar, allá en su infancia, de las frecuentes apariciones del "familiar" al propio don

José de los Santos, que fue el último de los Luzardo que disfrutó de prosperidad. De atenerse a la leyenda y si *Pajarote* no mentía, la aparición anunciaba la vuelta de los buenos tiempos con la llegada de Santos.

—Echa el cacho, *Pajarote*, a ver si te lo podemos creer. ¿Cómo fue la cosa?

—A la tardecita, cuando venía recogiendo los mautes, caté de ver por el boquerón de la *Carama*, allá *en Médano El Tigre*, un toro araguato echándose tierra en medio de un espejismo de aguas. Era como oro molido el polvero que levantaba y no podía ser otro sino "el Cotizudo", porque al leco que le pegué desapareció como si se lo hubiese tragado la sabana.

Venancio y María Nieves cambiaron miradas con las cuales cada uno explotaba la credulidad del otro, y Antonio se quedó pensativo:

—Nada le falta al cuento: entre dos luces, echándose tierra en medio de un espejismo de aguas. Así es como dice el viejo que siempre se aparecía el "familiar"... Pero este *Pajarote* no cobra por decir mentiras... Sin embargo, ¡quien quita!... Además, las cosas son verdad de dos maneras; cuando de veras lo son y cuando a uno le conviene creerlas o aparentar que las cree. Eso de que se haya aparecido "el Cotizudo" viene como mandado a hacer para que esta gente coja confianza en Santos, sobre todo Carmelito, que es de los hombres más necesarios aquí, contimás ahora que doña Bárbara se va a abrir en pelea, según lo da a entender la sonsacada de los peones balbineros.

Y ya iba a poner por obra lo que se le había ocurrido para aprovechar el cuento de *Pajarote*, cuando María Nieves, incorporándose en su chinchorro, le quitó la palabra:

—Diga, vale *Pajarote*; ¿eso lo vio usted o se lo han contado?

—Con estos ojos que se han de comer los zamuros —prorrumpió el interpelado, con su hablar a gritos—. Porque lo que es a mí no me entra el gusano ni después de muerto, ni tampoco soy de los que se van a pudrir, como Dios manda, quietecitos dentro del hoyo, según me lo tiene anunciado don Balbino, que ahora también se las está dando de brujo, por no quedarse atrás de la mujer, y asegura que voy a morir de mala muerte, en un paso de mata, y todo porque sabe que le estoy llevando la cuenta de lo que se manotea, en una tarja que está cuajadita de rayas.

—¡Ya se le entabanaron los bichos! —exclamó Venancio, por decir que a *Pajarote* se le alborotaban y se le iban las ideas en cuanto comenzaba a hablar, así como barajusta y se disgrega el rebaño cuando lo acosa el tábano—. No era de don Balbino que ibas a hablar.

—Déjalo quieto —intervino María Nieves—. Es que está corcoveando a ver si se quita la marola.

Aludía, a su vez, con esta frase llanera de sentido figurado, al apuro en que había puesto a *Pajarote* al pedirle testimonio personal, pues todo lo que éste había contado respecto al "familiar" no era sino versión desfigurada de algo que él le había referido días antes.

—¿De modo que no crees que sea verdad lo que cuenta *Pajarote*? —interpeló Antonio.

—Voy a decirte. A mí no me coge de sorpresa, porque yo también caté de ver al araguato, hace ya algunos días. No entre espejismo de agua ni echándose tierra con las pezuñas, como cuentan los viejos de antes que siempre se aparecía y como ahora dice que lo ha mirado mi vale, que siempre ve más que los demás.

Dijo esto último con las reservas mentales que *Pajarote* debía entender e hizo una pausa para explorar el efecto que sus palabras le causaran; pero el aludido no se inmutó.

—Siga, pues, vale —le dijo—. Acabe de echar para afuera el cacho. Cuéntenos cómo fue que vio al "familiar". Aunque ahora nadie querrá quedarse sin haberlo visto, porque en el mundo todo pasa como en los viajes, que detrás de un puntero van una porción de culateros.

—Puntero o culatero, yo como lo vi fue asina: parado en la loma del médano.

Se quedó mirándolo en silencio un rato y luego agregó:

—Asina fue como te lo conté. Tú has agregado lo del espejismo y el polvero para colearme la parada; pero yo te la gano de mano.

Y, prosiguiendo su explicación:

—Un bigarro araguato, bonito y bien plantado. Estuvo venteando para acá un rato largo y luego se volteó para los lados de *El Miedo*, echó un pitido que debieron de oírlo en las casas de allá y desapareció de repente, como si se lo hubiera tragado el médano.

*Pajarote* sonrió. Todo era, en efecto, invención suya, a base de lo que le refiriera María Nieves y encaminada a producir en el ánimo de sus compañeros la confianza en que, con la llegada del amo, vendrían buenos tiempos para *Altamira*, pues Luzardo le había caído en gracia, quizás precisamente por haberle producido a los otros —y a él no podía escapársele— la impresión opuesta.

—Del médano a donde yo lo vi no hay mucho trecho. Nada tiene de particular que "el Cotizudo" se haiga aparecido una vez sobre la loma y otra dentro del agua del encanto. Todo eso es su paradero.

A tiempo que Antonio, ya más interesado:

—¿Por qué no habías contado eso, María Nieves?

—Porque como así no es el modo de aparecer el "familiar" de acá, creía que fuera un toro araguato cualquiera.

—Pero eso de ventear para *Altamira* y después echar un pitido para los lados de *El Miedo* ha debido llamarte la atención, a ti que sabes las cosas —insistió Antonio.

—No te creas que no caté de pensarlo; pero...

*Pajarote* le quitó la palabra:

—Pero es que hay personas que entre pensar y hacer les salen canas.

—¡Arrea, catire María Nieves! —exclamó Venancio—. Mira que ya el zambo te viene pisando los corvejones.

—De alguna manera tenía yo que desquitarme de la punta tapada que me zumbó enantes mi vale —concluyó *Pajarote*.

Amigos dispuestos en todo momento a dar la vida el uno por el otro, *Pajarote* y María Nieves no podían cruzar dos palabras sin trabarse en una esgrima de sátiras y malicias que divertía a los circunstantes. Ya Venancio había comenzado a azuzarlos, como era costumbre; pero Antonio tenía aquella noche un interés especial en que no se desviara la conversación y volvió a preguntar:

—¿Cuánto tiempo hace de eso, María Nieves?

—¿De eso?... Ya te lo voy a decir... Eso fue el lunes de la semana pasada.

—¡Aguárdate ahí! —exclamó Antonio—. Éste fue, precisamente, el día de la llegada del doctor a San Fernando.

—¡Anda viendo, pues! —exclamó *Pajarote*.

Y Venancio, saltando del chinchorro:

—Pues yo también voy a echar mi cacho.

—¿No lo dije? Ahora todos han mirado.

—No es ahora que lo digo. Hace tiempo vengo con mi tema de que por aquí están sucediendo cosas raras.

—Es verdad —apoyó María Nieves.

—Contá, pues, ¿qué has mirado?

—La verdad sea dicha, no he visto nada; pero sí he venteado. Aquello, por ejemplo, que todos vimos en la última vaquería.

—¿El cabildeo del ganado?

—¡Eso! A ninguno de los que estábamos velando allí nos pareció que aquello pudiera ser natural. ¡Ese animalaje arremolineado, llorando y forzando por barajustarse, toda la noche! A mí nadie me quita de la cabeza que allí había algo dándole vuelta al paradero. Más les digo: yo escuché las pisadas y miré cómo la hierba se apretaba contra la tierra, sin que hubiera nada a la vista caminando por allí. ¿Y aquello de que no hubiera forma de parar un rodeo de proporción? Miraba uno la sabana negrita de hacienda y en cuanto se le metían los caballos se regaba como fruta de maraca.

—Eso es verdad —apoyó María Nieves—. No quedaban sino unas paraparas.

Pero *Pajarote* quería decirlo todo, él solo, y alzando todavía más la voz destemplada, de sabanero acostumbrado a hacerse oír a distancia, volvió a coger la palabra:

—¿Se acuerda, Carmelito, de la mañana aquella en que partimos usted y yo, en junto con unos cuantos vaqueros de *El Miedo*, a cortar aquel ojeo que se nos abrió en la sabana de *La Culata*? Allí no fue posible que los fustaneros enlazaran un orejano, con todo y ser muy buenas sogas. Se desvestían los lazos mejor puestos, les bolereaban los caballos más vaqueros, les hacían de cuanto Dios crió para burlarse del diablo. Con nosotros, entre los de allá, iba el viejo don Torres, que es una de las mejores sogas de Arauca, y en el reparto que en la carrera nos hicimos, le tocó un bigarro araguato, por más señas. Iba el viejo corriendo pareado, entre la costa de monte y el toro, y ya le tramoleaba el lazo, cuando de repente el bigarro se le paró y se le quedó mirando. Y óigame esto, compañero Antonio. Usted sabe que el viejo don Torres es llanero bragado y hombre de hazañas con la cimarronera de *El Caribe*, que es de las más bravas de Apure. Pues aquella lo vide ponerse jipato, ¡él que es tan colorado! No se atrevió a largar la soga, ahí mismito recogió su gente y lo escuché decir: "Con las ganas que tenía de enguaralarlo, no me fijé en que era el propio 'Cotizudo' de *Altamira*. Lo que soy yo no abro más un lazo en esta sabana."

A todas éstas, Carmelito permanecía encerrado en su mutismo, y Antonio se decidió a sondearlo, preguntándole:

—¿Qué decís tú a eso, Carmelito? ¿Es verdad lo que cuenta *Pajarote*?

Pero él se limitó a responder evasivamente:

—Yo estaba lejos, ¿sabes? O fijándome en otra cosa.

—Todavía el hombre está encuevado —murmuró Antonio.

A tiempo que *Pajarote* decía:

—Permita Dios que no pueda decir más embustes, si no es como lo he contado. Y lo del "Cotizudo" no me lo crean a mí, si no quieren; pero también mi vale María Nieves lo ha visto y él tiene fama de no decir mentiras. Y eso de que esté apareciendo otra vuelta el "familiar" significa que ya se le van a acabar los poderes a la bruja y que ahora nos toca a nosotros los altamireños echar suertes. De modo y manera que, diga topo, vale Carmelito, porque si no, no le pagan la parada.

Carmelito cambió de posición en el chinchorro y replicó ásperamente:

—¿Hasta cuándo irán a estar ustedes con eso de los poderes de doña Bárbara? Lo que pasa es que esa mujer es de pelo en pecho, como tienen que serlo todos los que pretenden hacerse respetar en esta tierra.

—¡Vaya! Ya el enfermo empieza a botar para afuera los malos humores —se dijo Antonio.

Y *Pajarote*, intencionadamente:

—En eso del pelo en pecho tiene usted mucha razón, Carmelito; pero óigame lo que le voy a decir: no sólo los que andan enseñándolo son los que tienen, porque a muchos puede ser que les convenga tapárselo y para eso están los trapos. Ahora, que doña Bárbara es faculta en brujería, eso nadie lo puede negar. Y si quiere convencerse, óigame también esto, que conforme me lo echaron asina se lo voy a echar.

Escupió por el colmillo y prosiguió:

—Hace cosa de unos siete días, de madrugada, cuando ya unos cuantos miedeños se preparaban para salir a parar un rodeo en las sabanas de *Corozal*, que usted sabe que son de las más cazadoras que hay por todo esto, se asomó doña Bárbara a la ventana de su cuarto, todavía en paños menores, y les dijo: "No pierdan su tiempo, porque hoy no se cogerá ni un maute." A pesar de eso, como ya estaban a caballo, los peones salieron. Y resultó como ella lo había dicho: ni un maute pudieron arrear por delante. No había ni una res en aquellos comederos que siempre están cuajaditos de hacienda.

Hizo una breve pausa y continuó:

—Pero eso no es nada todavía. Ahora viene lo mejor. Días después, cosa de trasanteayer, cuando apenas comenzaban a menudear los gallos, despertó a los peones diciéndoles: "Ensillen ligero y salgan ahora mismo. En las sabanas de *Lagartijera* está una rochela de cimarrones. Son setenta y cinco reses y todas van a caer suavecitas." Y como lo dijo, asina sucedió. Explíqueme eso, Carmelito. ¿Cómo ha podido esa mujer contar desde su casa los cimarrones que estaban en *Lagartijera*? Son dos leguas largas.

Carmelito no se dignó responder y María Nieves intervino para que no quedara desairado el amigo.

—Que esa mujer aprendió entre los indios cosas que pueden más que los hombres, ¿para qué negarlo, si ella misma no lo oculta? Yo sé, por ejemplo, que una vez una persona amiga suya le dijo que se avispara con el querido que la estaba robando, y ella le respondió: "Ni ese hombre ni nadie saca de aquí una res sin que yo lo permita. Puede amadrinar todo el ganado que quiera y arrearlo por delante, pero del lindero, del hato no le pasa. Se le barajusta y se le revuelve a sus comederos, porque yo tengo quien me ayude."

—Ya lo creo que sí tiene quien la ayude —intervino Venancio—. El mismo Mandinga. "El Socio", como le dice ella. ¿Para qué son, pues, esas conversaciones que tiene todas las noches con él en esa pieza donde no le permite la entrada a nadie?

Y hubiera sido cuento de nunca acabar el de las brujerías de doña Bárbara, si *Pajarote* no hubiese desviado la charla, diciendo:

—Pero ya todo eso se va a acabar. El pitido del araguato que escuchó mi vale María Nieves es el aviso de que ya se le ha llegado su hora. Por lo pronto, aquí hemos ganado mucho con que, por la venida del doctor, se le haya acabado el negocio al ladronazo del don Balbino. ¡Ah, hombre bien lambido para manotear lo ajeno! Con decir que ha robado hasta al Ánima de *Ajirelito*, ya está dicho todo.

A lo que acudió María Nieves, en el tono habitual de sus "contrapunteos".

—Por eso no, vale, porque yo sé de otro que también ha metido su mano en la totuma del Ánima Santa.

El Ánima de *Ajirelito* —muchas otras hay en todo el Llano— era la devoción más popular entre los moradores del cajón del Arauca, quienes nunca se ponían en camino sin encomendársele, ni pasaban cerca de la mata de *Ajirelito* sin llegarse hasta allá a encenderle una vela o dejarle una limosna. Al efecto, había al pie de uno de los árboles de la mata un techadillo de palma, bajo el cual ardían las velas votivas y estaba una totuma donde los caminantes depositaban las limosnas, que de cuando en cuando iba a recoger el cura del pueblo inmediato para las misas que se le dedicaban mensualmente al Ánima. Nadie custodiaba este dinero y decíase que no era raro ver entre él onzas y morocotas, pago de promesas hechas en graves trances. En cuanto a la leyenda, nada de fantástico tenía: un caminante que fue encontrado muerto al pie de aquel árbol; otro, a quien un día, en un mal paso, se le ocurrió decir: "Ánima de *Ajirelito*, sácame con bien". Y como saliera bien librado del peligro, al pasar por *Ajirelito* se apeó del caballo, construyó aquel techadillo y encendió la primera vela.

Lo demás lo hizo el tiempo.

Como oyese la intencionada alusión de María Nieves, *Pajarote* replicó:

—No me zumbe en lo oscuro, vale. Ese que metió su mano en la totuma del Ánima fui yo. Pero como los demás que están presentes no conocen la historia, se las voy a echar, para que no crean en los cuentos de los lenguas largas. Fue que yo estaba limpio y con ganas de tener plata, que son dos cosas que casi siempre andan juntas, y al pasar por *Ajirelito* se me ocurrió la manera de conseguirme los centavos que me estaban haciendo falta. Me acerqué al palo, me bajé del caballo, nombré las Tres Divinas Personas y saludé al muerto: "¿Qué hay, socio? ¿Cómo estamos de fondos?" El Ánima no me respondió, pero la totuma me les dijo a los ojos: "Aquí tengo unos cuatro fuertes entre estos centavos". Y yo, rascándome la cabeza, porque la idea me estaba haciendo cosquillas: "Oiga, socio. Vamos a tirar una paradita con esos fuertes. Se me ha metido entre ceja y ceja que vamos a desbancar el monte-y-dado en el primer pueblo que encuentre en mi camino: Vamos a medias: usted pone la plata y yo la malicia". Y el Ánima me respondió, como hablan ellas, sin que se les escuche: "¡Cómo no, *Pajarote*! Coge lo que quieras ¿Hasta cuándo lo vas a estar pensando? Si se pierden los fuertes, de todos modos se iban a perder entre las manos del cura". Pues bien: cogí mi plata y en llegando a Achaguas, me fui a la casa de juego y tiré la paradita, fuerte a fuerte.[17]

—¿Y desbancaste? —preguntó Antonio.

—Tanto como usted que no estaba por todo aquello. Me los rasparon seguiditos, porque esos demonios de las casas de juego ni las ánimas respetan. Me fui a dormir silbandito iguanas y de regreso por *Ajirelito* le dije al muerto: "Ya usted sabrá que no se nos dio la parada, socio. Otro día será. Aquí le traigo este regalito". Y le encendí una vela —¡de a locha!— que era toda la luz que, cuando más, iban a dar aquellos cuatro fuertes, si hubieran caído en manos del cura.

Largas risotadas celebraron la bellaquería de *Pajarote*. Luego se comentaron los milagros recientes del Ánima y, finalmente, cada cual volvió a meterse en su chinchorro.

Reina el silencio en el caney. La noche ha avanzado bastante y la luna ahonda las lejanías de la sabana. En las ramas del totumo el gallo sueña con gavilanes y su gritido de alarma despierta y alborota el gallinero. Los perros, que duermen echados en el patio, levantan las cabezas, enderezan las orejas, pero como sólo oyen el vuelo de las lechuzas y de los murciélagos en torno al higuerón, vuelven a meter los hocicos entre las patas. Muge una res en la majada. Distante, se oye el bramido de un toro que tal vez ha venteado al tigre.

*Pajarote*, que ya estaba cogiendo el sueño, exclama.

—¡Toro viejo! Falto de caballo y de soga. ¡De hombre no, porque yo estoy aquí!

Uno ríe y otro se pregunta:

—Falta que estaba haciendo —respondió Antonio.

Después no se habló más.

# VIII

## *La doma*

La llanura es bella y terrible a la vez; en ella caben, holgadamente, hermosa vida y muerte atroz. Ésta acecha por todas partes; pero allí nadie la teme. El Llano asusta; pero el miedo del Llano no enfría el corazón: es caliente como el gran viento de su soleada inmensidad, como la fiebre de sus esteros.

El Llano enloquece y la locura del hombre de la tierra ancha y libre es ser llanero siempre. En la guerra buena, esa locura fue la carga irresistible del pajonal incendiado en Mucuritas, y el retozo heroico de Queseras del Medio; en el trabajo: la doma y el ojeo, que no son trabajos, sino temeridades; en el descanso: la llanura en la malicia del "cacho", en la bellaquería del "pasaje",[18] en la melancolía sensual de la copla; en el perezoso abandono: la tierra inmensa por delante y no andar, el horizonte todo abierto y no buscar nada, en la amistad: la desconfianza, al principio, y luego la franqueza absoluta; en el odio: la arremetida impetuosa; en el amor: "primero mi caballo". ¡La llanura siempre!

Tierra abierta y tendida, buena para el esfuerzo para la hazaña, toda horizontes, como la esperanza, toda caminos, como la voluntad.

—¡Alivántense, muchachos! Que ya viene la aurora con los lebrunos del día.

Es la voz de *Pajarote*, que siempre amanece de buen humor, y son los lebrunos del día —metáfora ingenua de ganadero-poeta— las redondas nubecillas que el alba va coloreando en el horizonte, tras la ceja oscura de una mata.

Ya en la cocina, un mecho de sebo pendiente del techo alumbra, entre las paredes cubiertas de hollín, la colada del café, y uno a uno van acercándose a la puerta los peones madrugadores. Casilda les sirve la aromática infusión, y, entre sorbo y sorbo, ellos hablan de las faenas del día. Todos parecen muy esperanzados; menos Carmelito, que ya tiene ensillado el caballo para marcharse. Antonio dice:

—Lo primero que hay que hacer es jinetear el potro alazano tostado, porque el doctor necesita una bestia para su silla y ese mostrenco es de los mejores.

—¡Que si es bueno! —apoya Venancio, el amansador.

Y *Pajarote* agrega:

—Como que el don Balbino, que de eso sí sabe y no se le puede quitar, ya lo tenía visteado para cogérselo.

Mientras Carmelito, para sus adentros:

—Lástima de bestia, hecha para llevar más hombre encima.

Y cuando los peones se dirigieron a la corraleja donde estaba el potro, detuvo a Antonio y le dijo:

—Siento tener que participarte que yo he decidido no continuar en *Altamira*. No me preguntes por qué.

—No te lo pregunto, porque ya sé lo que te pasa, Carmelito —replicó Antonio—. Ni tampoco te pido que no te vayas, aunque contigo contaba, más que con ningún otro; pero sí te voy a hacer una exigencia. Aguárdate un poco. Un par de días no más, mientras yo me acomodo a la falta que me vas a hacer.

Y Carmelito, comprendiendo que Antonio le pedía aquel plazo con la esperanza de verlo rectificar el concepto que se había formado del amo, accedió:

—Bueno. Voy a complacerte. Por ser cosa tuya, me quedo hasta que te acomodes, como dices. Aunque hay cosas que no tienen acomodo en esta tierra.

Avanza el rápido amanecer llanero. Comienza a moverse sobre la sabana la fresca brisa matinal, que huele a mastranto y a ganados. Empiezan a bajar las gallinas de las ramas del totumo y del merecure; el talisayo insaciable les arrastra el manto de oro del ala ahuecada y a una les hace esponjarse de amor. Silban las perdices entre los pastos. En el paloapique de la majada una paraulata rompe su trino de plata. Pasan los voraces pericos, en bulliciosas bandadas; más arriba, la algarabía de los bandos de güiriríes, los rojos rosarios de corocoras; más arriba todavía las garzas blancas, serenas y silenciosas. Y bajo la salvaje algarabía de las aves que doran sus alas en la tierna luz del amanecer, sobre la ancha tierra por donde ya se dispersan los rebaños bravíos y galopan las yeguadas cerriles saludando al día con el clarín del relincho, palpita con un ritmo amplio y poderoso la vida libre y recia de la llanura. Santos Luzardo contempla el espectáculo desde el corredor de la casa y siente que en lo íntimo de su ser olvidados sentimientos se le ponen al acorde de aquel bárbaro ritmo. Voces alteradas, allá junto a la corraleja, interrumpieron su contemplación:

—Ese mostrenco pertenece al doctor Luzardo, porque fue cazado en sabana de *Altamira* y a mí no me venga usted con cuentos de que es hijo de una yegua miedeña. Ya aquí se acabaron los manoteos.

Era Antonio Sandoval, encarado con un hombrachón que acaba de llegar y le pedía cuentas por haber mandado a enlazar el potro alazano, del cual poco antes, le hablara al amansador.

Santos comprendió que el recién llegado debía de ser su mayordomo Balbino Paiba y se dirigió a la corraleja a ponerle fin a la pendencia.

—¿Qué pasa? —le preguntó.

Mas, como ni Antonio, por impedírselo la sofocación del coraje, ni el otro, por no dignarse dar explicaciones, respondían a sus palabras, insistió, autoritariamente y encarándose con el recién llegado:

—¿Qué sucede? —preguntó.

—Que este hombre se me ha insolentado —respondió el hombretón.

—¿Y usted quién es? —inquirió Luzardo, como si no sospechase quién pudiera ser.

—Balbino Paiba. Para servirle.

—¡Ah! —exclamó Santos, continuando la ficción—. ¡Conque es usted el mayordomo! A buena hora se presenta. Y llega buscando pendencia en vez de venir a presentarme sus excusas por no haber estado aquí anoche, como era su deber.

Una manotada a los bigotes y una respuesta que no estaba en el plan que Balbino se había trazado para imponérsele a Luzardo desde el primer momento:

—Yo no sabía que usted venía anoche. Ahora es que vengo a darme cuenta de que se hallaba aquí. Digo, porque supongo que debe de ser el amo, para hablarme así.

—Hace bien en suponerlo.

Pero ya Paiba había reaccionado del momentáneo desconcierto que le produjera la inesperada actitud enérgica de Luzardo, y tratando de recuperar el terreno perdido, dijo:

—Bueno. Ya he presentado mis excusas. Ahora me parece que le toca a usted, porque el tono con que me ha hablado... Francamente... No es el que estoy acostumbrado a oír cuando alguien me dirige la palabra.

Sin perder su aplomo y con una leve sonrisa irónica, Santos, replicó:

—Pues no es usted muy exigente.

—¡Tenemos jefe! —se dijo *Pajarote.*

Y ya no le quedaron a Balbino ganas de bravuconadas ni esperanzas de mayordomías.

—¿Quiere decir que estoy dado de baja y que, por consiguiente, aquí se terminó mi papel?

—Todavía no. Aún le falta rendirme cuentas de su administración. Pero eso será más tarde.

Y le dio la espalda, a tiempo que Balbino concluía a regañadientes:

—Cuando usted lo disponga.

Antonio buscó con la mirada a Carmelito, y *Pajarote*, dirigiéndose a María Nieves y Venancio —que estaban dentro de la corraleja esperando el resultado de la escena y aparentemente ocupados en preparar los cabos de soga para maniatar el alazano—, les gritó, llenas de intenciones las palabras:

—¡Bueno, muchachos! ¿Qué hacen ustedes que todavía no han aspeado a ese mostrenco? Mírenlo cómo está temblando de rabia que parece miedo. Y eso que sólo le han dejado ver los aperos: ¿Qué será cuando lo tengamos planeado contra el suelo?

—¡Y que va a ser ya! Vamos a ver si se quita estas marotas como se quitó las otras —añadieron María Nieves y Venancio, celebrando con risotadas la doble intención de las palabras del compañero, que tanto se referían a Balbino como al alazano.

Brioso, fino de líneas y de gallarda alzada, brillante el pelo y la mirada fogosa, el animal indómito había reventado, en efecto, las maneas que le pusieran al cazarlo y, avisado por el instinto de que era el objeto de la operación que preparaban los peones, se defendía procurando estar siempre en medio de la madrina de mostrencos que correteaban de aquí para allá dentro de la corraleja.

Al fin *Pajarote* logró apoderarse del cabo de soga que llevaba a rastras y, palanqueándose, con los pies clavados en el suelo y el cuerpo echado atrás, resistió el envión de la bestia cerril, dando con ella en tierra.

—Guayuquéelo, catire —le gritó a María Nieves—. No lo deje que se pare.

Pero en seguida el alazano se enderezó sobre sus remos, tembloroso de coraje. *Pajarote* lo dejó que se apaciguara y cobrara confianza y luego fue acercándosele, poco a poco, para ponerle el tapaojos.

Vibrante y con las pupilas inyectadas por la cólera, el potro lo dejaba aproximarse; pero Antonio le adivinó la intención y gritó a *Pajarote:*

—¡Ten cuidado! Ese animal te va a manotear.

*Pajarote* adelantó lentamente el brazo, mas no llegó a ponerle el tapaojos, pues en cuanto le tocó las orejas, el mostrenco se le abalanzó, tirándole a la cara. De un salto ágil el hombre, logró ponerse fuera de su alcance, exclamando:

—¡Ah, hijo de puya bien resabiao!

Pero este breve instante fue suficiente para que el potro corriera a defenderse otra vez dentro de la madrina de mostrencos que presenciaban la operación erguidos los pescuezos, derechas las orejas.

—Enguarálalo —ordenó Antonio—. Échale un lazo gotero.

Y allí mismo estuvo el alazán atrincándose el nudo corredizo. María Nieves y Venancio se precipitaron a echarle las marolas y con esto y la asfixia del lazo el mostrenco se planeó contra la tierra y se quedó dominado y jadeante.

Puesto el tapaojos y el bozal y abrochadas las "sueltas" y la manea, dejáronlo enderezarse sobre sus remos y en seguida Venancio procedió a ponerle el simple apero que usa el amansador. El mostrenco se debatía encabritándose, y cuando comprendió que era inútil defenderse, se quedó quieto, tetanizado por la cólera y bañado en sudor, bajo la injuria del apero que nunca habían sufrido sus lomos.

Todo esto lo había presenciado Santos Luzardo junto al tranquero del corral, con el ánimo excitado por la evocación de su infancia, a caballo en pelo contra el gran viento de la llanura, cuando, a tiempo que Venancio se disponía a echarle la pierna al alazán, oyó que Antonio le decía, tuteándolo:

—Santos, ¿te acuerdas de cuando jineteabas tú mismo las bestias que el viejo escogía para ti?

Y no fue necesario más para que comprendiera lo que el peón fiel quería decirle con aquella pregunta. ¡La doma! La prueba máxima de llanería, la demostración de valor y de destreza que aquellos hombres esperaban para acatarlo. Maquinalmente buscó con la mirada a Carmelito; que estaba de codos sobre la palizada, al extremo opuesto de la corraleja, y con una decisión fulgurante dijo:

—Deje, Venancio. Seré yo quien lo jineteará.

Antonio sonrió, complacido en no haberse equivocado respecto a la hombría del amo; Venancio y María Nieves se miraron, sorprendidos y desconfiados, y *Pajarote* con su ruda franqueza:

—No hay necesidad de eso, doctor. Aquí todos sabemos que usted es hombre para lo que se necesite. Deje que se lo jinetee Venancio.

Pero ya Santos no atendía a razones y saltó sobre la bestia indómita, que se arrasó casi contra el suelo al sentirlo sobre sus lomos.

Carmelito hizo un ademán de sorpresa y luego se quedó inmóvil, fijo en los mínimos movimientos del jinete, bajo cuyas piernas remachadas a la silla, el alazán, cohibido por el tapaojos y sostenido del bozal por *Pajarote* y María Nieves, se estremecía de coraje, bañado en sudor, dilatados los belfos ardientes.

Y Balbino Paiba, que se había quedado por allí en espera de que se le proporcionara oportunidad de demostrarle a Luzardo, si éste volvía a dirigirle la palabra, que aún no había pasado el peligro a que se arriesgara al hablarle como lo hiciera, sonrió despectivamente y se dijo:

—Ya este... patiquincito va estar clavando la cabeza en su propia tierra.

Mientras, Antonio se afanaba en dar los inútiles consejos, la teoría que no podía habérsele olvidado a Santos:

—Déjelo correr todo lo que quiera al principio, y luego lo va trajinando, poco a poco, con la falseta. No lo sobe sino cuando sea muy necesario y acomódese para el arranque, porque este alazano es barajustador, de los que poco corcovean, pero se disparan como alma que lleva el diablo. Venancio y yo iremos de amadrinadores.

Pero Luzardo no atendía sino a sus propios sentimientos, ímpetus avasalladores que le hacían vibrar los nervios, como al caballo salvaje los suyos, y dio la voz a tiempo que se inclinaba a alzar el tapaojos.

—¡Denme llano!

—¡En el nombre de Dios! —exclamó Antonio.

*Pajarote* y María Nieves dejaron libre la bestia, abriéndose rápidamente a uno y otro lado. Retembló el suelo bajo el corcovear furioso, una sola pieza, jinete y caballo, se levantó una polvareda y aún no se había desvanecido cuando ya el alazano iba lejos, bebiéndose los aires de la sabana sin fin.

Detrás, tendidos sobre las crines de las bestias amadrinadoras, pero a cada tranco más rezagados, corrían Antonio y Venancio.

Carmelito murmuró, emocionado:

—Me equivoqué con el hombre.

A tiempo que *Pajarote* exclamaba:

—¿No le dije, Carmelito, que la corbata era para taparse los pelos del pecho, de puro enmarañados que los tenía el hombre? ¡Mírelo cómo se agarra! Para que ese caballo lo tumbe tiene que aspearse patas arriba.

Y en seguida, para Balbino, ya francamente provocador:

—Ya van a saber los fustaneros lo que son calzones bien puestos. Ahora es cuando vamos a ver si es verdad que todo lo que ronca es tigre.

Pero Balbino se hizo el desentendido, porque cuando *Pajarote* se atrevía nunca se quedaba en las palabras.

—Hay tiempo para todo —pensó—. Bríos tiene el patiquincito, pero todavía no ha regresado el alazano y puede que ni vuelva. La sabana parece muy llanita, vista así por encima del pajonal; pero tiene sus saltanejas y sus desnucaderos.

No obstante, después de haber dado unas vueltas por los caneyes, buscando lo que por allí no tenía, volvió a echarle la pierna a su caballo y abandonó *Altamira*, sin esperar a que lo obligaran a rendir cuenta de sus bribonadas.

—¡Ancha tierra, buena para el esfuerzo y para la hazaña! El anillo de espejismos que circunda la sabana se ha puesto a girar sobre el eje del vértigo. El viento silba en los oídos, el pajonal se abre y se cierra en seguida, el juncal chaparrea y corta las carnes; pero el cuerpo no siente golpes ni heridas. A veces no hay tierra bajo las patas del caballo; pero bombas y saltanejas son peligros de muerte sobre los cuales se pasa volando. El galope es un redoblante que llena el ámbito de la llanura. ¡Ancha tierra para correr días enteros! ¡Siempre habrá más llano por delante!

Al fin comienza a ceder la bravura de la bestia. Ya está cogiendo un trote más y más sosegado. Ya camina a medio casco y resopla, sacudiendo la cabeza, bañada en sudor, cubierta de espuma, dominada, pero todavía arrogante. Ya se acerca a las casas, entre la pareja de amadrinadores, y relincha engreída porque, si ya no es libre, a lo menos trae un hombre encima.

Y *Pajarote* la recibe con el elogio llanero:

—¡Alazano tostao, primero muerto que cansao![19]

# La Esfinge de la Sabana

Buen negocio dejaba atrás Balbino Paiba y lo perdía cuando iba a empezar a sacarle verdadero provecho. Hasta entonces había sido doña Bárbara quien realmente se benefició con su mayordomía de *Altamira*, pues mientras ella sacó de allí orejanos a millares marcados con el hierro de *El Miedo*, él apenas había "manoteado" por cuenta propia unos trescientos, número insignificante para sus habilidades administrativas.

Ahora sólo le quedaba la perspectiva de "mayordomear" en *El Miedo* —como por allí se llamaba el abigeato de los mayordomos—, ya que, por precaria que fuese su condición de amante de doña Bárbara, ésta tenía que resarcirlo de la pérdida de las gangas de *Altamira*, a causa de los buenos servicios que le había prestado.

Pero, además de éstas, Balbino iba rumiando otras contrariedades. Su retirada equivalía a reconocerle a Santos Luzardo las condiciones de hombría que no había querido concederle la noche anterior, y bien pudiera ocurrírsele a *El Brujeador* recibirlo con estas palabras:

"¿No le dije, don Balbino? Mejor es recoger que devolver."

Llegaba ya a las casas de *El Miedo* cuando se le reunieron tres hombres que traían la misma dirección.

—¿Qué buscan por aquí los Mondragones? —les preguntó.

—¡Guá! ¿No sabe usted la novedad, don Balbino? La señora nos ha mandado a desocupar la casa de *Macanillal*. Parece que ya no nos necesita por allá.

Eran los Mondragones tres hermanos, oriundos de las llanuras de Barinas, a los cuales por su bravura y fechorías apodaban: *Onza*, *Tigre* y *León*. Fugitivos por sus crímenes cometidos en los llanos de aquel estado, pasaron al de Apure y, después de haber merodeado y practicado el abigeato durante algún tiempo, entraron al servicio de doña Bárbara, en cuyos dominios hallaban seguro asilo cuantos facinerosos cayeran por el Arauca.

La casa de *Macanillal* estaba situada en el lindero con *Altamira*, establecido de acuerdo con la última sentencia que había obtenido doña Bárbara en su favor; pero tanto la casa como los postes del lindero habían cambiado ya de sitio, *Altamira* adentro, pues para eso estaban allí los Mondragones con la consigna de hacer avanzar, de tiempo en tiempo, la línea divisoria cuyo punto de referencia, deliberadamente vago en la decisión del tribunal, era la "casa en piernas" que ellos habitaban, fácil de desarmar y reconstruir en obra de horas, sin que del traslado quedaran muestras perceptibles, a primera vista, en la uniformidad del inmenso paño de sabana.

Mediante esta estratagema ya doña Bárbara le había quitado a *Altamira* cerca de media legua más en el espacio de seis meses, con lo cual, al mismo tiempo, preparaba otro litigio.

A Balbino le cayó mal la noticia que le dio *El Onza*, pero fue más sorprendente todavía lo que agregó *El Tigre*:

—No fuera nada que nos hubiera mandado a desocupar la casa, sino que esta mañana llegó allá Melquíades con la orden de que la desbaratáramos esta noche y la volviéramos a poner en junto con los postes del lindero, en donde estaban enantes. Como si eso de mudar una casa y cambiar una posteadura fuera cosa de hacerse en una noche. Además, a nosotros nunca nos ha gustado echar para atrás, después que hemos empujado pa'lante. Por eso venimos a decirle a la señora que mejor es que mande a otros a hacer ese trabajito.

Balbino cavilaba ceñudo, y *El León* concluyó:

—Yo lo que digo es que hay cosas que no entiendo. A menos que la señora le vaya a dar ahora por tenerle miedo al vecino.

—No desbaraten la casa ni muden los postes —díjoles Balbino—. No hablen con ella todavía, tampoco. Dejen eso de mi cuenta.

Y en llegando a los caneyes:

—Quédense por aquí mientras yo converso con la señora.

Los Mondragones se entretuvieron conversando con los otros peones que estaban por allí y Balbino se dirigió a la casa. La primera impresión desagradable fue el cambio que, de la noche a la mañana, se había operado en el aspecto de la mujerona. Ya no llevaba aquella sencilla bata blanca, cerrada hasta el cuello y con mangas que le cubrían completamente los brazos, que era el máximo de feminidad que se consentía en el traje, sino otra, que nunca le había visto usar Balbino, descolada y sin mangas y adornada con cintas y encajes. Además llevaba el cabello mejor peinado, hasta con cierta gracia que la rejuvenecía y la hermoseaba.

No obstante, a Balbino no le cayó bien la transformación. Contrajo el ceño y dejó escapar un leve gruñido de desconfianza.

La segunda impresión desagradable fue la sonrisa mordaz con que ella le preguntó, aludiendo a la fanfarronada que le oyera la noche anterior, a propósito de sus planes contra Luzardo:

—¿Lo emparejaste?

Molesto y desconcertado por esta acogida burlona, el hombre respondió bruscamente:

—Del camino me revolví a esperar que él me llame a rendirle cuentas. Ojalá se atreva a pedírmelas, para ver quién es el que va a tener que darlas.

Ella se quedó mirándolo, sin dejar de sonreír, y él, después de darse dos o tres manotadas en los bigotes:

—Si yo estaba allá era por complacerte.

Desapareció la sonrisa de la faz de la mujer; pero se mantuvo su desconcertante silencio.

Balbino hizo un gesto de desconfianza y se dijo mentalmente:

—Ya esto no me está gustando mucho.

En efecto, la superioridad de aquella mujer, su dominio sobre los demás y el temor que inspiraba parecían radicar especialmente en su saber callar y esperar. Era inútil proponerse arrebatarle un secreto: de sus planes nadie sabía nunca una palabra; en sus verdaderos sentimientos acerca de una persona, nadie penetraba. Su privanza lo daba todo, incluso la incertidumbre perenne de poseerla realmente; cuando el favorito se acercaba a ella no sabía nunca con qué iba a encontrarse. Quien la amara, como llegó a amarla Lorenzo Barquero, tenía la vida por tormento.

Muy distante estaba Balbino de una pasión como aquella de Barquero; pero los favores de doña Bárbara no eran despreciables todavía, y por añadidura, enriquecían. La leyenda de aquel poder sobrenatural que la asistía, haciendo imposible, por procedimientos misteriosos, que nadie le quitase una res o una bestia, era quizá invención de la bellaquería de los mayordomos-amantes que habían hecho sus negocios fraudulentos con la hacienda de ella, pues, sumamente supersticiosa como era, por creerse asistida, en realidad, de aquellos poderes, se descuidaba y se dejaba robar.

Decidió aprovechar lo de los Mondragones para sondear los sentimientos de la enigmática mujer:

—Por ahí están los Mondragones, que acaban de llegar de *Macaníllal.*

—¿A qué han venido? —inquirió ella.

—Parece que quieren hablar con usted —ahora le parecía más prudente darle tratamiento respetuoso—. Porque, como que no están muy conformes con desbaratar todo lo que se había hecho por allá.

Doña Bárbara volvió la cabeza con un movimiento brusco y un gesto imperioso:

—¿Cómo que no están conformes? ¿Y a ellos quién les ha preguntado si les agrada o no? Llámalos acá.

—Es decir: no es que no quieran hacer lo que se les ha mandado, sino que, como son tres hombres nada más, no pueden darse abasto para mudar la casa y los postes en una noche.

—Que se lleven la gente que sea necesaria; pero que mañana amanezca todo donde estaba antes.

—Se los diré así —respondió Balbino, encogiéndose de hombros.

—Por ahí has debido empezar. Bien sabes que no consiento que se discutan mis órdenes.

Balbino salió al patio, llamó aparte a los Mondragones y les dijo:

—Ustedes están equivocados. No es miedo al vecino como se imaginaban, sino un peine que queremos ponerle para que se envalentone y se zumbe contra nosotros. Ándense allá y procedan a hacer todo lo que ella les mandó y llévense la gente que necesiten para que mañana mismo amanezca la casa en su puesto de antes y los postes del lindero donde los mandó a poner el juez.

—Ése es otro cantar —dijo *El Onza*—. Si es así, ya vamos a estar mudándonos con lindero y todo.

Y regresó con sus hermanos a *Macanillal*, llevándose además la gente necesaria para ejecutar rápidamente el trabajo.

Balbino volvió al lado de doña Bárbara y, después de haberle dirigido algunas palabras que se quedaron sin respuesta, resolvió salir de dudas acerca de los sentimientos que ella abrigara respecto a Luzardo, diciendo:

—Ya Melquíades como que está perdiendo los libros. ¡Miren que habérsele ocurrido venirse en el bongo, donde nada podía hacer, habiendo en esa costa de monte del Arauca tanto apostadero bueno para no dejar pasar al doctor Luzardo! Y un río tan caimanoso como ése, que carga con todos los muertos que se le quieran echar. Ahora la cosa va a ser más comprometida, porque aunque no sea sino por llenar la fórmula, las autoridades tendrán que abrir averiguaciones.

Sin cambiar de actitud y con una voz lenta y sombría, doña Bárbara replicó a la siniestra insinuación:

—Dios libre al que se atreva contra Santos Luzardo. Ese hombre me pertenece.

# X

# *El Espectro de "La Barquereña"*

Era un bosque de maporas, profundo y diáfano, que cubría una vasta depresión de la sabana y le venía el nombre del de una pequeña garza azul que, según una antigua leyenda, solía encontrarse por allí, único habitante del paraje. Era un lugar maldito: un silencio impresionante, numerosas palmeras carbonizadas por el rayo y en el centro un tremedal donde perecía, sorbido por el lodo, cuanto ser viviente se aventurara a atravesarlo.

La chusmita que le daba nombre, al decir de la leyenda, sería el alma en pena de una india, hija del cacique de cierta comunidad yarura que habitaba allí cuando Evaristo Luzardo pasó con sus rebaños al cajón del Arauca. Hombre de presa, *El Cunavichero* les arrebató a los indígenas aquella propiedad de derecho natural, y como ellos trataron de defenderla, los exterminó a sangre y fuego; pero el cacique, cuando vio su ranchería reducida a escombros, maldijo el palmar de modo que en él sólo encontraran ruina y desgracia el invasor y sus descendientes, víctimas del rayo, vaticinando, al mismo tiempo, que volvería al poder de los yaruros cuando uno de éstos sacara de la tierra la piedra de centella de la maldición.

Según la conseja, la maldición se había cumplido, pues no solamente no hubo nunca por allí tormenta que no se desgajara en rayos sobre el palmar, matando, en varias ocasiones, rebaños enteros de reses luzarderas, sino que también fue aquel sitio la causa de la discordia que destruyó a los Luzardo. En cuanto al vaticinio, hasta los tiempos del padre de Santos fue voz corriente que, después de aquellas tempestades, siempre se veía por allí algún indio —quién sabe desde dónde venía— escarbando la tierra en busca de la piedra de centella.

Hacía años que no aparecía por allí el yaruro. Tal vez, allá en sus rancherías, se había perdido la tradición. En *Altamira* nadie confesaba creer en la leyenda; pero todos preferían hacer un largo rodeo antes que pasar por el paraje maldito.

Santos bordeó el tremedal por un terreno de limo negro y pegajoso, pero practicable sin riesgo, que retumbaba bajo los cascos del caballo. En torno a la charca mortífera, la tierra estaba revestida de hierba tierna; mas, no obstante la frescura de aquel verdor grato a la vista, algo sombrío se cernía sobre el paraje, y en vez de la chusmita de la leyenda, un garzón solitario en un islote de borales acentuaba la nota de fúnebre quietud.

Iba Santos ensimismado en el propósito que lo llevaba por allí, cuando algo que se movió en la margen de su campo visual lo hizo volver la cabeza. Era una muchacha, desgreñada y cubierta de inmundos harapos, que portaba un haz de leña sobre la cabeza y trababa de ocultarse detrás de una palmera.

—¡Muchacha! —la interpeló, refrenando la bestia—. ¿Dónde queda por aquí la casa de Lorenzo Barquero?

—¿No lo sabe, pues? —respondió la campesina, después de haber proferido un gruñido de bestia arisca.

—No lo sé. Por eso te lo pregunto.

—¡Guá! ¿Y aquel techo que se aguaita, de qué es, pues?

—Has podido empezar por ahí —díjole Santos y continuó su camino.

Una vivienda miserable mitad caney mitad choza, formada ésta por cuatro paredes de barro y paja sin enlucido, con una puerta sin batientes, y aquél por otros tantos horcones que sostenían el resto de la negra y ya casi deshecha techumbre de hojas de palmera, y de dos de los cuales colgaba un chinchorro mugriento, tal era la casa del "Espectro de *La Barquereña*", como por allí se le decía a Lorenzo Barquero.

De haberlo visto una vez en su infancia, Santos conservaba de él apenas un vago recuerdo; mas, por claro que éste hubiera sido, tampoco habría podido reconocerlo en aquel hombre que se incorporó en el chinchorro cuando lo sintió llegar.

Sumamente flaco y macilento, una verdadera ruina fisiológica, tenía los cabellos grises y todo el aspecto de un viejo, aunque apenas pasaba de los cuarenta. Las manos, largas y descarnadas, le temblaban continuamente, y en el fondo de las pupilas verdinegras le brillaba un fulgor de locura. Doblegaba la cabeza, cual si llevase un yugo a la cerviz; sus facciones, así como la actitud de todo su cuerpo, revelaban un profundo desmadejamiento de la voluntad y tenía la boca deformada por el rictus de las borracheras sombrías. Con un esfuerzo visible sacó una voz cavernosa para preguntar:

—¿A quién tengo el gusto?...

Ya el visitante había bajado del caballo y, después de amarrarlo a uno de los horcones, avanzaba diciendo:

—Soy Santos Luzardo y vengo a ofrecerte mi amistad.

Pero dentro del escombro humano aún ardía el odio implacable:

—¡Un Luzardo en la casa de un Barquero!

Y Santos lo vio ponerse trémulo y trastabillar, buscando, quizá, un arma; pero avanzó a tenderle la mano:

—Seamos razonables, Lorenzo. Sería absurdo que nos empeñáramos en mantener ese funesto rencor de la familia. Yo, porque en realidad no lo abrigo; tú...

—¿Porque ya no soy un hombre? ¿No es eso lo que ibas a decir? —interrogó, con el tartamudeo de un cerebro que fallaba.

—No, Lorenzo. No ha pasado por mi mente tal idea —respondió Luzardo, ya con un comienzo de compasión verdadera, pues hasta allí sólo lo había guiado el propósito de ponerle término a la discordia de la familia.

Pero Lorenzo insistió:

—¡Sí! ¡Sí! Eso era lo que ibas a decir.

Y hasta aquí lo acompañaron la voz bronca y la actitud impertinente. De pronto volvió a desmadejarse, como si hubiera consumido en aquel alarde de energía las pocas que le quedaban, y prosiguió con otra voz, apagada, dolorida y más tartajosa todavía:

—Tienes razón, Santos Luzardo. Ya no soy un hombre. Soy el espectro de un hombre que ya no vive. Haz de mí lo que quieras.

—Ya te he dicho: vengo a ofrecerte mi amistad. A ponerme a tus órdenes para lo que pueda serte útil. He venido a encargarme de *Altamira*, y...

Pero Lorenzo volvió a quitarle la palabra, exclamando, a tiempo que le apoyaba sobre los hombros sus manos esqueléticas:

—¿Tú también, Santos Luzardo? ¿Tú también oíste la llamada? ¡Todos teníamos que oírla!

—No entiendo. ¿A qué llamada puedes referirte?

Y como Lorenzo no lo soltaba, fija la mirada delirante, y ya no era posible, tampoco, soportar más el tufo del alcohol digerido que le echaba encima, agregó:

—Pero todavía no me has brindado asiento.

—Es verdad. Espérate. Voy a sacarte una silla.

—Puedo tomarla yo mismo. No te molestes —díjole viendo que vacilaba al andar.

—No. Quédate tú aquí afuera. Tú no puedes entrar ahí. No quiero que entres. Esto no es una casa; esto es el cubil de una bestia.

Y penetró en la habitación, doblegándose más todavía para poder pasar bajo el dintel.

Antes de coger la silla que iba a ofrecerle al huésped, se acercó a una mesa que estaba en el fondo del cuarto y en la cual se veía una garrafa con un vaso invertido sobre el pico.

—Te suplico que no bebas, Lorenzo —intervino Santos acercándose a la puerta.

—Un trago nada más. Déjame tomarme un trago. Me hace falta en estos momentos. No te ofrezco porque es un lavagallos.[20] Pero, si quieres...

—Gracias. No acostumbro beber.

—Ya te acostumbrarás.

Y una sonrisa horrible surcó la faz cavada del ex hombre, mientras sus manos hacían chocar el vaso contra el pico de la garrafa.

Al ver la cantidad de aguardiente que se servía, Santos trató de impedírselo; pero era tal la pestilencia del aire confinado allí dentro, que no pudo pasar del umbral. Además, ya Lorenzo se empinaba el vaso y a grandes tragos apuraba el contenido.

Luego, haciendo un ademán de niño que todavía no sabe emplear la mano, enjugó los bigotes restregándoselos con el antebrazo, cogió un butaque y una silla de pringoso asiento de cuero crudo, y salió diciendo:

—¡Conque un Luzardo en la casa de un Barquero! Y todavía viven los dos. ¡Los únicos que quedan!

—Te suplico que...

—No. Ya me lo has dicho. Ya lo sé... El Luzardo no viene a matar y el Barquero ofrece el mejor asiento que tiene: esta silla. Siéntate. Y se sienta él en este butaque. Así.

El asiento, sumamente bajo, lo obliga a replegar las piernas y apoyar los brazos sobre las rodillas, péndulas las temblorosas manos, en una posición grotesca que hacía más repulsiva aún la miseria de su organismo, y por todo traje llevaba unos mugrientos calzones de los que el llanero llama "de uña de pavo" abiertos por los lados hasta las rodillas, y una camiseta de listado, a través de cuyos agujeros salíansele los vellos del pecho.

Ante el espectáculo de aquella repugnante ruina, Santos tuvo un instante de terror fatalista. Aquello que estaba por delante de él había sido un hombre en quien se habían puesto orgullo, esperanzas y amores.

Por hacer algo que justificara el hablarle sin mirarlo, sacó un cigarrillo y mientras lo encendía díjole:

—Es la segunda vez que nos vemos, Lorenzo.

—¿La segunda? —repitió interrogativamente el ex hombre, con una expresión de penoso esfuerzo mental—. ¿Quieres decir que nos conocíamos ya?

—Sí. Hace ya algunos años. Yo tendría ocho, apenas.

Lorenzo se enderezó bruscamente para replicar:

—¿Yo en tu casa? No habría comenzado todavía la...

—No —interrumpió Santos—. Aún no había estallado la discordia entre nosotros.

—Entonces, ¿vivía mi padre todavía?

—Sí. Y en casa, lo mismo que en la tuya, todos hacían grandes elogios de ti, de tu extraordinaria inteligencia, que era el orgullo de la familia.

—¿Mi inteligencia? —interrogó Lorenzo, como si le hablaran de algo que nunca hubiera poseído—. ¡Mi inteligencia! —repitió exclamativamente una y otra vez, pasándose las manos por la cabeza con atormentado ademán y, finalmente, clavando en Santos una mirada suplicante—: ¿Por qué vienes a hablarme de eso?...

—Un recuerdo repentino que acaba de asaltarme —respondió Santos, disimulando la intención de provocar en aquel espíritu envilecido alguna reacción saludable—. Yo era un niño, pero a fuerza de oír cómo te elogiaban todos en la familia y, especialmente mamá, que no se quitaba de la boca un "aprende a Lorenzo" cada vez que quería estimularme, me había formado de ti la más alta idea que puede caber en una cabeza de ocho años. No te conocía pero vivía pensando en "aquel primo que estudiaba en Caracas para doctor" y no había palabras, modales o gestos usuales tuyos de que oyera hablar, sin que inmediatamente comenzara a copiártelos, ni recuerdo haber experimentado en mi niñez una emoción tan profunda como la que experimenté cuando, un día, me dijo mi madre: "Ven para que conozcas a tu primo Lorenzo". Podría reconstruir la escena: me dirigiste esas tres o cuatro preguntas que se les hacen a los muchachos cuando nos los presentan, y a propósito de que papá te dijo, seguramente con un orgullo muy llanero, que yo era "bueno de a caballo", le respondiste con un largo discurso que me pareció música celestial, tanto porque no lo entendía —¡imagínate!— como porque, siendo tuyas, aquellas palabras tenían que ser para mí la elocuencia misma. Sin embargo, me impresionó una de las frases: "Es necesario matar al centauro que todos los llaneros llevamos por dentro", dijiste. Yo, claro está, no sabía qué podía ser un centauro ni mucho menos lograba explicarme por qué los llaneros lo llevamos por dentro: pero la frase me gustó tanto y se me quedó grabada de tal manera, que —tengo que confesártelo— mis primeros ensayos de oratoria —todos los llaneros, hombres de una raza enfática, somos de algún modo aficionados a la elocuencia— fueron hechos a base de aquel: "es necesario matar al centauro" que declamaba yo, a solas conmigo mismo, sin entender una jota de lo que decía, naturalmente, y sin poder pasar de allí tampoco. De más estará decirte que ya había llegado a mis oídos tu fama de orador.

Hizo una pausa, en apariencia, para tumbarle la ceniza al cigarrillo, pero era en realidad para dejar que Lorenzo manifestase el efecto que aquellas palabras le hubieran producido.

Alguno le habían causado, pues era grande la agitación de que daba muestras, pasándose las manos desde la frente hasta la nuca con atormentados movimientos, y Santos, satisfecho de su obra, prosiguió:

—Años después, en Caracas, cayó en mis manos un folleto de un discurso que habías pronunciado en no sé qué fiesta patriótica, e imagínate mi impresión al encontrar allí la célebre frase. ¿Recuerdas ese discurso? El tema era: El centauro es la barbarie y, por consiguiente, hay que acabar con él. Supe entonces que con esa teoría que proclamaba una orientación más útil de nuestra historia nacional, habías armado un escándalo entre los tradicionalistas de la epopeya, y tuve la satisfacción de comprobar que tus ideas habían marcado época en la manera de apreciar la historia de nuestra independencia. Yo estaba ya en capacidad de entender la tesis y sentía y pensaba de acuerdo contigo. Algo tenía que quedárseme de haberla repetido tanto, ¿no te parece?

Pero Lorenzo no hacía sino pasarse las temblorosas manos por el cráneo bajo el cual se le había desencadenado, de pronto, la tormenta de los recuerdos.

Su juventud brillante, el porvenir, todo promesas, las esperanzas puestas en él. Caracas... La Universidad... Los placeres, los halagos del éxito, los amigos que lo admiraban, una mujer que lo amaba, todo lo que puede hacer apetecible la existencia. Los estudios, ya para coronarlos con el grado de doctor, un aura de simpatía propicia para el triunfo bien merecido, la orgullosa posesión de una inteligencia feliz, y, de pronto: ¡la llamada! El reclamo fatal de la barbarie, escrito de puño y letra de su madre: "Vente. José Luzardo asesinó ayer a tu padre. Vente a vengarlo".

¿Te explicas ahora por qué no puedo sentirme enemigo tuyo? —concluyó Santos Luzardo, tendiéndole un apoyo a aquella alma que batallaba por surgir del abismo—. Tú fuiste objeto de mi admiración de niño, me ayudaste, después, de una manera indirecta pero muy eficaz, pues muchas de las facilidades con que me encontré en Caracas, en mi vida de estudiante y en mis relaciones sociales, fueron obra del aprecio y de las simpatías que allá dejaste y, por último, en punto a dirección espiritual, tengo una deuda sagrada para contigo: por querer imitarte, adquirí aspiraciones nobles.

Y el tremendo sarcasmo que las circunstancias le daban a estas palabras de sana intención acabó de exasperar al ex hombre. Se levantó bruscamente del asiento donde estaba encorvado bajo el peso de sus miserias y de sus tormentas y se precipitó a la puerta del cuarto.

A poco se oyó el tintineo del pico del garrafón contra los bordes del vaso, sostenido por las manos trémulas, y Santos murmuró:

—Es inútil. A este infeliz no le queda ya más recurso sino la inconciencia de la borrachera.

Y ya se disponía a retirarse cuando reapareció Lorenzo, con un paso más firme y un aire más inteligente en la fisonomía, galvanizado por el latigazo del alcohol.

—¡No! No puedes irte todavía; tienes que escucharme. Ya hablaste tú y ahora me toca a mí. Siéntate y óyeme lo que tengo que responderte.

—Déjalo para otro día, Lorenzo. Volveré a menudo por aquí a conversar contigo.

—¡No! Ha de ser ahora mismo. Te suplico que me oigas.

Y en seguida, energúmeno:

—¡Te suplico, no! ¡Te ordeno que me oigas! Has venido a provocarme y ahora tienes que oírme.

—¡Vaya, pues! Te complaceré —accedió Santos, tolerante—. Ya estoy sentado otra vez. Habla todo lo que quieras.

—Sí. Hablaré. ¡Hablaré, por fin! ¡Qué cosa tan grande es poder hablar, Santos Luzardo!

—¿Es que no tienes con quién? ¿No vives con tu hija?

—No me hables ahora de mi hija. No hables tú. Oye. Oye nada más. Así. ¡Aja!... ¡Mírame bien, Santos Luzardo! Este espectro de un hombre que fue, esta piltrafa humana, esta carroña que te habla, fue tu ideal. Yo era eso que has dicho hace poco, y ahora soy esto que ves. ¿No te da miedo, Santos Luzardo?

—¿Miedo, por qué?

—¡No! No te pregunto para que contestes, sino para que me oigas esto: ese Lorenzo Barquero del que has hablado no fue sino una mentira; la verdad es ésta que ves ahora. Tú también eres una mentira que se desvanecerá pronto. Esta tierra no perdona. Tú también has oído ya la llamada de la devoradora de hombres. Ya te veré caer entre sus brazos. Cuando los abra, tú no serás sino una piltrafa... ¡Mírala! Espejismos por dondequiera: allí se ve uno; allá otro. La llanura está llena de espejismos. ¿Qué culpa tengo de que te hayas hecho ilusiones de que un Luzardo —un Luzardo, porque también lo soy, aunque me duela— podría ser un ideal de hombre? Pero no estamos solos, Santos. Es el consuelo que nos queda. Yo he conocido muchos hombres —tú también, seguramente— que a los veinte y pico de años prometen mucho. Déjalos que doblen los treinta: se acaban, se desvanecen. Eran espejismos del trópico. Pero óyeme esto: yo no me equivoqué nunca respecto a mí mismo. Sabía que todo aquello que los demás admiraban en mí era mentira. Lo descubrí a raíz de uno de los triunfos más celebrados de mi vida de estudiante: un examen para el cual no me había preparado bien. Me tocó desarrollar un tema que ignoraba por completo, pero empecé a hablar, y las palabras, puras palabras, lo hicieron todo. No solamente fui bien calificado, sino hasta aplaudido por los mismos profesores que me examinaban. ¡Bribones! Desde entonces comencé a observar que mi inteligencia, lo que todos llamaban mi gran talento, no funcionaba sino mientras estuviera hablando; en cuanto me callaba se desvanecía el espejismo y no entendía nada de nada. Sentí la mentira de mi inteligencia y de mi sinceridad. ¿Te das cuenta? La mentira de la propia sinceridad, que es lo peor que puede sucederle a un hombre. La sentí en el fondo de mi corazón, como debe sentirse en lo íntimo de la carne aparentemente sana la úlcera latente del cáncer hereditario. Y comencé a aborrecer la Universidad y la vida de la ciudad, los amigos que me admiraban, la novia, todo lo que era causa o efecto de mixtificación de mí mismo.

Santos lo escuchaba vivamente interesado y con emoción optimista. Quien así podía pensar todavía y con tal lucidez expresarse no era un hombre irremisiblemente perdido.

Pero esto no podía durar mucho. Era el latigazo del alcohol y aquel organismo habituado sólo respondía a este estímulo durante cortos instantes, seguidos de bruscas caídas en la inconsciencia. Y, en efecto, bastó la breve pausa que hizo para que, una vez más, se le desvaneciera el espejismo.

—¡Matar al centauro! ¡Je! ¡Je! ¡No seas idiota, Santos Luzardo! ¿Crees que eso del centauro es pura retórica? Yo te aseguro que existe. Lo he oído relinchar. Todas las noches pasa por aquí. Y no solamente aquí; allá, en Caracas, también. Y más lejos todavía. Dondequiera que esté uno de nosotros, los que llevamos en las venas sangre de Luzardo, oye relinchar el centauro. Ya tú también lo has oído y por eso estás aquí. ¿Quién ha dicho que es posible matar al centauro? ¿Yo? Escúpeme la cara, Santos Luzardo. El centauro es una entelequia. Cien años lleva galopando por esta tierra y pasarán otros cien. Yo me creía un civilizado, el primer civilizado de mi familia, pero bastó que me dijeran: "Vente a vengar a tu padre", para que apareciera el bárbaro que estaba dentro de mí. Lo mismo te ha pasado a ti; oíste la llamada. Ya te veré caer entre sus brazos y enloquecer por una caricia suya. Y te dará con el pie, y cuando tú le digas: "Estoy dispuesto a casarme contigo", se reirá de tu miseria y...

Se mesó los cabellos. La idea fija, que ya poco antes se deslizara en su discurso, había logrado, por fin, apoderarse de él. Se le desmadejaron los brazos, con hebras de cabello entre los dedos, y hundiendo la cabeza en el pecho, se quedó murmurando:

—¡La devoradora de hombres!

Santos Luzardo contempló un rato en silencio y con el corazón oprimido el dramático espectáculo de aquella ruina humana y luego, tratando de reanimarlo, le preguntó:

—¿Y tu hija?

Pero Lorenzo, con la vista fija en el horizonte de la llanura, seguía murmurando:

—¡La llanura! ¡La maldita llanura, devoradora de hombres!

Y Santos pensó:

—Realmente, más que a las seducciones de la famosa doña Bárbara, este infeliz ha sucumbido a la acción embrutecedora del desierto.

Un súbito destello de lucidez reanimó el rostro del ex hombre. Por un momento desapareció el rictus de la borrachera sombría.

—Marisela —llamó—. Ven para que conozcas a tu primo.

Pero como dentro del rancho nadie respondía, agregó:

—Ésa no sale de ahí ni que la arrastren por los cabellos. Es más arisca que un báquiro... Un báquiro.

Clavó otra vez la cabeza y empezaron a manarle de la boca contraída lentos hilos de saliva.

—Bien, Lorenzo —dijo Santos poniéndose de pie—. Volveré por aquí a menudo.

Se incorporó de pronto el borracho y dando traspiés penetró en la habitación.

—Déjala tranquila —díjole Santos; creyendo que iba en busca de la hija—. Otro día la conoceré —y comenzó a desamarrar su caballo.

Ya ponía el pie en el estribo cuando vio que Lorenzo se empinaba el garrafón de aguardiente, derramándoselo encima por no acertar a llevarse el pico a la boca. Se precipitó dentro de la habitación a quitárselo de las manos.

Mas ya el borracho había bebido lo suficiente para caer fulminado. Se asió a los brazos de Luzardo y clavándole una mirada delirante, exclamó:

—¡Santos Luzardo! ¡Mírate en mí! ¡Esta tierra no perdona!

# XI

## La Bella Durmiente

De regreso a *Altamira*, bajo la penosa impresión del espectáculo que acababa de presenciar, Santos volvió a encontrarse con la campesina, a quien le preguntara por la casa a donde se dirigía. Sólo después de haber visto la miseria que reinaba en el rancho de Lorenzo Barquero podía sospecharse que fuera su hija aquella criatura montaraz, greñuda, mugrienta, descalza y mal cubierta por un traje vuelto jirones.

Había depositado en el suelo el haz de chamizas y estaba tendida junto a él con los codos hundidos en la arena, la cara entre las manos, soñadora la mirada.

Santos se detuvo a contemplarla. Bajo los delgados y grasientos harapos que se le adherían al cuerpo, la curva de la espalda y las líneas de las caderas y de los muslos eran de una belleza estatuaria; pero rompían el encanto los pies anchos y gruesos, de piel endurecida y cuarteada por el andar descalzo, y fue en esta fealdad lamentable donde se detuvieron las miradas compasivas.

Un resoplido de la bestia de Luzardo la sacó de su abstracción y al advertir la presencia del hombre detenido a pocos pasos de ella, se hizo un ovillo para ocultar la desnudez de sus piernas, y después de haber proferido algunos gruñidos de protesta, rompió a reír, de bruces sobre el arenal.

—¿Eres tú Marisela? —interrogó Santos.

Ella se hizo repetir la pregunta y luego respondió, con la rudeza de su condición silvestre reforzada por el azoramiento:

—Si ya sabe cómo me mientan, ¿pa'qué pregunta, pues?

—No lo sabía, propiamente. Sospechaba que fueras la hija de Lorenzo Barquero, llamada así; pero quería cerciorarme.

Arisca, como el animal salvaje con el cual la comparó su padre, al oír aquel término desconocido para ella, replicó:

—¿Cerciorarse? ¡Hum! Usté está mal fijao. Bien pué seguí su camino.

—Menos mal si la cerrilidad le custodia la inocencia —pensó Santos, y luego—: ¿Qué entiendes tú por cerciorarse?

—¡Umjú! ¡Qué preguntón es usté! —exclamó soltando de nuevo la risa.

—¿Ingenuidad o malicia? —se preguntó entonces Santos Luzardo, comprendiendo que, lejos de disgustarle, le agradaba que él se hubiese detenido a hablarle, y ya sin sonreír siguió contemplando compasivamente aquella masa de greñas y harapos.

—¿Hasta cuándo va a estar ahí, pues? —gruñó Marisela—. ¿Por qué no se acaba de dir?

—Eso mismo te pregunto yo: ¿hasta cuándo vas a estar ahí? Ya es tiempo de que regreses a tu casa. ¿No te da miedo andar sola por estos lugares desiertos?

—¡Guá! ¿Y por qué voy a tener miedo, pues? ¿Me van a comé los bichos del monte? ¿Y a usté qué le importa que yo ande sola por donde me dé gana? ¿Es, acaso, mi taita, pues, pa'que venga a regañarme?

—¡Qué maneras tan bruscas, muchacha! ¿Es que ni siquiera te han enseñado a hablar con la gente?

—¿Por qué no me enseña usté, pues? —y otra vez la risa sacudiéndole el cuerpo echado de bruces sobre la tierra.

—Sí, te enseñaré —díjole Santos, cuya compasión empezaba a transformarse en simpatía—. Pero tienes que pagarme por adelantado las lecciones, mostrándome esa cara que tanto te empeñas en ocultar.

—¡Qué mano! —exclamó ella, ovillándose más—. Acábese de ir de una vez, que lo va a cogé la noche por estos montes.

—No me moveré de este sitio mientras no me hayas dejado ver tu cara. He venido sólo a conocerte, porque me han dicho que eres muy fea y no quiero creerlo hasta que lo vea con mis propios ojos. Me cuesta trabajo creer que pueda ser fea una parienta mía. Verdad que no te había dicho todavía que somos primos.

—¡Zape! —exclamó ella—. Yo no tengo más familia que mi taita, porque ni a mi mae puedo decí que la conozco.

La mención a la madre disipó la jovial disposición de ánimo que estaba poniendo Santos en la charla, y ella, como temiese haberle disgustado de veras, después de mirarlo de soslayo por debajo del brazo con que se cubría el rostro, insistió:

—¿No ve que usté no es na mío, como dice? Si juera, no se habría quedao tan callao.

—Sí, criatura —afirmó él, tornando a emplear el término compasivo—. Soy Santos Luzardo, primo de tu padre. Pregúntaselo a él, si quieres cerciorarte. Y no vayas a tomar a mal, otra vez, esta palabra.

—Bueno. Si es verdá que es primo mío... Aunque yo no se lo creo, ¿sabe?... ¡Umjú! Y después dicen que las mujeres semos las curiosas. Aguaite, pues, pa'que se acabe de dir de una vez.

Y sin que Santos hubiera insistido en que se dejara ver el rostro, levantó y bajó en seguida la cabeza; pero con los ojos cerrados y apretando la boca para que no se le escapara la risa, coquetería de azoramiento y de ingenuidad.

Tendría unos quince años, y aunque la comida escasa, el agua mala, el desaliño y la rustiquez le marchitaban la juventud, bajo aquella miseria de mugre y greñas hirsutas se adivinaba un rostro de facciones perfectas.

Pero bastó el breve instante para que los ojos de Santos apresaran la revelación de belleza.

—¡Qué bonita eres, criatura! —exclamó, y luego se quedó contemplándola con una forma de compasión diferente, mientras ella, ya no arisca, sino remilgada, humanizada por el primer destello de emoción de sí misma que aquella exclamación le había producido, decíale, con una voz dulce y suplicante.

—Váyase, pues.

—Todavía falta —replicó Santos—. No me has mostrado tus ojos. Déjame verlos. ¡Ah! Ya comprendo por qué no te atreves a abrirlos en mi presencia. Eres bizca, seguramente. Los tendrás muy feos.

—¿Bizca yo? Aguaite.

E incorporándose, animosa, abrió los hermosos ojos, que eran lo más bello de su rostro, y se quedó mirándolo sin pestañear, mientras él volvía a exclamar:

—¡Es preciosa esta criatura!

—Váyase, pues —repitió Marisela, cubierta de rubor bajo la pringue del rostro, pero sin dejar de mirarlo.

—Aguarda. Voy a darte, en seguida, la primera de esas lecciones que me has pagado anticipadamente.

Bajó del caballo, se acercó a la muchacha, cuyos negros ojazos expresaron un temor suplicante, y la obligó a levantarse, tomándola por un brazo y diciéndole:

—Ven acá, primita. Voy a enseñarte para qué sirve el agua. Eres linda, pero lo serías mucho más si no te abandonaras tanto.

Respuesta de su instintivo temor, por el tono sin sombra de malicia con que le hablaba aquel hombre perteneciente a un mundo diferente del que ella conocía, Marisela se dejó conducir hasta el borde de una charca de agua clara que había en la orilla del tremedal, ocultando el rostro bajo el brazo libre y riendo, entre avergonzada y complacida.

Llegados juntos a la charca, Santos la hizo inclinarse y tomando el agua en el hueco de sus manos, comenzó a lavarle los brazos y luego la cara, como hay que hacer con los niños, mientras le decía:

—Aprende y cógele cariño al agua, que te hará parecer más bonita todavía. Hace mal tu padre en no ocuparse de ti como mereces; pero es pecado contra la Naturaleza, que te ha hecho hermosa, el que cometes con ese abandono de tu persona. Por lo menos, limpia deberías estar siempre, ya que la tierra no te niega el agua. Haré que te traigan ropas decentes, para que te cambies ésa, que ni siquiera te cubre, y un peine para que te arregles el cabello y zapatos para que no andes descalza. ¡Así! ¡Así! ¿Cuánto tiempo haría que no te lavabas la cara?

Marisela abandonaba el rostro al frescor del agua, apretados los labios, cerrados los ojos, estremecida la carne virginal bajo el contacto de las manos varoniles. Luego Santos, a falta de toalla, sacó su pañuelo para enjugarle la cara, y hecho esto, la obligó a levantar la cabeza, tomándola de la barbilla. Ella abrió los ojos y mirándolo, mirándolo, se le fueron cuajando de lágrimas.

—Bien —díjole Santos—. Ahora te regresas a tu casa. Yo te acompañaré, porque no es prudente que andes sola por estos lugares a estas horas.

—No. Yo me iré sola —replicó ella—. Váyase usté primero.

Y era otra voz aquella con que ahora hablaba.

Las manos le lavaron el rostro y las palabras le despertaron el alma dormida. Advierte que las cosas han cambiado de repente. Que ella misma es otra persona.

Siente la limpieza de su piel y oye que dicen: —¡Qué bonita eres, criatura!— y la asalta la curiosidad de conocerse: ¿Cómo serán sus ojos y su boca y el modelado de sus facciones? Se pasa las manos por la cara, se palpa las mejillas, se acaricia, se moldea a sí misma, para que las manos le digan cómo es Marisela.

Pero las manos sólo le dicen:

—Somos ásperas y no sentimos nada. Las chamizas, las espinas nos han endurecido la piel.

¿Por qué no se sentirá la propia belleza, como se sienten los dolores?

Él le ha dejado dos cosas tiernas.

La frescura del agua en las mejillas, que ahora le están produciendo sensaciones desconocidas. ¡Sí se siente la belleza! Estas sensaciones nuevas y tiernas no pueden tener otra causa. Así debe de sentir el árbol, en la corteza endurecida y rugosa, la ternura de los retoños que de pronto le reventaron. Así debe de estremecerse la sabana, cuando un día, después de las quemas de marzo, siente que ha amanecido toda verde. Le ha dejado, también, la emoción de unas palabras nunca oídas hasta entonces. Las repite y oye que le resuenan en el fondo del corazón, y se da cuenta, a la vez, de que su corazón era algo negro, hondo, mudo y vacío. Pero algo sonoro, también, como el pozo que está junto a su casa, oscuro, profundo y con un espejo de agua allá adentro. "¡Es preciosa esta criatura!"... Y la voz resuena, honda, como en el pozo cuando se habla sobre el brocal.

También fuera de ella ya el mundo no es lo que hasta allí había sido: un monte intrincado donde recoger chamizas, un palmar solitario donde era posible estar horas y horas, tendida en la arena, inmóvil hasta el fondo del alma, sin emociones ni pensamientos. Ahora los pájaros cantan y da gusto oírlos, ahora el tremedal refleja el paisaje y es bonito aquel palmar invertido, aquel fondo de cielo que se le ha formado al remanso; ahora trasciende de los bejucos que se vinieron enredados en el haz de chamizas el silvestre aroma de las flores del monte y es agradable aspirarlo. La belleza no está en ella solamente; está en todas partes: en el trino que trae en la garganta la paraulata llanera, en la charca y su orla de hierba tierna, en el palmar profundo y diáfano, en la sabana inmensa y en la tarde que cae dulcemente, dorada y silenciosa. ¡Y ella no se había dado cuenta de que todo esto existía, creado para que lo contemplaran sus ojos!

Por primera vez, Marisela no se duerme al tenderse sobre la estera. Extraña el inmundo camastro de ásperas hojas, cual si se hubiese acostado en él con un cuerpo nuevo, no acostumbrado a las incomodidades; se resiente del contacto que aquellos pringosos harapos que no se quitaba ni para dormir, como si fuese ahora cuando empezara a llevarlos encima; sus sentidos todos repudian las habituales sensaciones que, de pronto, se le han vuelto intolerables, como si acabase de nacer una sensibilidad más fina.

Además, la desvela el alma de mujer que acaba de despertársele, complicándole la vida, que era simple como la del viento, que no sabe sino corretear por la sabana. Sentimientos confusos empiezan a moverse dentro de su corazón: hay una alegría que tiene mucho de sufrimiento, una esperanza estremecida de temores, una necesidad de sacudir la cabeza para ahuyentar una idea, y un quedarse inmóvil, en seguida, para que la idea vuelva. Hay muchas cosas más que a no alcanza a discernir.

Ya está cantando el carrao que anuncia la proximidad del día:

—¡Arriba, Marisela! Está fresca el agua del pozo. La enfriaron las estrellas que estuvieron pasando toda la noche sobre el brocal. Todavía quedan algunas en el fondo. Anda. Sácalas con el cántaro y derrámatelas encima. Te dejarán toda limpia, como siempre están ellas.

A un mismo tiempo estaba saliendo el Sol y poniéndose la Luna, y el palmar se estremecía como un bosque sagrado en el silencio del alba.

El cántaro del pozo baja y sube sin descanso, y el agua subterránea que no conocía la luz corre encandilada por el núbil cuerpo desnudo.

# XII

## *Algún día será verdad*

Grande fue la sorpresa de Antonio, cuando al día siguiente —como llevase a Santos a *Macanillal* para que viera cómo venía avanzando el lindero de *El Miedo*—, descubrió que la casa de los Mondragones había retrocedido a su primitivo asiento.

—La mudaron anoche —exclamó—. Mire por dónde venía ya el poste del lindero. Ahí está el hoyo todavía.

—Bien —dijo Luzardo—. Ahora está en su sitio y por este respecto no tendremos dificultades, a lo menos por el momento. Para evitar que en lo sucesivo pueda ser trasladado de la noche a la mañana echaremos una cerca por este viento.

Pero Antonio objetó:

—¿Quiere decir que va a aceptar ese lindero? ¿Va a quedarse con los pleitos que tan malamente le ha ganado doña Bárbara?

—Son hechos consumados que tienen ya autoridad de cosa juzgada. De muchas, si no de todas esas decisiones de los tribunales, se habría podido apelar con éxito; pero no me supe ocupar en mis intereses... Además, tierra todavía hay bastante, a pesar de todo. Hacienda es lo que no veo. Apenas una que otra mancha de ganado.

—Hacienda tampoco falta —replicó Antonio—. Lo que sucede es que se ha alzado casi toda. Son muchas las cimarroneras que hay en *Altamira*, como ya le he dicho, porque nosotros, los poquitos amigos suyos que hemos quedado por aquí, en vez de procurar que se acabaran, las hemos fomentado. Era la única manera de salvarle el ganado: dejarlo que se alzara todo. Aquí lo que hacía falta era amo y ahora lo que se necesita es gente para trabajar.

—Efectivamente, veo que *Altamira* se ha convertido en un verdadero desierto. Antes, por dondequiera había casas.

—A los poquitos colonos que quedaban los mandó desocupar don Balbino al encargarse de la mayordomía, para que, no habiendo en los linderos gente luzardera que vigilara, los vecinos se pudieran meter a la hora y punto que les diera gana y arrear por delante todo el mautaje con que se tropezaran.

—¿De modo que el enemigo no era solamente doña Bárbara?

—Ella ha hecho con lo de usted todo lo que le ha pedido el cuerpo, como dicen; pero los otros también han manoteado a su gusto. Así, por ejemplo, han acabado con los bebederos de *Altamira* y los han puesto donde mejor les ha parecido, de modo que el ganado de acá vaya por sus propios pasos a caer en manos de ellos, porque en cada bebedero de éstos encuentra usted, al mediodía, cuatro o cinco peones del hato respectivo cazando a lazo el ganado luzardero. Eche la vista para allá. ¿Aguaita aquella mancha de hacienda? Todo ese animalaje va buscando los bebederos del *Bramador* en tierras que fueron de aquí y hoy pertenecen a *El Miedo*, y orejano que pise la orilla del caño ya se puede contar como perdido. Los mismos peones de doña Bárbara han picado el ganado en esa dirección hasta acostumbrarlo, sin que nosotros hayamos podido impedírselo. Y si es el musiú del lambedero de *La Barquereña*, ¡no se diga! El míster Danger de quien le hablé esta mañana. Ése le ha cogido todos los tiros al llanero bellaco, y res que pase el boquerón de *Corozalito*, no regresa más para acá. Yo creo que lo primero que hay que hacer es volver a poner los tapices de los bebederos de antes y acostumbrar al ganado a que no busque los del vecino, y echar otra vez la palizada que hasta en tiempos de su padre de usted tapaba el boquerón de *Corozalito*, para impedir que el ganado pase a arrochelarse en los lambederos de *La Barquereña*. Si usted quiere, hoy mismo se puede proceder a abrir los hoyos para la posteadura.

—No hay que precipitarse. Antes necesito estudiar las escrituras de *Altamira* para determinar el lindero y consultar la Ley del Llano.

—¿La Ley del Llano? —replicó Antonio socarronamente—. ¿Sabe usted cómo se la mienta por aquí? Ley de doña Bárbara. Porque dicen que ella pagó para que se la hicieran a la medida.

—No tendría nada de extraño, según andan las cosas por aquí —dijo Santos—. Pero mientras sea ley, hay que atenerse a ella. Ya se procurará reformarla.

Aquella tarde, previo el estudio de los títulos de propiedad de *Altamira* y de la Ley de Llano, Santos envió aviso por escrito a doña Bárbara y a míster Danger de que había resuelto cercar el hato, a fin de que procediesen en el término legal a sacar los respectivos ganados que pastasen en sabanas altamireñas, pidiéndoles, al mismo tiempo, permiso para retirar los suyos de las de *El Miedo* y del *Lambedero*.

El mismo Antonio llevó las cartas y por el camino se hizo estas reflexiones: "A doña Bárbara como que le robaron sus reales. Esto de la cerca, que está en su ley, no me gusta mucho; pero menos le va a gustar a ella. Algún día tenía que venir quien le metiera los bichos en el corral."

Al anochecer del siguiente día partió Santos, en compañía de Antonio, rumbo a *Mata Luzardera* y después de haber cabalgado durante dos horas por sabanas trajinadas, comenzaron a atravesar un campo intrincado de mastrantales secos y escobares amargos, por donde no había huellas de ganado.

Tras el monte oscuro de la mata, se elevaba el disco de la luna esparciendo una melancólica claridad sobre el vasto campo enmarañado.

Antonio puso su bestia al paso, y después de recomendarle a Luzardo silencio y cautela, subieron a la loma de un médano.

—Ponga cuidado —díjole el caporal—. Ya va a escuchar lo que no se habrá imaginado siquiera.

Y haciendo de sus manos portavoz, lanzó desde lo alto del médano un grito agudo que barrenó el silencio de la noche.

Inmediatamente se levantó un vasto rumor creciente y todo el amplio espacio que desde aquella altura se dominaba se agitó y retembló bajo el tropel de numerosos rebaños salvajes.

—¡Escuche! —exclamó el peón—. Ésos son millares y millares de orejanos que conocen al hombre. Hace más de siete años que no entran caballos en este paño de sabana. Y esto que está oyendo es nada comparado con otras cimarroneras que hay, más adentro, hacia el Cunaviche. A pesar de todo, *Altamira* aguanta todavía. Las cimarroneras han sido la salvación; pero ahora hay que acabar con ellas. Yo tengo ganas de empezar a darle unos choques a esta rochela, si le parece. Por el momento nos hacen falta sogueros especiales, porque no todos saben trabajar cimarrones; pero yo sé dónde los hay y los puedo hacer venir. Además, me parece que sería conveniente volver a fundar las queseras, que antes las hubo y daban muy buenos resultados. La quesera es conveniente no sólo porque es una entrada de plata más, sino porque sirve para el amansamiento del ganado, que el de aquí es del más bravo y es mucha la bestia que mata en el trabajo.[21]

Estas razones prácticas eran motivo suficiente para que se procediese a la fundación de las queseras; pero Santos Luzardo vio también algo más, de un orden diferente y tan interesante para él como el económico: todo lo que contribuyese a suprimir ferocidad tenía una importancia grande para su espíritu.

Finalmente, de otra conversación con el mismo Antonio, al día siguiente, se le ocurrió una idea, ya más de acuerdo con el plan de civilizador de la llanura.

—Hoy cachilapiamos unos cincuenta orejanos en una sola pasadita de lazo —díjole Sandoval.

Cachilapiar, es decir, cazar a lazo el ganado no herrado que se encuentra dentro de los términos del hato, es la pasión del llanero apureño. Como en aquellas sabanas sin límites las fincas no están cercadas, los rebaños vagan libremente, y la propiedad sobre la hacienda es una adquisición que cada dueño de hato viene a hacer, o en las vaquerías que se efectúan de concierto entre los vecinos y en las cuales aquél recoge y marca con su hierro cuanto becerro desmadrado y orejano caiga en los rodeos, o fuera de ellas, en todo momento, por derecho natural de brazo armado de lazo. Esta forma primitiva de adquirir —única que puede prevalecer dentro de las condiciones del medio y que las mismas leyes sancionan, con la sola limitación de la extensión de tierras y número de cabezas que para el efecto se deben poseer— tiene, sin embargo, algo del abigeato originario, y de aquí que no sea solamente un trabajo, sino un deporte predilecto del hombre de la llanura abierta, donde la fuerza es todavía derecho.

Haciéndose estas reflexiones, Santos Luzardo concluyó:

—Todo esto perjudica el fomento de la cría porque destruye el estímulo, y todo eso desaparecería con la obligación que las leyes del llano les impusieran a los propietarios de cercar sus hatos.

Antonio objetó:

—Puede que usted tenga razón, pero para eso sería menester cambiar primeramente el modo de ser del llanero. El llanero no acepta la cerca. Quiere su sabana abierta como se la ha dado Dios, y la quiere, precisamente, para eso: para cachilapiar cuanto bicho le caiga en el lazo. Si se le quita ese gusto se muere de tristeza. Un llanero está contento cuando puede decir: hoy cachilapié tantas reses, y no le importa que su vecino esté diciendo allá lo mismo, porque el llanero siempre cree que sus bichos están seguros y que los que se coge el vecino son de otro.

No obstante, Luzardo se quedó pensando en la necesidad de implantar la costumbre de la cerca. Por ella empezaría la civilización de la llanura; la cerca sería el derecho contra la acción todopoderosa de la fuerza, la necesaria limitación del hombre ante los principios.

Ya tenía, pues, una verdadera obra propia de un civilizador: hacer introducir en las leyes de Llano la obligación de la cerca. Mientras tanto, ya tenía también unos pensamientos que eran como ir a lomos de un caballo salvaje, en la vertiginosa carrera de la doma, haciendo girar los espejismos de la llanura. El hilo de los alambrados, la línea recta del hombre dentro de la línea curva de la Naturaleza, demarcaría en la tierra de los innumerables caminos por donde hace tiempo se pierden, rumbeando, las esperanzas errantes, uno solo y derecho hacia el porvenir.

Todos estos propósitos los formuló en alta voz, hablando a solas, entusiasmado. En verdad, era muy hermosa aquella visión del Llano futuro, civilizado y próspero, que se extendía ante su imaginación.

Era una tarde de sol y viento recio. Ondulaban los pastos dentro del tembloroso anillo de aguas ilusorias del espejismo, y a través de los médanos distantes y por el carril del horizonte, corrían, como penachos de humo, las trombas de tierra, las tolvaneras que arrastraba el ventarrón.

De pronto, el soñador, ilusionado de veras en un momentáneo olvido de la realidad circundante, o jugando con la fantasía, exclamó:

—¡El ferrocarril! Allá viene el ferrocarril.

Luego sonrió tristemente, como se sonríe al engaño cuando se acaban de acariciar esperanzas tal vez irrealizables; pero después de haber contemplado un rato el alegre juego del viento en los médanos, murmuró optimista:

—Algún día será verdad. El progreso penetrará en la llanura y la barbarie retrocederá vencida. Tal vez nosotros no alcanzaremos a verlo; pero sangre nuestra palpitará en la emoción de quien lo vea.

# XIII

## *Los derechos de "míster Peligro"*

Era una gran masa de músculos, bajo una piel roja, con un par de
ojos muy azules y unos cabellos color de lino. Había llegado por allí
hacía algunos años, con un rifle al hombro, cazador de tigres y caimanes. Le agradó la región, porque era bárbara como su alma, tierra buena de conquistar, habitada por gentes que él consideraba
inferiores por no tener los cabellos claros y los ojos azules. No obstante el rifle, se creyó que venía a fundar algún hato y a traer ideas
nuevas, se pusieron en él muchas esperanzas y se le acogió con simpatía; pero él se limitó a plantar cuatro horcones, en un terreno
ajeno y sin pedir permiso, a echarles encima un techo de hojas de
palmera, y una vez construida esta cabaña, colgó su chinchorro y su
rifle, se metió en aquél, encendió su pipa, estiró los brazos, disten-
diendo los potentes músculos, y exclamó:

—¡*All right!* Ya soy en mi casa.

Decía llamarse Guillermo Danger y ser americano del Norte,
nativo de Alaska, hijo de un irlandés y de una danesa buscadores de
oro; pero se dudaba de que el apellido que se ponía fuera realmente
el suyo, pues en seguida añadía: "míster Peligro", y como era humo-
rista, a su manera, con la ingenuidad de un niño, se sospechaba que
se apellidase así sólo por añadir la inquietante traducción.

Por otra parte, había cierto misterio en torno a su persona. Referíase que, en los primeros tiempos de su establecimiento en la región, varias veces había mostrado gacetillas de periódicos neoyorquinos, titulados siempre *The Man Without Country*, en las cuales se protestaba contra cierta injusticia cometida con un ciudadano a quien no se nombraba, y que, a su decir, era él; y aunque nunca explicó de modo claro y satisfactorio cuál había sido aquella injusticia, ni por qué ocultaba su nombre bajo tal denominación, se le abrieron todas las puertas en espera de los ríos de dólares que iban a correr por la llanura.

Entretanto, míster Danger, por industria, no hacía sino cazar caimanes, cuyas pieles exportaba anualmente en grandes cantidades, y por afición, tigres, leones y cuantas fieras le pasasen al alcance de su rifle. Un día, como diese muerte a una cunaguara recién parida, se apoderó de los cachorros y logró criar y domesticar uno, con el cual retozaba, ejercitando su perenne buen humor de niño grande y brutal. Ya el cunaguaro lo había acariciado con algunos zarpazos; pero él se divertía mucho mostrando las cicatrices y éstas le dieron tanto prestigio como las gacetillas.

Poco después la cabaña del cazador se convirtió en una casa dotada de una instalación interior bastante confortable y rodeada de extensos corrales de ganado. La historia de esa transformación, que parecía indicar que el "hombre sin patria" había echado raíces en la tierra, tenía puntos de contacto con la de doña Bárbara.

Fue en los tiempos del coronel Apolinar y se estaban haciendo fundaciones en el hato de *El Miedo*, recién bautizado así. Míster Danger, enterado de la leyenda de los "familiares", quiso presenciar el bárbaro rito, que no podía dejar de practicar la supersticiosa mujerona, y con tal objeto fue a hacerle una visita, que por otra parte le debía, ya que era propiedad de ella aquel palmo de tierra donde había levantado su cabaña.

Ver al extranjero, oírlo expresar el deseo que lo animaba, enamorarse de él y trazarse su plan, todo fue para doña Bárbara obra de un instante. Hizo que Apolinar lo invitara a comer con ellos, les cargó la mano al servirles la bebida a que ambos eran muy aficionados, y como el criollo era más débil y tenía la borrachera idiota, no se dio cuenta de las guiñadas de ojos con que el invitado y su mujer concertaron durante la comida la traición que le harían.

Entretanto los peones abrían de prisa la zanja donde sería enterrado un caballo viejo y derrengado, que sólo para "familiar" podía ya servir.

—Lo enterraremos a punto de medianoche, que es la hora indicada —había dicho doña Bárbara—. Y nosotros tres solamente, porque los peones no deben presenciar la operación. Así es como debe hacerse, según la costumbre.

—¡Bonito! —exclamó el extranjero—. Las estrellas arriba y nosotros abajo, echando tierra encima del caballo vivo. ¡Bonito! ¡Pintoresco!

En cuanto a Apolinar, ni estaba enterado de la costumbre, ni era ya persona capaz de hacer objeciones, y fue necesario que míster Danger lo cargara en brazos para montarlo a caballo, cuando llegó la hora de partir, camino de las fundaciones distantes de las casas del hato.

Ya estaba abierta la zanja y amarrado a un poste de los corrales en construcción el caballejo derrengado, víctima del bárbaro rito. Junto a la zanja había tres palas para los enterradores. La noche estrellada envolvía en sombras densas el paraje desierto.

Míster Danger desamarró el caballo y lo condujo hasta el borde de la zanja, dirigiéndole palabras compasivas, entre ruidosas risotadas que provocaban la hilaridad idiota de Apolinar, y luego lo arrojó dentro del hoyo, de un envión formidable.

—Ahora, rece usted, doña Bárbara, las oraciones que sabe para que los diablos suyos no dejen que se escape el espíritu del caballito, y usted apúrese, coronel. Ahora somos enterradores y hay que hacer las cosas bien.

Ya Apolinar se había apoderado de una de las palas y batallaba con las leyes de la gravedad para poder inclinarse a llenarla con la tierra amontonada al borde de la zanja, murmurando entretanto frases obscenas que parecían causarle gracia, pues se desmigajaba de risa a cada atrocidad que soltaba. Por fin logró llenar la pala y la balanceó torpemente, yéndose detrás de ella a cada vaivén.

—¡Qué borracho estás, coronelito! —acababa de exclamar míster Danger, afanado en su papel de enterrador, cuando advirtió que Apolinar soltaba la herramienta y se llevaba las manos a los ríñones, cimbreándose y exhalando un gemido mortal, para caer luego dentro de la zanja, con su propia lanza hundida en la espalda.

—¡Oh! —exclamó el extranjero, interrumpiendo su tarea—. No estaba esta cosa en el programa. ¡Pobrecito coronel!

—No lo compadezca, don Guillermo. Él también me tenía sentenciada. Yo lo que he hecho es andarle adelante —dijo doña Bárbara, y tomando la pala que se había escapado de las manos del coronel, agregó—: Ayúdeme. Usted tampoco es hombre a quien se le agüe el ojo por estas cosas. Peores las habrá hecho usted en su tierra.

—¡Caramba! Usted no tiene pepitas en la lengua. Míster Danger no aguársele nunca el ojo; pero míster Danger no hace cosas que no están en el programa. Yo soy venido aquí para enterrar "familiar" solamente.

Y diciendo así, soltó la pala, montó a caballo y regresó a su cabaña a retozar con el cunaguaro.

Pero guardó el secreto, primeramente, por no verse envuelto en un embrollo que podría complicarse con el misterio del "hombre sin patria", y luego, porque para él, extranjero despreciativo, no había gran diferencia entre Apolinar y el caballo que lo acompañaba en su sepultura, y dejó prevalecer la versión de que el coronel había perecido ahogado en el caño *Bramador* al tratar de atravesarlo a nado, y en apoyo de la cual la única prueba fue el haberse encontrado en el estómago de un caimán cazado en dicho caño, días después, una sortija que doña Bárbara reconoció como perteneciente a aquél.

En pago de su encubrimiento transformó en casa la cabaña, y construyó corrales en tierras de *La Barquereña*, y de cazador de caimanes se convirtió en ganadero, o mejor dicho, en cazador de ganados, pues eran mautes ajenos altamireños los que él herraba como suyos, y así pasó algún tiempo sin que doña Bárbara lo molestara ni él se ocupara de ella, hasta que un día se presentó en *El Miedo* con este alegato:

—He sabido que usted piensa quitarle a don Lorenzo Barquero el pedacito de tierra que le dejó junto al palmar de *La Chusmita*, y vengo a decirle que usted no puede hacer esa arbitrariedad, porque yo defiendo los derechos de este hombre. Voy a administrarle esa tierrita, que es lo único que le queda, y usted no puede tampoco meter gente suya para sacar ganados que caminen encima de ella.

Mas los derechos de Lorenzo Barquero no hicieron sino pasar de las manos de un usurpador a las de otro, pues del producto de aquellas tierras no vio nunca sino las botellas de brandi que le mandaba míster Danger cuando regresaba de San Fernando o de Caracas, con una buena provisión de su bebida predilecta, o los garrafones de aguardiente que le hacía enviar de la pulpería de *El Miedo*, y esto mismo, sin pagárselo a doña Bárbara.

En cambio, el extranjero se enriquecía cachilapiando a su gusto. Era el resto del antiguo fundo de *La Barquereña*, apenas un rincón de sabanas atravesadas por un caño, seco durante el verano, denominado de *Lambedero*, cuyas barrancas salitrosas atraían el ganado de los hatos vecinos. Numerosos rebaños veíanse constantemente por allí, lamiendo la tierra del caño, y gracias a esto era sumamente fácil cazar orejanos dentro de los límites de aquel pedazo de tierra, que no llegaba al mínimo de extensión que establecían las leyes de Llano para tener derechos al común de las greyes no herradas que vagan por la llanura abierta; pero míster Danger podía saltar por encima de las restricciones legales y apoderarse del ganado de los vecinos, porque los administradores de Luzardo siempre eran sobornables y porque la dueña de *El Miedo* no se atrevería a protestar.

Recogida así su cosecha, marchábase a venderla en cuanto entraba el invierno, y como durante la época de lluvias, lleno el caño de *Lambedero*, el ganado no acudía allí, se quedaba en San Fernando o en Caracas, hasta la salida de aguas, tirando el dinero en borracheras gigantescas, porque no le tenía apego, propiamente, y no le alcanzaban las manazas para despilfarrarlo.

Ya había resuelto darse aquella escapada anual, cuando recibió la carta donde Luzardo le participaba su determinación de restablecer la antigua palizada de *Corozalito*, sitio por donde pasaban las reses altamireñas a perderse en el *Lambedero*.

—¡Oh! ¡Caramba! —exclamó al leer la carta—. ¿Qué cosa quiere este hombre? Diga usted, Antonio, al doctor Luzardo que míster Danger leyó su carta y dijo esto. Fíjese usted bien. Que míster Danger necesita abierto boquerón de *Corozalito* y tiene derecho para impedir que él levante ninguna palizada.

No lo creyó así Santos Luzardo, y al día siguiente se fue allí a esclarecer el asunto.

Al ladrido de los perros apareció en el corredor la imponente figura del yanqui, con grandes demostraciones de afabilidad:

—Adelante, mi doctor. Adelante. Ya sabía yo que usted iba a venir por aquí. Yo soy sumamente apenado por haber tenido que decir a usted que no puede tapar boquerón de *Corozalito*. Hágame el favor de pasar adelante.

E introdujo a Luzardo en una pieza cuyas paredes estaban tapizadas con los trofeos de su afición cinegética: carameras de venados, pieles de tigres, pumas, y osos palmeros y el cuero de un caimán enorme.

—Siéntese, doctor. No tenga usted miedo; el cunaguarito está metido dentro de su jaula.

Y acercándose a la mesa, donde había una botella de whisky:

—Vamos a tomar la mañana, doctor.

—Gracias —repuso Santos, rechazando el obsequio.

—¡Oh! No diga usted que no. Yo soy muy contento de verlo a usted en mi casa y quiero que me complazca pegándose un palito conmigo, como dicen ustedes.

Molesto por la insistencia, Santos aceptó, sin embargo, el obsequio y, en seguida, entrando en materia, dijo:

—Pues, creo que usted está equivocado, señor Danger, respecto a los linderos de *La Barquereña*.

—¡Oh! No, doctor —replicó el extranjero—. Yo no soy nunca equivocado cuando digo alguna cosa. Yo tengo mi plano y puedo mostrárselo a usted. Aguarde un momento.

Pasó a la habitación contigua, de la cual salió en seguida guardándose dentro del bolsillo del pantalón unos papeles, para extender otro que venía arrollado.

—Aquí tiene, doctor, *Corozalito* y *Alcornocal de Abajo* están dentro de mi propiedad y usted puede verlo con sus ojos.

Era un plano, dibujado por él, en el cual aparecían como pertenecientes a *La Barquereña* los sitios a que se había referido. Luzardo lo tomó entre sus manos, por cortesía, pero replicó:

—Permítame que le haga observar que este plano no es prueba fehaciente. Sería necesario cotejarlo con los títulos de propiedad de *La Barquereña* y con los de *Altamira*, que lamento no haberlos traído conmigo.

Sin dejar de sonreír, el yanqui protestó:

—¡Oh! ¡Malo! ¿Cree el doctor que yo dibujo cosas que no están sino dentro de mi cabeza? Yo nunca digo sino lo que soy completamente seguro.

—No debe usted darle esa interpretación a mis palabras. Me he limitado a decirle que esto no es una prueba. No niego que usted posea otras que verdaderamente lo sean, y ya que quiere mostrármelas, le suplico que lo haga.

Y como la actitud del extranjero, atento al humo de su pipa, era francamente impertinente, añadió, con un tono más enérgico:

—Le advierto que antes de dar este paso he estudiado bien el asunto, con mis títulos de propiedad por delante, y me permito observarle que también estoy seguro de lo que digo cuando afirmo que *Corozalito* y *Alcornocal de Abajo* pertenecen a *Altamira*, y que, por consiguiente, me asiste un derecho indiscutible para levantar la palizada en el boquerón. Más aún: hasta en tiempos de mi padre, no hace muchos años, existía allí una, de la cual todavía quedan algunos horcones.

—¡En tiempos de su padre! —exclamó míster Danger—. Yo no quisiera decir a usted que no sabe lo que dice cuando asegura tener esos derechos todavía.

—¿Cree usted que hayan prescrito? —interrogó Santos, sin hacer caso del tono con que le había dicho aquello.

—¡Oh! Yo no quiero seguir hablando palabras en el aire —y sa-

cando los papeles que se había guardado en el bolsillo, agregó—:
Aquí están escritas y usted podrá leerlas. Yo soy muy contento de
que usted se convenza con sus ojos de que no puede levantar la palizada.

Y le puso en las manos un documento, suscrito por Lorenzo
Barquero y por uno de los administradores que había tenido *Altamira* después de la muerte de José Luzardo, según el cual el propietario de *La Barquereña* había adquirido, por compra, las
montañuelas de *Corozalito* y *Alcornocal de Abajo*, comprometién-
dose además el de *Altamira* a no levantar ni estorbar con ninguna
otra clase de construcciones el libre paso de los ganados por aquel
lindero.

El objetivo de tal operación fue, precisamente, hacer desaparecer el obstáculo de aquella palizada a que se refirió Luzardo y que,
cerrando el boquerón, impedía que la hacienda altamireña pasase a
arrochelarse en los lambederos de la finca vecina; pero Santos no
había tenido noticias de aquella venta y obligación consiguiente, así
como tal vez ignoraba quién sabe cuántos otros menoscabos y gra-
vámenes de su propiedad, con los cuales se lucraron sus apoderados
y de cuyos documentos no había copias en el legajo que él conservaba en su poder.

El que mostraba míster Danger estaba debidamente autenti-
cado y registrado, y Santos se avergonzó de haber dado aquel paso
en falso y de tener que confesar ahora que desconocía la verdadera
situación de *Altamira*, pero lo acompañaba otro documento en el
cual constaba la venta hecha por Lorenzo Barquero al norteamericano, de las sabanas del *Lambedero*, y al ver la firma del vendedor,
escrita con caracteres ininteligibles, desiguales y tortuosos, que
daban la impresión de haber sido trazados por un analfabeto a
quien le llevasen la mano, le pareció que tenía ante los ojos una
prueba material de la coacción ejercida por el extranjero sobre la
abolida voluntad de Lorenzo, pues podía asegurarse, sin riesgo de
incurrir en calumnia, que la tal compra no había sido sino un despojo, llevado a cabo a la manera de aquellas otras ventas simuladas
que le había hecho firmar doña Bárbara.

"Me he olvidado de mis propósitos —pensó, mientras contemplaba la firma ilegible—. Me dije que venía a constituirme en defensor de los derechos atropellados, y ni siquiera se me ha ocurrido todavía averiguar si son defendibles los de este pobre hombre. Nada de extraño tendría que las tales ventas adoleciesen de defectos que permitieran intentar acciones reivindicatorías".

Entretanto, míster Danger se había acercado a la mesa y servía dos copas de whisky, para celebrar su triunfo sobre el vecino que había venido a reclamar derechos perdidos. Una altanera satisfacción de sí mismo le impulsaba a humillar al hombre de la raza inferior que se había atrevido a discutirle los suyos.

—¿Otro palito, doctor?

Santos se levantó del asiento clavándole una mirada de dignidad ofendida, pero el yanqui no le concedió ninguna importancia a aquella actitud y siguió llenando su copa tranquilamente.

Luzardo le devolvió las escrituras, diciéndole:

—Ignoraba la existencia de esta venta de *Corozalito* y *Alcornocal de Abajo*. De otro modo no hubiera venido a reclamar lo que no me corresponde. Tenga la bondad de excusarme.

—¡Oh! No se preocupe usted, doctor Luzardo. Yo sabía que usted hablaba sin conocimiento de causa. Pero vamos a tomarnos otro poquito de whisky para hacer las paces, porque yo quiero ser amigo suyo y el whisky es bueno para estas cosas.

Recobrando el dominio de sí mismo, Luzardo repuso:

—Perdóneme que no se lo acepte.

Míster Danger comprendió que tampoco aceptaba la amistad que él le ofrecía, y cuando Luzardo se retiró, viéndolo alejarse, se dijo:

—¡Oh! Estos hombrecitos. Nunca saben nada de lo que hablan.

Camino de *Altamira*, como pasara cerca de la casa de Lorenzo Barquero, Santos decidió aprovechar la oportunidad para pedirle explicaciones precisas de la pérdida de *La Barquereña*.

Hundido dentro del mugriento chinchorro, Barquero dormía todavía su borrachera de la víspera y estaba solo en la casa. Un ronquido de estertores se escapaba de su garganta, una saliva viscosa le fluía de la boca entreabierta, y bajo el sueño profundo de la intoxicación alcohólica la miseria del rostro tenía una expresión agónica. Alarmado por aquel aspecto, Santos se acercó a tomarle el pulso en el brazo péndulo fuera del chinchorro y sintió bajo sus dedos el martillazo de la tensión arterial. Se quedó un rato contemplándolo, compasivamente.

—Poca vida le queda ya a este infeliz; pero es necesario hacer algo por él. Bajo el chinchorro había una carnaza y en el fondo de ella una pichagua, vasija y cuchara rústicas vegetales. Con sólo alargar el brazo y con ayuda de la segunda, Lorenzo había consumido todo el licor que llenara la primera, echándoselo dentro de la boca, sorbo a sorbo, "meleadito", como por allí decían de esta bestial manera de emborracharse.

De un puntapié, Luzardo arrojó de allí la vasija, y apoderándose luego de la garrafa colocada sobre la mesa y que contenía una buena cantidad de aguardiente, se lanzó fuera de la casa. Hecho esto, y en vista de que sería inútil despertar a Lorenzo, se disponía ya a marcharse cuando apareció la mole roja y risueña del norteamericano.

Fingió sorprenderse de hallar allí a Luzardo; pero como a éste no se le escapó que se había venido siguiéndolo e hiciera un gesto poco afable, interrogó indicando a Lorenzo con un movimiento de cabeza:

—¿Borracho, eh? Seguramente se ha bebido ya todo el aguardiente que le mandé ayer.

—Hace usted mal en proporcionarle bebida a este hombre —repuso Santos.

—Esto no tiene remedio, doctor. Déjelo usted que se acabe de matar. Él no quiere vivir. Está enamorado todavía de la linda Barbarita. Terriblemente enamorado, y bebe y bebe para olvidarse de ella. Ya se lo he dicho muchas veces: "Don Lorenzo, te estás matando". Pero él no quiere hacer caso de mí y no se quita la pichagüita de la boca.

Y acercándose al chinchorro y sacudiéndolo por las cabuyeras:

—¡Eh! ¡Don Lorenzo! Que tienes visita, chico. ¿Hasta cuándo vas a estar roncando ahí, metido dentro de ese chinchorro? Aquí está el doctor Luzardo que viene a saludarte.

—Déjelo tranquilo —dijo Santos, dispuesto a marcharse.

Lorenzo entreabrió los párpados y murmuró unas palabras ininteligibles. El yanqui le dio una cachetada brutal y soltó la risa:

—¡Qué rasca tienes, chico!

Y al volverse se quedó un instante mirando hacia el palmar, luego se encogió, crispó los dedos como para arañar, mostró los dientes y dejó escapar un bufido, cual si imitara al cunaguaro cuando retozaba con él.

—¿Qué le pasa a este hombre? —se preguntaba ya Santos, extrañado de aquellos desplantes, cuando él soltó la risa y explicó:

—La muchacha, nombre bonito de joropo.

Era Marisela, que venía con el haz de leña, como la tarde del encuentro del palmar; pero era una persona ya diferente de aquella sucia y desgreñada. Vestía uno de los trajes que Santos le había hecho mandar, confeccionado por las nietas de Melesio Sandoval, y todo en ella daba muestra de aseo y hasta de acicalamiento, a pesar del bajo oficio a que se dedicaba. Santos se complació en esta transformación, que era obra de unas cuantas palabras suyas, y fue entonces cuando vino a fijarse en que la casa tampoco era ya aquel cubil inmundo y maloliente. El piso estaba barrido, y si todavía reinaba allí la miseria, ya la incuria había desaparecido.

Entretanto, míster Danger continuó:

—Ahora, es la señorita Marisela; pero todavía brava como una cunaguara.

Y moviendo el índice en ademán de amonestaciones:

—Ayer me sacaste sangre con tus uñas.

—¡Guá! ¿Pa'qué viene a alocarme, pues? —respondió Marisela.

—Ella se pone brava conmigo porque yo digo: yo te he comprado a tu papá y cuando él se muera te voy a llevar conmigo; yo tengo en casa un cunaguaro macho y quiero tener también una cunaguara hembra para sacar cunaguaritos.

Y mientras míster Danger celebraba su brutalidad con estentó-

reas carcajadas, y Marisela refunfuñaba enojada, Santos se dio
cuenta del peligro que corría la muchacha bajo la protección de
aquel hombre sin piedad y experimentó una vez más la profunda
animadversión que le inspiraba.

—Ya es demasiado —exclamó sin poder contenerse—. Le em-
borracha usted al padre, la despoja de su patrimonio y por añadidura no tiene usted delicadeza para tratarla.

Míster Danger cortó en seco sus carcajadas, se le oscurecieron
los ojos azules y la sangre huyó de su rostro. Sin embargo, no se le
alteró la voz al replicar.

—¡Malo! ¡Malo! Usted quiere ponerse enemigo mío y yo puedo
prohibirle a usted que pise esta tierra donde está parado. Yo tengo
derechos para prohibírselo.

—Y yo conozco la historia de los derechos de usted —replicó
Santos, con fogosa decisión.

El yanqui meditó un momento. Luego, desentendiéndose de
Santos, sacó su cachimba, la cargó y mientras la chupaba, aplicán-
dole la llama del fósforo, defendida entre sus enormes y velludas
manos, repuso:

—Usted no conoce nada hombre. Usted ni siquiera conoce sus
derechos. Y se marchó, haciendo resonar el suelo duro y sequizo
bajo sus anchas plantas de conquistador de tierras mal defendidas.
Santos sintió que la indignación se le convertía en vergüenza; pero
en seguida reaccionó:

—Pronto se convencerá de que sí los conozco y sabré defenderlos.

Y decidió llevarse consigo a Lorenzo y su hija, para librarlos de
la humillante tutela del extranjero.

# Segunda parte

# I

## Un acontecimiento insólito

Artera fue la táctica empleada por doña Bárbara cuando recibió aquella carta donde Luzardo le participaba su determinación de cercar *Altamira*. Nada podía agradarle menos que esta noticia de un límite a quien, cuando se le ponderaba su ambición de dominio, solía replicar socarronamente:

—Pero si yo no soy tan ambiciosa como me pintan. Yo me conformo con un pedacito de tierra nada más: el necesario para estar siempre en el centro de mis posesiones, donde quiera que me encuentre.

Sin embargo, en concluyendo de leer la carta, exclamó con una entonación de voz de mujer bonachona y sencillota:

—¡Bueno, pues! Por fin se van a acabar los pleitos por causa de ese bendito lindero con *Altamira*, porque el doctor Luzardo va a cercar su hato y de ahora en adelante no habrá más equivocaciones. Esto es lo mejor: la cerca. ¡Sí, señor! Así cada cual sabe hasta dónde llega lo suyo y puede estar como dice el dicho: cada cual en su casa y Dios en la de todos. ¡Eso es! Hace tiempo que vengo pensando en la cerca; pero todavía no he podido darme ese gusto porque es mucha la plata que cuesta. El doctor sí puede darse ese gusto porque él tiene, y hace bien en gastarse una poca de plata en eso.

Balbino Paiba, que a la voz de carta de Luzardo se le había acercado, por si de él se tratara, se quedó mirándola de hito en hito, sin comprender que todo aquello eran puras marrajerías encaminadas a que Antonio Sandoval, que estaba esperando la respuesta, llevase a *Altamira* el cuento de la buena disposición de ánimo con que había acogido la noticia. Pero como ya Antonio había oído decir que aquella entonación de voz no la empleaba ella sino cuando se proponía un plan artero, se hizo esta reflexión:

—Ahora es cuando está peligrosa la mujer.

—Dígale, pues, al doctor Luzardo —concluyó ella— que quedo en cuenta de lo que se propone; pero que, respective a medianería, por ahora no estoy en condiciones de costearla. Que si él quiere y tiene mucha prisa —pues ya veo que el doctor es de los que llegan tumbando y capando, como dicen vulgarmente— puede proceder a plantar los postes de una vez, que después nos entenderemos. Él me dirá lo que haya gastado y no pelearemos por eso.

—Y, respective al trabajo que le pide el doctor —inquirió Antonio, dándole una entonación especial al término empleado por ella—, ¿qué le contesta?

—¡Ah! Se me olvidaba que también me habla de eso. Dígale que por ahora mis sabanas no están en condiciones de permitir trabajos; pero que yo le avisaré en cuanto no más pueda dárselos. Mientras tanto que vaya echando la posteadura. De aquí a cuando vayamos a echar el alambre hay tiempo de sobra para que él recoja su ganado de por aquí y yo los mautes míos que andan por allá. Dígale eso. Y démele un saludo de mi parte.

Apenas hubo partido Antonio, Balbino Paiba expresó la idea siniestra que no podía por menos de atribuirle a doña Bárbara:

—Por supuesto, el doctor Luzardo no va a tener tiempo de echar esa cerca.

—¿Por qué no? —replicó ella, mientras doblaba la carta para meterla de nuevo en el sobre—. Eso es cuestión de unas semanas no más. Pero, como no vaya a equivocarse y echarla más acá del lindero.

Y volviendo a su tono natural de voz, sin socarronerías que ya no tenían objeto:

—Llámate acá a los Mondragones.

Al día siguiente amanecieron trasplantados el poste del lindero y la casa de *Macanillal*; pero no *Altamira* adentro, como antes solían moverse, sino en sentido inverso, cediendo terreno y a un sitio cuyas señales no pudieran corresponder a las de la demarcación última vigente.

La estratagema tenía por objeto que Luzardo se extralimitara al echar la cerca, ateniéndose sólo al poste y a la casa, que eran los puntos de referencia más ostensibles dentro de la vaguedad de los términos del deslinde. Luego, sería fácil demostrar que la mudanza había sido obra de él, valiéndose de que no había por allí quien se lo impidiera, pues hacía tres días que los Mondragones, únicos habitadores del desierto de *Macanillal*, habían desocupado la casa en piernas. Por algo lo había dispuesto ella así.

Y hasta Balbino Paiba, que no solía concederle nada a nadie, tuvo que reconocer:

—¡No hay cuestión! Esta mujer ve el gusano donde uno no ve la res. No sé si serán consejos del "Socio", pero lo cierto es que el plan ha estado bien combinado.

La verdad era que tal orden de desocupación de *Macanillal*, dada junto con la de restituir el lindero al sitio donde lo pusiera la ejecución de la sentencia del último litigio, no había sido encaminada a la estratagema de ocurrencia posterior, pues entonces ni siquiera le había cruzado por la mente a doña Bárbara la posibilidad de que Santos Luzardo quisiese cercar; pero como vino a resultar útil para el ardid recién concebido, ella se engañó a sí misma considerándola como paso previo a su plan, cual si tal se hubiese trazado desde el primer momento, adelantándose a los propósitos del enemigo, por obra y milagro de aquel don de adivinación de los acontecimientos futuros que estaba convencida de poseer, gracias al "Socio". Así, por momentáneos impulsos aislados, que luego circunstancias fortuitas encadenaban, había procedido siempre, y como casi siempre la había ayudado la fortuna, visto por fuera —y era así como ella misma lo veía— aquello parecía efectiva y extraordinaria previsión; mas, visto por dentro, doña Bárbara resultaba incapaz de concebir un verdadero plan. Su habilidad estaba, únicamente, en saber sacarle en seguida el mayor provecho a los resultados aleatorios de sus impulsos.

Pero esta vez no acudieron en su ayuda las circunstancias. Avisado por el recelo que a Antonio le había causado la falsa actitud conciliatoria de la mujerona y aleccionado por lo que acababa de ocurrirle con míster Danger, Santos estudió cuidadosamente el asunto antes de proceder a plantar la posteadura de la cerca, y cuando aquélla vio que la plantaba justamente donde debía, sin caer en el ardid, tuvo la intuición de que algo nuevo comenzaba para ella desde aquel momento.

No obstante, ensoberbecida por la desairada situación en que había quedado, optó por la violencia abierta, y cuando Luzardo, días después, le reiteró la petición del permiso para sacar sus ganados de las sabanas de *El Miedo*, se lo negó rotundamente.

—Y ahora, doctor —insinuó Antonio Sandoval—, usted, por supuesto, va a pagarle con la misma moneda echando la cerca sin permitirle que ella saque su ganado de aquí. ¿No es así?

—No. Por ahora acudiré a la autoridad inmediata para que la obligue a cumplir lo que le ordena la ley. Al mismo tiempo haré citar ante la Jefatura Civil al señor Danger y así quedarán zanjadas de una vez las dos dificultades.

—¿Y cree usted que ño Pernalete le hará caso? —objetó todavía Antonio, refiriéndose al Jefe Civil dentro de cuya jurisdicción estaban ubicadas *Altamira* y *El Miedo*—. Ño Pernalete y doña Bárbara son uña y carne.

—Ya veremos si se niega a hacerme justicia —concluyó Santos. Y al día siguiente partió para el pueblo cabecera del Distrito.


Escombros entre matorrales, vestigios de una antigua población próspera; ranchos de barro y palma esparcidos por la sabana; otros, más allá, alineados a orillas de una calle sin aceras y sembrada de baches; una plaza, campo de yerbajos rastreros a la sombra de tiñosos samanes centenarios; a un costado de ella, la fábrica inconclusa

—que más parecía ruina— de un templo que habría sido demasiado grande para la población actual, y finalmente algunas casas de antigua y sólida construcción, las más de ellas deshabitadas, algunas sin dueño conocido, y sobre una de las cuales, hundidos los techos y desplomados los muros, aún se apoyaba el tronco gigante de un jabillo derribado por el huracán, hacía ya muchos años; una población cuyas principales familias habían desaparecido o emigrado, uno de esos muchos pueblos venezolanos que, guerras, paludismo, anquilostomiasis y otras calamidades más han ido dejando convertidos en escombros a las orillas de los caminos; esto era el pueblo cabecera del Distrito, teatro de las sangrientas contiendas entre Luzardos y Barqueros.

Ya Santos lo había recorrido casi todo sin tropezarse con un transeúnte, cuando por fin vio unos hombres en el corredor de una pulpería, silenciosos, desocupados, pero como si esperasen algo que debiera ocurrir de un momento a otro. Unos hombres ventrudos, de caras macilentas, bigotes lacios y miradas mustias.

—¿Pueden decirme dónde queda por aquí la Jefatura Civil? —les preguntó.

Se miraron entre sí, como disgustados de que los obligasen a hablar, y, por fin, con voz quejumbrosa, uno de ellos comenzaba a dar la indicación pedida, cuando de la pulpería salió alguien exclamando:

—¡Luzardo! ¡Santos Luzardo! ¿Tú por aquí, chico?

Mas, como Santos no correspondiese a sus amistosas demostraciones, ya para abrazarlo, se detuvo frente a él y lo interpeló:

—¿No me conoces?

—Pues, francamente...

—Recuerda, chico. Procura recordar... ¡Mujiquita, chico! ¿No te acuerdas de Mujiquita? Condiscípulos en la Universidad, en el primer año de Derecho.[22]

No lo recordaba, pero habría sido una crueldad dejarlo con los brazos abiertos:

—¡Cómo no! Mujiquita, sí.

Como los hombres que estaban en el corredor de la pulpería,

Mujiquita parecía pertenecer a una raza distinta de la que poblaba las sabanas, hombres fuertes y alegres, generalmente. En cambio, éstos del pueblo llanero eran tristes, melancólicos, aniquilados por la leucemia palúdica. Mujiquita, especialmente, era una verdadera lástima: los bigotes, el cabello, las pupilas, la piel, todo parecía tenerlo empolvado, con aquel polvo amarillo que alfombraba las calles del pueblo; todo en él daba la impresión de esos pobres árboles de orillas de camino, que no se sabe de qué color son. No era desaseo, propiamente; era pátina, marchitez palúdica y soflama del alcohol. Hasta cuando quería demostrar contento sólo se le escapaban exclamaciones quejumbrosas:

—¡Sí, hombre! Condiscípulo tuyo. ¡Qué tiempos aquéllos, Santos! ¡Ortolán, el doctor Urbaneja!... ¡Mujiquita, chico! Así me llamaban ustedes y así todavía me dicen los amigos. Tú eras el alumno más aprovechado del curso. ¡Cómo no! Yo no me he olvidado de ti. ¿Te acuerdas de cuando me ayudabas a estudiar las lecciones de Derecho Romano, paseándonos por los claustros de la Universidad? *Pater est quem nuptiae demostrant.* ¡Cómo se le quedan a uno grabadas ciertas cosas! A mí no me entraba el Derecho Romano y tú te calentabas conmigo, porque no entendía... ¡Ah, Santos Luzardo! ¡Qué tiempos aquéllos! Me parece estar oyendo aquellas peroratas tuyas que nos dejaban a todos con la boca abierta. ¿Quién me iba a decir que iba a volver a verte? ¿Tú te graduaste ya, por supuesto? ¡Cómo no! Tú eras el mejor del curso. ¿Y qué buscas aquí?

—La Jefatura Civil.

—Acabas de dejarla atrás. No te has fijado porque está cerrada. Como hoy el general no está en el pueblo —ha salido para uno de sus hatos—, no la he abierto. Has de saber que estás hablando con el secretario.

—¡Ah! ¿Sí? Pues celebro haberme tropezado contigo —díjole Santos, y en seguida le explicó el objeto de su viaje. Mujiquita se quedó un rato caviloso, y luego:

—Has tenido suerte, chico, de no encontrar al coronel, porque con él hubieras perdido tu tiempo. Es muy amigo de doña Bárbara, y si es míster Danger, ya tú sabes que musiú tiene garantías en esta tierra. Pero yo te voy a arreglar la cosa. ¡Cómo no, Santos! Para algo hemos sido amigos. Voy a citar a doña Bárbara y a míster Danger, en nombre del Jefe Civil, haciéndome el que no sé las cosas que median entre ellos, de modo que, cuando se presenten en la Jefatura, ya no haya remedio y tú puedas exponer tus quejas.

—¿De manera que si no me encuentro contigo?...

—Te habrías ido con las cajas destempladas. ¡Ay, Santos Luzardo! Tú estás acabando de salir de la Universidad y crees que eso de reclamar derechos es tan fácil como parece en los libros. Pero no tengas cuidado; lo principal está logrado ya: que se haga comparecer ante la Jefatura a doña Bárbara y a míster Danger. Aprovechándome de que el coronel no está aquí y haciéndome el mogollón, ya voy a mandar un propio con las boletas de citación. De modo que pasado mañana a estas horas deben de estar aquí. Mientras tanto tú te quedas por ahí, sin dejarte ver, no vaya a informarse el coronel a qué has venido y tener yo que explicarle antes de tiempo.

—Tendría que encerrarme en la posada. Si es que alguna hay en este pueblo.

—No es muy recomendable la que hay; pero... Si no fuera porque no conviene que el general se dé cuenta de que somos buenos amigos, yo te diría que te quedaras en casa.

—Gracias, Mujica.

—¡Mujiquita, chico! Dime como me decías antes. Yo siempre soy y seré el mismo para ti. No te imaginas el placer que me has proporcionado. ¡Aquellos tiempos de la Universidad! ¿Y el viejo Lira, chico? ¿Vive todavía? ¿Y Modesto, siempre rezando? ¡Qué buen hombre aquel Modesto! ¿Verdad, chico?

—Muy bueno. Pues, oye, Mujiquita: yo te agradezco la buena voluntad de serme útil que has mostrado; pero como lo que vengo a reclamar es perfectamente legal, no tengo por qué andar con tantos tapujos. El Jefe Civil, ese de quien todavía no sé si es general o coronel, pues le das los dos tratamientos, alternativamente, tendrá que atender mi solicitud.

Pero Mujiquita no lo dejó concluir:

—Mira, Santos: síguete por mí. Tú traes la teoría, pero yo tengo práctica. Haz lo que te aconsejo: métete en la posada, fíngete enfermo y no salgas a la calle hasta que yo te avise.


Se parecía a casi todos los de su oficio, como un toro a otro del mismo pelo, pues no poseía ni más ni menos que lo necesario para ser Jefe Civil de pueblos como aquél: una ignorancia absoluta, un temperamento despótico y un grado adquirido en correrías militares. De coronel era el que había ganado en las de su juventud; pero aunque sus amigos y servidores tendían a darle, a veces, el de general, el resto de la población del Distrito prefería llamarlo ño Pernalete.

Estaba despachando con Mujiquita, bajo la égida de un sable pendiente de la pared, envainado, pero con muestras de un uso frecuente en el desniquelado de la tarama,[23] cuando se sintieron en la calle pisadas de caballos.

Empalideciendo de pronto, aunque ya todo lo tenía preparado para aquel preciso momento, Mujiquita exclamó:

—¡Ah, caramba! Se me olvidaba decirle, general.

Y echó el cuento, aduciendo en justificación de la prisa que se había tomado para citar a los vecinos de Santos, el temor de que éste —Luzardo al fin— se hiciera justicia por sí mismo si no encontraba a la autoridad pronta a impartírsela.

—Como usted se había ido para *Las Maporas* sin decirme cuánto tiempo estaría por allá —concluyó—, yo creí que lo mejor era proceder en seguida.

—Ya sabía yo que usted tenía algún entaparado,[24] Mujiquita. Porque desde ayer está como perro con gusano y en lo que va de hoy, si no se ha asomado cien veces a la puerta, es porque habrán sido más. ¿Conque lo mejor era proceder en seguida? Mire, Mujiquita, ¿usted cree que yo no sé que ese doctorcito que está ahí en la posada es amigo suyo?

Pero ya se detenían en la puerta de la Jefatura doña Bárbara y míster Danger, y ño Pernalete se reservó para después lo que todavía tenía que decirle al secretario. No le convenía que las personas citadas se enterasen de que allí se podía hacer algo sin consentimiento suyo y salió a recibirlas, aceptando el papel que le obligaba a representar Mujiquita; pero, ¡eso sí!, dispuesto a cobrárselo caro.

—Adelante, mi señora. ¡Caramba! Si no es así no la vemos a usted por aquí. Siéntese, doña Bárbara. Aquí estará más cómoda. ¡Mujiquita! Quite su sombrero de esa silla para que se siente míster Danger. Ya le he dicho varias veces que no ponga el sombrero sobre las sillas.

Mujiquita obedeció solícito. Era el precio, el inevitable vejamen que tenía que sufrirle a ño Pernalete cada vez que se atrevía a meter la mano en ayuda de algún solicitante de justicia; su corona de martirio, hecha de reprimendas insolentes en público, a voz en cuello, para mayor escarnio de su dignidad de hombre. Ya tenía callos en los oídos de tanto recibirlas; pero en aquel pueblo no se daban cuenta de lo que le debían a Mujiquita.

—¿Hasta cuándo te estarás metiendo a redentor? —solía decirle su mujer cuando lo veía llegar a casa, después de aquellos regaños, deprimido, con lágrimas en los ojos.

Pero él respondía invariablemente:

—Pero, ¡chica! Si no me meto, ¿quién aguanta al coronel?

Y, atolondrado por la vergüenza, estuvo largo rato buscando dónde poner el sombrero.

—Bueno. Aquí estamos a la orden de usted —dijo míster Danger.

Y doña Bárbara, sin disimular el enojo que todo aquello le causaba, agregó:

—Poco ha faltado para que se nos atarrillaran los caballos, por estar aquí, como usted mandaba, al término de la distancia.

Ño Pernalete le echó una mirada furiosa a Mujiquita y en seguida le dijo:

—Ande y búsquese al doctor Luzardo. Dígale que no se haga esperar mucho, que ya están aquí los señores.

Y Mujiquita salió de la Jefatura, diciéndose, bajo el peso del mal presentimiento:

—Lo que soy yo, de ésta pierdo el puesto. Tiene razón mi mujer: ¿quién me manda a meterme a redentor?

Momentos después, cuando regresó en compañía de Luzardo, ya la actitud de doña Bárbara era otra: había recobrado su habitual expresión de impasibilidad y sólo un ojo muy zahón habría podido descubrir en aquel rostro un indicio de pérfida satisfacción reveladora de que ya se había entendido con ño Pernalete. Sin embargo, tuvo un instante de desconcierto al ver a Luzardo: la intuición fulminante del drama final de su vida.

—Bien —dijo ño Pernalete, sin responder al saludo de Luzardo—. Aquí están los señores que han venido a oír las quejas que usted tiene que formular contra ellos.

—Perfectamente —dijo Luzardo, tomándose el asiento que no le brindaban, pues ni Pernalete estaba para cortesías, ni Mujiquita para demostraciones amistosas que acabaran de comprometerlo—. En primer lugar, y perdóneme la señora que la posponga, el caso del señor Danger.

Y como advirtiese la rápida guiñada de ojos que con el aludido cruzó el Jefe Civil, comprendió que ya se habían entendido entre sí e hizo una pausa para dejarlos gozarse en su picardía.

—Es el caso que el señor Danger tiene en sus corrales —y me sería fácil comprobarlo— reses marcadas con su hierro, pero que, sin embargo, llevan las señales de *Altamira*.

—¿Y eso qué quiere decir? —interpeló el extranjero, sorprendido de aquel tema que no era el que esperaba oírle plantear.

—Que no le pertenecen. Simplemente.

—¡Oh! ¡Carramba! Cómo se conoce que usted está tiernito en cosas de llano, doctor Luzardo. ¿No sabe usted que las señales no tienen importancia ninguna, y que lo único que da fe sobre la propiedad de una res es el hierro, siempre que esté debidamente empadronado?

—¿De modo que puede usted cazar orejanos marcados con señales ajenas?

—¿Y por qué no? Yo estoy cansado de hacerlo y usted también lo estaría si se hubiera ocupado antes de su hato. ¿No es así, coronel?

Pero antes de que éste hubiese apoyado la afirmación de míster Danger, Luzardo dijo:

—Basta. Lo que me interesaba era que usted confesara que caza orejanos en *La Barquereña*.

—¿Y no es mía *La Barquereña*? Aquí tengo encima de mi pecho los títulos de mi propiedad. ¿Pretende usted prohibirme que yo haga en mi posesión lo que usted puede hacer en la suya?

—Algo de eso me propongo, realmente. Coronel, tenga la bondad de exigirle al señor Danger que le muestre esos títulos de propiedad.

—Pero, bien —replicó ño Pernalete—. ¿Qué es lo que usted se propone, doctor Luzardo?

—Demostrar que el señor Danger está fuera de la ley, porque no posee la extensión de tierras que la Ley de Llano señala como mínimo para tener derecho a cazar orejanos.

—¡Oh! —hizo míster Danger, a tiempo que palidecía de ira, sin hallar objeción que hacer, pues era cierto lo que afirmaba Luzardo. Y éste, sin darle tiempo a recobrarse de aquella sorpresa, concluyó:

—¿Ve usted cómo sí conozco mis derechos y estoy dispuesto a defenderlos? ¿Creía usted que yo venía a tratar de la palizada de *Corozalito*? Ahora será usted quien tendrá que levantarla porque, no teniendo derecho a cazar orejanos, su propiedad debe estar cercada.

—¡Pero, bien! —volvió a exclamar ño Pernalete, descargando un puñetazo sobre la mesa de despacho ante la cual estaba sentado—. ¿Y qué papel hago yo aquí, doctor Luzardo? Porque usted habla en un tono que parece que fuera la autoridad.

—En absoluto, coronel. Hablo en el tono de quien reclama ante la autoridad el cumplimiento de una ley. Y como ya he expuesto el caso del señor Danger, pasemos al de la señora.

Entretanto, doña Bárbara, sin mezclarse en la querella, había demostrado un interés creciente a medida que Santos hablaba. Ya bien impresionada —y muy a pesar suyo— desde que lo vio aparecer en la puerta de la Jefatura, acabó de hacérselo simpático la habilidad con que él le había arrancado al extranjero despreciativo la confesión que necesitaba. En parte, por la astucia misma, que era lo que más podía admirar en alguien doña Bárbara; en parte, porque se trataba de míster Danger y nada podía serle más grato que la derrota de aquel hombre, el único que podía jactarse de no haberse sometido a sus designios, y, finalmente, porque se trataba de un extranjero y doña Bárbara los odiaba de todo corazón.

Pero las últimas palabras de Santos hicieron desaparecer de su rostro la expresión de complacencia y aquél volvió a convertirse para ella en el enemigo de guerra jurada.

—Se trata de que la señora —prosiguió Santos— se niega a darme trabajo en sus sabanas. Trabajo que necesito urgentemente y que la Ley de Llano la obliga a darme.

—Es cierto lo que dice el doctor —manifestó doña Bárbara—. Se lo he negado y se lo niego otra vez.

—¡Más claro no canta un gallo! —exclamó el Jefe Civil.

—Pero la Ley también es clara y terminante —replicó Luzardo—. Y pido que la señora se atenga a ella.

—A ella me atengo, sí, señor.

Sonriendo de la picardía ya concertada entre ambos, ño Pernalete se dirigió al secretario, que hasta allí había estado como si sólo atendiera a lo que escribía en uno de los libros que estaban sobre la mesa.

—A ver, Mujiquita. Tráigame acá la Ley de Llano vigente.

Cogió el folleto de las manos de Mujiquita, arrebatándoselo casi, lo abrió, pasó unas hojas mojándose de saliva el índice y finalmente exclamó:

—¡Anjá! ¡Aquí está! Vamos a ver qué dice la ley soberana. Pues sí, señora. El doctor tiene razón: la ley es terminante. Escuche cómo dice: "Todo dueño de hato o fundación está obligado a..."

—Sí —interrumpió doña Bárbara—. Me sé de memoria el artículo ese.

—Entonces —rearguyó ño Pernalete, farsa adelante.

—¿Entonces, qué?

—Que debe atenerse a la ley.

—A ella me atengo, ya lo he dicho. Me niego a darle al doctor el trabajo que me pide. Impóngame usted el castigo que señale la ley.

—¿El castigo? Vamos a ver qué dice la ley soberana.

Pero Luzardo lo interrumpió, diciendo, a tiempo que se ponía de pie:

—No se moleste, coronel. No lo encontrará. La ley no establece para este caso penas de multas ni arrestos, que son las únicas que puede imponer la autoridad civil de que está investido usted.

—¿Y entonces? Le pregunto yo ahora a usted: ¿Qué pretende que yo haga si la ley no me autoriza?

—Ya no pretendo nada. En un principio sí pretendí: que usted le hiciera comprender a la señora que, aunque la ley no determine penas de multas o arrestos, ella obliga de por sí. Obliga a su cumplimiento, pura y simplemente. Y si la señora, por no entenderlo así, no se aviene a lo que exijo, dentro del término de ocho días, la demandaré por ante un tribunal. Como demandaré también al señor Danger por lo que le corresponde. Y basta de explicaciones.

Dicho esto, abandonó la Jefatura.

Hubo un momento de silencio durante el cual Mujiquita se dijo mentalmente:

—¡Ah, Santos Luzardo! El mismo de siempre.

De pronto estalló el Jefe Civil:

—¡Esto no se queda así! Alguno va a pagar la altanería del doctorcito ese. ¡Venir a hablarme a mí de leyes!

Especialmente de leyes que obligasen por sí solas, sin necesidad de la *manu militari*, que era la que él solía meter cuando de leyes se tratare, no podía tolerar ño Pernalete que se le hablase; pero como además de celos de autoridad, a la manera como la entiende el bárbaro, o mejor dicho, a causa de esos mismos celos, ño Pernalete teníale cierta ojeriza a la dueña de *El Miedo* por el tratamiento de potencia a potencia que se veía obligado a darle, en seguida reaccionó contra ella y así que se hubo convencido de que ya Mujiquita,

—para quien fueron dichas sus anteriores palabras— no tenía más sangre que pudiera afluirle al rostro, agregó, cambiando de tono:

—Ahora le digo una cosa, doña Bárbara. Y a usted también, míster Danger. Eso que ha dicho el doctorcito es la pura verdad: las leyes tienen que cumplirse porque sí, pues si no, no serian leyes, que quiere decir mandatos, órdenes del Gobierno de hacer o no hacer tal o cual cosa. Y como parece que ese doctorcito sabe dónde le aprieta el zapato, yo les aconsejo a ustedes que se transen con él. De modo que eche su cerca, míster Danger, porque usted, verdaderamente, no está en ley. Aunque no sea sino para llenar la fórmula. Después, un palo que se cae hoy y otro mañana, y el ganado que para pasar al *Lambedero* no necesita boquetes muy grandes, ¿quién va a fijarse en eso? Vuelve usted a parar los palos, si el vecino reclama, y ellos se volverán a caer, porque esa tierra suya como que no es muy firme. ¿Verdad?

—¡Oh! Muy flojita, coronel. Usted lo ha dicho.

Y descargando sus manazas en los hombros del Jefe Civil, con la familiaridad a que le daba derecho la bribonada que acababa de oír, agregó:

—¡Este coronel tiene más vueltas que un cacho! Por allá le tengo dos vacas lecheras, muy buenas. Un día de estos voy a mandárselas.

—Serán bien recibidas, míster Danger.

—¡Ah, coronel bien competente! ¿Quiere ir a echarse un trago conmigo?

—Dentro de un rato. Yo pasaré más tarde por la posada a buscarlo, porque supongo que usted no se va a ir ahora mismo.

—Convenido. Allá lo espero. ¿Y tú Mujiquita, quieres acompañarme?

—Gracias, míster Danger.

—¡Oh! ¡Esta cosa sí que es rara! Mujiquita no quiere beber hoy. Bueno. Hasta más luego, como dicen ustedes. Hasta más lueguito doña Bárbara. ¡Ja!, ¡ja! Doña Bárbara se ha quedado muy pensativa esta vez.

En efecto, ceñuda y pensativa, con la mano extendida sobre la

Ley de Llano que ño Pernalete acababa de consultar representando
la farsa concertada entre ambos para burlarse de las pretensiones de
Luzardo, sobre la "Ley de doña Bárbara", como por allí se la llamaba, porque a fuerza de dinero había obtenido que se la elabora-
ran a la medida de sus desmanes, la mujerona se había quedado
rumiando el encono que le habían producido las palabras de Santos
Luzardo.

Por primera vez había oído amenaza semejante, y lo que más le
encrespaba la cólera era que fuese, precisamente, aquella ley suya,
pagada con su dinero, lo que la obligase a otorgar cuanto se había
propuesto negar. Estrujó rabiosamente la hoja del folleto, murmurando:

—¡Que este papel, este pedazo de papel que yo puedo arrugar
y volver trizas, tenga fuerza para obligarme a hacer lo que no me da
la gana!

Pero estas rabiosas palabras, además de encono, expresaban
también otra cosa: un acontecimiento insólito, un respeto que doña
Bárbara nunca había sentido.

# II

## Los amansadores

Varios días había estado Carmelito poniéndole un veladero a la *Catira* del hatajo del *Cabos Negros*.

No había en *Altamira* padrote más rijoso que este bayo salvaje y por eso era célebre y tenía nombre propio: no podía ver yegua bonita en hatajo ajeno sin que tratara de robársela, ni para impedírselo les era fácil a los demás sementales resistir la carga impetuosa de sus coces y dentelladas. Por otra parte, los hombres no habían encontrado todavía manera de capturarlo. Varias carreras le habían dado; mas por bien disimulados que estuvieran entre el monte los corrales falsos siempre los descubría y escapaba a tiempo.

La *Catira*, blanca y esbelta como una garza, era la potranca más hermosa de su yeguada; pero llegó el tiempo en que, vedada la hija para el amor del caballo salvaje, debía de ser expulsada del hatajo. El *Cabos Negros* le amusgó las orejas, le mostró los dientes, haciéndola entender que de allí en adelante no podían continuar juntos, y ella se quedó plantada en medio de la sabana, viendo alejarse la familia de la cual ya no formaba parte, juntos los delgados remos, temblorosos los rosados belfos, tristes los claros ojos.

Vagó sola, desganada y lenta, por los acostumbrados sitios y, de regreso al hato, Carmelito la divisó a distancia contemplando la dorada polvareda que allá en el horizonte levantaba el alegre retozo del perdido hatajo.

A la mañana siguiente fue Carmelito a apostarse en el bebedero, encaramado y oculto entre las ramas de un merecure, apercibido el lazo; pero la potranca era tan bellaca como el padre y fue necesario velarla por espacio de una semana.

Al fin cayó en el engaño. Al manosearla, Carmelito la consoló diciéndole:

—No te pesará, *Catira*. Estate quieta.

Marisela, como viese el hermoso animal que el peón traía arrebiatado, exclamó:

—¡Qué bestia tan bonita! ¡Quién tuviera una así!

—Te la compro, Carmelito —propúsole Santos.

Pero el peón, huraño, le respondió secamente:

—No está en venta, doctor.

En el Llano —donde, según el proverbio, propiedad que se mueve no es propiedad—, el dueño de una bestia salvaje es quien la captura, y la costumbre establece que si el propietario del hato la quiere para sí, debe comprársela por una cantidad que, en realidad, no es sino el pago del trabajo de cazarla y amansarla; pero bien puede aquél negarse a venderla siempre que la destine a su uso personal.

Laborioso fue el amansamiento, porque la *Catira* tenía un "corcoveo jacheado" que había de ser muy de a caballo para mantenérsele encima; pero bestia que amansara Carmelito, por bellaca que fuese, quedaba como una seda, suave y blanda de boca.

—¿Cómo va la *Catira*, Carmelito? —solía preguntarle Luzardo.

—¡Ahí, doctor! Ya está cogiendito el paso. ¿Y a usted, cómo le va en lo suyo?

Se refería a la tarea de la educación de Marisela, emprendida por Santos.

También Marisela tenía su "corcoveo jacheado". No porque le costase trabajo aprender, sino porque de pronto se enfurruñaba con el maestro.

—Déjeme ir para mi monte otra vez.

—Vete, pues. Pero hasta allá te perseguiré diciéndote: No se dice jallé, sino hallé o encontré; no se dice aguaite, sino mire, vea.

—Es que se me sale sin darme cuenta. Mire, pues, lo que me encontré curucuteando...²⁵ registrando por ahí. ¿No le parece bonito para ponerlo con flores en la mesa?

—El florero no es bonito propiamente.

—¿No ve? Ya sabía yo que iba a encontrarle algún defecto.

—Aguarda, criatura. No me has dejado terminar. Que no sea bonito el florero no es culpa tuya. En cambio, sí me agracia que se te haya ocurrido poner flores en la mesa.

—Ya ve, pues, que no soy tan bruta. Eso no me lo había enseñado usted.

—Nunca he creído que lo seas. Por el contrario, siempre te he dicho que eres una muchacha inteligente.

—Sí. Ya eso me lo ha dicho bastante.

—Parece que no te agrada oírlo. ¿Qué más quieres que te diga?

—¡Guá! ¿Qué voy a querer yo? ¿Acaso estoy pidiendo más, pues?

—¡El guá, otra vez!

—¡Umjú!

—No te impacientes —concluyó él—. Te llevo la cuenta de los guás y todos los días la cifra va disminuyendo. En todo el de hoy una sola vez se te ha escapado.

Esto en cuanto al vocabulario, corrigiéndoselo a cada momento. Las lecciones, propiamente, eran por las noches. Ya del largo olvido estaban saliendo bastante bien la lectura y la escritura, que fue lo único que, de pequeñita, le había enseñado su padre. Lo demás, todo era nuevo e interesante para ella y lo aprendía con una facilidad extraordinaria. En cuanto a maneras y costumbres, los modelos eran señoritas de Caracas, todas bien educadas y exquisitas, amigas de Santos, siempre oportunamente recordadas en las conversaciones con que él animaba las sobremesas.

Marisela sonreía, pues no se le escapaba a su despierta imaginación que todo aquel largo hablar de las amigas de Caracas era para proponerle a ella algo que debiera imitar. También se enfurruñaba, a veces, si Santos se complacía demasiado en la pintura de los modelos, como generalmente sucedía que empezaran lecciones y terminaran nostalgias de la vida de la ciudad; pero entonces era cuando Marisela aprendía más porque, si el maestro se distraía, su instinto vigilaba. Limpia, presumida ya, todavía silvestre, pero como la flor del paraguatán, que embalsama el aire de la mata y perfuma la miel de las aricas, nada quedaba en el aspecto de Marisela de aquella muchacha que portaba el haz de chamizas sobre la greña inmunda.

Lo mejor que traía en su pacotilla el turco que todos los años, por aquella época, recorría los hatos del cajón de Arauca se lo compró Santos para que anduviese calzada y vestida con decencia. En la confección de los primeros trajes la sacaron del paso las nietas de Melesio Sandoval; para otros hizo de modisto Santos, dibujándole modelos, y esto dio origen a regocijadas escenas, pues si los dibujos no eran del todo malos, los patrones resultaban siempre inimitables y de un gusto deplorable, a veces.

—¡Hum! Yo no me pongo esa mojiganga —protestaba ella.

—Tienes razón —concedía él—. Esto me ha resultado un poco sobrecargado. Tiene de todo, alforzas, faralaes. Quitémosle esto.

—Y esto también. Este gurrufío,[26] por el pescuezo no me lo pongo yo.

—Convengamos en lo del gurrufío, pero di más bien cuello. Y quítaselo también. En esto, como en muchas otras cosas, tu instinto te dirige rápida y certeramente —concluía Santos, complacido en las felices disposiciones de aquella naturaleza, recia y dúctil a la vez, y viendo en Marisela una personalidad del alma de la raza, abierta como el paisaje a toda acción mejoradora.

También le proporcionaba ocupación espiritual, compensadora de las rudas faenas del hato, la empresa de la regeneración de Lorenzo Barquero. Dosificándole la bebida y procurándole ocupaciones físicas y mentales, ya comenzaba a lograr que él mismo se empeñase en quitarse el vicio. Durante el día se lo llevaba consigo a sabanear y en las tertulias de sobremesa se empeñaba en interesarlo con temas que despertasen su aletargada inteligencia, que hacía años no funcionaba sino bajo la acción del alcohol.

Pero, además de producirle las incomparables satisfacciones de toda obra lograda, Marisela le alegraba la casa y le llenaba una necesidad de orden personal. Cuando ella entró en la de *Altamira*, ya ésta no era aquella inmunda madriguera de murciélagos donde días antes se metiera él, pues ya había hecho blanquear las paredes manchadas por las horruras de las asquerosas bestias, y fregar los pisos, cubiertos por una capa de barro endurecido, que durante quién sabe cuantos años habían depositado en ellos las plantas de los peones; pero era todavía la casa sin mujer. En lo material, la aguja que no se sabe manejar para zurcir la ropa, la comida servida por un peón; en lo espiritual —que para Santos Luzardo era lo más importante—, la casa sin respeto: el poder estar dentro de ella de cualquier modo, el no importar que en su silencio retumbara la palabra obscena del peón, el descuido de la persona y el endurecimiento de las costumbres.

Ahora, por lo contrario, después de las rudas faenas de ojeos y carreras, era necesario regresar con un ramo de flores sabaneras para la niña de la casa, cambiarse, quitarse el áspero olor de caballo y de toro que traía adherido a la piel y sentarse a la mesa dando ejemplo de buenos modales y manteniendo una conversación agradable y escogida.

Así, pues, mientras él la iba desbastando de su condición silvestre, Marisela le servía de defensa contra la adaptación a la rustiquez del medio, fuerza incontrastable con que la vida simple y bravía del desierto le imprime su sello a quien se abandona a ella.

Por momentos la discípula se le encabritaba, se le revolvían las sangres, como decía ella, y se negaba a recibir lecciones o respondía a sus advertencias con aquel brusco:

"— Déjeme ir para mi monte otra vez."

Pero eran arrebatos pasajeros, manifestaciones de carácter que provenían de los mismos sentimientos que Santos estaba despertando en su espíritu. En seguida volvía espontáneamente por lo que había rechazado:

—Bueno. ¿Esta noche no voy a dar lecciones?

Lo mismo que la *Catira*, que después de unos corcoveos cogía el paso por sí sola.

Pero Carmelito terminó primero. Con la potranca de diestro se le presentó una tarde a Santos, diciéndole:

—Me voy a permitir una licencia, doctor. Como aquí no hay bestia fina que pueda montar la señorita Marisela, le he amansado la *Catira* para su silla. Aquí la tiene, si quiere probarla usted mismo antes de que ella la monte. Por eso no se la traigo aperada; pero por ahí le tengo también el galápago y su apero completo.

Por el momento, Santos no vio en esto sino una manifestación del carácter de Carmelito, quien en vez de haberle respondido, cuando le propuso comprarle la potranca, que no se la vendía porque pensaba regalársela a Marisela, le dio aquella respuesta brusca. Pero después pensó que el haber escogido Carmelito la persona de Marisela para hacerle a él una demostración de simpatía, en desagravio de la actitud reservada con que lo había acogido, podía significar también que tal vez allá entre los peones se le juzgaba enamorado de la muchacha, y aunque esto nada agregaba a los sentimientos, completamente desinteresados, que ella le inspiraba, no le agradó que pudieran ser interpretados de aquel modo.

Llamó a Marisela para que fuese ella misma quien le diera las gracias.

—¡Qué bueno! —exclamó, palmeteando de alegría—. ¡Conque era para mí! ¿Y por qué no me lo había dicho antes, Carmelito? Me ha tenido usted envidiándole esa bestia todos estos días. Ensíllemela para dar un paseo.

Y en seguida:

—La cosa es que papá está hoy de mírame y no me toques y no querrá acompañarme.

—Por eso no —díjole Santos—. Puedo acompañarte yo.

Y Carmelito:

—Permítame que yo también vaya, doctor. Quiero ver cómo se desempeña la *Catira* con la señorita. Porque una cosa son las bestias con uno y otra con las mujeres.

La razón era aceptable; pero no la que verdaderamente movía a Carmelito.

Por el camino, dándole conversación, Santos se empeñó en que acabara de franqueársele. Antonio Sandoval no se cansaba de recomendarle aquel hombre y a él le inspiraba confianza; pero durante largo rato sólo logró arrancarle respuestas breves y secas. Por fin, a una pregunta de Santos, se resolvió a la confidencia que hacía días quería hacerle:

—Yo no nací peón, doctor Luzardo. Mi familia era una de las mejores del pueblo de Achaguas, y en San Fernando y en Caracas mismo tengo muchos parientes que quizá conozca usted —y citó varios, gente de calidad, en efecto—. Mi padre, sin ser rico, tenía de qué vivir. El hato del *Ave María* era suyo. Un día —tendría yo unos quince años, cuando más— asaltaron el hato una pandilla de cuatreros, de las muchas que, por entradas y salidas de aguas, andaban por todo este llano, arrasando con lo ajeno. Venían buscando caballos; pero mi viejo los divisó a tiempo y me dijo: "Carmelito. Hay que sacar de carrera esos cuarenta mostrencos que están en la corraleja y esconderlos en el monte. Llévese los peones que estén por ahí y no regresen hasta que yo no les mande aviso". Sacamos las bestias, después de haberles amarrado a las colas unas ramas, para que ellas mismas fueran borrando sus huellas, y nos internamos en el monte, tres peones y yo. Pastoreando el bestiaje durante el día y velando en la noche, con el agua a la coraza de la silla, muchas veces —porque aquel año fue bravo el invierno y casi todos los montes estaban anegados— estuvimos durante más de una semana pasando hambre. Nos pegó la calentura, y las picadas de los puyones[27] nos pusieron que no nos conocíamos unos a otros, de puro hinchadas que teníamos las caras, y ya las bestias estaban flacas y cubiertas de mataduras, porque las mordió el vampiro y les cayó el gusano, cuando, en vista de que el viejo no me mandaba el aviso de que podíamos regresar, resolví ir hasta la casa, yo solo, a ver qué estaba pasando allá. ¿Pasando? Ya todo había pasado, hacía días. Una zamurada voló de la casa cuando yo pisé el corredor. Los esqueletos, solamente, era lo que quedaba de mi padre y mi madre, y, en un rincón, Rafaelito, ese hermano de quien le dije el otro día que lo he mandado a llamar para que se venga a trabajar con usted. Entonces estaba gateando, de meses no más de nacido. Muriéndose de hambre lo recogí del suelo.

Y al cabo de una breve pausa:

Ese que mientan ño Pernalete estaba entre aquellos cuatreros asesinos. Todavía vive porque, aunque andaba con los otros, fue el único que no puso sus manos sobre mis viejos, según supe después. Los demás, ya me la pagaron, uno a uno. Yo sé que la venganza no es buena; pero es lo único que tenemos por aquí para cobrar deudas de sangre. De más está decirle cómo es que he venido a parar en peón. Aunque de usted lo soy con gusto.

Y volvió a encerrarse en su mutismo, mientras Luzardo hacía los comentarios del caso, con el cálido lenguaje que empleaba cuando se trataba de algo que tuviese relaciones con la violencia enseñoreada de la llanura.

Entretanto, Marisela escuchaba; pero como el tema en que se había engolfado Santos era poco interesante para ella, y, además, no podía perdonarle que durante una hora larga todavía no le hubiese dirigido la palabra una sola vez, taloneó los ijares de la *Catira*, haciéndola coger un trote más animado, y rompió a cantar una de esas coplas que para cada sentimiento tiene el cantador llanero.

La letra no se le oía: pero la voz agradable modulaba con gracia la tonada. Santos interrumpió su discurso para prestarle atención, y Carmelito, disipada ya la amargura del recuerdo, se deleitó, también, en el canto bien entonado, y cuando Marisela terminó la copla, dijo:

—¡Ah, doctor! como que no somos tan malos amansadores, usted y yo. Véale el paso a la *Catira*, por lo que a mí me corresponde. Que tocante a la obra de usted...

# III

## *Los rebullones*

Para las puñaladas, Melquíades; para las bribonadas, Balbino; para los mandados, Juan Primito. Sólo que algunos mandados de Juan Primito eran como puñaladas.

Greñudo, piojoso y con una barba hirsuta que no había manera de que conviniese en recortársela, era el recadero de doña Bárbara un bobo con alternativas de lunático furioso, aunque no desprovisto de atisbos de malicia, cuyas manías más singulares consistían en no beber el agua de las casas de *El Miedo*, así tuviese que caminar leguas por buscarla en otras, y en colocar sobre los techos de los caneyes cazuelas llenas de los más extraños líquidos, para que bebiesen unos pájaros fantásticos que denominaba rebullones.

A lo que se podía colegir de sus disparatados discursos, los rebullones eran una especie de materialización de los malos instintos de doña Bárbara, pues había cierta relación entre el género de perversa actividad a que ésta se entregara y el líquido que él les ponía a aquéllos para que aplacaran su sed: sangre, si fraguaba un asesinato; aceite y vinagre, si preparaba un litigio; miel de aricas y bilis de ganado mezcladas, si tendía las redes de sus hechizos a alguna futura víctima.

—¡Beban, bichos! —rezongaba Juan Primito al colocar las cazuelas sobre los techos—. ¡Jártense para que dejen quieto al cristiano!

Y como los rebullones casi siempre tenían alguna sed, Juan Primito no bebía el agua de *El Miedo*, no fueran a trocarse las suertes, pues aseguraba que agua donde aquellos pájaros diabólicos metiesen el pico se transformaba en el líquido que apeteciera, y persona que la bebiese inmediatamente recibiría el daño a que otra estuviera sentenciada.

—Ya van a alborotarse otra vuelta los rebullones —se había dicho a raíz de la noticia de la llegada del dueño de *Altamira*, y desde aquel día se le vio a menudo explorando el cielo en espera de la diabólica bandada y ya con sus cazuelas listas para llenarlas con lo que fuese menester.

—¿Qué hubo, Juan Primito? —solían preguntarle los peones de la mujerona que con aquello se divertían—. ¿Todavía no aparecen?

—Allá como que viene uno —respondíales, poniéndose la mano extendida a la altura de las cejas, como si realmente hubiese algo que ver en aquel punto del cielo resplandeciente hacia donde miraba.

No obstante, entre los peones de *El Miedo*, más que por bobo, Juan Primito pasaba de bellaco.

Por fin, una tarde, Juan Primito exclamó:

—¡Ya están aquí los rebullones! ¡Ave María Purísima! Aguaiten, muchachos, cómo viene esa bandada de bichos negros oscureciendo el cielo.

Pero los que estaban en el secreto comprendieron que no era el cielo adonde había que mirar, sino al rostro de doña Bárbara, que regresaba del pueblo con el tajo vertical del ceño bravío en la frente.

Desde aquel momento y durante varios días, Juan Primito se la pasó, augur de su locura o de su bellaquería —él mismo no habría podido determinar dónde concluía la una y comenzaba la otra—, observando el vuelo de los fantásticos pájaros siniestros para descubrir qué clase de sed traían, en idiota exploración del cielo entre unas y otras maliciosas miradas de reojo al rostro de doña Bárbara.

—¿Será aceite y vinagre lo que quieren beber estos bichos? No parece. Porque cuando hay pleito entre manos, ahí mismo hay registradora de papeles. Ese vuelo es muy conocido... ¿Será miel y jiel lo que vienen buscando? Pero si juera asina sería un revoloteo contento, y estos rebullones están volando muy callados... ¡Hum! ¡Como no vaya a ser sangre lo que vengan buscando!

Y así pasaron varios días, sin que tuvieran reposo las cazuelas propiciatorias, de la charca de sangre que dejaban las reses beneficiadas para el consumo del hato a los panales de aricas o a la pulpería por el aceite y vinagre, y a medida que pasaban los días sin que el fiero ceño desapareciese de la frente de doña Bárbara, la idiota manía de Juan Primito se iba convirtiendo en locura frenética.

Parejo frenesí se iba apoderando del ánimo de doña Bárbara, rabioso despecho de no haber podido silenciar para siempre aquella boca que había proferido la primera amenaza que ella escuchara: "y si la señora no se aviene a lo que le exijo, en el término de ocho días, la demandaré por ante un tribunal".

Durante las jornadas se entregaba a una actividad febril, a horcajadas sobre el caballo, amazona repugnante de pantalones hombrunos hasta los tobillos bajo la falda recogida al arzón, lazo en mano detrás del ganado altamireño que paciese por sus sabanas, insultando a los peones por el menor descuido y destrozándole los ijares a la bestia con las espuelas, y por las noches se encerraba en el cuarto de las conferencias con el "Socio" y allí permanecía en vela hasta el primer menudeo de los gallos.

—Veremos si se atreve —decíase a menudo, durante el largo soliloquio, paseándose de un extremo al otro de la habitación, detrás de cuya puerta casi siempre estaba Juan Primito escuchando, y éste aseguraba haber oído varias veces el estribillo con que respondía "el Socio":

—¡Se atreverá!

Era la íntima convicción, sentida a pesar suyo y formulada con ronca voz de ira inútil, de que Santos Luzardo cumpliría su palabra.

Ya finalizaba el último día del plazo cuando llamó al recadero.

—Mande, señora —dijo Juan Primito, plantándosele por delante con la sonrisa que en su faz de idiota ponían el pavor supersticioso y la sumisión incondicional, y a tiempo que se hurgaba nerviosamente la inmunda barba con el negro garabato de la uña.

—Vas a ir a *Altamira* ahora mismo. Preguntas por el doctor Luzardo y le dices de mi parte que puede proceder cuando quiera el trabajo que me ha pedido y que me avise hora y punto para mandar mi gente.

Juan Primito le vio fulgurar en las negras pupilas la siniestra intención y antes de ponerse en marcha llenó de prisa todas sus cazuelas en la charca del degolladero y las colocó sobre los techos de los caneyes, murmurando:

—¡Era sangre lo que querían! ¡Beban bichos! ¡Jártense y dejen quieto al cristiano!

Nadie como Juan Primito para tragarse las leguas al tranco precipitado de su marcha, volviendo a cada momento la cabeza, cual si se sintiera perseguido, y murmurando:

—¡Estas mujeres del demonio!

Pero no se refería especialmente a doña Bárbara, ni por el encargo que acababa de darle, sino a la mujer en general, tema de una extraña manía persecutoria que se le iba desarrollando a medida que caminaba por la sabana desierta.

Aquella tarde, además, espoleábalo el deseo de ver a Marisela. Único afecto de su espíritu simple, nunca hubo para Juan Primito mayor placer que el de conversar con Marisela; sólo a ella le mostraba la pequeña porción razonable de su alma: las amarguras del hombre que había dentro del bobo. La había visto nacer; ocurrencia suya fue el nombre que a ella le pusieron; entre sus brazos, repudiada por la madre y aborrecida del padre, la había acunado, aya solícita por tierna ambigüedad de bebería, y si algunas palabras dulces había escuchado Marisela eran las de aquel llamarla: "Niña de mis ojos", que salían de los labios belfos, por entre la pelambre asquerosa, como de los negros panales la miel de las aricas. Dinero que cayera en las manos de Juan Primito fue siempre para regalar a la niña de sus ojos con cuanta baratija vistosa llevaran en sus pacotillas los buhoneros que pasaban por el hato, y después, cuando lanzado de su casa Lorenzo Barquero y refugiado en el rancho del palmar se abandonó por completo a la borrachera, si ella no había pasado hambre la mayor parte de los días era porque aquél le llevaba diariamente las sobras de la comida de la peonada de *El Miedo*.

—Aquí te traigo tus retallones, niña de mis ojos —decíale, mostrándole el porsiacaso lleno, quién sabe con cuánta amargura bajo la risa idiota.

Luego, el cúmulo de disparates que él iba ensartando en su charla atropellada y las risotadas con que ella se los celebraba, y el gusto que él ponía en oírselas, y el placer que ella encontraba en hacérselos decir, pero, almas adentro, el afecto recíproco, luz de la vida del simple.

Santos Luzardo lo había privado de este placer al llevarse a Marisela para *Altamira*. Hasta allá habría ido a verla diariamente, porque para él no existían distancias; pero los peones de *El Miedo*, entre groseras chanzas, le habían dicho:

—Te quitaron la novia, Juan Primito.

Y esto, enfureciéndolo, fue como revolver una charca dormida; celos bestiales y pensamientos ruines, fango del alma elemental, turbáronle el puro afecto, y Marisela se le convirtió, de pronto, en una de aquellas mujeres de su manía persecutoria que corrían desnudas detrás de él, visionario, por la sabana desierta.

Atormentado por esta visión cruel, tuvo su paso de luna y poco faltó para que doña Bárbara ordenara ponerle la chaqueta de fuerza.

Pasado el acceso de furia, no volvió a nombrar a Marisela, y cuando le preguntaban por ella respondía:

—¡Guá! ¿No sabe que se murió? Esa que está en Altamira es otra persona.

No obstante, aquella tarde no le daban abasto las piernas tragaleguas para la prisa que llevaba por verla. Realmente, parecía otra persona aquella Marisela que le salió al encuentro.

—¡Niña de mis ojos! —exclamó, deteniéndose alelado—. ¿Eres tú?

—¿Quién voy a ser, Juan Primito? —replicó ella, soltando la risa entre azorada y complacida.

—¡Pero si estás rebuenamoza, muchacha! ¡Y hasta has engordado! ¡Cómo se conoce que ahora comes completo! ¿Y ese camisón tan bonito, quién te lo compró? ¿Y esos zapatos? ¡Tú con zapatos, niña de mis ojos!

—¡Umjú! —hizo Marisela, enrojeciendo de la vergüenza que aquellas exclamaciones le sacaban a la cara—. ¡Qué preguntón y qué antipático te has puesto, Juan Primito!

—Es que me da gusto verte asina. Estás más linda que la flor de la maravilla. ¡Lo que pueden los trapos!

—Ya lo sabes, pues, para que te cambies esos que llevas encima, que ya dan grima.

—¿Vestirme yo de limpio? Eso está bueno para ti, que tienes a quien lucirle. ¿Te quiere mucho? Dime la verdad.

—No seas pajuato,[28] Juan Primito —replicó enrojeciendo de nuevo. Pero era otro rubor el que ahora le reventaba en las mejillas y le aterciopelaba los hermosos ojos.

—¡Hum! —hizo el bobo con entonación maliciosa—. No me lo niegues, que yo lo sé toitico.

Marisela iba a protestar para que la agradable broma siguiera, pero Juan Primito agregó:

—Me lo contó un pajarito que va siempre por allá.

Y a ella se le ocurrió replicar:

—¿Un rebullón?

Y la palabra maquinalmente pronunciada trajo consigo pensamientos graves. Enseriándose de pronto, interrogó:

—¿Están alborotados los rebullones por allá?

Allá era el término que solía emplear cuando necesitaba referirse a la madre, a quien nunca nombraba.

—¡No me digas, chica! —repuso Juan Primito—. Si en *El Miedo* ya no se puede vivir. Ese alboroto que forman esos bichos, revoloteando todo el santo día por encima de los caneyes. ¡Ave María Purísima! Ya estoy aborrecido de tanto bregar con esos pájaros del infierno. De buena gana me vendría yo para acá, para estar a la vera tuya; pero no puedo, chica. Yo tengo que estar allá, pendiente de los rebullones, para ponerles la bebida a tiempo, porque si no... ¡Ah, caramba! Tú no sabes lo que son los rebullones. Esos bichos son muy malucos, niña de mis ojos. Malos de verdad.

—¿Y en estos días, qué les has puesto para que beban? —inquirió Marisela, con acento intencionado por la preocupación que acababa de asaltarla.

—Sangre, chica —respondió muy sonreído—. Esos rebullones tienen unas cosas, ¡chica! Miren que y que gustarles beber sangre, que debe ser tan maluca, ¿verdad, chica? En denante mismo les llené las percutas, antes de salir para acá. Ya a estas horas deben de estar jartos.

Y en seguida:

—Antes que se me olvide. ¿Por dónde anda el dotol Luzardo? Traigo un recado de la señora para él.

Y esto, dicho a continuación de aquello, ardid socorrido de Juan Primito para advertir a quien le llevase algún recado de doña Bárbara de las intenciones que a ella le atribuyera, hizo estremecerse a Marisela.

—¿Hasta cuándo vas a estar en ese oficio, idiota? —lo interpeló colérica—. Vas a condenarte por estar trayendo y llevando. ¡Sal de aquí inmediatamente!

Pero en esto intervino Santos Luzardo, que hacía rato estaba por allí, atento a la conversación del bobo con la muchacha.

—Déjalo, Marisela. Diga, Juan Primito, ¿qué recado es ése que me trae?

Se volvió con risueña sorpresa y a tiempo que la emprendía a uñazos con la maraña de la barba, despachó su comisión con las mismas palabras de doña Bárbara.

—Dígale que en *Mata Oscura*, mañana, al amanecer, estaré con mi gente —repuso Luzardo y en seguida penetró en la casa.

Marisela esperó a que no pudiese oírla Luzardo y, agarrando a Juan Primito por los brazos, lo sacudió con furia y le dijo:

—Como vuelvas a venir por aquí con recados de allá, te voy a echar los perros.

—¿A mí, niña de mis ojos? —exclamó él, entre aterrorizado y resentido.

—Sí, a ti. Y ahora quítateme de por delante. ¡Anda vete ya de por todo esto!

Y Juan Primito regresó a *El Miedo* con la tristeza de que lo hubiese despedido así la niña de sus ojos, cuando él había ido tan contento sólo porque volvería a verla. Además, ¿no era un bien lo que había hecho, diciendo aquello de la sangre para que Luzardo supiera a qué atenerse?

Pero cuando llegó a *El Miedo* ya se le había disipado el resentimiento y después de repetirle a doña Bárbara las palabras de Santos Luzardo, rompió a hablar de Marisela:

—¡Si usted la viera, doña! No la conocería. ¡Ah, muchacha para haberse puesto buena moza de verdad! ¡Esos ojotes tan requetelindos! Más bonitos que los de usté, doña. Y aseadita que da gusto verla. Bien vestida que la tiene el dotol, desde zapatos pa'rriba. ¿Sabroso que debe ser para un hombre —ah, doña?— tener a la vera suya una mujer tan bonita como está esa muchacha!

Nada que se refiriera a Marisela le había interesado nunca a doña Bárbara, pues respecto a ella ni siquiera había experimentado el amoroso instinto de la bestia madre por el hijo mamantón; pero de donde no existían sentimientos maternales, las palabras de Juan Primito hicieron saltar, de pronto, impetuosos celos de mujer.

—Bueno. Eso no me interesa —díjole al mandadero impertinente—. Puedes retirarte.

Pero Juan Primito, si se hubiera fijado un poco, habría descubierto en seguida qué sed tenían entonces los rebullones.

# IV

## *El rodeo*

Aquella noche se comentó mucho el caso entre los peones de *Alta-mira.* Era la primera vez que se tenían noticias de que doña Bárbara diese su brazo a torcer, y a la madrugada siguiente, cuando ya aqué-llos estaban ensillando, Antonio les recomendó:

—No seria malo que llevaran sus revólveres, los que los tengan, porque bien puede ser que no sea con ganado solamente que tenga-mos hoy que bregar.

A lo que replicó *Pajarote:*

—Yo, revólver no llevo porque el mío lo tengo empeñado; pero, a la casualidad, aquí estoy metiendo bajo la coraza esta pun-tica de machete. Mide su media vara corridita y lo demás lo pone la estirada del brazo.

Y con esta disposición de ánimos partieron antes de clarear el día, rumbo a *Mata Oscura,* con Santos Luzardo a la cabeza.

Eran, apenas, los cinco peones fieles que a su llegada encontrara Luzardo y tres sabaneros más, que, a mucho instar, había logrado conseguir Antonio, pues toda la gente de trabajo que por allí podía encontrarse había sido contratada por doña Bárbara a fin de que no fuesen a engrosar la peonada de *Altamira;* pero todos eran gente muy llanera, bien montada y dispuesta a multiplicarse en obsequio de aquel que había venido a enfrentársele a la cacica del Arauca.

La sabana dormía aún, negra y silenciosa bajo el chisporroteo de las constelaciones, y a medida que la cabalgata se alejaba de las casas, la marcha repercutía a distancias en carreras atropelladas de hatajos y de cimarrones que huían a sus escondites al ventear al hombre. Eran apenas masas más oscuras que la noche que se movían por entre los pajonales o leve rumor de éstos, agitados por la fuga de las reses; pero los sentidos sutilísimos del llanero no necesitaban indicios más seguros para permitirles afirmar:

—Ésa es la rochela del barroso de *Uverito*. Ahí van más de cien reses huyendo.

—Allá va el hatajo del *Cabos Negros*, rumbeando hacia *Corozalito*.

Con el alba llegaron al sitio de la reunión. Ya los de *El Miedo* estaban allí, capitaneados por doña Bárbara y aleccionados para trabajar de modo de ahuyentar el ganado que Luzardo se proponía recoger, pues entre la hacienda altamireña que se majadeaba por allí había gran cantidad de vacas, cuyos becerros, todavía mamantones, ya tenían marcado el hierro de *El Miedo*, procedimiento predilecto de doña Bárbara para robarse las reses ajenas, al amparo de la complicidad de los mayordomos de las fincas descuidadas por sus dueños.

Pero la astucia de Antonio se adelantó a la bellaquería de la mujerona. Viendo el gran número de vaqueros que con ella estaban, díjole a Santos:

—Ha traído tanta gente para que usted se confíe y se abra con un levante en grande y luego ellos espantar el ganado, picando para afuera, como ya lo han hecho otras veces.

Y a la insinuación de Antonio, una vez más Santos se trazó rápidamente su plan. Saludó a la vecina, descubriéndose, pero sin acercársele. Ella avanzó a tenderle la mano con una sonrisa alevosa y él hizo un gesto de extrañeza; era casi otra mujer muy distinta de aquella, de desagradable aspecto hombruno, que días antes había visto por primera vez en la Jefatura Civil.

Brillantes los ojos turbadores de hembra sensual, recogidos, como para besar, los carnosos labios con un enigmático pliegue en las comisuras, la tez cálida, endrino y lacio el cabello abundante. Llevaba un pañuelo azul de seda anudado al cuello, con las puntas sobre el escote de la blusa; usaba una falda amazona, y hasta el sombrero "pelodeguama", típico del llanero, única prenda masculina en su atavío, llevábalo con cierta gracia femenil.

Finalmente, montaba a mujeriegas, cosa que no acostumbraba en el trabajo, y todo esto hacía olvidar a la famosa marimacho.

No podía escapársele a Santos que la feminidad que ahora ostentaba tenía por objeto producirle una impresión agradable; mas, por muy prevenido que estuviese, no pudo menos de admirarla.

Por su parte, al mirarlo a los ojos, a ella también se le borró, de pronto, la sonrisa alevosa que traía en el rostro, y sintió, una vez más, pero ahora con toda la fuerza de las intuiciones propias de los espíritus fatalistas, que desde aquel momento su vida tomaba un rumbo imprevisto. Se le olvidaron las actitudes zalameras que llevaba estudiadas; se le atropellaron y dispersaron por el tenebroso corazón los propósitos inspirados en la pasión fundamental de su vida —el odio al varón—; pero sólo se dio cuenta de que sus sentimientos habituales la abandonaban de pronto. ¿Cuáles los reemplazaron? Era cosa que por el momento no podía discernir.

Cambiaron algunas palabras. Santos Luzardo parecía esmerarse en ser cortés, como si hablara en un salón con una dama de respeto, y ella, al oír aquellas palabras correctas, pero al mismo tiempo secas, casi no se daba cuenta de lo que respondía. La subyugaba aquel insólito aspecto varonil, aquella mezcla de dignidad y de delicadeza que nunca había encontrado en los hombres que la trataran, aquella impresión de fortaleza y de dominio de sí mismo que trascendía del fuego reposado de la miradas del joven, de sus ademanes justos, de sus palabras netamente pronunciadas, y aunque él apenas le dirigía las imprescindibles, relativas al trabajo, a ella le parecía que se complaciera en hablarle, sólo por el gusto que encontraba en oírlo.

Entretanto, Balbino Paiba no les quitaba la vista y disimulaba su contrariedad haciendo burlas de Luzardo que hacían sonreír a los peones de *El Miedo*, mientras más allá, los de *Altamira* se cambiaban sus impresiones acerca de todo aquello.

Luego, Santos comenzó a dar las órdenes relativas al trabajo; pero Balbino, en cuya cabeza ninguna idea perversa podía estarse quieta, se precipitó a interrumpirlo:

—Somos treinta y tres hombres y se puede hacer un buen levante picando bien abierto.

Satisfecho de su perspicacia, Antonio cruzó una mirada con Santos, y éste replicó:

—No hay necesidad de eso. Además, vamos a trabajar por grupos proporcionales: un vaquero de los míos para tres de ustedes, ya que nos llevan triplicados en número.

—¿Y ese entreveramiento, para qué? —objetó Balbino—. Aquí siempre se ha trabajado por separado, cada hato por su hierro.

—Sí. Pero hoy se trabajará de otro modo.

—¿Es que tiene desconfianza de nosotros? —insistió Paiba, protestando contra el procedimiento que frustraba los planes de doña Bárbara, pues, controlados por los de *Altamira*, los vaqueros de *El Miedo* no podrían manejarse conforme a las instrucciones recibidas.

Pero antes de que Luzardo respondiese a la altanera interrogación, intervino doña Bárbara:

—Se hará como usted disponga, doctor. Y si le parece que sobra gente de la mía puedo hacerla retirarse en seguida.

—No es necesario, señora —repuso Santos, secamente.

Sorprendidos por aquella ocurrencia intempestiva, los de *El Miedo* se miraron entre sí, unos con visible disgusto y otros con expresión maliciosa, según el grado de su adhesión a doña Bárbara, a tiempo que Balbino Paiba se daba las características manotadas a los bigotes y, en el bando contrario, *Pajarote*, aparentemente distraído, canturreaba entre dientes los dos primeros versos de la maliciosa copla:

*El toro pita a la vaca*
*y el novillo se retira...*

Con lo cual expresaba el pensamiento que a todos se les había ocurrido:

—Ya la mujer se enamoró del doctor. Ya Balbino puede ir despidiéndose de sus comederos.

Entretanto, Luzardo había dicho:

—Encárgate tú, Antonio, de dirigir la operación.

Y éste, asumiendo el carácter de caporal de sabana, comenzó a dictar sus órdenes:

—Salga de allá el del caballo marmoleado, con cinco compañeros más para Carmelito y *Pajarote*, a picar por detrás de aquel jarizal,[29] Todo el ganado que se majadea por ahí corre para arriba y así hay que levantarlo. Es con usted, amigo.

Dirigíase al Mondragón apodado *El Onza*. Lo dejaba en libertad de acompañarse con sus hermanos; pero los obligaba a entendérselas con Carmelito y *Pajarote*, que eran tan hombrones como ellos.

—Tengo mi apelativo —replicó amoscado y sin moverse a cumplir la orden que le daban, y entonces fueron los altamireños quienes se cruzaron miradas de alerta, como diciéndose:

—Ya va a reventar la cosa.

Pero volvió a intervenir doña Bárbara:

—Haga lo que le dicen, y si no retírese.

Obedeció el Mondragón, aunque sin dejar de refunfuñar, y después de haber escogido como compañeros a sus dos hermanos, dijo:

—Hay dos puestos más para los que quieran venirse con nosotros —a tiempo que Carmelito y *Pajarote* se cruzaban una mirada rápida, que el segundo acompañó con esta frase entre dientes:

—Ahora vamos a ver si son braguetas o pretinas.

Antonio siguió distribuyendo los vaqueros en grupos que partieron en distintas direcciones y luego invitó a Balbino:

—Si usted quiere venirse conmigo.

Con esto le guardaba las consideraciones de caporal o mayordomo de *El Miedo*, par suyo en todo caso; pero, a la vez, se procuraba a sí mismo una oportunidad análoga a la que les deparara a Carmelito y *Pajarote*, pues entre él y Balbino se habían quedado pendientes las altaneras palabras del segundo la mañana de la doma del alazán.

Pero Balbino rechazó la invitación, diciendo socarronamente:

—Gracias, don Antonio. Yo me quedo por aquí con el blancaje.

Denomina así el llanero a la reunión de los dueños de hatos que asisten a los rodeos, sin tomar parte en los trabajos y sólo para vigilar sus intereses a la hora del reparto del ganado recogido. En tiempos de José Luzardo, y durante las vaquerías generales, el "blancaje" lo componían más de veinte propietarios de aquella porción del Arauca, de cuyas fincas, englobadas ahora en el latifundio de doña Bárbara, sólo quedaban los nombres para designar matas y sabanas de *El Miedo*.

Haciéndose reflexiones a propósito de esto, Santos permaneció largo rato ajeno al charloteo con que su vecina trataba de iniciar la conversación amistosa, dirigiéndose aparentemente a Balbino, pero con temas que, a fuerza de cortés, lo obligaran a intervenir.

Por fin se decidió a dirigirle la palabra francamente:

—¿No ha visto nunca un rodeo, doctor Luzardo?

—Cuando muchacho —respondió, sin volverse a mirarla—. Ahora todo esto es casi nuevo para mí.

—¿De veras? ¿Se le han olvidado las costumbres de su tierra?

—Imagínese. Tantos años fuera de ella.

Se quedó mirándolo un buen rato, con ojos acariciadores, y luego dijo:

—Sin embargo, ya he oído contar su hazaña con el alazano, apenas recién llegado. Como que no es usted tan olvidadizo como se quiere pintar.

La voz de doña Bárbara, flauta del demonio andrógino que alentaba en ella, grave rumor de selva y agudo lamento de llanura, tenía un matiz singular, hechizo de los hombres que la oían; pero Santos Luzardo no se había quedado allí para deleitarse con ella. Cierto era que, por un momento, había experimentado la curiosidad, meramente intelectual, de asomarse sobre el abismo de aquella alma, de sondear el enigma de aquella mezcla de lo agradable y lo atroz, interesante, sin duda, como lo son todas las monstruosidades de la naturaleza; pero, en seguida, lo asaltó un subitáneo sentimiento de repulsión por la compañía de aquella mujer, no porque fuera su enemiga, sino por algo mucho más íntimo y profundo, que por el momento no pudo discernir, pero que lo hizo cortar bruscamente la absurda charla y alejarse de allí en dirección al paraje donde unos peones de *El Miedo* vigilaban los novillos madrineros, núcleo del rodeo.

Balbino Paiba sonrió y se atusó los bigotes, pero, aunque estuvo largo rato observándola de soslayo, no vio aparecer en aquel rostro el aletazo de las cejas que se juntaban y se separaban rápidamente, signo del arrebato de cólera, sino una expresión que él no le conocía, un aire de pensamientos lejanos.

Entretanto, levantada por los vaqueros, la hacienda empezaba a poblar y a animar la sabana, aparentemente desierta hasta entonces. Numerosos rebaños surgían de las matas y de los bajíos distantes, en alegres tropeles los que estaban compuestos por reses acostumbradas al pique, adelante los padrotes y retozando en torno a las madres los becerros mamantones; otros, más ariscos, abriéndose en puntas y lanzando mugidos de miedo.

Oíanse los gritos de los vaqueros. Correteaban ya por todas partes reses señeras, tratando de salirse del cerco que estrechaban los caballos; se engrilla-ban, aquí y allá, los toros bravos, ganosos de arremeter; pero las atropelladas se hacían irresistibles por momentos, repercutían a distancia lanzando en tropeles las madrinas de mansos, y éstos se llevaban por delante las reses bravas que intentaban defenderse, convirtiéndoles la furia en miedo.

Ya algunas puntas empezaban a reunirse en el sitio donde estaban los novillos madrineros; pero otras se resistían, y los jinetes, que ya venían picando de cerca, tenían que multiplicarse para atropellarlas por distintos puntos, caracoleando los caballos, haciéndolos sentarse sobre los corvejones a la refrenada violenta, en la brusca enmienda de la carrera.

El rodeo crecía por momentos, alborotándose más y más con

los torrentes de bravura que por todas partes convergían hacia el paradero. Se levantaban las polvaredas, se encrespaba la gritería de los vaqueros.

—¡Jiloo! ¡Jiloo! Sujeta por ahí. ¡Oh! ¡Apretá! ¡Apretá!

Santos Luzardo contemplaba el animado espectáculo, con miradas enardecidas por las tufaradas de los recuerdos de la niñez, cuando al lado del padre compartía con los peones los peligros del levante. Sus nervios, que ya habían olvidado la bárbara emoción, volvían a experimentarla vibrando acordes con el estremecimiento de coraje con que hombres y bestias sacudían la llanura, y ésta le parecía más ancha, más imponente y hermosa que nunca, porque dentro de sus dilatados términos iba el hombre dominando la bestia y había sitio de sobra para muchos.

Ya estaba parado el rodeo. Eran centenares las reses congregadas. La faena había sido recia, los caballos jadeaban bañados de sudor, cubiertos de espuma, ensangrentados los ijares y muchos habían sido heridos por las cornadas de los toros; pero aún no había concluido, pues eran muchas las reses bravas y estaban inquietas, correteando por las orillas de la madrina o abriéndose paso entre ellas con furiosas arremetidas, venteando la sabana libre, ganosas de barajustarse, sin darle tregua a los sujetadores. Un clamoreo ensordecedor llenaba el ámbito de la llanura; los mugidos de las vacas que llamaban a sus becerros extraviados y los balidos lastimeros de ellos, buscándolas por entre la barahúnda: los bramidos de los padrotes que habían perdido el gobierno de sus rebaños y el cabildeo[30] con que éstos les contestaban; el entrechocar de los cuernos, los crujidos de los recios costillares, la gritería de los vaqueros enronquecidos.

Ya parecía que el ganado empezaba a darse. Comenzaban a reconocerse los padrotes de los distintos rebaños, y a medida que éstos se iban congregando en torno a aquéllos, se arremansaban los torbellinos de bravura y disminuía el cabildeo, dejando oír el canto apaciguador de los sostenedores. Ya éstos se habían acomodado en sus puestos, formando un gran círculo en torno al rodeo, mientras aquellos vaqueros que traían los caballos heridos se encaminaban a una mata cercana a cambiarlos por sus remontas, y ya Antonio iba a dar la orden de sacar los toros madrineros para proceder al aparte, cuando, de pronto, un descuido de uno de los sostenedores, que se había apeado para apretarle la cincha a la bestia, a tiempo que un toro se abría paso en el centro de la madrina con una arremetida impetuosa, precipitó la avalancha del barajuste.

—¡Apretá! —gritaron, a una sola voz, todos los que se dieron cuenta del peligro, y muchos vaqueros acudieron en tropel a contener la dispersión inminente.

Pero ya era tarde. Con un empuje formidable el ganado se había precipitado por la brecha en pos del toro que la abriera, y se disgregaba en puntas por la sabana.

—¡Maldita bruja! —exclamaron los peones de *Altamira*, atribuyendo el suceso a maleficios de doña Bárbara. Pero a Antonio no se le escapó que el aparente descuido del sostenedor —que era el Mondragón apodado *El Onza*— había sido acto deliberado.

En efecto, como advirtiese *El Onza* que eran muchas las vacas altamireñas cuyos becerros mamantones ostentaban ya el hierro fraudulento de *El Miedo*, se valió del pretexto de apretarle la cincha a su caballo en el preciso momento en que el toro, abriéndose paso por entre la madrina amenazaba llevársela en pos de sí.

Cara le resultó su adhesión a doña Bárbara, pues el barajuste lo arrolló con caballo y todo, y cuando se disipó la polvareda levantada por las pezuñas, los que acudieron al sitio donde él había caído sólo encontraron una masa informe, ya inerte, cubierta de sangre y tierra.

Entretanto, Santos Luzardo, arrebatado por el instinto llanero, le había dado rienda suelta a su caballo, sumándose al tropel de los vaqueros.

Alguien le gritó:

—Por aquella punta de mata va a reventar la hacienda y alante viene un toro de cuidado.

Era *Pajarote* que corría a reunírsele.

Hacia él acudían también Antonio y Carmelito y dos vaqueros de *El Miedo*. Todos traían la soga en la diestra preparados para enlazar al toro que había sido el causante del desbarajuste.

Santos abrió el lazo, buscando el claro de la punta de mata que indicara *Pajarote*.

Inmediatamente comenzó a desembocar por allí el tropel de la hacienda A los gritos de los vaqueros, rumbeó hacia arriba, buscando el vado de un caño que cortaba la sabana: pero del tumulto de reses se desprendió, ofreciendo pelea, un toro grande y bien armado.

—Ése es el melao frontino que hace dos años nos está dando brega —advirtió *Pajarote*—. Pero esta vez no se nos escapará.

El animal se detuvo un instante, correteó luego, de aquí para allá, con el cuello engrillado y la mirada zigzagueante sobre los hombres que lo acosaban por distintos puntos, y al cabo se disparó a lo largo de la orilla del monte que venía costeando Luzardo.

—Ábrale el lazo ligero, que ya lo tiene encima —gritó *Pajarote*.

A tiempo que Carmelito y Antonio, viéndole en peligro entre la mata y el toro, le aconsejaban, mientras corrían en su auxilio:

—Despéguese de la costa del monte, que el bicho lo va acosando.

—Sáquele el caballo de una vez.

Santos Luzardo no oía las advertencias; pero tampoco las necesitaba; no se le habían olvidado del todo las habilidades de los quince años. Con una rápida maniobra de jinete experimentado hurtó el encontronazo, cortándole el terreno al toro, y lanzó la soga por encima del anca del caballo. El orejano se la llevó en los cuernos y *Pajarote* exclamó entusiasmado:

—¡Y de media cabeza, por si hay exigentes por aquí!

En seguida, Santos paró en seco el caballo para que templara; pero se trataba de un toro de gran poder, que necesitaba más de una soga para ser derribado, y cuando ésta se tesó, vibrante, al formidable envión del orejano, la bestia, brutalmente tirada de la cola, se sentó sobre los corvejones, lanzando un gemido estrangulador, y ya el toro se revolvía contra ella, cuando Antonio, Carmelito y *Pajarote* lanzaron sus lazos, a un mismo tiempo, y un triple grito al verlos caer sobre los cuernos.

—¡Lo vestimos!

Templaron los caballos, vibraron las sogas y el orejano se aspeó sobre la tierra, levantando una polvareda.

Apenas había caído y ya tenía encima a los peones.

—Guayuquéalo tú, *Pajarote* —ordenó Antonio—, que yo lo mancorno, mientras Carmelito lo barrea.

Y Luzardo, acordándose de sus tiempos:

—Naricéenlo y cápenlo ahí mismo.

*Pajarote* se apodero del rabo del toro, se lo pasó por entre las patas traseras y tirando de él con todas sus fuerzas, se le sentó en los costillares, mientras Antonio lo mancornaba contra el suelo. Inutilizado así el orejano, antes de que hubiese tenido tiempo de reponerse del aturdimiento de la caída. Carmelito le taladró la nariz, le pasó por la herida el cabo de la soga nariceadora, lo castró de un tajo rápido y sabio, y le marcó las orejas con las señales de *Altamira*.

—Ya éste no nos dará más guerra —dijo, al concluir la operación—. Por ahora, peguémoslo a la pata de un palo.

—Es que este bigarro es luzardero consecuente y no quería que le fueran a poner otro hierro que el que llevó su mae —agregó *Pajarote*—. Estaba esperando que el amo viniera para entregársele en sus manos. Por eso no lo pudimos enguaralar la vaquería pasada.

—Y lo enguaralaron con lujo —concluyó Carmelito—. Si así enlazan los desacostumbrados, ¿qué nos dejarán para nosotros?

Y Antonio Sandoval, complacido en la proeza del amo:

—Llanero es llanero hasta la quinta generación.

Entretanto, doña Bárbara se acercaba, con la sonrisa en el rostro y diciendo:

—¡Ah, llanero bellaco que es usted! Y que se le habían olvidado las costumbres de su tierra.

Al hablar así, ni recordaba el desaire sufrido pocos momentos antes, ni tenía presente que ella también sabía, y mucho mejor que Luzardo, enlazar un toro y castrarlo en plena sabana.

Era solamente una mujer que le había visto ejecutar una proeza a un hombre interesante.

—Esto no lo he hecho yo solo, por lo tanto, no tiene mérito —

replicó Santos—. En cambio, usted, según ya he oído decir, tumba como el más hábil de sus vaqueros.

Doña Bárbara sonrió y repuso:

—Ya veo que le han hablado de mí. ¿Cuántas cosas le habrán dicho? Yo también podría contarle otras que tal vez no le habrán referido y que no dejan de tener interés. Pero ya habrá tiempo, ¿verdad?

—Tiempo no faltará, seguramente —repuso Luzardo, en un tono que la hiciera comprender el poco gusto que ponía en hablarle.

Sin embargo, doña Bárbara no lo interpretó así y se dijo: "Ya éste también cayó en el rodeo".

Pero Luzardo, aplicando espuelas para reunirse a sus peones, que ya se alejaban, después de haber amarrado el orejano al pie de uno de los árboles de la mata, la dejó plantada otra vez en medio de la sabana.

Permaneció un buen rato en el sitio, viendo alejarse al hombre esquivo, con la ilusionada sonrisa de triunfo en el rostro, y murmurando:

—Déjalo que se vaya. Ya ése lleva la soga a rastras.

Más allá, humillada la testuz contra el pie del árbol, el toro mutilado bramaba sordamente.

Doña Bárbara sonrió de otra manera.

# V

## *Las mudanzas de doña Bárbara*

Las singulares transformaciones que desde aquel día comenzaron a operarse en doña Bárbara provocaban entre la peonada de *El Miedo* comentarios socarrones.

—¡Ah, compañero! ¿Qué le estará pasando a la señora que ya no llega por aquí, como enantes, cuando se le revolvían las sangres del blanco y de la india, esponjada y gritona como una chenchena? Ni tampoco viene a tocar la bandurria y a contrapuntearse con nosotros, como le gustaba hacerlo cuando estaba de buenas. Ahora se la pasa metida en los corotos, hecha una verdadera señora, y hasta con el mismo don Balbino: ¡si te he visto, no me acuerdo!

—¡Ah caramba, compañero! ¿No sabe usted que a conforme es el pez, ansina tiene que ser el guaral? Este de ahora no es de los que andan en ribazones y caen de un tarrayazo zumbado de cualquier modo. Hay que trabajarlo fino de guaral, para que muerda la carnada.

Pero pasaban los días y Luzardo no aparecía por todo aquello.

—¡Ah, compañero, ese pez como que no ajila![31] Ni el aguaje se le ve por todo esto.

—Ése como que es de los que no se emborrachan ni que les embarbasquen[32] el agua —respondía el interpelado, aludiendo al bebedizo embrujador que doña Bárbara les daba a los hombres que enamorara, para destruirles la voluntad.

No faltó, tampoco, la alusión a las misteriosas veladas del cuarto de las brujerías:

—Y eso que "El Socio" no ha tenido descanso en todas estas noches. Hasta tarde lo han entretenido fuera de sus infiernos. Cualquier noche de éstas lo coge por el camino el menudeo de los gallos.

—¿Será que del lado de allá tienen la contra?

—O que del lado de acá se están acabando los poderes, a fuerza de tanto usarlos.

—¡Hum! No te creas —replicó Juan Primito—. La señora le dejó allá sus ojos, la mañana del rodeo en *Mata Oscura*, y él por más que se resista, tiene que venir a traérselos.

Todo esto era lo que se les podía ocurrir a los peones de la mujerona, sin mengua del respeto que les inspiraba y de la lealtad con que le servían, para explicarse las mudanzas operadas en ella.

Ella misma tampoco podría explicárselas, pues todo venía siendo obra de unos sentimientos, nuevos en su vida, sobre los cuales aún no tenía dominio.

Por primera vez se había sentido mujer en presencia de un hombre. Había ido al rodeo de *Mata Oscura* dispuesta a envolver a Santos Luzardo en la malla fatal de sus seducciones, a fin de que se repitiese en él la historia de Lorenzo Barquero; mas, aunque creía que sólo la animaban la codicia y. el implacable odio al varón, llevaba también, en la vehemencia del alma atormentada por ese sentimiento y en los apetitos de su naturaleza, hecha para el amor, el ansia insaciada de una verdadera pasión. Hasta allí todos sus amantes, víctimas de su codicia o instrumentos de su crueldad, habían sido suyos como las bestias que llevaban la marca de su hierro; pero al verse desairada una y otra vez por aquel hombre que ni la temía ni la deseaba, sintió —con la misma fuerza avasalladora de los ímpetus que siempre la habían lanzado al aniquilamiento del varón aborrecido— que quería pertenecerle, aunque tuviera que ser como le pertenecían a él las reses que llevaban grabado a fuego en los costillares el hierro altamireño.

Al principio fue una tumultuosa necesidad de agitación; mas no de aquella, atormentada y sombría, que antes la impulsaba a ejercitar sus instintos rapaces, sino una ansia ardiente de gozar de sí misma con aquella región desconocida de su alma que, inesperadamente, le había mostrado su faz. Los días enteros se los pasaba correteando por las sabanas, sin objeto ni rumbo, sólo por gastar el exceso de energías que desarrollaba su sensualidad enardecida por el deseo de amor verdadero en la crisis de los cuarenta, ebria de sol, viento libre y espacio abierto.

Al mismo tiempo, sin ser todavía, ni con mucho, la bondad, la alegría la impulsaba a actos generosos. Una vez repartió entre sus peones dinero a puñados, para que lo gastaran en divertirse. Ellos se quedaron viendo las monedas que llenaban sus manos, les clavaron el colmillo, las hicieron sonar contra una piedra y todavía no se convencieron de que fuese plata de ley. Con lo avara que era doña Bárbara, ¿quién iba a creer en su largueza?

Preparó un verdadero festín para agasajar a Santos Luzardo cuando éste concurriese al turno de vaquería en *El Miedo*. Quería abrumarlo a obsequios, echar la casa por la ventana, para que él y sus vaqueros saliesen de allí contentos y se acabara de una vez aquella enemistad que separaba a dueños y peones de los dos hatos.

La trastornaba la idea de llegar a ser amada por aquel hombre que no tenía nada de común con los que había conocido: ni la sensualidad repugnante que desde el primer momento vio en las miradas de Lorenzo Barquero, ni la masculinidad brutal de los otros, y al hacer esta comparación se avergonzaba de haberse entregado a amantes torpes y groseros, cuando en el mundo había otros como aquél, que no podían ser perturbados con la primera sonrisa que se les dirigiera.

Por un momento se le ocurrió valerse de sus "poderes" de hechicería, conjurar los espíritus maléficos obedientes a la voluntad del dañero, pedirle al "Socio" que le trajera al hombre esquivo: pero inmediatamente rechazó la idea con una repugnancia inexplicable. La mujer que había aparecido en ella la mañana de *Mata Oscura* quería obtenerlo todo por artes de mujer.

Pero como Santos Luzardo no aparecía por allá, ella andaba cavilosa, aunque siempre adornada y compuesta, paseándose por los corredores de la casa, con la vista fija en el suelo y los brazos cruzados sobre el pecho, o se le iban las horas junto al palenque, la mirada en el horizonte hacia los lados de *Altamira*, o se salía a vagar por la sabana. Pero ya el caballo no regresaba como antes, cubierto de espuma y ensangrentados los ijares. Todo había sido un sosegado errar pensativa.

A veces, no era la sabana el objeto de sus miradas, ni *Altamira* el de sus imaginaciones, sino aquel río y aquella piragua donde las palabras de Asdrúbal la hicieron sentir el primer estremecimiento de esta ansia de bien, que ahora quería adueñársele del corazón hastiado de violencias.

Por fin, una mañana vio a Santos Luzardo dirigirse hacia allá.

—Así tenía que suceder —se dijo.

Y al formular esta frase —tal como la pronunció, saturada de los sentimientos de la mujerona supersticiosa que se creía asistida de poderes sobrenaturales— la verdad íntima y profunda de su ser se sobrepuso al ansia naciente de renovación.

Santos se apeó del caballo bajo el cañafístolo plantado frente a la casa y avanzó hacia el corredor, sombrero en mano.

Una mirada debió bastarle a doña Bárbara para comprender que no eran de fundarse muchas esperanzas en aquella visita, pues la actitud de Luzardo sólo revelaba dominio de sí mismo; pero ella no atendía sino a sus propios sentimientos y lo recibió con agasajo:

—Lo bueno siempre se hace desear. ¡Dichosos los ojos que lo ven, doctor Luzardo! Pase adelante. Tenga la bondad de sentarse. Por fin que proporciona usted el placer de verlo en mi casa.

—Gracias, señora. Es usted muy amable —repuso Santos con entonación sarcástica, y, en seguida, sin darle tiempo para más zalamerías—: Vengo a hacerle una exigencia y una súplica. La primera, relativa a la cerca de que ya le he escrito.

—¿Sigue usted pensando en eso, doctor? Creía que ya se hubiera convencido de que eso no es posible ni conveniente por aquí.

—En cuanto a la posibilidad, depende de los recursos de cada cual. Los míos son por ahora sumamente escasos, y por fuerza tendré que esperar algún tiempo para cercar *Altamira*. En cuanto a la conveniencia, cada cual tiene su criterio. Pero, por el momento, lo que me interesa saber es si está usted dispuesta a costear a medias, como le corresponde, la cerca divisoria de nuestros hatos. Antes de tomar otro camino he querido tratar este asunto...

—¡Acabe de decirlo, hombre! —acudió ella con una sonrisa—: Amistosamente.

Santos hizo un gesto de dignidad ofendida, y replicó:

—Con poco dinero, que a usted no le falta...

—Eso del dinero que haya que gastar es lo de menos, doctor Luzardo. Ya le habrán dicho que soy inmensamente rica. Aunque también le habrán hablado de mi avaricia, ¿no es verdad? Pero si uno fuera a atenerse a las murmuraciones...

—Señora —repuso Santos, vivamente—. Le suplico que se atenga al asunto que le he expuesto. No me interesa en absoluto ni saber si usted es rica o no, ni averiguar si tiene los defectos que se le atribuyen o carece de ellos. He venido solamente a hacerle una pregunta y espero su respuesta.

—¡Caramba, doctor! ¡Qué hombre tan dominante es usted! —exclamó la mujerona, recuperando su expresión risueña, no por adornarse con zalamerías, sino porque realmente experimentaba placer en hallar autoritario a aquel hombre—. No permite usted que uno... digo, que una se salga del asunto ni por un momento.

Santos, reconociéndole un dominio de la situación que él empezaba a perder, obra de cinismo o de lo que fuere, pero en todo caso manifestación de una naturaleza bien templada, se reprochó la excesiva severidad adoptada y repuso, sonriente:

—No hay tal, señora. Pero le suplico que volvamos a nuestro asunto.

—Pues bien. Me parece buena la idea de la cerca. Así quedaría solucionada, de una vez por todas, esa desagradable cuestión de nuestros linderos, que ha sido siempre tan oscura.

Y subrayó las últimas palabras con una entonación que volvió a poner a prueba el dominio de sí mismo de su interlocutor.

—Exacto —repuso éste—. Estableceríamos una situación de hecho, ya que no de derecho.

—De eso debe saber más que yo, usted que es abogado.

—Pero poco amigo de litigar, como ya irá comprendiendo.

—Sí. Ya veo que es usted un hombre raro. Le confieso que nunca me había tropezado con uno tan interesante como usted. No. No se impaciente. No voy a salirme del asunto, otra vez. ¡Dios me libre! Pero antes de poderle responder tengo que hacerle una pregunta. ¿Por dónde echaríamos esa cerca? ¿Por la casa de *Macanillal*?

—¿A qué viene esa pregunta? ¿No sabe usted por dónde he comenzado a plantar los postes? A menos que pretenda que todavía ese lindero no esté en su sitio.

—No está, doctor.

Y se quedó mirándolo fijamente a los ojos.

—¿Es decir que usted no quiere situarse en el terreno... amistoso, como usted misma ha dicho hace poco?

Pero ella, dándole a su voz una inflexión acariciadora:

—¿Por qué agrega: como yo he dicho? ¿Por qué no dice usted amistoso, simplemente?

—Señora —protestó Luzardo—. Bien sabe usted que no podemos ser amigos. Yo podré ser contemporizador hasta el punto de haber venido a tratar con usted; pero no me crea olvidadizo.

La energía reposada con que fueron pronunciadas estas palabras acabó de subyugar a la mujerona. Desapareció de su rostro la sonrisa insinuante, mezcla de cinismo y de sagacidad, y se quedó mirando a quien así era osado a hablarle, con miradas respetuosas y al mismo tiempo apasionadas.

—¿Si yo le dijera, doctor Luzardo, que esa cerca habría que levantarla mucho más allá de *Macanillal*? En donde era el lindero de *Altamira* antes de esos litigios que no lo dejan a usted considerarme como amiga.

Santos frunció el ceño; pero, una vez más, logró conservar su aplomo.

—O usted se burla de mí o yo estoy soñando —díjole, pausadamente, pero sin aspereza—. Entiendo que me promete una restitución; mas no veo cómo pueda usted hacerla sin ofender mi susceptibilidad.

—Ni me burlo de usted ni está soñando. Lo que sucede es que usted no me conoce bien todavía, doctor Luzardo. Usted sabe lo que le consta y le cuesta: que yo le he quitado malamente esas tierras de que hablamos; pero, óigame una cosa, doctor Luzardo; quien tiene la culpa de eso es usted.

—Estamos de acuerdo. Mas, ya eso tiene autoridad de cosa juzgada, y lo mejor es no hablar de ello.

—Todavía no le he dicho todo lo que tengo que decirle. Hágame el favor de oírme esto: si yo me hubiera encontrado en mi camino con hombres como usted, otra sería mi historia.

Santos Luzardo volvió a experimentar aquel impulso de curiosidad intelectual que en el rodeo de *Mata Oscura* estuvo a punto de moverlo a sondear el abismo de aquella alma, recia y brava como la llanura donde se agitaba, pero que tal vez, también como la llanura, tenía sus frescos refugios de sombra y sus plácidos remansos, alguna escondida región incontaminada, de donde salieran, de improviso, aquellas palabras que eran, a la vez, una confesión y una protesta.

En efecto, sinceridad y rebeldía de un alma fuerte ante su destino era cuanto habían expresado aquellas palabras de doña Bárbara, pues al pronunciarlas no había en su ánimo intención de engaño ni tampoco blanduras sentimentales en su corazón. En aquel momento había desaparecido la mujer enamorada y necesitada de caricias verdaderas; se bastaba a sí misma y se encaraba fieramente con su verdad interior.

Y Santos Luzardo experimentó la emoción de haber oído a un alma en una frase.

Pero ella recobró en seguida su aspecto vulgar para decir:

—Yo le devuelvo esas tierras, mediante una venta simulada. Dígame que acepta, y en seguida redactamos el documento. Es decir: lo redacta usted. Aquí tengo papel sellado y estampillas. La autenticación y registro lo haremos cuando usted disponga. ¿Quiere que busque el papel?

Entretanto, Luzardo había juzgado propicio el momento para abordar el segundo objeto de su visita y repuso:

—Espere un instante. Le agradezco esa buena disposición que me demuestra, porque la ha precedido usted de unas palabras que, sinceramente, me han impresionado: pero ya le había anunciado que eran dos los objetos que perseguía al venir a su casa. En vez de restituirme esas tierras, que ya las doy por restituidas, moralmente, haga otra cosa que yo le agradecería más: devuélvale a su hija las de *La Barquereña*.

Pero la verdad íntima y profunda hizo fracasar el ansia de renovación.

Doña Bárbara volvió a arrellanarse en la mecedora de donde ya se levantaba, y con una voz desagradable y a tiempo que se ponía a contemplarse las uñas, dijo:

—¡Hombre! Ahora que la nombra. Me han dicho que Marisela está muy bonita. Que es otra persona desde que vive con usted.

Y el torpe y calumnioso pensamiento que se amparaba bajo el doble sentido de la palabra "vive", pronunciada con una entonación malévola, hizo ponerse de pie a Santos Luzardo con un movimiento maquinal.

—Vive en mi casa, bajo mi protección, que es una cosa muy distinta de lo que usted ha querido decir —rectificó, con voz vibrante de indignación—. Y vive bajo mi protección porque carece de pan, mientras usted es inmensamente rica, como hace poco me ha dicho. Pero yo me he equivocado al venir a pedirle a usted lo que usted no puede dar: sentimientos maternales. Hágase el cargo de que no hemos hablado una palabra, ni de esto ni de nada.

Y se retiró sin despedirse.

Doña Bárbara se precipitó al escritorio en cuya gaveta guardaba el revólver, cuando no lo llevaba encima; pero alguien le contuvo la mano y le dijo:

—No matarás. Ya tú no eres la misma.

# VI

## *El espanto del "Bramador"*

Jueves Santo. Día de abstinencia de carne de animales terrestres, porque la tierra es el cuerpo del Señor que está agonizando en la Cruz, y quien come las carnes que de ella se nutren, profana y martiriza con sus dientes el propio cuerpo de Dios. Día de no trabajar; ni en la sabana, ni en el corral, porque esto arruinaría para toda la vida; día de soltar las queseras, porque la leche batida en días santos no cuaja y se convierte en sangre. Día solamente de pescar galápagos, cazar caimanes y castrar colmenares.

Lo primero tenía por objeto procurarse la comida predilecta del llanero por Jueves y Viernes Santos, y lo segundo obedecía a la tradicional costumbre de aprovechar el descanso de aquellos días para hacer batidas en los caños poblados de caimanes, tanto por limpiarlos de ellos cuanto porque el almizcle y los colmillos de caimán, cogidos en tales días, poseían mayores virtudes curativas y eran más eficaces como amuletos.

Ya estaba tendida la palizada que, disimulada con ramas, atravesaba el caño de una a otra orilla, dejando en el centro un espacio abierto o "puerta", y ya estaban apostados junto a ella los "porteros", con el agua a la cintura, mientras, cauce arriba, los apaleadores, provistos de largas varillas y gritando hasta desgañitarse, azotaban la superficie del caño, a fin de ahuyentar, curso abajo, cuanto ser viviente ocultasen las turbias ondas.

Agazapados detrás de las ramas, y con las manos dentro del agua, preparadas para juntarlas rápidamente, una sobre la otra, al sentir que entre ellas les pasara la presa codiciada, los "porteros" acechaban en silencio, y a veces una repentina contracción de los músculos de la cara o un fugaz empalidecimiento era cuanto indicaba que un caimán les pasaba por entre las manos inmóviles.

Santos se detuvo a presenciar el temerario deporte, y en obra de pocos momentos vio llenarse de galápagos un jagüey que al efecto había sido abierto en la playa arenosa del caño. Luego se dirigió hacia donde estaba el resto de la peonada entregada a la cacería de caimanes.

Como todos los de la llanura, era aquel caño un criadero de caimanes, a cuyas tarascadas habían perecido varias reses por aquellos días, por lo cual Antonio lo había elegido para la tradicional batida del Jueves Santo.

Los cazaban a tiros o los arponeaban desde la orilla, pero cuando Luzardo llegó hacía rato que habían cesado los disparos, y una gran cantidad de aquellos terribles habitantes del caño esteraban la playa, panza arriba.

—¿Se acabó ya la fiesta? —preguntó Antonio—. El doctor venía con ganas de echar un tirito.

Los cazadores, silenciosos todos y retirados de la orilla, pero atentos a algo que sucedía dentro del caño, hiciéronle señas de silencio, y Antonio después de haber echado una mirada en la dirección que indicaba aquella actitud espectante, díjole a Luzardo:

—¿Ve aquellas dos taparas que están flotando en medio del caño? Debajo de ellas están dos hombres esperando que se aboye un caimán para alancearlo por el codillo, bajo el agua. Ésa es la cacería que tiene más mérito y de seguro que son *Pajarote* y *María Nieves* esos que ahí están entaparados.

—Ellos son —repuso Carmelito—. Y nada menos que contra el *Tuerto del Bramador*, que se ha dejado chusiar[33] hasta por aquí.

Era aquel caimán contra el cual Luzardo había intentado disparar en el sesteadero del palodegua, el día de su llegada. Terror de los pasos del Arauca, de sus víctimas —gentes y reses— se había perdido la cuenta. Se le atribuían siglos de vida, y como siempre saliera ileso de los proyectiles, que rebotaban en su recio dorso, se había formado la leyenda de que no le entraban balas porque era un caimán encantado. Su apostadero habitual era la boca del caño *Bramador*, ahora en términos de *El Miedo*, pero desde allí dominaba el Arauca y sus afluentes, haciendo por ellos largas incursiones, de las cuales regresaba con la panza repleta a hacer su laboriosa digestión, adormitando al sol de las playas del *Bramador*, que eran para él seguro abrigo a causa de que doña Bárbara, supersticiosa del embrujamiento que se le atribuía, tenía prohibido que se le atacara, tanto más cuanto que, remontando el caño, eran reses de *Altamira* su ración preferida.

—No ha debido consentir, Carmelito, en que *Pajarote* y Mana Nieves arriesguen así la vida —dijo Santos—. Hágales señas de que se salgan de ahí.

—Sería inútil en este momento —intervino Antonio—, porque los agujeros de las taparas, que es por donde ellos pueden ver, están para el otro lado. Además, ya es tarde. Ahora no se pueden ni mover siquiera. Cerquita de ellos viene aboyándose el caimán. Mírele el aguaje.

En efecto, a pocos metros de las taparas, la tersa superficie del caño comenzaba a rizarse levemente.

—¡Sh! —hicieron todos los circunstantes, a un tiempo, agachándose, para que no los descubriera el caimán.

Con la majestad de su vejez y de su ferocidad, el caimán sacó a flor de agua, lentamente, la horrible cabeza y el dorso enorme, blindado de recias escamas en cresta.

Las taparas se movieron lentamente hacia la orilla opuesta del caño, como si las arrastrase una suave corriente, y se oyó el desahogo de la respiración contenida de los espectadores, a tiempo que Antonio murmuró, quedo:

—Ya se le pusieron del lado del ojo tuerto.

Las taparas continuaron deslizándose hacia el caimán, y aunque éste no las veía, por estar completamente abollado y con el ojo sano atento hacia la playa, todavía no había pasado el peligro, pues ya los hombres estaban al alcance de la tarascada y la más leve imprudencia les costaría la vida.

En efecto, de pronto el saurio volvió la cabeza y se quedó mirando aquello que flotaba a flor de agua. Tres rifles lo apuntaron desde la playa, poniendo al azar de una puntería la vida de los hombres próximos a la fiera, y ya ésta iba a sumergirse de nuevo, cuando un brusco vaivén de las taparas indicó que *Pajarote* y María Nieves las abandonaban, jugando el todo por el todo, para lanzarse al asalto, que era la única esperanza de salvación que ya les quedaba.

Se produjo un borbollón de aguas fangosas, se agitó en convulsiones una masa enorme, se levantó varias veces en el aire una cauda formidable, produciendo un estruendo al caer sobre el agua, y, finalmente, el caimán se volteó y se quedó inmóvil, a flote la blanca panza descomunal, sangrantes los codillos alanceados, a tiempo que *Pajarote* y María Nieves sacaban por allá las cabezas, exclamando:

—¡Dios y hombre!

Y un clamor unánime en la orilla, celebrando la proeza:

—¡Se acabó el espanto del *Bramador*!

—Así se irán acabando todas las brujerías de *El Miedo*, porque ahora aquí tenemos la contra.

# VII

## *Miel de aricas*

El algarrobo del paso vibra como un arpa melodiosa entre el zumbido de las aricas.

Encaramados en las ramas donde ellas han formado sus colmenas, los nietos de Melesio las ahuyentan con el humazo pestilente de unos mechones de sebo, y los morenos panales van pasando de las manos de los muchachos a las de sus hermanas, reunidas al pie del árbol.

Huyen todas lanzando agudos chillidos si a alguna se le enreda entre el cabello una abeja furiosa; pero luego vuelven muertas de risa y disputándose la golosina dulce y picante.

—Ya tú cogiste. Ahora me toca a mí.

—No. ¡A mí! ¡A mí!

Son siete las que están disputándose los panales, porque Genoveva, la mayor, se ha quedado conversando con Marisela en el caney donde están los bancos en torno a la mesa. Mejor dicho, con los codos sobre ésta y la cara entre las manos, se ha quedado oyendo lo que le cuenta Marisela.

—De mañanita me levanto a bañarme. ¡Sabrosa esa agua friíta! Si oyera, el alboroto que se forma, porque mientras el agua me cae encima, yo estoy canta que canta, y junto conmigo los gallos y las gallinas, y los patos, y las guacharacas que se paran en el samán.

Despúes me voy a la cocina a ver si ya han colado el café, y en cuanto Santos sale de su cuarto, ya le estoy llevando una taza del más tinto, cerrero, porque así es como le gusta. Despúes a arreglar la casa. Las manos me quedan ardiendo de tanto darle a la escoba. Si hay que remendar, remiendo, y luego me pongo a estudiar las lecciones. Ya cuando va a ser la hora de que él regrese de la sabana, me meto otra vez a la cocina a prepararle su comida, porque le tiene asco a la cocinera y no come sino lo que yo le preparo. Es maniático con la limpieza. Tengo que estar todo el día detrás de las moscas y espantando las gallinas para que no se metan en la casa. Ya las tengo acostumbradas a poner en sus nidales. Siempre trae flores de la sabana; pero ya los floreros están llenos con las que yo recojo por los alrededores de la casa. Al principio yo quería poner flores hasta en el techo. ¡Y ese abejero dentro de la casa! ¡La carcajada que soltó cuando vio aquello! Yo me puse brava, pero despúes comprendí que tenía razón. ¡Ah! ¿Qué te cuento, chica? ¿No sabes que ayer se me metieron los indios en la casa? Yo estaba íngrima y sola en ese momento, porque él se había ido con papá y los peones, y las mujeres de la cocina estaban lavando en el cañito. Cuando de pronto oigo que dicen: "Comadre, amarra tus perros." Me asomo y veo que son como veinte yaruros que se han metido en la sala, muy sí señores. Ya tenían sus flechas en los rincones y para adentro era que iban.

—¿Y no te dio miedo, mujer?

—¿Miedo? Les salí al encuentro, gritándole: "¡Fuera de aquí atrevidos! ¿Por qué se meten sin pedir permiso? Ya les voy a soltar los perros." ¡Los pobrecitos! Eran unos indios mansos que andaban recogiendo changuango por la sabana y se acercaron a la casa a pedir sal y papelón. Tú sabes que para ellos no hay mejor regalo que un pedazo de papelón. Pero ¡ay si se le da a uno más que a otro! Es necesario repartírselo por igual. Pero yo, haciéndome la brava: "¡Cochinos! ¡Atrevidos! ¡Miren cómo me han puesto el suelo con sus pies sucios! Ojalá vinieran los cuibas que andan por ahí." Fue como si les hubiera nombrado el diablo. Pelaron los ojos y me preguntaron: "¿Comadre, tú has visto cuibas?" Pero... ¿por qué te cuento esto? ¡Ah! Ya sé. Si hubieras visto lo preocupado que se puso Santos cuando supo que los indios me habían sorprendido sola en casa. Hasta en la noche, tomándome las lecciones, todavía estaba pensativo.

Genoveva se la queda mirando en silencio. Ella se azora y sonríe.

—No. No es lo que te imaginas. No hay nada de eso. ¡Jesús! ¿Qué me ves tanto, mujer?

—Que estás muy bonita. Aunque no te cogerá de sorpresa, porque ya te lo habrán dicho bastante.

—Pues, para que veas: ni por ahí te pudras.

—No lo creo. Hoy, por lo menos, alguna flor te han echado.

—Las que acabas de echarme tú. Lo que me dice es que soy muy inteligente. Ya me tiene fastidiada de oírselo. A veces me dan ganas de no estudiar las lecciones, a ver si así cambia el tono. Pero ¿qué tanto me ves, chica?

—El camisón, que te queda muy bien.

—Con tus favores. Pero no te creas que no sé lo que estás pensando.

En seguida cuenta lo de los dibujos de Santos y ambas ríen durante largo rato del "garrufío que tenía en el cuello la muñeca que él pintó". Luego Genoveva baja la vista, tamborilea con los dedos sobre la mesa y al cabo de un rato dice:

—¡Qué afortunada eres, a pesar de todo!

—¡Hum! —hace Marisela—. ¡Cuidado, pues!

—¿Cuidado de qué?

—¡Tú sabes lo que quiero decirte!

—Yo ¿qué voy a saber, mujer?

—No seas hipócrita. Confiésame. Tú también estás enamorada de él.

—¡Enamorada del doctor una percusia como yo! —exclamó Genoveva—. ¿Estás loca, mujer? Es un mozo muy simpático; pero no se ha hecho la miel para el burro.

Y Marisela, preguntando lo que ya le han dicho, sólo por el placer de decirlo ella también:

—¿Verdad que es muy simpático?

Pero involuntariamente sus palabras han tenido la entonación con que se habla del bien imposible y al oírse advierte que ella también se ha estado haciendo ilusiones, pues todo menos amor podría revelar la conducta de Santos para con ella: severidad de padre o maestro, cuando le daba consejo o le hacía advertencias, o camaradería de hermano mayor cuando estaba de humor chancero, y si a veces, por quedarse mirándolo ella en silencio, él también callaba y la miraba a los ojos, la sonrisa que se dibujaba en su rostro tenía tal aire de superioridad que la dulce zozobra de amor se le convertía a ella en vergüenza. Además, y especialmente durante aquellos últimos días, Santos no hablaba en la mesa sino de sus amigas de Caracas, ya no para proponérselas como ejemplo, sino para deleitarse recordándolas, sobre todo a una, Luisana Luján, cuyo nombre no pronunciaba sin que en seguida no se quedara pensativo.

—Yo también digo como tú, Genoveva: no se ha hecho la miel para el burro.

Y ahora son dos quienes tamborilean sobre la mesa, mientras las aricas que revolotean por allí se van apoderando de los panales, a cuya picante dulzura ya no acuden los dedos golosos.

Carraspea Marisela, disimulando nudos de llanto, y Genoveva pregunta:

—¿Qué te pasa, mujer?

—Que me arde la garganta de tanto panal que he comido.

Y Genoveva concluye:

—Eso malo tiene la miel de las aricas. Es muy dulce, pero abrasa como un fuego.

# VIII

## *Candelas y retoños*

Ya se había escuchado, allá en el fondo de las mudas soledades, el trueno que anuncia la aproximación de la entrada de aguas; ya estaban pasando hacia el occidente las rumazones de nubes que van a condensarse sobre la cordillera, donde comienzan las lluvias que luego descienden a la llanura, y ya estaba el fusilazo del relámpago al ras del horizonte en las primeras horas de la noche.

El verano empezaba a despedirse con el canto de las chicharras entre los chaparrales resecos, amarilleaban los pastos hasta perderse de vista y bajo el sol ardoroso se rajaban como fauces sedientas las terroneras de los esteros. La atmósfera, saturada del humo de las quemas que comenzaban por las sabanas, se inmovilizaba en calmas sofocantes durante días enteros, y sólo a ratos, como anhelosos resuellos de fiebre, soplaban breves ráfagas ardientes.

Aquella tarde había llegado a su apogeo la modorra de la canícula. La reverberación solar poblaba de espejismos la sabana y en la abrumadora quietud del desierto sólo se movía la vibración del aire enrarecido, cuando de pronto, y a tiempo que los pastos se abatieron al soplo de una racha huracanada, empezó a suceder algo extraño; bandadas de aves palustres que volaban hacia el sotavento lanzando graznidos de pánico, numerosas yeguadas, reses sueltas o en madrinas que corrían en la misma dirección, unas rumbo a los corrales del hato, otras hacia el horizonte abierto, en precipitada fuga.

Ya para abandonarse al sopor de la siesta a la sombra del corredor delantero de la casa, como advirtiese aquel raro movimiento del bestiaje, Santos Luzardo se preguntó en alta voz:

—¿Por qué vendrá el ganado buscando los corrales a estas horas?

Y Carmelito, que ya por dos veces se había acercado hasta allí a explorar la sabana como si esperase algo, explicó:

—Es que ha venteado la candela. Mire. Por allá, detrás de aquella punta de mata, viene reventando el fuego. Por aquí detrás ya se ve también la humasera. Todo eso viene ardiendo, de *Macanillal* para acá.

Ideas rudimentarias, profundamente arraigadas en el hombre de los campos venezolanos, e impotencia de los escasos pobladores de la llanura ante la enormidad de las tierras que reclamaban sus esfuerzos, aconsejan el empleo del fuego, cuando ya se avecinan los primeros aguaceros del año, como único medio eficaz para que renazcan vigorosos los pastos agostados por la sequía y para destruir el gusano y los garrapatales arruinadores del ganado, y es costumbre, casi obligación de solidaridad, que todo llanero le pegue candela a los pajones secos que encuentre a su paso, así pertenezcan a fincas ajenas.

Pero Santos no había permitido que se hicieran tales quemas en *Altamira*, por considerar perjudicial el rudimentario procedimiento del fuego, y contra las opiniones de Antonio Sandoval se empeñó en hacer la experiencia de recurrir a la rotación de los rebaños, para acabar con los garrapatales, y de esperar a que los pastos se renovasen por sí solos cuando comenzaran las lluvias, para comparar los resultados, mientras estudiaba la manera de introducir un sistema racional de cultivos de las praderas.

Debido a esto, seco todo *Altamira*, el fuego tenía que propagarse con violencia, y en efecto, a poco el rojo anillo se corrió por el horizonte, y cundió en obra de momentos por todo el vasto paño de sabana. Los chaparrales oponían, acá y allá, una desesperada resis-

tencia; pero se precipitaban sobre ellos las llamas, girando y silbando enfurecidas, se encrespaban en la refriega, se empenachaban
de negras humaredas, resonaba el tiroteo del estallido de los bejucos
y cuando ya aquel núcleo de resistencia había desaparecido, el fuego
victorioso volvía a cerrar filas y proseguía el avance rápido, amena-
zando rodear las casas.

Éstas no corrían peligro, gracias a los contrafuegos naturales de
los medanales y paraderos de ganado que las circundaban; pero el
aire ardiente que soplaba sobre ellas se hacía irrespirable por momentos.

—Parece que esto hubiera sido hecho de propósito —observó
Santos.

—Sí, señor —murmuró Carmelito—. Esas candelas como que
no vienen para acá por cuenta de ellas solas.

Era el único peón que estaba por allí. Los demás, incluso Antonio Sandoval, se habían ido después del almuerzo a continuar la batida de los caños poblados de caimanes, y se había quedado
rondando en torno a la casa, como si montara guardia, porque un
veguero con quien se encontró de camino la noche anterior le había
comunicado que, estando en la pulpería de *El Miedo*, oyó conversar
a los Mondragones de algo que por allá se fraguaba contra *Altamira*
para el día siguiente.

Se reservó la noticia, porque quería darle a Santos, él solo, una
prueba inequívoca de su lealtad; pero sin hacer ostentación de ella.

—Por muchos que sean los que vengan de allá —se había
dicho—, entre el doctor y yo, él con su rifle y yo con mi recortado,
no los dejaremos acercarse.

Pero ahora acababa de comprender que eran aquellas candelas
lo que debía de venir de *El Miedo*, y se dijo:

—Menos mal, porque a éstas las atajan los peladeros de la sabana.

Las atajaron en efecto, pero cuando, roto en lenguas errantes
por los medanales y abandonado del viento en la calma del atardecer, se extinguió, por fin, el incendio, el vasto paño de sabana car-
bonizado que se extendía hasta el horizonte bajo un cielo fuliginoso

era un paisaje fúnebre iluminado por una hilera de antorchas agonizantes, allá en *Macanillal*, donde habían sido plantados los postes para la cerca. Fue la rebelión de la llanura, la obra del indómito viento de la tierra ilímite contra la innovación civilizadora. Ya la había destruido y ahora reposaba como un gigante satisfecho, resollando a rachas que levantaban torbellinos de cenizas.

Pero al día siguiente, y durante varios consecutivos, el incendio reapareció por distintos puntos. Las cimarroneras, desalojadas de sus breñales, se regaron por todas partes, aumentando el peligro a que se exponían los sabaneros en el apresurado pique de los rebaños para conducirlos a comederos inaccesibles al fuego; se dio el caso de que se atarrillaran hatajos enteros de bestias salvajes en la huida continua, y el ganado manso que no se alzó al contagio de los cimarrones regresaba por las tardes a los corrales extenuado y hambriento.

Sólo se salvaron del fuego aquellos paños de sabana que estaban defendidos por los caños que surcaban la finca: pero costó trabajos inauditos lograr que se refugiara en ellos la hacienda que no se hubiera dispersado por los hatos vecinos.

—Esto es obra de doña Bárbara —afirmaban los peones de *Altamira*—. Aquí nunca se habían visto quemazones como ésta.

Y *Pajarote* propuso:

—Denos permiso, doctor Luzardo, y un par de cajas de fósforos, que es todo lo que necesitamos yo y mi vale María Nieves para pegarle fuego a *El Miedo* por los cuatro costados.

Pero, una vez más, el enemigo de las represalias replicó:

—No, *Pajarote*. Procuraremos capturar a los culpables, si realmente los hay, para remitírselos a las autoridades a fin de que se les aplique el castigo consiguiente.

Y hasta Lorenzo Barquero, saliéndose de su habitual ensimismamiento, aconsejó las represalias.

—¿Si es que los hay, dices? ¿Dudas todavía de que todo esto no sea obra de tu enemiga? ¿No es de los lados de *El Miedo* de donde viene el fuego?

—Sí. Pero para hacer una acusación de esa naturaleza necesito estar seguro y hasta ahora no tengo sino simples presunciones.

—¿Acusación? ¿Y quién ha dicho que se necesite acudir a las autoridades? ¿No eres un Luzardo? Haz lo que siempre hicieron todos los Luzardos: mata a tu enemigo. La ley de esta tierra es la bravura armada; hazte respetar con ella. Mata a esa mujer que te ha jurado la guerra. ¿Qué esperas para matarla?

Era la brusca rebelión del hombre, el rencor de largos años sepultado dentro del alma envilecida, algo viril, por fin, brutal; pero con todo, menos innoble, menos abyecto que aquella relajación de la dignidad que lo había hecho entregarse al alcohol para olvidarse de su miseria. Ya esta saludable reacción había comenzado desde los primeros días de su estada en *Altamira*, pero hasta entonces no se había atrevido a hacer la más remota alusión a doña Bárbara. Su conversación giraba exclusivamente dentro de los recuerdos de su época de estudiante, y en la minuciosidad que ponía en estas evocaciones, citando nombres y señales fisonómicas de sus amigos de entonces y puntualizando los mínimos detalles de las cosas o sucesos a que se refiriera se advertía cierto angustioso empeño. A veces se le iban de pronto las ideas hacia el tema que no debía ser tratado; pero cortaba a tiempo las frases y, para que Santos no advirtiese la solución de continuidad, se perdía en divagaciones desconcertantes, y en circunloquios plagados de contrasentidos, dando con todo esto, la impresión de que las ideas corrieran por entre los escombros de su cerebro como sombras locas, buscándose y evitándose al mismo tiempo. Ahora, por primera vez, aludía a la mujer causante de su ruina, y Santos le vio brillar en las pupilas una ferocidad delirante.

—No es para tanto, Lorenzo —díjole, y en seguida, para desviar el enojoso asunto—: Cierto es que el fuego viene de *El Miedo*, pero también es verdad que de algún modo soy culpable, pues si no me hubiera opuesto a las quemas parciales establecidas por la costumbre, todas las sabanas no habrían ardido a la vez. El ensayo de rotación de los pastos ha sido una innovación que había de resultarme cara; la llanura ha campado por los fueros de la rutina.

Pero ya Lorenzo Barquero tenía una pasión cuya enardecedora intensidad podía suplir la falta del latigazo del alcohol cuando le fallara la voluntad de reconstruir su vida y le parpadeara la luz de la inteligencia, produciendo aquella danza de sombras locas que se buscaban y se evitaban a la vez por entre los escombros de su cerebro, y fue inútil que Santos se empeñara en disuadirlo de aquella idea homicida.

—No. Déjate de frases. Aquí no hay sino dos caminos: matar o sucumbir. Tú eres fuerte y animoso y podrías hacerte temible. Mátala y conviértete en el cacique del Arauca. Los Luzardos no fueron sino caciques y tú no puedes ser otra cosa, por más que quieras. En esta tierra no se respeta sino a quien ha matado. No le tengas grima a la gloria roja del homicida.


Entretanto, en *El Miedo* también retoñaban las viejas raíces. Después de aquel fracasado intento de reconstrucción de su vida, la tarde de la entrevista con Luzardo, doña Bárbara había pasado días de humor sombrío, entregada a maquinar venganzas terribles, y noches enteras en el cuarto de las conferencias con "el Socio"; pero como éste no acudiera al conjuro, su irascibilidad era tal que nadie se atrevía a acercársele.

Interpretando esto como signo de una guerra definitivamente declarada a Santos Luzardo, Balbino Paiba fraguó el plan de las quemas de *Altamira* para recuperar los perdidos favores de la amante, anticipándose a los designios que le atribuía, y encargó la ejecución a los Mondragones supervivientes, que otra vez habitaban la casa de *Macanillal* y eran las únicas personas que en *El Miedo* obedecían órdenes suyas; pero como mantuvo en secreto su iniciativa por aquello del "Dios libre a quien se atreva contra Santos Luzardo", doña Bárbara, a su vez, interpretó los incendios que asolaban *Altamira* como obra de los "poderes" que la asistían, puesto que la destrucción de la cerca con que Luzardo pretendía ponerle límites a sus desmanes no había sido sino realización de un deseo suyo, y se apaciguó en la confianza de que así caerían a su debido tiempo, las otras vallas que la separaban del hombre deseado y que, cuando ella lo quisiese, éste iría a entregársele con sus pasos contados.

Realmente, parecía como si una influencia maligna reinara en *Altamira.* Después de la afanosa brega del día, picando los ganados sedientos para acostumbrarlos a los bebederos que no se hubieren secado, exponiendo la vida entre las cimarroneras esparcidas, aún había que estar alerta por las noches contra el ataque de los zorros rabiosos, que recorrían en manadas las sabanas y se metían en las casas, y contra las serpientes, que también las invadían huyendo del fuego. Y como si todo eso fuese poco, al entrar en la casa tener que soportar el desagradable espectáculo que ahora daba Lorenzo Barquero, con su rencor impotente vibrándole en la voz tartajosa y con su empeño de que él se lanzara por el camino de las represalias contra doña Bárbara, para que pusiera su brazo al servicio del deseo vengativo que ahora le hervía en el pecho.

Finalmente, y para colmo, Marisela. Despechos de su ilusionado amor estaban convirtiéndola en una criatura desagradable. En su lenguaje habían reaparecido todas las exclamaciones vulgares y las palabras incorrectamente pronunciadas que tanto trabajo había costado hacérselas abandonar, y era un chaparrón de gruñidos soltados de propósito en cuanto abría la boca para responder a algo que él le preguntara, un plan premeditado de hacer todo lo que pudiese desagradarle, un mal humor perenne y un chocante replicar en cuanto él insinuaba alguna advertencia:

—¿Y por qué no me deja dir otra vuelta para mi monte, pues?


Pero, entretanto, seguían pasando las rumazones de nubes, cada vez más espesas, se iba haciendo más frecuente el fusilazo del relámpago nocturno al ras del horizonte y todas las madrugadas se las pasaba cantando el carrao, que anuncia la estación lluviosa.

Observando las señales del tiempo, dijo por fin Antonio:

—Ya está lloviendo en la cordillera. Ahorita cambia el relámpago y no tarda en venir el barinés.

En efecto, al día siguiente, después de una calma sofocante, empezó a soplar el desagradable viento que baja del alto llano barinés, anuncio seguro de la entrada de aguas. Cambió el relámpago,

se oyó el mugido del trueno hacia el Bajo Apure y pronto empezaron a verse plumas de aguaceros lejanos que corrían por la sabana,
allá hacia el Cunaviche, donde se iban condensando y convirtiendo
en chubascos acompañados de violentas tempestades. Nubarrones
plomizos cubrían de un momento a otro todo el cielo, un viento
huracanado los abatía sobre la sabana, se desgajaba entre ellos el
árbol del rayo con un continuado estruendo ensordecedor y en obra
de instantes toda la sabana se llenaba de charcas.

Y un día amaneció toda verde.

—No hay mal que por bien no venga —dijo Antonio—. Las
candelas dejaron nuevecita a *Altamira*. Ahora retoñarán los pastos
con fuerza, porque, dígase lo que se quiera, para eso no hay como
las quemas, y cuando empiece la vaquería general todo esto estará
cuajadito de hacienda, porque la propia volverá a sus comederos y
la ajena vendrá a pagar las reses que mataron las candelas.

Volvieron las cimarroneras a sus acostumbrados refugios, las
greyes mansas al sosegado errar por sus comederos habituales y las
yeguadas a los alegres retozos de sus rochelas. Volvió el cuatro a
las manos de los peones, por las noches, bajo el caney, y Marisela a
los buenos modales y a las lecciones, bajo la lámpara de la sala.

Y todo fue como los retoños después de las candelas.

# IX

## *Las veladas de la vaquería*

Ya era tiempo de proceder a la vaquería general de entrada de aguas. La costumbre, creada por la falta de límites cercanos y consagrada por las leyes de Llano, establece que los hatos colindantes trabajen la hacienda en comunidad, una o dos veces al año. Consisten estas faenas en una batida de toda la región para recoger los rebaños esparcidos por ella y proceder a la hierra de orejanos, y se van haciendo por turnos en las distintas fincas, bajo la dirección de un jefe de vaquerías, que se elige previamente en una asamblea compuesta por las distintas agrupaciones de vaqueros. Duran varios días consecutivos y constituyen verdaderos torneos de llanerías, pues cada hato se esmera en enviar a aquel donde se haga la batida sus peones más diestros, y ellos llevan sus bestias más vaqueras, ostentando sus mejores aperos, y se esfuerzan en lucir todas sus habilidades de centauros.

Empezaban a menudear los gallos cuando comenzó en *Altamira* el bullicio de los preparativos. Pasaban de treinta los peones con que contaba ahora el hato y además estaban allí otros tantos vaqueros de *Jobero Pando* y *El Ave María*.

Ensillaban de prisa, pues había que caerle al ganado en sus dormideros antes de que empezara a disgregarse y, entretanto, se reclamaban a gritos los trebejos que no encontraran a mano.

—¡Mi mandador![34] ¿Dónde está, que no lo encuentro? Vaya soltándolo el que lo tenga porque es muy conocío: tiene una jachuela en la punta y si se la pican la conozco por el cortao.

—¿Qué hubo del cafecito? —voceaba *Pajarote*—. Ya el día viene rompiendo por la punta y nosotros todavía dando vueltas por aquí.

Y a su caballo, mientras le apretaba la cincha:

—Vamos a ver, castaño-lucero, cómo te portas hoy. Mi soga está más tiesa que pelo'e negro; pero no la engraso, porque la nariz de un salenco viejo que vamos a aspear entre los dos en cuanto rompa el levante me la va a dejar suavecita, que ni pelo'e blanco.

—Apuren, muchachos —reclamaba Antonio—. Y los que tengan caballos chucutos crinejeen de una vez porque vamos a llegar picando.

—Ch'acá el cafecito, señora Casilda —decían acudiendo a la cocina los que ya habían ensillado.

Un fuego alegre, de leñas resinosas, chisporroteaba en el fogón entre las negras topias[35] que sostenían la olla. Cantaba dentro de ésta el hervor de la aromática infusión y en las manos de Casilda no descansaba la pichagua con que la trasegaba al colador de bayeta,[36] pendiente del techo por un alambre, mientras las otras mujeres se ocupaban en enjuagar los pocillos y en llenarlos y ofrecérselos a los peones impacientes, y durante un rato reinó en la cocina la animación de las frases maliciosas, de los requiebros crudos y picantes de los hombres, de las risas y réplicas de las mujeres.


Bebido el café —después de lo cual no caería en los estómagos de aquellos hombres, hasta la comida de la tarde al regreso al hato, sino el cacho[37] de agua turbia y la amarga saliva de la mascada del tabaco—, partió el escuadrón de vaqueros con Santos Luzardo a la cabeza, alegres, excitados por las perspectivas de la jornada apasionante, cruzándose chistes y reticencias maliciosas, recordándose mutuamente percances de anteriores vaquerías donde arriesgaron la vida entre las astas de un toro y estuvieron a punto de morir despanzurrados bajo el caballo, estimulándose unos a otros con hazañosos desafíos.

—Vamos a ver quién se pega conmigo —decía *Pajarote*—. He hecho la apuesta de aspear veinte bichos yo solo, y las gandumbas serán la prueba.

Recia fue la brega y duró hasta el mediodía. Los lazos no descansaron en las manos de los vaqueros, muchos caballos quedaron muertos, y los que no sucumbieron apenas podían sostenerse sobre sus remos calambreados; pero ya el rodeo estaba parado y quieto, porque también las reses estaban despeadas de tanto corretear. Sólo los hombres estaban enteros todavía, derechos sobre las bestias jadeantes, insensibles al hambre y a la sed, roncos de gritar, pero aún cantando, alegres, las tonadas que apaciguan el rebaño.

Promediaba la tarde cuando Antonio dio orden de que se procediera al aparte. María Nieves penetró en el rodeo gritando a los novillos madrineros, y éstos, que ya conocían la voz del cabestrero[38] y estaban acostumbrados a la operación, salieron del rebaño a detenerse en el sitio donde se formaría la madrina del hato, que era el primer lote que se separaba.

Y como si nada hubiera sido aquella recia brega del levante, todavía el aparte dio ocasión para lucir habilidades llaneras, coleando y tumbando los toros entre madrina y madrina.

Luego se procedió a apartar las reses de *El Miedo* y del hato de *Jobero Pando*, formando así las madrinas llamadas de los vaqueros. Finalmente, como aparecieran algunos novillos y vacas paridas marcados con el hierro del hato de *La Amareña*, que no había tomado parte en la vaquería por estar situado a gran distancia de *Altamira*, Balbino Paiba comenzó a apartarlos.

Santos Luzardo presenciaba la operación sin proferir una palabra, pero cada vez que pasaba una res amareña le miraba el hierro, y en seguida el que ostentaba el caballo que montaba Paiba. Éste se impacientó, al cabo, y lo interpeló:

—¿Por qué cada vez que pasa un bicho me le mira el doctor el anca al caballo?

—Porque ese caballo ha venido a correr por su hierro y no me parece que ése sea el que tienen todos los bichos que está apartando usted.

Mas al oír sus propias palabras le parecieron ajenas. Así se habría expresado Antonio o cualquier otro llanero genuino; así no hablaba el hombre de la ciudad.

Balbino tuvo que dar una explicación:

—Estoy autorizado para llevarme las reses de *La Amareña*.

Y entonces sí replicó el hombre de la ciudad:

—Muéstreme esa autorización, pues mientras no compruebe que procede en derecho, no podrá sacar de aquí una res ajena.

—¿Se piensa usted quedar con ellas entonces?

—No debería darle explicaciones a un insolente como usted —le respondió—. Pero, sin embargo, se las daré: errando libres por la sabana han llegado hasta aquí esas reses y así se irán hasta *La Amareña*, si de allá no vienen a buscarlas.

—¡Caramba! —exclamó Paiba—. ¿Usted como que piensa cambiar las costumbres del Llano?

—Justamente. Eso me propongo. Acabar con ciertas costumbres del Llano.

Y Balbino Paiba tuvo que conformarse con que Santos, después de haberle quitado el negocio que pensaba hacer con las reses altamireñas, no lo dejara ahora llevarse aquellas otras, que no eran muchas, pero algo le habrían producido, una vez "cachapeados" los hierros como él sabía hacerlo.


Ya venía entrando en la manga[39] la madrina y era el momento más emocionante. El animalaje bravío se arremolinaba dentro de las palizadas, que se iban estrechando en embudo hasta caer en la puerta de la majada,[40] acosado por los caballos, que compartían el ardor del jinete en el dominio de la res, y entre la polvareda que levantaban los cascos y las pezuñas, y por encima del estruendo del entrechocar de los cuernos, de los balidos de los mautes, de los bramidos de los padrotes, del piafar y de las repechadas pujantes de las bestias, se alzaba la gritería ensordecedora de los vaqueros:

—¡Ahacá! ¡Apretá! ¡Apretá!

Atropellaban de cerca, empujando el ganado renuente a entrar en el corral, metiéndole el anca de los caballos, sin darle espacio para las arremetidas, sosteniendo el empuje de las revueltas, lanzando el grito en el esfuerzo del chaparrazo:

—¡Jilloo!

Terminó el encierro, corriéronse los tranqueros del corral, quedándose los vigilantes entonando sus coplas y los demás se dirigieron a las casas a desensillar y bañar sus caballos.

—¡Te portaste, castaño-lucero! —díjole al suyo *Pajarote*, palmeándole el pescuezo—. Por tu banda no pasó ni un bicho que no se llevara su merecido. Y eso que esta mañana te llamaron matalón los envidiosos de *El Miedo.* Yo lo que siento es no haber podido descubrir quién fue el que lo dijo, para cobrárselo en tu nombre.

La vuelta del trabajo animaba el patio de los caneyes. Al atardecer llegaban los vaqueros en grupos bulliciosos, empezaban a decirse algo entre sí y terminaban cantándolo en coplas, pues para cada cosa que se necesite decir hay en el Llano una copla que ya lo tiene dicho y lo expresa mejor, porque la vida es simple y desprovista de novedades, y porque los espíritus son propensos a las formas pintorescas de la imaginación.

Después de bañar los caballos y acomodarlos donde hubiera buen pasto, volvían al patio, donde ya estaba prendido el fogón y la ternera en los asadores, exhalando su apetitoso olor. En la cocina se proveían de un poco de "ají de leche", unos topochos y unas yucas salcochadas, y con esto y con la carne asada, de pie o acuclillados en torno al fogón, saciaban el hambre de sus estómagos sobrios después de no haber probado durante todo el día sino la taza de café de la madrugada.

Y entre un bocado y otro, episodios de la faena, malicias y fanfarronadas, el dicho hiriente de la broma cordial y la respuesta pronta y aguda, el pasaje de la pintoresca vida del vaquero y del encaminador, del hombre de los rudos trabajos y las marchas pacientes, con la copla en los labios.

Luego, mientras allá, en torno a los corrales, rondan por turno los veladores, cantando y silbando continuamente, porque todavía el ganado está inquieto, venteando la sabana libre, y un barajuste repentino puede llevarse las palizadas; aquí, bajo los caneyes, la otra velada bulliciosa: el cuatro y las maracas, el corrido y la décima. La poesía naciendo.

Generalmente son *Pajarote* y María Nieves, éste con el cuatro y aquél con las maracas, quienes improvisan alternativamente.

> *Cuando Cristo vino al mundo*
> *fue en un caballo alazano.*
> *Iba perdiendo la vida*
> *por coger un orejano.*
> *Cuando Cristo vino al mundo*
> *fue por el mes de agosto.*
> *¡Cómo se pondría ese Cristo*
> *de manirito y jojoto!* [41]

Y así, cada cual apoyándose en un verso del otro y en cada copla la llanura, la musa ingenua y chispeante del hombre en contacto con la naturaleza, saltaba, en la agilidad de las réplicas, de lo tierno a lo picaresco, de lo risueño a lo trágico, sin pausas ni titubeos mientras hubiera cuerdas en el cuatro y capachos en las maracas, pues si el ingenio se agotaba o no venía pronto la ocurrencia, para salir del apuro se echaba mano de Florentino. Florentino el araucano, el gran cantador llanero que todo lo dijo en coplas y a quien ni el mismo Diablo pudo ganarle la apuesta de a cuál improvisara más, que una noche vino a hacerle disfrazado de cristiano, porque aquél, cuando ya no le alcanzaba la voz, sobrándole todavía el ingenio, y faltando poco para que los gallos comenzasen a menudear, le nombró en una copla las Tres Divinas Personas y lo hizo volverse a sus infiernos, de cabeza con maracas y todo. [42]

Y los cuentos de *Pajarote*:

—Candela fea la que vi una noche, navegando por el Meta. Asina, sobre un ribazo, miramos de pronto unas luces, y creyendo que eran casas, nos acercamos a la orilla a ver si se encontraba algo que comer, porque se nos había acabado el bastimento y el hambre nos llevaba trozados. El ribazo era un médano, y las luces ¿qué creen ustedes que eran? Un solo rollo como de mil culebras —¡Ave María Purísima!— que se estaban restregando unas contra otras en el arenal. Era asina como cuando se frota un fósforo entre los dedos.

—No sea ponderativo, vale —dícele María Nieves.

—¡Ah, caramba! ¡Es que usted no ha visto nada, indio! Métase por esos ríos para que vea cosas raras. Eso es lo mismo que el pasaje que les he contado otras veces, de cuando estuve trabajando en la pesca de la tortuga en el Orinoco.

—¿Cómo es eso? —pregunta uno de los peones nuevos.

—¡Guá! Que un día del año, ahora no recuerdo cuál, al punto de medianoche, pasa un viejito en una curiara,[43] íngrimo y solo y sin que nadie haya podido descubrir todavía quién es ni de dónde sale. Algunos dicen que es Nuestro Señor Jesucristo en persona. Lo cierto es que se para en una punta de playa y pega un leco,[44] que lo oyen todas las tortugas del Orinoco, desde las cabeceras, allá más arriba del Roraima, hasta las bocas. Ésa es la señal que esperan las tortugas para salir a poner sus huevos en la arena de las playas. Ahí mismito se empieza a oír el trueno de los millones de carapachos tropezando unos contra otros. Y ésa es también la señal que esperan los que saben para salir a cazarlas mansitas.

Y antes de que se rompiese en risas el momentáneo silencio de credulidad:

—¿Y de lo del Dorado que vieron los españoles? Yo también lo he mirado. Ese resplandor que algunas noches se distingue desde aquí, por los lados donde cae el Meta.

—Ésas son quemazones de la sabana, *Pajarote*.

—No, señor, vale Antonio. Yo le aseguro a usted que ése es el Dorado que mientan esos libros que usted me leyó una vez. Sobre el Meta se ve clarito y grande, como una ciudad de oro.

—Este *Pajarote* lo ha mirado todo —comenta uno, y los demás sueltan la risa.

—¿Cómo fue, vale, que se salvó usted de que lo fusilaran? —pregunta María Nieves.

—¡Ése es bueno! —exclaman los que conocen el cacho—. Échalo, *Pajarote*, que aquí hay muchos que no te lo han oído.

—Pues que habíamos caído en manos de los revolucionarios del Gobierno, y como nosotros les habíamos dado mucho que hacer en dondequiera que nos los tropezábamos —y *Pajarote* carga la fama—, a mí me habían colgado las mías y las ajenas, y ya estaba resuelto que me iban a fusilar. Eso fue cerca de las bocas del Apure y estaba el río de monte a monte. La gente que me cargaba preso se llegó hasta la orilla, para que bebieran las bestias. Todos íbamos cubiertos de barro hasta las narices y al capitán de la compañía le dieron ganas de bañarse; pero en la orillita, porque no era bueno de agua. Se me ocurrió mi idea y dije, de modo que él me escuchara:

"— ¡Ah, capitán, para tener bríos! Yo en el pellejo de él no me estaría bañando ahí tan tranquilo, con la caimanada que hay en ese río".

Me oyó el hombre y como cuando uno empieza a hacer la diligencia para salir de un mal paso, ahí mismo está Dios haciéndose cargo de lo demás, se le ocurrió también al capitán su idea, que no era muy bendita, y me preguntó:

"— ¿Y usted no es llanero, pues?"

"— Sí, señor, mi capitán —le respondí mansito—. Llanero soy, pero de a caballo, que no es la misma cosa. A mí, búsqueme usted en la tierra; pero en el agua no me encontrará nunca, ni en la orillita".

Me lo creyó el hombre, porque estaba de Dios que así sucediera; y para divertirse conmigo, o para no tener que pasar el mal rato de fusilarme, mandó que me quitaran el cabo de soga con que me tenían amarrado y me echaran al agua para que me bañara, diciéndome:

"— Acérquese, amigo, para que se lave las patas, no vaya mañana a ensuciar el cielo cuando San Pedro lo mande pasar adelante."

Los soldados echaron a reírse, y yo me dije: "Te salvaste, *Pajarote*".

Y seguí haciendo mi papel:

"— ¡No, mi capitán! ¡Por vía suyita! Yo prefiero que me fusilen, si ésa es mi suerte, antes que morir comido por un caimán".

Pero él les gritó a los soldados:

"— Echen al agua a ese cobarde". Y me zumbaron al río para que me ahogara. Eso fue del lado de allá del Apure. Hice como si me hubiera ido de cabeza...

*Pajarote* deja en suspenso el cuento, y uno del auditorio reclama:

—¿Qué hubo, pues, vale? ¿Va a dejar el cacho sin punta?

—Pero ¿no me está viendo del lado de acá?, vine a sacar la cabeza en la otra orilla y les grité: "No dejen de hacerme pasar un susto como éste otro día". Me hicieron que sé yo cuántos tiros; pero ¿quién alcanza a *Pajarote* cuando es hora de decir: ¡Pata!, ¿pa'qué te quiero?[45]

—Y tú, ¿por qué estabas alzado? —pregunta Carmelito.

—Por descansar de la brega con la cimarronera y porque ya las totumas estaban llenas, de tanta paz que había habido, y era hora de repartir los centavos.

Las totumas, es decir: la hucha del llanero. A propósito de la guerra y de la distribución de la riqueza, *Pajarote* tenía ideas muy llaneras.


Sábado por la noche. Velada de amanecer bailando.

Se desocupó el caney sillero, se barrió y se regó convenientemente el piso y en cada horcón se puso un candil. Ya se estaban friendo los chicharrones y Casilda tenía preparados el carato de acupe y el dulce de ciruelas. Había, además un cuarterón[46] de aguardiente. Ya había llegado Ramón Nolasco, el de Las Piñas, que era el mejor arpista de todo el cajón del Arauca; de maraquero y cantador se trajo al tuerto Ambrosio, que, después de Florentino, era el improvisador más competente que por allí se conocía.

Llegaron las alegres cabalgatas de muchachas del paso del *Algarrobo*, del *Ave María* y de *Jobero Pando*. Los bancos colocados al hilo de la horconadura del espacioso caney, no dieron abasto para el mujerío.

Marisela hace los honores de la casa. Va y viene de aquí para allá. Todas tienen algo que decirle y todas se lo dicen al oído.

Ella se sonroja, suelta la risa y replica:

—Pero, ¿de dónde sacan ustedes eso?

Y de grupo en grupo va recogiendo bromas y lisonjas.

—¿De veras? —insiste Genoveva—. ¿Nada?

—Nada. Y ahora menos que nunca. En estos días se ha puesto muy antipático.

—No puedo creértelo. Con lo bonita que estás.

—Ya te contaré.

Ya el arpista está afinando y el tuerto Ambrosio le ha dado dos o tres sacudidas a las maracas.

—¡Oiga, compañero! —exclama *Pajarote*—. Ese hombre es una novedad con los capachos.[47]

—¿Y qué me dices del arpa? ¡Escucha cómo cantan esas primas!

Ramón Nolasco le hace una seña al maraquero. Éste tose, para aclararse el pecho, escupe por el colmillo y:

—Ahí va el son de la Chipola[48] —anuncia.

Y rompe a cantar, a tiempo que los hombres se precipitan a los bancos a sacar parejas.

> *Chipolita, dame el seno,*
> *que yo me quiero ensená.*
> *Antes que otro se acomode*
> *yo me quiero acomodá.*

Y comienza el joropo, con un paso animado que hace revolar las faldas de las mujeres.

Sólo Marisela se ha quedado sentada. Santos, que era el único que podía sacarla, porque a tanto no se atrevían los peones, ni se le ha acercado siquiera. Él tampoco baila.

Cantan las primas entre el ronco gemido de los bordones, y las oscuras manos del arpista, al recorrer las cuerdas, son como dos negras arañas que tejen persiguiéndose. Poco a poco el golpe[49] se va asentando en una cadencia melancólica de música voluptuosa. Los bailadores no se mueven de un palmo de tierra, marcando el compás con la cintura. El chischear de las maracas milagrosas tiene pausas de angustia y una y otra vez el cantador insiste:

*Si el Santo Padre supiera*
*la revuelta de Chipola,*
*se quitaría el balandrán,*
*dejaría la iglesia sola.*[50]

Es el anuncio de la "revuelta" que ya está preparando el arpista. Por fin, los dedos virtuosos saltan de las primas a los bordones y de éstos a aquéllas, los bailadores lanzan un grito de placer satisfecho y el joropo vuelve al movimiento primitivo. La tierra retumba bajo el escobilleado frenético y las parejas, sueltas en las figuras, se persiguen por entre la confusión. Se enlazan de nuevo y otra vez revuelan las faldas en los giros finales del golpe.[51]

Las mujeres a los bancos y los hombres al cuarterón de aguardiente. La bebida aumenta la animación y *Pajarote* pide:

—El son del zamuro, Ramón Nolasco. Ya va a ver cosa buena, doctor. ¡Señora Casilda! ¿Dónde está la señora Casilda? Venga acá. Hágase la muerta para que la concurrencia vea cómo este zamuro le come los piazos.

Era el son del zamuro —uno de los muchos que llevan nombres de animales— un baile con pantomima que se toca cuando hay algún gracioso que quiera hacer de hazmerreír. Consiste la pantomima en imitar, al compás de la música, los grotescos movimientos que hace el zamuro antes de lanzarse al festín que le depara la res muerta en la sabana. *Pajarote* tenía fama de ser el mejor bailador de zamuros de todos aquellos contornos, y, en efecto, lo ayudaba mucho lo canilludo y desgalichado que era. En cuanto a Casilda, que en la pantomima hace el papel de muerto, era la única pareja que para ello podía prestarse. Siempre dispuesta a secundar las humoradas de *Pajarote*, no había baile donde ellos estuvieran y no se tocara aquel golpe.

Les despejaron el caney y el arpista rompió el son:

*Zamuros de la barrosa*
*del alcornocal de Abajo.*

*Ahora verán, señores,*
*al Diablo pasá trabajo.*
*Zamuros de la barrosa*
*del alcornocal del Frío.*
*Albricias pido, señores,*
*que ya Florentino es mío.*

Eran las coplas del legendario desafío entre el Diablo y el famoso cantador araucano.

Plantada en el centro del caney, rígido el cuerpo y cerrados los ojos, Casilda llevaba el compás con movimientos de los hombros, mientras *Pajarote* le bailaba en torno, con grotescos movimientos de los brazos y grandes zancadas, que imitaban el batir de alas y los saltos recelosos del ave inmunda alrededor de la carroña.

Los espectadores se desternillaban de risa: pero Santos no se divertía, y al cabo de un rato dijo:

—Basta, *Pajarote*. Ya nos has hecho reír bastante.

El arpista cambió de son y el baile continuó. Otra vez Marisela se había quedado sentada. Santos oía el cuento que le echaba Antonio, de cierta famosa ocurrencia de *Pajarote*, y éste se había acercado a ellos cuando, de pronto, irrumpió Marisela, proponiéndole:

—¿Quiere bailar conmigo, *Pajarote*?

—¿Muerto, quieres misa? —exclamó el peón, a manera de respuesta; pero, en seguida, a la mirada de Antonio, agregó—: Eso me queda grande, niña Marisela.

—Baila —díjole Santos—. Baila con ella.

Marisela se mordió los labios y *Pajarote* se la llevó entre los brazos, gritándole de paso al arpista:

—Apréciese, Ramón Nolasco, y sacuda bien los capachos, tuerto Ambrosio, que de oro debieran ser. Aquí va *Pajarote* con la flor de *Altamira*, sin tenérselo merecido. ¡Abran campo, muchachos, abran campo!

# X

## *La pasión sin nombre*

—Genoveva. ¡Chica! ¡Lo que me ha ocurrido!

—¿Qué, mujer de Dios?

—Ven para contarte. Allí junto al palenque, donde nadie nos oiga. Tócame las manos. Óyeme el corazón.

—¡Ah! Ya sé: que te ha dicho, por fin.

—No. Ni una palabra. ¡Te lo juro! Fui yo quien me le declaré.

—¡Mujer! ¿Los venados corriendo detrás de los perros?

—Lo hice sin pensarlo. Óyeme. Yo estaba muy brava con él porque no me sacaba a bailar.

—Y para darle celos fuiste a convidar a *Pajarote*. Sí. Todas nos fijamos. Y después el doctor le pidió una palomita[52] a *Pajarote* y bailó contigo.

—Pero déjame contártelo. Yo estaba muy brava, como te digo, tan brava que se me salían las lágrimas. De pronto él se me queda viendo y yo, para disimular, para que no fuera a creer que estaba resentida, me sonreí. Pero no como quería sonreírme. ¿Comprendes?

—Sí. Ya me figuro cómo te sonreirías.

—Pues bien. ¿Sabes lo que me ocurrió entonces para remediar la cosa? Echarla a perder más de lo que ya estaba: me lo quedé mirando y le dije: "¡antipático!".

Se sonroja y agrega:

—¿Qué te parece, chica? ¿Has visto mujer más lista que yo?

La exclamación revela ingenuidad; pero a Genoveva le ha cruzado por el pensamiento otra idea: "— ¡Como no vaya a resultar lo que dice mi taita!: 'Quien lo hereda no lo hurta' ".

—¿Qué te pasa, Genoveva? ¿Por qué te has quedado pensativa? ¿Crees que he hecho mal?

—No, chica. Esperaba que me siguieras contando.

—¿Qué más? ¿Te parece poco? ¡Si se lo había dicho todo con esa sola palabra!

—¿Y él lo comprendería así?

—Con decirte que perdió el compás, él, que tiene tanto oído para el baile. No me respondió una palabra, no volvió a mirarme a los ojos... Es decir, yo no sé si volvió a mirarme, porque después de aquello no me atreví a levantar más los míos.

Vuelve a quedarse pensativa, Genoveva. Marisela guarda silencio también, mientras sus miradas se hunden en las claras lejanías de la sabana, dormida bajo el fulgor lunar. De pronto palmetea y exclama:

—¡Se lo dije! ¡Se lo dije todo! Ya por mí no será.

A tiempo que Genoveva le pregunta:

—¿Y ahora, Marisela?

—¿Ahora qué? —inquiere, como si no entendiera, y, en seguida—: ¡Pero, chica! ¿Qué iba a hacer yo? Ponte en mi caso: todo el día he estado con la ilusión de este baile, pensando: Hoy me dice. Además, ya te repito: se me escapó sin quererlo. Tú misma tienes la culpa, pues cada vez que nos encontrábamos me preguntabas: "¿Todavía no te ha dicho?" Y, últimamente, tú lo que estás es celosa.

—No, Marisela. Es que estoy pensando en ti.

—¿Con esa cara tan preocupada, cuando yo estoy tan contenta?

*Pajarote*, que venía en busca de Genoveva porque ya habían comenzado a tocar la pieza que bailaría con ella, interrumpió la confidencia.

Marisela se quedó junto al palenque esperando a que también viniesen a invitarla; pero como no venían, las palabras de Genoveva aprovecharon la ocasión:

—¿Y ahora, Marisela? ¿Crees que todo puede seguir como venía, después de lo que ha sucedido? ¿Te imaginas que has resuelto la situación con haberte lanzado a decir lo que no se atrevían a declararte? ¿No ves que, por el contrario, la has complicado? ¿Con qué cara te le presentarás mañana a Santos si esta misma noche no se te acerca él a confesarte que te ama? Y no viene. No vendrá en toda la noche. ¡Qué chasco te has llevado! Y todo por no saber disimular lo que sientes. Imagínate lo que habrá pensado de ti. Él, que es tan... ¡antipático!

—Ya sé lo que soy. Ya me lo has dicho otra vez.

—¡Ah! ¿Estaba usted ahí?

—Sí. Aquí estoy. ¿No me ves?

—¿Por qué viene en puntas de pie a oír lo que una esté pensando?

—Ni he venido así, ni tampoco tengo el don de oír lo que los demás piensen. Ahora, cuando se piensa en alta voz, se corre el riesgo de que los demás se enteren.

—Yo no he dicho nada.

—Pues, entonces, yo tampoco he oído.

Pausa. Pero ¿hasta cuándo irá a estar callado? No parecía tan tímido. ¿Será necesario sacarle las palabras?

—Bueno.

—¿Qué?

—Nada.

—Pues nada —y se sonríe.

—¿De qué se ríe?

—De nada —y sigue riendo.

—¡Guá! Será loco, pues.

—Dicen que las lunas llaneras perturban el juicio.

—Allá usted. Yo el mío lo tengo muy sano.

—Sin embargo, eso de enamorarse de *Pajarote*, así sin reflexionar, no deja de ser una locura. Bien está *Pajarote* para lo que es; mas, para novio tuyo...

—¡Guá! ¿Y por qué no, pues? ¿No era yo un bicho del monte cuando usted me recogió? "Pa'quien es su pae, buena está su mae", como dice el dicho.

—Ya sabía yo que esta noche sería de guás y de refranes vulgares; pero se te descubre a la legua que lo haces de propósito. De modo que, si quieres engañarme, inventa algo más ingenioso.

—¿Y usted por qué no ha inventado, también, algo más ingenioso que eso de que yo esté enamorada de *Pajarote*? Ahora soy yo quien se ríe. ¡La discípula cogiéndole las cáidas al maestro!

—No digas "cáidas".

—Los gazapos, pues... ¿Está mal dicho también?...

—No —responde él, y se queda contemplándola, y luego le pregunta—: ¿Has terminado de reírte?

—Por ahora sí. Diga otra cosa, de esas tan ingeniosas que a usted se le ocurren, a ver si me vuelven las ganas. Diga, por ejemplo, que ha venido a pararse aquí, junto al palenque, a pensar en una de esas amigas que dejó en Caracas, que no era propiamente amiga, sino novia.

—Pues, si vas a reírte de mí...

—Aunque no lo diga. Ya me estoy riendo otra vez. ¿No oye?

—Sigue. Sigue. Me agrada tu risa.

—Pues entonces me pongo seria otra vez. Yo no soy mono[53] de nadie.

—Y yo me acerco más a ti y te pregunto: ¿me quieres, Marisela?

—¡Te idolatro, antipático!

Pero esto no sucedió sino en la imaginación de Marisela. Quizá habría sucedido realmente si Santos se hubiera acercado al palenque; mas no apareció por todo aquello.

Pero ¿quién ha dicho que sea necesario que él se me declare? ¿No puedo seguir queriéndolo por mi cuenta? ¿Y por qué ha de llamarse amor el cariño que le tengo? ¿Cariño? No, Marisela. Cariño se le puede tener a todo el mundo y a muchas personas a la vez.

¿Adoración?... Pero ¿por qué razón todas las cosas deben de tener un nombre?

Y en la complicada simplicidad de su espíritu así quedó resuelta la dificultad.

Por lo demás, bien podía ser el amor de Marisela algo que estuviera a igual distancia de lo simple, material, del apetito, como de lo simple, espiritual, de la adoración. La vida, inclinándolo a uno u otro lado, determinaría la forma futura, pero en aquel punto de equilibrio entre la realidad y el sueño, era, todavía, la pasión sin nombre.

# XI

## *Soluciones imaginarias*

Lo extraño fue que a Santos Luzardo también se le ocurrieron soluciones imaginarias. Con la fría imparcialidad de que se revestía para analizar sentimientos suyos y situaciones difíciles que de ellos dependiesen, se planteó el caso, sentándose al escritorio, despejándolo de la barahúnda de papeles y libros que sobre él había dejado poco antes, poniéndolos en orden, uno sobre otro y separados estos de aquellos, como si se tratase de distinguir y analizar lo que eran y contenían, libros de Derecho y papeles de la contabilidad del hato, y apoyando las manos sobre unos y otros, cual si necesitara exteriorizar y convertir en cosas inertes los sentimientos sobre los cuales era menester reflexionar, dijo, mirando lo que tenía bajo la izquierda:

—Que Marisela se ha enamorado de mí, es evidente, y perdóneseme la vanidad. Era lógico que así sucediera: "los años, la ocasión..." Es bonita, un verdadero tipo de belleza criolla, simpática, interesante como alma, compañera risueña y sin duda útil para un hombre que haya de llevar indefinidamente esta vida de soledad y de esperanzas entre peones y ganados. Hacendosa, valiente para afrontar situaciones difíciles. ¡Pero... esto no puede ser!

Y movió la mano sobre el papel como para borrar lo que allí estuviese escrito. Luego, asentando más la diestra sobre los libros:

—Aquí no hay nada más sino una simpatía muy natural, y el deseo, desinteresado, de salvar una pobre muchacha condenada a una triste suerte. Acaso, cuando más, una necesidad, puramente espiritual, de compañero femenino. Pero si esto puede dar origen, más tarde, a complicaciones sentimentales, lo prudente es ponerle remedio en seguida.

Retiró las manos de libros y papeles, y reclinándose en el asiento, con la cabeza echada hacia atrás, prosiguió su monólogo mental:

—Marisela no debe continuar en casa. Claro que volver al rancho del palmar, ni por un momento. Sería entregársela a míster Danger. ¿Si ese par de tías viejas que tengo en San Fernando consintieran en recibirla? Marisela les sería muy útil, y ellas, en cambio, le harían un gran favor. Acabarían de educarla, completarían la obra emprendida por mí, con esos toques que a un alma de mujer sólo manos de mujer pueden darle: esa ternura que le falta, ese fondo del corazón hasta donde yo no he podido llegar. En cuanto a Lorenzo, claro está que no voy a exigirle a mis tías que lo reciban también. Se quedará aquí, conmigo. Ya que me lo he echado encima, con él tengo que cargar hasta el fin. Que no estará muy distante, por lo demás. Por eso, también, hay que ir buscándole soluciones al problema de Marisela. Vivo Lorenzo, aunque sea metido dentro de ese cuarto de donde ya no quiere salir ni para sentarse a la mesa, la convivencia de Marisela conmigo está justificada; pero muerto el padre, las cosas cambiarían de aspecto. Además, Marisela será para mí una impedimenta que no me dejará disponer de mi vida libremente. Si resuelvo, por ejemplo, regresarme a Caracas o irme a Europa, como antes lo pensaba y ya vuelve a ocurrírseme, por momentos, ¿qué hago con Marisela? Abandonarla así como así, no sería humano. Hasta cierto punto, yo he contraído un deber moral al emprender la obra de su educación, he cambiado el destino de un alma. Ella era la presa que ya míster Danger había elegido y por ese camino iba a seguir los pasos de la madre. ¿Voy a decirle ahora: revuélvete, sigue por donde ibas?

Enciende un cigarrillo. Grato es pensar mirando desvanecerse el humo en el aire, sobre todo cuando los pensamientos se van desvaneciendo a medida que son formulados.

—¡Nada! La única solución es que las tías consientan en recibir a Marisela. Pero antes hay que preparar el terreno, personalmente, porque escribirles sería tiempo perdido. Ya me imagino la exclamación al terminar la carta: "¡Una hija de *La Dañera* en casa!" Explicarles el caso y persuadirlas de que pueden recibirla sin escrúpulos de conciencia ni temor de maleficios.

Tira el cigarrillo, que ha dado, de pronto, un humo amargo y con movimientos de atención ausente de ellos se pone a arreglar los papeles de modo que no sobresalgan el uno del otro, mientras se dice, ya no mentalmente, sino con palabras emitidas.

—Pero para ir a San Fernando es necesario esperar a que termine la vaquería. Por ahora no puedo moverme de aquí. Entretanto, si a la casita de *El Bruscal* se le pudieran hacer reparaciones, allí podría vivir Lorenzo con su hija.

—¡Antonio!

—Antonio no está por aquí —responde por allá Marisela.

Y —¡cosa extraña!— el problema ha desaparecido de pronto, o, por lo menos, la necesidad apremiante de resolverlo en seguida.

¿Acaso, con lo que había descubierto la noche anterior, al sacar a Marisela a bailar habían cambiado, realmente las cosas? ¿La ingenuidad misma de aquella tácita confesión de amor que ella hiciera al decirle "¡antipático!" no le daba al amor de Marisela un carácter especial, cierta diafanidad de sentimientos infantiles, ante los cuales resultaban desproporcionados sus escrúpulos?

Quizá, también, la clara voz que le había respondido por allá dentro hízole pensar, involuntariamente, en días venideros de casa sola y silenciosa.

Esto o aquello, o ambas a la vez, lo cierto fue que Santos Luzardo concluyó así sus reflexiones:

—¡Hombre! Bien está que me ocupe en buscarle una solución al problema, pero no con tanta prisa. Un poco más y resulto tan timorato como mis tías. ¿Qué inconveniente hay en que Marisela viva bajo el mismo techo que yo, próxima y lejana, como hasta ahora ha vivido? Hasta cierto punto esto le añadiría un encanto mayor a la vida: un amor que no exija sino la mutua conciencia de que existe, que no cambie las cosas ni él tampoco pueda ser modificado por ellas. Algo suficiente por sí solo, que no necesite convertirse ni en palabras ni en obras. Algo así como la moneda de oro del avaro, que es quizá el más idealista de los hombres. La riqueza toda sueños, la seguridad de que nunca se comprará con ella una desilusión.

Pero en la realidad, cuando no se tiene el alma sencilla, como la de Marisela, o demasiado complicada, como no la tenía Santos Luzardo, las soluciones deben ser siempre positivas. De lo contrario, acontece como le acontecía a él, que perdió el dominio de sus sentimientos y se convirtió en juguete de impulsos contradictorios.

¿Próxima y lejana Marisela? Cada vez más próxima, hasta el punto de que ya no había manera de estar dentro de aquella casa sin sentir su presencia. ¿Está en la cocina, preparándole la comida como a él le agrada? Pero desde aquí se le oye la voz o la risa o la copla. ¿Se ha quedado en silencio la casa y la mirada se fija en un sitio cualquiera? Es casi seguro que por allí cerca esté una flor, que ella ha puesto. Vas a sentarte y tienes que quitar el libro o la labor que dejó en la silla. Buscas algo y apenas mueves el brazo, allí mismo lo encuentras, porque todo está en su sitio y al alcance de tu mano. Entras y ya puedes contar con que en la puerta te la tropezarás, porque en ese momento sale. Vas a salir y tienes que hacerle a un lado o te lleva por delante en su carrera. ¿Quieres reposar la siesta? Ni el vuelo de las moscas te molestará, porque es tal la guerra que les ha declarado Marisela que ya no se atreven a meterse en la casa, y mientras tú duermas, ella andará de puntillas y se morderá la lengua para que no se le escape la copla. Eso sí: apenas ya no tengas necesidad de silencio, romperá a cantar, como las propias paraulatas llaneras, que parece que tuvieran de plata la garganta, y todo lo que vaya haciendo se lo dirá a sí misma, en alta voz, y tú no necesitarás verla para saber en qué se ocupa.

—Ahora me pongo a remendar. Ahora barro la sala. Ahora riego las matas, y ahora, a estudiar mis lecciones.

Mas, por esto mismo, era conveniente poner distancias por medio, y olvidando aquel proyecto de llevar a Marisela a la casa de sus tías, Santos plantea un día en la mesa esta conversación:

—Bien. Lorenzo. Ya Marisela ha adquirido los rudimentos necesarios para comenzar a recibir una verdadera educación y es conveniente ponerla en un colegio. En Caracas hay buenos colegios de señoritas, y creo que debemos mandarla cuanto antes.

—¿Con qué voy a pagarle la pensión? —pregunta Lorenzo.

—Eso corre de mi cuenta. Lo que te pido es tu autorización para proceder.

—Haz lo que te parezca.

Entretanto Marisela se mordía los labios y ya iba a levantarse de la mesa enojada, cuando le vino "su idea". Siguió comiendo tranquila, y Santos creyó que también aceptaba su proyecto.

Pero al regresar a su casa, aquella misma tarde encontró sobre la puerta un trozo de papel donde Marisela había puesto:

"Colegio de Señoritas. El mejor de la república."

Celebró la ocurrencia, quitó el papel y no volvió a hablar más de aquello.


Solos en la mesa. Cierto que era más grata, así, sin la repugnante presencia de Lorenzo Barquero. Ella le servía el plato, le estimulaba el apetito, diciéndole:

—¡Esto está rico!

Le vertía el agua en el vaso, sin darle tiempo a que él lo hiciera, y entretanto, charlaba, charlaba, charlaba sin tregua.

Agradable la voz, delicioso el reír, pintoresca la conversación, graciosos los gestos y ademanes, ¡y una animación y un chisporroteo de luz en los ojos!

— ¡Chica, ya me tienes mareado!

—Pero hable usted también, hombre de Dios.

—¿Al mismo tiempo que tú? Verdaderamente, tendré que resignarme a hacerlo así.

—¡Exagerado! Esta mañana, en el almuerzo, fue usted solo quien habló.

—Pero como si tal cosa, porque tú en otras muy distintas estabas pensando. Te pondría en un apuro si te preguntara qué te dije.

—¡Miren qué gracia! ¿A que usted tampoco puede repetir lo que yo he dicho ahora?

—También es cierto. Pero no porque no te haya prestado atención, sino porque es imposible seguir el hilo de tu discurso. Saltas de un tema a otro con una rapidez vertiginosa.

—¿Entonces, todo lo que uno hable deben ser discursos?

—Verdaderamente resultaría fastidioso. Como lo estuve yo esta mañana.

—No he querido decirle eso, sino que cada uno tiene su manera de pensar y así como piensa, habla. Usted puede estar hablando dos horas seguidas, como un aguacerito blanco.[54]

—Gracias por el símil. No me has dicho fastidioso.

—No es eso, señor. Quise decir: sin que hable de la misma cosa y al mismo tiempo sin que se vea que va cambiando el asunto. Mi manera es otra.

—Sí. Tu conversación podría compararse a una serie de chaparrones uno tras otro. Pero, aguaceros con sol. Para devolverte la metáfora con una galantería.

—¿El diablo y su mujer peleando?[55] Pero nosotros no peleamos. ¡Ay! ¿Qué he dicho?

Se sonroja y suelta la risa.

—Claro está —dícele Santos, mientras la contempla sonriente—. Como que ni yo soy el diablo...

Pero ella no lo deja concluir:

—¿Sabe?

—¿Qué?

—Ya se me olvidó lo que iba a contarle.

Y como Santos sigue contemplándola, exclama:

—¡Ah, sí! —pero en seguida vuelve a hacer el gesto de olvido, que era pura ficción, recurso de disimulo.

Santos la imita, exclamando:

—¡Ah! No.

¡Qué linda se estaba poniendo! ¡Todos los días más! No obstante, él se engolfa, de pronto, en uno de aquellos discursos deliberadamente fundados sobre temas áridos o abstrusos que tenían por objeto aburrirla o interesarla intelectualmente, remedios heroicos, ambos, contra el amor.

Pero ella ni se aburría ni tampoco podía interesarse de aquella manera. Mientras él hablaba no le quitaba la vista; mas, entretanto, iba pensando todo lo que se le viniera a la mente.

A lo mejor, interrumpió:

—¿Sabe? La venadita que me regaló no era ninguna bendita: va a tener venaditos.

Santos responde cualquier cosa y sigue comiendo en silencio; mas, de pronto, suelta la risa. Ella no se explica aquella hilaridad y se lo queda mirando extrañada. Al fin cae en malicia y las mejillas se le enrojecen, mientras, por disimular, busca de prisa algo que obligue a pensar en otra cosa; pero lo que se le viene a la boca, de golpe también, es la risa y ya no hay manera de que Santos logre cambiar la situación, pues, en cuanto comienza a decir algo, ella suelta la carcajada y él concluye imitándola.

Pero el reír malicioso de Marisela era algo tan diáfano como lo había sido la frase inocente, tan ajeno a la moral como el pecado de la venadita.

Era la naturaleza misma, sin bien ni mal; pero así no podía tomarla el hombre de la ciudad.

Por una parte, las reflexiones que otro cualquiera, dotado de un mediano buen juicio, se habría hecho: Marisela, fruto de una unión inmoral y acaso heredera de las funestas condiciones paternas y maternas, no podía ser la mujer en quien pusiera su amor un hombre sensato; y, por otra parte, las reflexiones que tenía que hacerse un Santos Luzardo. Sencilla como la naturaleza, pero, a ratos, inquietante, también, como las monstruosidades de la naturaleza, Marisela parecía tener selladas en el corazón las fuentes de la ternura. Alegre, jovial y expansiva, sin embargo, en sus relaciones con el padre, nunca le había visto un movimiento de amor filial.

Generalmente, mostrábase indiferente a los sufrimientos paternos, o cuando más, al pasar junto a Lorenzo, le dirigía una frase juguetona, aniñando la voz, pero sin que las palabras dejaran traslucir verdadera ternura.

—Esta muchacha no tiene corazón —decíase a menudo Santos—. No tendrá todavía la crueldad sombría de la madre, pero tiene la crueldad retozona del cachorro y de esto o aquello, con un poco que intervengan las circunstancias, no hay sino un paso. Tal vez por falta de la educación conveniente, por falta de esos toques a la sensibilidad dormida que sólo manos de mujer pueden darle.

Pero Santos Luzardo se veía obligado a confesarse que estas reflexiones pesimistas le producían un disgusto especial. Las hallaba demasiado severas, crueles, de crueldad consigo mismo. En cambio, postergando al razonador, le era grato poner, de cuando en cuando, un poco poeta el corazón y repetir aquello de la moneda de oro del avaro.

# XII

## *Coplas y pasajes*

Pero con todo esto las soluciones imaginarias no habían hecho sino complicar el problema, pues ya para Santos Luzardo la vida se había vuelto insoportable dentro de aquella casa.

Afortunadamente, fuera de ella todavía había mucho que hacer.

Concluida la recolecta de la hacienda, comenzó la hierra. Con el alba empezaba la algarabía del desmostrencaje, o sea, la separación, en dos corrales contiguos, de las vacas y los becerros.

Mugían aquéllas y lanzaban éstos balidos lastimeros, cual si presintiesen la tortura. Ya estaba candente el hierro que manejaría *Pajarote*. Con una copla lo anunciaban y los peones procedían a barrear los mautes. Los tumbaban en el suelo, les cortaban en las orejas las señales del hato y les pisaban las cabezas para inmovilizarlos, mientras *Pajarote* les aplicaba el hierro candente, dedicándoles coplas de acuerdo con sus pelos y señales: el comedero habitual, la madrina a que pertenecían, el levante donde cayeron. La historia de cada res, que el llanero conoce como la propia.

Y a cada pasada de hierro trazaba una marca, a punta de cuchillo, en un trozo de cuero donde se llevaba la cuenta, porque todo en *Altamira* se hacía todavía como en los remotos tiempos de don Evaristo, *El Cunavichero*.

Haciéndose esta reflexión, Santos Luzardo se dijo que ya era hora de empezar a poner en práctica los animosos proyectos de reformas del civilizador de la llanura, aplazados todavía.

Concluida la hierra, que duró varios días consecutivos, Antonio le dijo, mostrándole las tarjas del herrador:

—La cosa ha resultado mucho mejor de lo que esperábamos. Tres mil becerros y más de seiscientos cachilapos. Ahora se puede proceder a lo de las queseras.

Apenas fue clavar unos cuantos horcones en la costa del caño *Bramador*, echarles encima un techo de paja sabanera, fabricar, con un cuero de res, el bote donde se cuajaría la leche y con hojas de palma tejida los cinchos donde se prensaría el queso, reforzar los paloapiques de unos corrales abandonados, meter en ellos unas cuantas vacas mansas y otras todavía bravas, recogidas en el rodeo de *Mata Oscura*, y dejar todo aquello al cuidado del viejo Remigio, quesero guariqueño que, a la casualidad, había llegado por allí buscando trabajo, acompañado de su nieto, el becerrero Jesusito.

Cuando Santos vio que la obra se reducía a lo rudimentario de aquella "casa en piernas" aislada en medio de un extenso banco de sabanas, en el mismo sitio donde hacía más de veinte años había existido otra construcción idéntica, destinada al mismo uso, y se dio cuenta de que en la quesera actual todo iba a hacerse, como en la antigua, mediante los rutinarios procedimientos de una industria primitiva, se avergonzó de sí mismo. ¿Sería, acaso, así como *Altamira* se convertiría en un fundo moderno —palabras suyas cuando decidió dedicarse al hato— dotado de todos los adelantos de la industria pecuaria en los países civilizados?

—Así es como se trabaja de queseras por aquí —replicó Antonio—. Con lo que da el mismo Llano: palos de caramacate o macanillas, hojas de palma, cueros de res.

—Y rutina de siglos —agregó Santos—. Milagro que todavía exista el ganado, que fue innovación introducida por los colonizadores españoles. Duro es decirlo, pero el llanero no ha hecho nada por mejorar la industria. Su ideal es convertir en oro todo el dinero que le caiga en las manos, meterlo en una mucura[56] y esconderlo bajo tierra. Así hicieron mis antepasados y así haré yo también, porque esta tierra es un mollejón que le embota el filo a la voluntad más templada. Con esto de la quesera, y así pasa con todo, otra vez empezaremos por donde mismo estábamos hace veinte años. Entretanto, la cría degenera por falta de cruzamientos y por excesos de plagas que la diezman. Todavía se pretende curar el gusano con oraciones, y como los brujos abundan y hasta los inteligentes terminan creyendo en ellos, no se procuran remedios.

—Todo eso debe de ser como usted lo dice, doctor —repuso Antonio—. Pero póngase a cruzar ganados, ya que mienta lo del cruzamiento, que desde chiquito estoy oyendo decir que se necesita. ¿Para que se lo coman los revolucionarios? Déjelo criollo purito, doctor, porque entonces, como la carne será más sabrosa, habrá más revoluciones. Y otras cosas que no son la guerra: pero que se le parecen mucho, verbigracia las autoridades, que todo se lo quieren coger.

—Sofismas —replicó Santos—. Justificaciones de la indolencia del indio que llevamos en la sangre. Por todo eso, precisamente, es necesario civilizar la llanura: acabar con el empírico y con el cacique, ponerle término al cruzarse de brazos ante la naturaleza y el hombre.

—Ya habrá tiempo para todo —concluyó Antonio—. Por ahora, así como está, la quesera dará sus resultados. Sólo con que se amanse el ganado ya vamos ganando bastante. El todo es que logremos empadronarla[57] ligero.

Muy práctico en fundaciones de este género era el guariqueño Remigio, pero empadronar una quesera con ganado tan salvaje como el de *Altamira* era empresa muy ardua.

—*Maravilla, Maravilla, Maravilla.*

—*Punto Negro, Punto Negro, Punto Negro.*

Y así todo el día, manoseando las vacas bravas pegadas a los botalones[58] y sin apearles los nombres recién puestos, para que se fueran acostumbrando a ellos.

Y en los corrales y en el pastoreo, cada vez que él o Jesusito pasaban cerca de alguna:

—*Botón de Oro, Botón de Oro, Botón de Oro.*

Algunas comenzaban a aprenderlos y se les adivinaba en la mansedumbre de los ojos mientras los escuchaban; pero la mayor parte del rebaño tenía todavía en las pupilas inyectadas la bravura intacta.

Y mientras allá en la quesera comenzaba así la civilización de la barbarie del ganado, en las cimarroneras no descansaban los lazos.

Al choque de los vaqueros retemblaba el mastrantal bajo el tropel de los rebaños sorprendidos: pero a veces la rochela se encrespaba, se revolvía contra las bestias y a pesar de la destreza de los jinetes, muchas perecían en los encontronazos o caían fulminadas por el dolor del formidable envión del orejano.

También fueron muchos los toros que murieron calambreados por el furor, al sentirse dominados por el hombre, o sucumbieron a la tristeza de la mutilación, echados dentro de la espesura de las matas, esperando la muerte por hambre y sed y lanzando de rato en rato mugidos sordos, al pensar en el perdido señorío del rebaño salvaje y en la vida libre y fiera de la rochela dentro de la montaña inaccesible.

Santos Luzardo compartió con los peones los peligros de aquellos choques, y las intensas emociones lo hicieron olvidarse otra vez de los proyectos civilizadores. Bien estaba la llanura, así, ruda y bravía. Era la barbarie; mas, si para acabar con ésta no bastaba la vida de un hombre, ¿a qué gastar la suya en combatirla?

—Después de todo —se decía— la barbarie tiene sus encantos, es algo hermoso que vale la pena vivirlo, es la plenitud del hombre rebelde a toda limitación.


Es María Nieves agigantándose en la empresa de la esguazada de los grandes ríos donde acecha la muerte. Va a exponerse a la tarascada mortal de los caimanes y sólo lleva un chaparro en la mano y una copla en los labios.

Ya están llenos los corrales del paso del *Algarrobo*. Se va a tirar al Arauca una punta de ganado y los jinetes ya están colocados a lo largo de la manga para defenderla del empuje del tropel de reses. Ya María Nieves se dispone a conducirla a la otra orilla, a cabestrearla a nado. Es el mejor "hombre de agua" de todo el Apure y nunca se le ve tan contento como cuando la lleva al cuello, en pos de sí los cuernos, apenas, de los madrineros que guían la esguazada y por delante, allá lejos, porque ya el río está de monte a monte, la orilla opuesta.

Ya está en el agua sobre su caballo en pelo y conversa a gritos con los canoeros que navegarán al costado de la punta para no dejarla regarse río abajo.

En los corrales se oye la gritería de los peones que arrean el rebaño. Ya los bueyes madrineros vienen, manga abajo, y en pos de ellos el tropel de las reses bisoñas. María Nieves rompe el canto y se arroja al agua, porque el caballo apenas le servirá de apoyo para la mano izquierda, mientras con la derecha bracea, empuñando el chaparro para defenderse del caimán. Detrás de él se arrojan al agua los bueyes madrineros y comienzan a nadar, apenas los cuernos y el hocico a flote.

—¡Apretá! ¡Apretá! —gritan los vaqueros.

Los caballos empujan y las reses van cayendo al río. Braman asustadas, algunas tienden a revolverse, y a otras se las lleva la comente; pero en la orilla los vaqueros y a lo ancho del río los bogas de las canoas las contienen y las enfilan.

Un caramero de cuernos señala el rumbo sesgado de la esguazada. Adelante va la cabeza de María Nieves junto a la de su caballo. Se oye su canto en medio del ancho río, en cuyas turbias aguas acechan el caimán traicionero y el temblador y la raya y el cardumen devorador de los zamuritos[59] y de los caribes.

Al fin la punta gana la ribera opuesta, a centenares de metros. Una a una van saliendo del agua las reses, lanzando mugidos lastimeros, y así están largo rato agrupadas en la playa, mientras el cabestrero, vuelve a echarse al río a pasar otro lote.

Ya los corrales del paso se han vaciado por la manga, y en la margen opuesta del Arauca, en una playa árida y triste, bajo un cielo de pizarra, se eleva el cabildeo plañidero de centenares de reses que serán conducidas camino de Caracas, a través de leguas y leguas de sabanas anegadas, paso a paso, al son de las tonadas de los encaminadores.

> *Ajila, ajila, novillo,*
> *por la huella el "cabrestero"*
> *para contarte los pasos*
> *del corral al matadero.*

Mientras, otras tantas, por distinto rumbo, han sido despachadas hacia la Cordillera, como en los buenos tiempos de los viejos Luzardos, cuando *Altamira* era el hato más rico del cajón del Arauca.

Es la vida hermosa y fuerte de los grandes ríos y las sabanas inmensas, por donde el hombre va siempre cantando entre el peligro. Es la epopeya misma. El Llano bárbaro, bajo su aspecto más imponente; el invierno que exige más paciencia y más audacia, la inundación que centuplica los riesgos y hace sentir en el pedazo de tierra enjuta la enormidad del desierto; pero también la enormidad del hombre y lo bien acompañado que se halla, cuando no pudiendo esperar nada de nadie, está resuelto a afrontarlo todo.

¡Llueve, llueve, llueve!... Hace días no sucede otra cosa. Ya los llaneros que estaban fuera de sus casas han regresado a ellas, porque los caños y los ríos se desbordaron por las sabanas y pronto no habrá caminos transitables. ¡Ni necesidad de recorrerlos! Ya es tiempo de "mascada, tapara y chinchorro",[60] y con estas tres cosas bajo el techo de palma, el llanero se siente feliz, mientras afuera se van desgajando las nubes en un llover obstinado y copioso.

Con las primeras lluvias comenzó el retorno de las garzas. Aparecieron por el sur —hacia donde emigran durante el verano, sin que nadie sepa hasta dónde van— y todavía estaban llegando las innumerables bandadas.

Fatigadas por el largo vuelo, se detenían, balanceándose sobre las ramas flexibles del monte del garcero, o llegaban sedientas, hasta el borde de la ciénaga, y el monte y el agua cubriéndose de blancura.

Parecía haber reconocimientos y cambios de impresiones de viaje. Las de este bando miraban a las del otro, que habían emigrado a distintas regiones, alargaban los cuellos, batían las alas, lanzaban ásperos graznidos y luego quedábanse quietas observándose mutuamente, redondas e inmóviles las ágatas de las pupilas. A veces había riña por una rama del dormitorio, por un resto de nido de la estación anterior; pero después se iban acomodando todas en los mismos sitios que siempre habían ocupado.

Los patos salvajes, las coroceras, las chusmitas, las cotúas, los gabanes[61] y los gallitos azules,[62] que no habían emigrado, acudían a saludar a las viajeras, y eran también bandadas innumerables que iban llegando desde los cuatro puntos del cielo. También habían regresado los chicuacos[63] y contaban sus impresiones de viaje.

Ya el estero está lleno, porque el invierno se ha metido con fuerza. Un día asoma a flor de agua la trompa negra de una baba.[64] Ya aparecerán también los caimanes, pues los caños se están llenando de prisa y en la llanura por todas partes se va a todas partes. Los caimanes también vienen desde lejos, del Orinoco muchos de ellos; pero nada cuentan, porque todo el día se lo pasan durmiendo o haciéndose los dormidos. Y mejor es que se estén callados. No podrían contar sino crímenes.

Comienza la muda. El garcero es un monte nevado, al amanecer. Sobre los árboles, en los nidos colgados de ellos y en torno al remanso, la blancura de las garzas a millares, y por dondequiera, en las ramas de los dormitorios, en los borales[65] que flotan sobre el agua fangosa de la ciénaga, la escarcha de la pluma soltada durante la noche.

Con el alba comienza la recolecta. Los recogedores salen en curiaras, pero terminan echándose al agua y con ella a la cintura, entre babas y caimanes, rayas, tembladores[66] y caribes, desafían la muerte gritando o cantando, porque el llanero nunca trabaja en silencio. Si no grita, canta.

¡Llueve, llueve, llueve! Y se desbordan los caños y se inundan los esteros y empiezan a caer los hombres, fulminados por la "calentura", tiritando de frío, castañeteando los dientes, y se ponen pálidos y se van volviendo verdes, y empiezan a nacerle cruces al cementerio de *Altamira*, que es apenas un pequeño rectángulo cercado de alambre de púas, en medio de la sabana, porque el llanero, hasta después de muerto, le basta con estar en medio de su sabana.

Pero, al fin, comienzan a cabecear los ríos y a escurrirse los rebalses ribereños, y los caimanes empiezan a abandonar los caños, hacia el Arauca, hacia el Orinoco los que de allá vinieron a hartarse con reses altamireñas y se van alejando las fiebres, y otra vez el cuatro y las maracas, el corrido y el pasaje, el alma recia y risueña cantando en coplas sus amores, sus trabajos y sus bellaquerías.

—¿Que de dónde le viene al llanero su fuerza, así tan jipato como es, para resistir todo un día sobre el caballo, detrás del ganado o con el agua a la cintura, y su alegría para ponerle buena cara al mal tiempo? Ya se lo voy a explicar, doctor —dícele Antonio Sandoval—. De la moraleja de este pasaje que le voy a echar. Un día se presentó por aquí, buscando trabajo, uno de por los lados del Cunaviche. Se ofrecía como cimarronero, nada menos, y venía muy mal montado; el matalón no podía con su alma y el apero era una tereca.[67] Me lo quedé mirando y le dije: "Bueno, amigo, bestia le ofrezco: uno de esos mostrencos que andan alzados por la sabana. Póngale un veladero al que más le guste y luego lo amansa para su silla; pero de aperarlo se encarga usted".

"—Yo tengo apero —me contestó el hombre, poniéndole la mano encima a su tereca—. Me falta el arricés, el guardabastos[68] se me perdió, el fuste me lo robaron y la coraza no sé qué se me hizo; pero me queda el sufridor".

Y Antonio concluyó sentencioso:

—Así me contestó el hombre, que es nada menos que *Pajarote*.

Lo que le quedaba era el sufridor, y él decía que tenía apero. Con
que, aplique el cuento. El sufridor, es decir: la voluntad de pasar trabajos. De ahí le viene al llanero su fuerza.


En efecto, así los vio vivir Santos Luzardo, al veguero triste y bruto
junto al palmo de tierra de su conuco y al pastor alegre y fanfarrón
en medio de su sabana inmensa, luchando con la naturaleza, com-
partiendo el tasajo de carne y el trozo de yuca de su sobriedad, que
sólo se regala con la taza de café y la mascada de tabaco, conformán-
dose con el chinchorro y la cobija —¡eso sí!, siempre que fuera fino
el caballo y bonito el apero—, punteando la bandurria, rasgueando
el cuatro, cantando hasta desgañitarse, por las noches, después de
las rudas faenas de levantes y carreras, y destornillándose en el joropo hasta el amanecer, en las casas donde hubiese muchachas
cuyos atractivos merecieran la maliciosa copla que dice:

> *Del toro la vuelta el cacho,*
> *del caballo la carrera,*
> *de las muchachas bonitas*
> *la cincha y la gurupera.*

Y vio que el hombre de la llanura era, ante la vida, indómito y
sufridor, indolente e infatigable; en la lucha, impulsivo y astuto;
ante el superior, indisciplinado y leal; con el amigo, receloso y ab-
negado; con la mujer, voluptuoso y áspero; consigo mismo, sensual
y sobrio. En sus conversaciones, malicioso e ingenuo, incrédulo y
supersticioso; en todo caso alegre y melancólico, positivista y fanta-
seador. Humilde a pie y soberbio a caballo. Todo a la vez y sin estor-
barse, como están los defectos y las virtudes en las almas nuevas.

Algo de esto lo dejaban traslucir las coplas donde el cantador
llanero vierte la alegría jactanciosa del andaluz, el fatalismo sonriente del negro sumiso y la rebeldía melancólica del indio, todos
los rasgos peculiares de las almas que han contribuido a formar la
suya, y lo que no estuviese claro en las coplas y Santos Luzardo lo

hubiere olvidado, se lo enseñaron los pasajes que les fue oyendo contar mientras compartía con ellos los duros trabajos y los bulliciosos reposos.

Y de todo esto y por todas las potencias de su alma, abierta a la fuerza, a la belleza y al dolor de la llanura, le encontró el deseo de amarla tal como era, bárbara pero hermosa, y de entregarse y dejarse moldear por ella, abandonando aquella perenne actitud vigilante contra la adaptación a la vida simple y ruda del pastoreo.

Cierto es que en el Llano no se doma un potro ni se enlaza un toro impunemente; quien lo haya llevado a cabo pertenece, desde luego, a la llanura. Además, ésta no hacía sino recuperarlo. Ya lo había dicho Antonio Sandoval: "¡Llanero es llanero, hasta la quinta generación!" Pero había también algo más, algo sobre lo cual no se reflexionaba; pero que estaba allí, en el fondo del alma, transformando los sentimientos del hombre de la ciudad, derribando los obstáculos: ¡Marisela, canto del arpa llanera, la del alma ingenua y traviesa, silvestre como la flor del paraguatán, que embalsama el aire de la mata y perfuma la miel de las aricas!

# XIII

## *La Dañera y su sombra*

Cerca de la anochecida, al dirigirse a la cocina para prepararle la comida a Santos, ya al entrar, Marisela oyó que la india Eufrasia le decía a Casilda:

—¿Para qué iba a ser, pues, ese empeño de Juan Primito en que el doctor se dejara medir? ¿A quién puede interesarle esa medida, si no es a doña Bárbara, que es voz corriente que se ha enamorado ya del doctor?

—¿Y tú crees en eso de la medida, mujer? —replicó Casilda.

—¿Que si creo? ¿Acaso no he visto pruebas? Mujer que se amarre en la cintura la medida de un hombre, hace con él lo que quiera. A Dominguito, el de *Chicuacal*, lo amarró la india Justina y lo puso nefato.[69] En una cabuya le cogió la estatura y se la amarró a la pretina. ¡Y se acabó Dominguito!

—¡Mujer! —exclamó Casilda—. Y si tú crees eso ¿cómo no le dijiste al doctor que no se dejara medir por Juan Primito?

—Sí, lo pensé, pero como el doctor no cree en esas cosas y estaba tan divertido con los disparates del bobo, no me atreví. Mi idea era quitarle a Juan Primito la cabuya; pero me echó tierra en los ojos, como dicen, y cuando fui a buscarlo; ¡ni el polvo! Lejos debe ir ya, aunque eso fue ahorita. Porque cuando él dice a caminar, no hay quien lo siga.

Aquello era de lo más burdo y primitivo que en materia de superstición pudiera darse; pero Marisela se estremeció al oírlo. A pesar del empeño que había tomado Santos en combatirle la creencia en supercherías, y aunque ella misma aseguraba que ya no les prestaba crédito, la superstición estaba asentada en el fondo de su alma. Por otra parte, las palabras de las cocineras, oídas conteniendo el aliento y con el corazón por salírsele del pecho, habían convertido en certidumbre las horribles sospechas que ya le habían cruzado por la mente: su madre, enamorada del hombre a quien ella amaba.

Ahogó la exclamación de horror que iba a escapársele, tapándose la boca con la mano trémula, y se le olvidó el propósito que la había llevado a la cocina. Atravesó el patio en dirección a la casa, se revolvió, una y otra vez anduvo y desanduvo el trayecto, cual si las horribles ideas, repudiadas de la conciencia, se convirtieran todas en movimientos automáticos.

En esto vio llegar a *Pajarote*. Le salió al encuentro preguntándole:

—¿No ha visto por el camino a Juan Primito?

—Me crucé con él más allá del alcornocal. Ya debe de estar llegando a *El Miedo*, porque iba como alma que lleva el diablo.

Pensó un instante y en seguida dijo:

—Necesito ir ahora mismo a *El Miedo*. ¿Quiere acompañarme?

—¿Y el doctor? —objetó *Pajarote*—. ¿No está aquí?

—Sí. En la casa está. Pero él no debe saberlo. Me iré escondida. Ensílleme la *Catira*, sin que nadie se dé cuenta.

—Pero, niña Marisela —objetó *Pajarote*.

—No. Es inútil, *Pajarote*. No pierda su tiempo tratando de hacerme desistir. Es necesario que yo vaya a *El Miedo* ahora mismo. Si usted no se atreve a acompañarme...

—No me diga más nada. Ya voy a estar ensillando la *Catira*. Espéreme detrás del topochal y así no la verán salir.

Algo mucho más grave se imaginó *Pajarote*, y por eso y porque Marisela había dicho: "si usted no se atreve", se decidió a acompa ñarla sin más averiguaciones. Todavía no había nacido quien pudiera decir: a esto no se atreve *Pajarote*.

Al abrigo del topochal se alejaron de las casas sin ser vistos, cuando ya empezaba a cerrar la noche. El deseo de no tener que encararse con la madre le hizo decir a Marisela:

—¿Cree usted que si apuramos alcanzaremos a Juan Primito antes de que llegue?

—Aunque trocemos las bestias no lo alcanzaremos —respondió *Pajarote*—. Con la ventaja que nos lleva y el tamaño de las zancadas, si no ha llegado todavía, será muy poco lo que le falte.

En efecto, en aquel momento llegaba Juan Primito a *El Miedo*. Encontró a doña Bárbara sentada a la mesa. Estaba sola, pues hacía varios días que Balbino Paiba, temeroso de provocar con su presencia la ruptura ya inminente, no se dejaba ver por allí.

—Aquí tiene lo que me encargó —dijo Juan Primito, sacándose de la faltriquera el ovillo de cordel y poniéndolo en la mesa—. Ni le falta ni le sobra un pelito.

En seguida refirió las mañas que tuvo que darse para tomarle la medida a Luzardo.

—Bien —díjole doña Bárbara—. Puedes retirarte. Pide en la pulpería lo que quieras.

Y se quedó pensativa, contemplando aquel pedazo de cordel pringoso, que tenía algo de Santos Luzardo y que debía traerlo a caer entre sus brazos, según una de las convicciones más profundamente arraigadas en su espíritu. Ya los apetitos se habían convertido en pasión, y puesto que el hombre deseado que debía de ir a entregársele "con sus pasos contados" no los encaminaba hacia ella, de la tiniebla del alma supersticiosa y bruja había surgido la torva resolución de apoderarse de él por artes de ensalmadora.


Entretanto, ya Marisela se acercaba a la casa. Rompiendo, por fin, el caviloso silencio en que hizo el trayecto, díjole a *Pajarote*:

—Necesito hablar con... mi madre. Llegaré sola hasta la casa.

Usted se queda un poco más acá, de modo que si me veo en un apuro... oiga cuando le grite.

—Si así lo dispone usted, así será —respondió el peón, complacido en el coraje de la muchacha—. Y no tenga cuidado, que no tendrá que gritarme dos veces.

Se detuvieron al abrigo de unos árboles. Marisela bajó del caballo y avanzó resuelta, al hilo del paloapique[70] de la majada.

Un instante, apenas, le flaqueó la voluntad al atravesar el corredor de aquella casa que por primera vez visitaba. El corazón parecía habérsele paralizado y las piernas le vacilaban. Estuvo a punto de que se le escapara el grito convenido con *Pajarote;* pero ya estaba en el umbral de aquella pieza, sala y comedor a la vez.

Doña Bárbara acababa de levantarse de la mesa y había pasado a la habitación contigua.

Repuesta de su turbación, Marisela adelantó la cabeza. Dio un paso y otro y otro sigilosamente y mirando en derredor. El golpe del corazón le retumbaba dentro del cráneo; pero ya no tenía miedo.

En la habitación de los conjuros, ante la repisa de las imágenes piadosas y de los groseros amuletos, donde ardía una vela acabada de encender, doña Bárbara, de pie y mirando el guaral que medía la estatura de Luzardo, musitaba la oración del ensalmamiento:

—Con dos te mido, con tres te ato: con el Padre, con el Hijo y con el Espíritu Santo. ¡Hombre! Que yo te vea más humilde ante mí que Cristo ante Pilatos.

Y deshaciendo el ovillo, se disponía a ceñir el cordel a la cintura, cuando de pronto se lo arrebataron de las manos.

Se volvió bruscamente y se quedó paralizada por la sorpresa.

Era la primera vez que se encontraban frente a frente madre e hija, desde que Lorenzo Barquero fue obligado a abandonar aquella casa. Ya sabía doña Bárbara que Marisela era otra persona desde que estaba en *Altamira;* pero a la sorpresa de la aparición intempestiva se añadió la que le produjo la hermosura de la hija, y esto no le permitió precipitarse sobre ella a recuperar el cordel.

Ya iba a hacerlo, pasado el momentáneo desconcierto, cuando Marisela volvió a detenerla, exclamando:

—¡Bruja!

Tal como dos masas que chocan, saltan en el encontronazo y caen luego desmoronadas, confundiendo sus fragmentos, así sucedió en el corazón de doña Bárbara cuando en los labios de la hija estalló el epíteto infamante, que nadie fuera osado a pronunciar en su presencia. El hábito del mal y el ansia del bien, lo que ella era y lo que anhelaba ser para que pudiese amarla Santos Luzardo, chocaron, se encresparon y se confundieron, deshechos, en una masa informe de sentimientos elementales.

Entretanto, Marisela se había precipitado a la repisa y echado al suelo, de una sola manotada, toda la horrible mezcla que allí campaba: imágenes piadosas, fetiches y amuletos de los indios, la lamparilla que ardía ante la estampa del Gran Poder de Dios y la vela de la alumbradora, mientras con una voz ronca, de indignación y de llanto contenido, rugía:

—¡Bruja! ¡Bruja!

Enfurecida, rugiente, doña Bárbara se le arrojó encima, le sujetó los brazos y trató de arrebatarle la cuerda.

La muchacha se defendió debatiéndose bajo la presión de aquellas manos hombrunas, que ya le desgarraban la blusa, desnudándole el pecho virginal, para apoderarse de la cuerda que había ocultado en el regazo, cuando una voz reposada y enérgica, ordenó:

—¡Déjela!

Era Santos Luzardo, que acababa de aparecer en el umbral de la puerta.

Obedeció doña Bárbara y con un sobrehumano esfuerzo de disimulación, trató de transformar en afable su faz siniestra: pero en vez de una sonrisa apareció en su rostro una mueca fea y triste, de propósito fallido.


Y fue tan profundo el trastorno de su espíritu que ni aun con "el Socio" pudo entenderse aquella noche.

Ya había recogido del suelo y vuelto a colocar sobre la repisa las imágenes piadosas y los groseros fetiches y amuletos que derribó la manotada de Marisela: otra vez ardía la lamparilla votiva, aunque con un chisporroteo continuo de aceite y agua mezclados en la mecha, y una llama vacilante, sin que dentro del cuarto, herméticamente cerrado, se moviera ni el más leve soplo de aire, y ya por varias veces había formulado el conjuro a que tan obediente se mostrara siempre el demonio familiar; pero éste no acudía a presentársele porque, como en la mecha de la lamparilla, también había inconciliables cosas mezcladas en el pensamiento que lo invocaba.

—¡Calma! —se recomendó mentalmente—. Calma.

Y en seguida la impresión de haber oído una frase que ella no había llegado a pronunciar:

—Las cosas vuelven al lugar de donde salieron.

Eran las palabras que había pensado decirse para apaciguar su excitación; pero "el Socio" se las arrebató de los labios y las pronunció con esa entonación familiar y extraña, a la vez, que tiene la propia voz devuelta por el eco.

Doña Bárbara levantó la mirada y advirtió que en el sitio que hasta allí ocupara su sombra, proyectada en la pared por la luz temblorosa de la lamparilla, estaba ahora la negra silueta de "el Socio". Como de costumbre, no pudo distinguirle el rostro, pero se lo sintió contraído por aquella mueca fea y triste de sonrisa frustrada.

Convencida de haberlas percibido como emanadas de aquel fantasma volvió a formular, ahora interrogativamente, las mismas palabras que, de tranquilizadoras cuando ella las pensó, se habían trocado en cabalísticas al ser pronunciadas por aquél.

—¿Las cosas vuelven al lugar de donde salieron?

Luego, ¿debía desistir de aquellos sentimientos que se trajo de *Mata Oscura*, sentimientos postizos, que nunca llegarían a ser verdaderamente suyos, y en vez de procurar conquistarse el amor de Santos Luzardo, sólo por artes lícitas de mujer enamorada, apoderarse de su albedrío como se apoderó del de Lorenzo Barquero, o suprimirlo a mano armada, como había hecho con todos los hombres que se atrevieran a oponerse a sus designios?

Pero ¿eran realmente postizas aquellas ansias de vida nueva que se habían precipitado dentro de su corazón, con la misma vehemencia avasalladora con que siempre se le desataron los perversos instintos? ¿No estaba ella, tal cual era, con todo el vigor de su naturaleza, en aquel anhelo de sepultar para siempre a la mujerona siniestra de la mano tinta en sangre, a la bruja, como acababa de llamarla Marisela?

Y de las dos porciones del alma desdoblada: de lo que era ella y de lo que anhelaba ser —lo que tal vez habría sido si el tajo de *El Sapo* no troncha la vida de Asdrúbal—, de la región tenebrosa donde se alzaba el espectro viviente de un hombre envilecido por sus hechizos y otro que se iba de bruces dentro de una zanja, con una lanza hundida en la espalda, noche cerrada sin un parpadeo de estrella, y de la que aún recibía el resplandor intermitente de aquella luz de buen amor que brilló un instante en la piragua de los sarrapieros; de las dos porciones irreconciliables, levantáronse las réplicas.

—¿Vuelve, acaso, la culebra a su concha, ni el río a sus cabeceras?

—Vuelve la res a la majada, y el perdido a la encrucijada donde erró el camino.

—¿En el rodeo de *Mata Oscura*?

—Entre los brazos de los sarrapieros.

Y no se podía decir cuándo interrogaba ella y replicaba "el Socio", porque ella misma no sabía dónde había perdido el camino.

Se buscaba, y sin dejar de hallarse, no se encontraba. Quería oír lo que le aconsejara "el Socio"; mas apenas comenzaba éste, ella tenía formulada la réplica y las dos frases se encabalgaban y se atropellaban, y ambas eran percibidas por sus oídos como ajenas, siendo sentidas como propias, cual si su pensamiento fuera arrastrado, en un flujo y reflujo de mareas tormentosas, de ella al fantasma y de éste a ella.

Era insólita esta conducta del demonio familiar, cuyos consejos y premoniciones siempre los había percibido doña Bárbara claros y distintos, como originados de un pensamiento que no tuviera comunicación inmediata con el suyo, palabra que otro pronunciaba y que ella percibía, ideas que a ella no le habían cruzado por la mente:

mientras que ahora sentía que todo lo que decía y lo que escuchaba estaba ya en ella, poseía el calor de intimidad de su espíritu, no obstante todo lo cual se le volvía incomprensible, como si perdiera todo lo que de suyo tenía al ser formulado por "el Socio".

—¡Calma! Así no podremos entendernos.

Hundió la frente ardorosa entre las manos ateridas y así permaneció largo rato, en silencio y sin pensamientos.

Chisporroteó con más fuerza la llama de la lamparilla, ya para extinguirse, y a los oídos alucinados de doña Bárbara llegó clara y distinta esta frase:

—Si quieres que él venga a ti, entrega tus obras.

Alzó de nuevo la mirada hacia la sombra que por fin le decía algo que ella no hubiera pensado; pero la lamparilla se había extinguido y todo era sombra en torno suyo.

# Tercera parte

# I

## El espanto de la sabana

A Melquíades podían tenerlo trabajando todo el año sin paga, siempre que fuera en hacerle daño a alguien; pero en cualquiera otra actividad, por bien recompensada que fuese, se aburría muy pronto. La más inocente de las ocupaciones a que lo destinaba doña Bárbara era la de trasnochar caballos.

Consistía esto en sorprender las yeguadas dormidas al raso de la sabana y perseguirlas durante la noche, y a veces durante días y noches consecutivos, de manera que se encaminasen hacia un corral falso, disimulado al efecto entre el monte. De su condición de brujo y por haber sido él quien introdujo en la región este procedimiento que simplificaba las faenas de la caza de mostrencos, decíase de este oficio, indiferentemente, trasnochar o brujear caballos.

Con este trabajo nocturno, era, además, muy fácil sacar los hatajos del fundo ajeno, sin riesgo de ser descubierto.

Los de *Altamira* descansaban de la persecución de *El Brujeador*, desde la llegada de Luzardo, a causa de la tregua que doña Bárbara juzgó conveniente a sus planes de seducción, y ya Melquíades, en vista de lo mucho que se prolongaba esta paz, en la cual se enmohecía, estaba pensando en irse de *El Miedo*, cuando Balbino le comunicó la orden de ponerse de nuevo en actividad.

—La señora le manda decir que se prepare para que salga a tra-

bajar esta misma noche. Que en la sabana de *Rincón Hondo* va a encontrar un buen hatajo.

—¿Y ella viene de por esos lados? —preguntó Melquíades,
quien nunca recibía de buen grado órdenes que le transmitiera Balbino.

—No. Pero usted sabe que ella no necesita ver las cosas con los
ojos para saber dónde están.

Era él mismo quien había visto, hacía poco, el hatajo a que se
refería; pero dio aquella explicación porque así procedían siempre
los mayordomos de doña Bárbara, a fin de que no decayese un momento en el ánimo de los servidores la creencia en sus facultades de
bruja.

Mas, en materia de brujería, a Melquíades no podían "irle con
cuentos, porque él conocía la historia". No negaba que la señora
fuese hábil en algo de todo aquello que le atribuían; pero de ahí a
que Balbino lo confundiera con Juan Primito, había alguna distancia. Ni necesitaba tampoco creer en aquellos poderes para servirle
fielmente porque él tenía el alma del espaldero genuino, que no es
un hombre cualquiera, sino uno muy especial, en quien tienen que
encontrarse reunidas dos condiciones que parecen excluirse: inconciencia absoluta y lealtad a toda prueba. Así le servía a doña Bárbara, no sólo para aquello de brujear caballos, oficio que podía
desempeñar otro cualquiera, sino para cosas más graves, y sirvién-
dose así no lo animaba, propiamente, la idea del lucro, porque la es-
paldería no es un trabajo, sino una función natural.

Balbino Paiba, en cambio, podría ser todo menos eso, pues no
pensaba sino en sacar provecho y era traidor por naturaleza. Otra
clase de hombres, por los cuales Melquíades sentía el más profundo
desprecio.

—Está bien. Si es orden de la señora nos prepararemos para trabajar esta noche. Y como de aquí a *Rincón Hondo* hay su buen trecho y la hora es nona, vamos a ensillar de una vez.

Cuando ya se ponía en camino, Balbino le salió al paso diciéndole:

—Vea, Melquíades, si puede meterme unos mostrencos en el corral de *La Matica*. Es para ponerle un peine al doctor Luzardo. Pero no le diga nada a la señora. Quiero darle una sorpresa.

El corral de *La Matica* era el sitio donde Balbino encerraba las reses o bestias que le robara a doña Bárbara, y a estos hurtos, por ser actos de mayordomo, llamábanlos en *El Miedo*, mayordomear.

Nunca se había atrevido Balbino a hacerle tales proposiciones a Melquíades, y éste le respondió:

—Usted como que se ha equivocado, don Balbino. A mí nunca me ha gustado mayordomear.

Y se alejó por la sabana, a medio casco, como andaba siempre su caballo, acostumbrado a llevar encima la calma trágica de aquel hombre, que nunca se alteraba ni se apresuraba por nada.

Balbino hizo su ademán característico y refunfuñó algo que no pudieron percibir los peones, que habían presenciado la breve escena cambiándose miradas maliciosas.

En *Rincón Hondo*, en una depresión de la sabana, encontró *El Brujeador* el hatajo que le indicara el mayordomo. Era muy numeroso y dormía al raso, confiado en el oído vigilante del padrote.

Éste lanzó un relincho al sentir la proximidad del hombre, y las yeguas y los potros se enderezaron rápidamente. Melquíades lo espantó de manera que huyese hacia los lados de *El Miedo*.

Excitadas por el fulgor alucinante con que las lunas llaneras perturban los sentidos, desveladas y perseguidas por el jinete silencioso que les inspiraba terror con su insistencia de sombra, las bestias comenzaron a galopar por la llanura, mientras Melquíades, calada la manta para abrigarse del relente, las seguía al trote sosegado de la suya, seguro de que más adelante iban a detenerse, creyéndose libres ya de la persecución.

En efecto, así sucedía. Al principio, cuando les daba alcance, las encontraba ya echadas otra vez; pero a cada uno de estos encuentros iba aumentando el terror de la yeguada, y ya no se atrevían a echarse, sino se detenían, simplemente. Las yeguas y los potros, en un grupo inmóvil detrás del padrote y con los pescuezos estirados y las orejas erectas, todos miraban hacia aquella sombra que venía acercándose despacio, silenciosa, enorme y negra en la proyección contra la claridad del cielo. Y así durante toda la noche.

Ya empezaba a despuntar el día, cuando Melquíades logró encaminar el hatajo por un rincón de sabana, en cuyo extremo, disimulada entre las orillas de monte del boquete que parecía ser la salida de la angosta culata, estaba la manga del corral falso. Para que se precipitara por aquella única salida sin recelar el engaño, lo atropello corriéndolo y gritándolo.

Ya el hatajo había caído dentro de la manga en pos del padrote; pero éste, como advirtiese un trozo de palizada mal disimulado entre el monte, se detuvo de pronto y lanzando un relincho corto, que la yeguada entendió, se revolvió hacia la sabana abierta. Mas ya *El Brujeador* estaba encima y pudo atravesar la desbandada. Sólo el padrote y dos potrancas lograron escaparse. Melquíades corrió el tranquero y se alejó de allí para que las bestias aprisionadas e inquietas fueran sosegándose.

Cuando ya se marchaba vio al padrote en el extremo opuesto del rincón de sabana, con el cuello erguido, mirándolo, desafiador.

Era el *Cabos Negros*.

—¡Bonito animal! —exclamó Melquíades, deteniéndose a contemplarlo—. Y buen padrote. Es el hatajo más grande que hasta ahora me he traído de por allá. Vamos a ver si lo puedo coger enamorándolo con sus mismas yeguas, porque como que tiene ganas de venir a buscarlas.

Pero el *Cabos Negros* no se había detenido sino para que se le grabara en la memoria la imagen del espanto de la sabana, y, en habiéndolo mirado un rato, trémulo de coraje el haz de nervios bajo la piel luciente, rojas las pupilas, dilatados los belfos, volvió grupas y se fue con las potrancas que lo acompañaban.

—Ése vuelve —se dijo Melquíades—. Pero que venga otro de allá a ponerle el veladero. Yo hice ya lo que me correspondía y ahora me toca dormir.

El corral falso estaba en tierras de *El Miedo* y no muy lejos de las casas. Llegando a ellas, Melquíades se encontró con Balbino, que estaba esperándolo para hacerle olvidar la imprudente proposición de la víspera, antes de que le llevase el cuento a doña Bárbara. Lo recibió con demostraciones de una afabilidad inusitada entre ambos.

Pero Melquíades le respondió con la sequedad habitual de las escasas palabras que se dignaba dirigirle:

—Mande unos peones para que le pongan un lazo al padrote, que logró escaparse, y como que tiene ganas de venir a buscar sus yeguas. Vale la pena tratar de ponerse en él porque es un caballo muy bonito, que a la señora le gustará para su silla.

Más le estaba gustando ya a Balbino para la suya, sin conocerlo todavía. E inmediatamente se encaminó al corral falso a armarle el lazo.

Pero el *Cabos Negros* ya había encontrado manera de ejercer represalias. A poco andar, todavía en tierras de *El Miedo*, divisó un hatajo tan numeroso como el que había perdido, que venía paciendo y retozando bajo la tierna luz del amanecer.

Corrió hacia él, anunciándole al padrote, con su trémulo relincho, que iba en son de conquista. Congregó el otro, rápidamente, sus yeguas y potros, que se habían dispersado por el comedero, y plantándose luego a la cabeza de ellos esperó el ataque. Era un rucio mosqueado.[71]

El *Cabos Negros* cargó impetuoso. Le llevaba las ventajas de la alzada y del coraje duplicado por la rabia del despojo que acababa de sufrir. Se manotearon, y, levantando polvareda, vibraron los relinchos y sonó el martillazo de la dentellada del rucio en el aire; la del *Cabos Negros* lo había alcanzado en la tabla del pescuezo. Una segunda arremetida, buscando la nuca, y otra encima sin darle tiempo de rehacerse.

Ya el rucio comenzaba a despernancarse en las atropelladas y por fin fue alcanzado donde el otro quería morderlo. Lo sacudió, con furia. Al fin el rucio logró zafarse y emprendió la fuga.

El *Cabos Negros* lo persiguió un buen trecho y luego se revolvió contra la yeguada, que había presenciado la lucha sin moverse del sitio. Cargó sobre ellas, rodeándolas y mostrándoles los dientes, y así las fue arreando hasta donde había dejado sus potrancas, e incorporadas éstas al nuevo hatajo, rumbeó hacia la querencia de los comederos de *Altamira*.

El rucio lo fue siguiendo un rato desde lejos; pero al fin se quedó parado en medio de la sabana, hasta que vio disiparse en el horizonte la polvoreda que levantaba su perdido hatajo.

Algunas noches después, en su tarea de llevarse todas las yeguadas de *Altamira*, *El Brujeador* trasnochó una que le dio mucho quehacer, porque el padrote guiaba por la llanura abierta, evitando la proximidad de las matas, a galopes largos, y además se había metido una niebla espesa, que no permitía ver aun a corta distancia. Cuando empezó a clarear el día, el hatajo se hallaba en el mismo sitio de donde había sido levantado, y Melquíades se dio cuenta de que el padrote era el *Cabos Negros*, que ya se había "bellaqueado."

Era la primera vez que a *El Brujeador* lo engañaba un caballo, y como esto le pareciese de mal augurio, fue a referírselo a doña Bárbara.

Ella también lo interpretó así. "Las cosas vuelven al lugar de donde salieron", había dicho "el Socio".

Sin embargo, replicó encolerizada:

—¿Usted también, Melquíades? ¿Que el hatajo se le revolvió sin que se diera cuenta? ¡Cómo se conoce que en *Altamira* está ahora un hombre que no le teme a los espantos de la sabana!

Estas palabras traslucían la confusión de sentimientos que reinaba en su espíritu. Melquíades las oyó sin alterarse y luego replicó:

—Cuando usted se quiera convencer de que Melquíades Gamarra no le tiene miedo a otro hombre, no tiene sino que decirle: "Tráigamelo, vivo o muerto".

Y le volvió la espalda.

Doña Bárbara se quedó pensativa, como si tratara de hacerle sitio a un nuevo designio dentro de sus tempestuosos sentimientos.

# II

## *Las tolvaneras*

No aquellas, retozo del viento en los médanos, que una vez le arrancaron a Santos Luzardo una exclamación ilusionada; sino otras, las malas trombas, las que se llevan las esperanzas.

Ya Marisela no es el alma traviesa y risueña de la casa. Cabizbaja regresó de *El Miedo* aquella noche y fue inútil que Santos, después de haberla reprendido, tratara de reanimarla, diciéndole:

—Bueno. Se acabó el regaño. Levanta esa cabeza. Anímate. En lo único en que verdaderamente has hecho mal ha sido en darle crédito a supercherías tan burdas y grotescas. Ningún daño me podía sobrevenir por causa de ese pedazo de cabuya que traes ahí. Por lo demás, te has portado noble y valientemente y tengo que estarte agradecido. Si así defiendes la medida de mi estatura, ¡cómo defenderías mi vida si la vieras en peligro!

Pero ella permaneció cabizbaja y silenciosa, porque en *El Miedo* había adquirido una experiencia que desvanecía el encanto sobre el cual estaba construida su vida.

Primero en la inconsciencia de la cerrilidad, negrura del alma sepultada, y luego en el deslumbramiento de la nueva forma de existencia y de la posesión de aquel amor, que bien podía ser la pasión sin nombre, pues se apoyaba en un punto de equilibrio entre la realidad y el sueño, nunca se había detenido a reflexionar en lo que significaba ser hija de *La Dañera*. Si tenía que referirse a ella, cosa que muy raras veces le ocurría, la nombraba, simplemente, "ella", y esta palabra no despertaba en su corazón ni amor, ni odio, ni vergüenza. Fue al proponerle a *Pajarote* que la acompañara, cuando, por primera vez, la llamó madre, y tuvo que hacer un esfuerzo para que sus labios emitieran el vocablo desusado y desnudo de todo sentimiento, como si careciese de sentido.

En cambio, ahora ha adquirido uno atroz y a cada momento se le viene a la boca. Lo acompaña un gesto instintivo de repulsión. Es el alma incontaminada —pero que ya no es como la naturaleza, que no sabe ni de bien ni de mal— que rechaza violentamente todo lo que hay de monstruoso en ser hija de la embrujadora de hombres, que, para colmo, estaba enamorada de aquel a quien ella amaba.

Poco a poco y a fuerza de estar siempre presente en el pensamiento sin mancilla, la idea odiosa fue cubriéndose de sentimientos compasivos. ¿Acaso no fue también víctima su madre?

Pero, de todos modos, el encanto se había desvanecido; el punto de equilibrio ya no existía. Ahora no era el sueño, sino la cruel e implacable realidad.

Entretanto, también Santos andaba abismado en reflexiones, y al cabo de ellas le dijo, un día:

—Tenemos que hablar formalmente, Marisela.

Ella creyó que iba a decirle lo que antes había deseado escuchar, y se apresuró a interrumpirlo, tuteándolo —ya podía hacerlo sin ruborizarse:

—¡Qué casualidad! Yo también tenía que hablar contigo. Estoy muy agradecida por todo lo que has hecho por nosotros; pero, ya papá desea volverse al palmar... y yo también quiero que me dejes ir.

Santos la miró un rato en silencio, y luego replicó, sonriente:

—¿Y si no te dejo?

—De todos modos me iré.

Y rompió a llorar. Santos comprendió, y tomándole las manos:

—Ven acá —díjole—. Háblame con franqueza. ¿Qué te sucede?

—¡Que soy hija de *La Dañera*!

La protesta, justa, pero exenta de piedad, prodújole a Santos el disgusto que le causaban las negaciones de la ternura en el corazón de Marisela, y maquinalmente le soltó las manos. Ella corrió a meterse en su cuarto y se encerró bajo llave.

Y fue inútil que él llamara a aquella puerta para concluir la conversación interrumpida, ni que procurara reanudar más tarde, pues ella no volvió a salir de su encierro mientras él estaba en la casa.

Incluso que la amaba, nada podía ya decirle Santos que no fuera tardía compensación de la injusticia del destino que la había engendrado en el vientre maldito de la embrujadora de hombres.

Mientras tanto, fuera de la casa, también las tolvaneras se estaban llevando las esperanzas puestas en las cosas materiales.

Ya estaba empadronándose la quesera. Todavía el ganado iba por pique[72] a los corrales, pero cada día era más numeroso el rebaño que se dejaba arrear y ya las vacas atendían a sus nombres, y la bravura no les escondía la leche en las ubres.

Con el primer menudeo de los gallos comenzaba el ordeño. Jesusito se apostaba friolento en la puerta del corral de los becerros, y los ordeñadores entraban en el de las vacas, rejo[73] y carnaza en mano, y con la copla ya pronta en los labios:

> *Lucerito'e la mañana,*
> *préstame tu claridad*
> *para alumbrarle los pasos*
> *a mi amante que se va.*[74]

Y el becerrero, con su voz niña en el aire tierno:
—¡*Claridad, Claridad, Claridad*!

Bramaba la vaca del nombre mentado, acudía al reclamo materno el becerro, metiendo la cabeza por entre las trancas de la puerta, las corría el muchacho para dejarlo pasar y comenzaba el apoyo, a golosas trompadas contra la ubre que escondía la leche, mientras el ordeñador, pasándole la mano a la vaca, le iba diciendo:
—Ponte, *Claridad*, ponte.

Y cuando ya la ubre se hinchaba, enrejado el becerro a la pata de la madre, mientras ésta lo acariciaba lamiéndolo, comenzaba el ordeño hasta llenar las carnazas.

Y otra copla:

> *El que bebe agua en tapara*
> *y se casa en tierra ajena*
> *no sabe si el agua es clara,*
> *ni si la mujer es buena.*[75]

Y el becerrero, guiándose por el consonante.

—*Azucena, Azucena.*

Y otra vaca que acudía a ponerse.

La fría madrugada, olor de boñiga y cantar de ordeño, dentro del vasto silencio de la sabana, a medida que el aire se movía y el alba empezaba a rayar, se iba poblando de olores y rumores diversos: aroma de los mastrantales enternecidos por el relente, perfume de los paraguatanes floridos, áspero canto del carrao[76] en el monte de las orillas del caño, lejano clarín de un gallo, trino de los turpiales y de las paraulatas.

Y en la tarde, la vuelta de los rebaños a los corrales. Vienen con los tendidos rayos del sol sobre la sabana y con el canto de los pastores. Traen las ubres repletas y, en el tranquero[77] de la corraleja donde se agolpan los becerros, hay tiernos belfos ansiosos. Remigio mira las ubres y calcula las arrobas de queso. Jesusito, sobre el tranquero, contempla la sabana y escuchaba las tonadas. Cantares de notas largas, música de tierras anchas y solas...

Pero un día se presentó Remigio en *Altamira*. Llegó sombrío y se sentó en silencio.

—¿Qué lo trae por aquí, viejo? —preguntóle Santos.

Y el quesero respondió con palabras lentas y graves:

—Vengo a ponerlo en cuenta de que anoche el tigre me mató al nietecito. Los ordeñadores se habían ido para un joropo y estábamos solos en la quesera, Jesusito y yo. Cuando me desperté, al grito del muchachito, ya el tigre me lo había degollado de un zarpazo. Pude alancearlo y allá amanecieron muertos los dos: Jesusito y el tigre. Vengo a ponerlo en cuenta de que ya no tengo para quién trabajar.

—Suelte la quesera, Remigio. Aquí no hay quien pueda encargarse de ella. Que se quede salvaje el ganado.

Terminó la recolecta de la pluma y Antonio le comunicó el resultado.

—Dos arrobas. Ahora sí podrá usted darse el gusto de la cerca. Con el precio que hoy tiene la pluma, más de veinte mil pesos le van a entrar. Si usted no dispone otra cosa, la voy a mandar con Carmelito. Él mismo puede comprar en San Fernando el alambre de púas que se necesite para la cerca, que ya lo tengo calculado. En el interín podemos proceder a plantar otra vez la posteadura que destruyeron las candelas. Digo, si todavía piensa en eso.

Era la idea del civilizador germinando ya en el cerebro del hombre de la rutina. Antonio Sandoval, convencido de la necesidad de la cerca, era un comienzo de obra, y Santos volvió a sus animosos proyectos postergados por la perentoria atención a las faenas cotidianas.

Días después aparecieron a la vista dos jinetes.

—Ésa no es gente de por estos lados —observó *Pajarote*.

—¿Quiénes serán? —se preguntó Venancio.

—Ellos lo dirán cuando lleguen, porque para acá vienen rumbeando —concluyó Antonio.

Llegaron los forasteros. Uno de ellos traía una bestia arrebiatada.[78]

—Esa bestia es la de Carmelito —se dijeron los altamireños, a tiempo que Santos salía al corredor.

—¿Es usted el doctor Luzardo? —inquirió uno de los recién llegados—. Venimos a traerle una noticia desagradable, de parte del general Pernalete, jefe civil del distrito. Allá, por los lados del hato de *El Totumo*, en un chaparral, fue hallado muerto un hombre que parece que era de aquí. No se le pudo reconocer, porque ya estaba corrompido y medio comido por los zamuros; pero más después fue visto por la sabana este caballo aperado que tiene el hierro de usted. El general nos ha mandado a traérselo y a darle el parte.

—¡Asesinaron a Carmelito! —exclamó Antonio, con rabioso dolor.

—¿Y el compañero del amo de esa bestia, que era hermano de él? ¿Y las plumas de garza que llevaban, qué se hicieron? —interrogó *Pajarote*.

Los mensajeros se miraron las caras.

—Por allá no se sabe que el difunto fuera acompañado ni que llevara nada de robar. Allá se cree que fue un mal que le dio en medio de la sabana. Pero si ustedes dicen que el difunto llevaba cosas de robar, se lo comunicaremos al general, porque entonces habrá que hacer averiguaciones.

—¿Luego aún no las han hecho? —preguntó Luzardo.

—Ya le digo: allá se cree...

—Sí. No continúe. Allá se cree siempre todo lo que contribuya a que el crimen se quede impune —dijo Santos —. Pero esta vez no se quedará.

Y al día siguiente partió para el pueblo, cabecera del distrito. Ya era hora de emprender la lucha para que en el ancho feudo de la violencia reinase algún día la justicia.


Apenas supo Marisela que Santos se había ausentado, decidió llevar a cabo su propósito de abandonar aquella casa donde ya no le era posible permanecer, para regresar al rancho del palmar de *La Chusmita* y a la vida que allá hiciera antes, única digna de ella, según la sentencia que ya no se le caía de los labios:

—Más vale roto que remendado.

Lorenzo Barquero acogió la idea con una decisión delirante. Ya era tiempo de ponerle fin a aquella mentira de su regeneración moral. Su vida estaba irremediablemente destruida. Allá en el rancho del palmar volvería a entregarse a la borrachera, allá estaba el tremedal que debía tragárselo.

—Sí. Mañana mismo nos vamos.

Y al amanecer siguiente, aprovechando la ausencia de Antonio, que no los hubiera dejado escaparse, padre e hija cabalgaban rumbo al palmar de *La Chusmita*. En silencio hicieron el trayecto, bamboleando Lorenzo al paso de su cabalgadura, sombría Marisela, y sólo cuando llegaron a la linde del palmar volvió ella la cabeza, y al ver que ya no se distinguían las casas de *Altamira*, murmuró:

—Me haré el cargo de que ha sido un sueño.

Llegado que hubo al rancho, cuyo sórdido aspecto ahora repugnaba con los delicados gustos y costumbres adquiridos en la casa de Luzardo, mientras su padre se iba a contemplar el tremedal, como solía hacerlo antes en los intervalos de las borracheras, desensilló las bestias, que estarían allí hasta que de *Altamira* fueran por ellas, y ya iba a amarrar la suya, cuando —como recordase que Carmelito había comparado su tarea de amansarla con la que Santos había emprendido para desbastarla a ella de su cerrilidad— se le ocurrió que también la *Catira* debía volver a su condición primitiva.

—Se acabó esto, *Catira*. Tú a tu sabana, y yo a mi monte, otra vez.

Y en habiendo espantado a la bestia, se sentó en el brocal del pozo y dio libre curso al llanto.

La *Catira* correteó un poco, ensayando su libertad con prudentes escarceos, no muy segura todavía de haberla recuperado, se revolcó en la arena, se la sacudió del blanco pelo con un estremecimiento de gozo, lanzó un relincho, correteó un poco más para detenerse luego por allá, erguido el cuello, las orejas juntas y la cabeza vuelta hacia Marisela, hasta que, por fin, se convenció de que realmente era libre y, despidiéndose de la dueña con otro relincho, se perdió de vista por la sabana inmensa.

—Bien —se dijo Marisela—. Ahora, a recoger chamizas, como antes. El que nació para triste, ni que le canten canciones.

Mas si la *Catira* podía volver a la libre vida del hatajo, no así Marisela a la simplicidad de su antigua condición montaraz. Las necesidades del momento y las preocupaciones por el porvenir le habían complicado la vida.

Las primeras eran tantas y tan imperiosas, que al encontrarse en presencia de ellas se asustó de lo que había hecho al regresar al rancho del palmar. No eran chamizas, solamente, lo que había que procurarse, sino la manera de hacer fuego con ellas y lo que debía cocerse en ese fuego para la hora de la comida, y todo lo que faltaba en aquella vivienda, si tal nombre pudiera dársele a la miserable zahúrda del espectro de *La Barquereña*. Obstruida la imaginación por la idea fija que el despecho alimentaba: abandonar la casa de Luzardo no previó que en el rancho de *La Chusmita* llegaría la hora de comer y no habría qué, y la de dormir sin que hubiese dónde, pues ya para ella la estera no podía ser cama. Ni era, tampoco, estera, de tan deshecha como estaba.

En cuanto a Lorenzo, hacía tanto tiempo que vivía fuera de la realidad, que no era posible que previese el apremio de aquellos menesteres. Por otra parte, siempre que no le faltara aguardiente —y para eso estaba por allí míster Danger—, de lo demás podía carecerse.

Cierto que, ahora como antes, chigas[79] y quereveres[80] del monte daríanles el silvestre pan de su harina, y rebuscando por los rastrojos se encontrarían yucas y topochos; pero ya el paladar rechazaba aquellos groseros alimentos, y para procurárselos ya ella no era aquella criatura brava como un báquiro, que no le temía a la soledad del monte y se internaba en su espesura, haciendo crujir los abrojales bajo sus anchos pies descalzos, y se trepaba a los árboles, disputándoles a los araguatos el silvestre sustento.

Ánimo no le faltaba, pero en *Altamira* había aprendido a emplearlo mejor. Ya no era caso de escarbar rastrojos o "monear palos"[81] para aplacar el hambre, sino de procurarse medios de subsistencia seguros y permanentes, pues ahora la imaginación trabajaba, y a causa de ello, la incertidumbre del porvenir hacía más angustiosas las privaciones del momento. Por lo tanto, era necesario crearse una fuente de recursos, y la primera ocurrencia fue ésta:

—Papá. ¿Tengo derechos a reclamarle a mi madre que vea por mí? Mientras ella entierra botijuelas de onzas de oro, nosotros no tenemos de qué comer.

Lorenzo Barquero hizo un esfuerzo sobrehumano para coordinar las ideas de esta respuesta:

—Derechos, ningunos, porque en la partida de registro civil no apareces como hija suya. Ella no quiso que la mencionaran y yo te presenté...

Pero ella no lo dejó concluir:

—¿Quieres decir que ni siquiera tengo el derecho de probar que soy hija de *La Dañera*?

El padre se quedó mirándola, largo rato, y luego balbució:

—Ni siquiera.

Sin que estas palabras, simple repetición mecánica de las que ella había empleado, fuesen acompañadas del más leve sentimiento de responsabilidad. Y en habiéndolas pronunciado, se alejó del rancho, camino de la casa de míster Danger.

Arrepentida de la crueldad de aquella interrogación acusadora, Marisela se quedó murmurando: "¡Pobre papá!", mientras él se alejaba, incierto el paso, péndulos los brazos a lo largo de aquel cuerpo "sin armadura", como solía decir que lo sentía.

Pero al darse cuenta de que el padre se encaminaba donde míster Danger, corrió a detenerlo, diciéndole:

—No, papá. No vayas a casa de ese hombre. Te lo suplico. ¿Es licor lo que vas a pedirle? Espera. Yo iré a buscártelo a *Altamira*. Ya estaré aquí de regreso.

Pero mientras ella ensillaba la bestia donde había venido don Lorenzo, éste se fue a aplacar la imperiosa necesidad de alcohol, sin pensar que para pagarle a míster Danger la bebida que iba a pedirle ya no le quedaba sino la hija.

¡Ya las tolvaneras se habían llevado todas las esperanzas!

# III

## *Ño Pernalete y otras calamidades*

Motivos, ya que no razones, tenía Mujiquita para querer esconderse bajo el mostrador de su pulpería cuando vio aparecer a Santos Luzardo. Primero, porque aquella amistosa injerencia suya en la querella que contra doña Bárbara llevara aquél por causa de los trabajos pedidos y negados le había costado que ño Pernalete le quitara la secretaría de la Jefatura Civil, y luego, porque no se le escapaba lo que ahora pudiera llevar entre manos el antiguo condiscípulo, y ya veía en peligro el sueldito con que, por fin, había vuelto a favorecerlo ño Pernalete, después de muchos ruegos suyos y de su mujer y de muchas promesas de no volver a incurrir en quijotadas.

Pero Santos no le había dado tiempo a ocultarse y tuvo que fingir contento de verlo:

—¡Dichosos los ojos que te ven! ¡Qué caro te vendes, chico! ¿En qué puedo servirte?

—Si no me han informado mal, ya sabrás a lo que vengo. Me han dicho que eres el juez del distrito.

—¡Sí, chico! —dijo Mujiquita, al cabo de una pausa—. Ya sé lo que traes entre manos. El asunto de la muerte del peón, ¿no es eso?

—De los peones —rectificó Luzardo—. Porque fueron dos los asesinados.

—¡Asesinados! ¡No me digas, Santos! Mira, vente conmigo al juzgado, para que me cuentes cómo fue eso.

—¿Para que te lo cuente yo?

—No. Dispénsame. Para que me des unas luces. Para que me indiques lo que debo hacer.

—Pero, Mujiquita, ¿a estas horas todavía no lo sabes?

—¡Pero, chico!

Y el gesto de Mujiquita al replicar así suplicó con una elocuencia aplastante estas palabras inútiles:

—¿No sabes dónde estamos?

Llegaron al juzgado. Mujiquita abrió de un empellón la puerta simplemente cerrada y defendida por su propio desnivel, y entraron en una sala de techumbre pajiza y paredes encaladas, donde había un escritorio, un armario, tres sillas y una clueca echada en un rincón. Para brindarle asiento a Santos, Mujiquita llenó de polvo el recinto, al sacudir el que estaba depositado sobre una de las sillas. Se comprendía que allí nadie tenía costumbre de acudir a aquel tribunal.

Santos se sentó, rendido, más que de cansancio, de desaliento, por la impresión que producían aquel pueblo, aquel juzgado y aquel juez.

Sin embargo, reaccionó, y procurando sacar todo el partido posible de Mujiquita, le explicó cómo venía Carmelito, acompañado de su hermano Rafael, y qué cantidad de plumas llevaba para San Fernando.

Mujiquita se rascó la cabeza, y luego, tomando su sombrero y disponiéndose a salir, dijo:

—Espérame aquí un momento. Déjame ir a contarle eso al general. Él debe de estar en la Jefatura Civil. No te haré aguardar mucho.

—Pero ¿qué tiene que ver el Jefe Civil en este asunto? —objetó Santos—. ¿No han transcurrido ya los días que la ley establece para que el sumario pase al juez competente?

—¡Ah, caramba, chico! —exclamó Mujiquita, y en seguida—:

Mira, el general no es malo; pero, aquí entre nos, en todo quiere llevar la batuta. Tanto en lo civil como en lo judicial, aquí no se hace sino lo que él dispone. Al general se le atravesó entre ceja y ceja que el hombre había muerto de un mal, como dice él. Es decir: de un síncope cardiaco. Y a propósito, porque todo puede suceder, ¿tú no habías observado si el peón era cardiaco?

—¡Qué cardiaco de los demonios! —exclamó Santos, poniéndose de pie, violentamente—. Quien va a resultarlo muy pronto, si ya no lo estás, a fuerza de tener miedo, eres tú.

Y Mujiquita, sonriente:

—No te calientes, chico. Ponte en mi caso. Y en el del general, porque en la vida hay que tenerlo todo en cuenta. Días antes se había recibido aquí una circular del Presidente del Estado a los jefes civiles de su jurisdicción, dándoles una enjabonada con motivo de varios crímenes que se habían cometido en despoblado, sin que se hubiese podido capturar a los autores, y exhortándolos a cumplir mejor con sus deberes, y el general contestó que eso no era con él, porque en el distrito de su mando no existía la criminalidad. Yo mismo le redacté el oficio, y quedó tan satisfecho, que lo mandó a publicar en una hoja suelta, que ya habrás visto por ahí. Todo esto lo converso contigo en grado 33, por supuesto. Como comprenderás, en el caso de tu peón, o de tus peones, mejor dicho, yo no he dejado de pasearme por la presunción de asesinato; pero en estos momentos, acababa de salir la hoja, es impolítico decir que se trata de un crimen y...

—Y como tú estás aquí para complacer a ño Pernalete y no para administrar justicia —atajó Santos.

Y Mujiquita, encogiendo los hombros.

—Yo estoy aquí para completarles la arepa a mis hijos, que la pulpería no me la da completa —y tomando la salida—: Aguárdame un momento. Todavía no se ha perdido todo. Déjeme ir a torear mi toro.

Minutos después regresaba con cajas destempladas.

—¿No te lo dije? Yo conozco muy bien mi tercio. Al general no le ha gustado que tú te hayas dirigido a mí y no a él. De modo que te aconsejo que te vayas allá y te le metas bajo el ala. Así es como se consiguen las cosas con él.

Pero antes de que Luzardo pudiera protestar contra el consejo, apareció el Jefe Civil.

Como dijo Mujiquita, no le había agradado que Santos hubiese acudido al juez y no a él con la agravante de venir a suministrar datos que desvirtuaran la moda presunción de muerte natural a que él se había acogido, cosas que, si a nadie solía tolerárselas quien no podía concebir la autoridad sino a la manera despótica como la entiende el bárbaro, mucho menos se las toleraría a quien ya se había atrevido a invocar contra sus desmanes el imperio de la ley.

Entró en el juzgado con el sombrero puesto y ambas manos ocupadas: en la izquierda, el tabaco, que se le había apagado; en la derecha, la caja de fósforos. Además, portaba bajo el brazo izquierdo aquella espada con vaina de cuero que siempre llevaba consigo sin necesidad ni razón.

No se dignó saludar a Luzardo y se acercó a la mesa, puso sobre ella su machete, y mientras raspaba el fósforo y lo aplicaba al tabaco, dijo:

—Ya le he dicho, Mujiquita, que a mí no me gusta que se me atraviesen en mis asuntos. En ese que trae entre manos el señor, estoy trabajando yo y sé lo que debo hacer.

—Permítame que le observe que este asunto ya es de la jurisdicción del poder judicial —manifestó Santos Luzardo, haciendo todo lo contrario de lo que le aconsejara Mujiquita, pues nombrarle a ño Pernalete jurisdicción que no fuera suya equivalía a declararle la guerra.

—Sin embargo, Santos —intervino el juez, tartamudeando casi—, tú sabes que...

Pero ño Pernalete no necesitaba ayudas.

—Sí. Algo de eso como que he oído mentar por ahí —replicó socarronamente, entre una y otra chupetada al tabaco—. Pero lo que yo he visto siempre es que donde se meten un juez y un abogado, si uno los deja de su cuenta, lo que estaba claro se pone turbio, y lo que iba a durar un día, no se acaba en un año. Por eso yo, cuando se presenta por aquí un litigio, me informo por la calle quién es el que tiene la razón y me vengo aquí y le digo al señor: "Bachiller Mujica, quien tiene la razón es fulano. Sentencie ahora mismo en favor suyo".

Y al decir así descargó todo el peso de su dictatorial machete sobre el escritorio del juez, de donde lo había tomado previamente, para reproducir con todos sus detalles la escena que refería.

Perdiendo por momentos el dominio de sí mismo, Santos repuso:

—Aunque yo no he venido a litigar, sino a pedir que se cumpla la justicia, me interesaría saber cómo la llama usted cuando de ese modo la trata.

—A eso lo llamo yo poner los puntos sobre las haches —respondió ño Pernalete, que en el fondo era un guasón—. ¿Usted no conoce el cuento? Se lo voy a echar, porque es cortico. Era uno de esos hombres a quienes llaman brutos; pero que tenía el tonto muy lejos. No conocía la ortografía y no decía halar, sino jalar, ni hediondo, sino jediondo, y cuando su secretario —porque era jefe el hombre y tenía su secretario— le ponía con hache una de esas palabras que a él no le sonaban sino con jota, le decía: "Está bueno, pero... ¡póngamele un punto a esa hache!"

A lo cual replicó Santos, mientras Mujiquita le reía la ocurrencia al general.

—Si ésa es la *ortografía* que se usa por aquí, he perdido mi tiempo al venir a impetrar justicia.

Se enriscó ño Pernalete.

—Se le hará —díjole, en un tono que más bien parecía de amenazas. Déspota por naturaleza, pero taimado al mismo tiempo, si ño Pernalete no aceptaba que se rebatiesen sus opiniones o procedimientos, también era cierto que si encontraba convincente las razones contrarias, en seguida buscaba la manera de adoptarlas, cuando algún interés tuviera en ello, pero siempre dejando entender que ya se le había ocurrido y presentándolas bajo la originalísima forma que tenían las suyas. En el caso en cuestión, y por aquello de la circular del Presidente, su interés le aconsejaba desistir de la presunción de muerte natural que hasta allí había hecho prevalecer y de aquí que en seguida agregara, pero con el mismo tono insolente:

—No era necesario que usted viniera desde tan lejos para que aquí supiéramos que el hombre venía acompañado. Y ésa es la pista que estamos siguiendo.

Pero Santos, comprendiendo que ahora iba a atrincherarse en la presunción de que hubiera sido Rafael el asesino de Carmelito, se apresuró a replicar:

—El compañero era hermano de Carmelito, ambas personas de toda mi confianza y yo no vacilo en afirmar que también fue asesinado.

—Una cosa es que usted lo diga y otra que resulte verdad —repuso ño Pernalete, sintiéndose acorralado en el nuevo desacierto, y después de repetirle al cariacontecido juez: "Ya lo sabe, bachiller Mujica, ¡no me alborote el avispero!", abandonó el juzgado, dejando en pos de sí un silencio que era indignación en Luzardo y miedo en Mujiquita; pero tan absoluto, que permitía percibir los suaves golpecitos con que los pollos que estaba sacando la clueca echada en el rincón comenzaban a romper las cáscaras para lanzarse a disfrutar de aquel mundo de delicias.

Luego Mujiquita, previo un vistazo a la calle para cerciorarse de si ño Pernalete se había marchado de veras:

—¿Dos arrobas dices tú que eran las plumas que traían los peones? Como unos veinte mil pesos, ¿verdad?... Pero eso no está perdido, Santos. El que tenga en su poder esas plumas tratará de salir de ellas ligero, por lo que le den, y por ahí se descubrirá la cosa.

Pero Santos no atendía sino a sus propias reflexiones y las expresó así, poniéndose de pie para retirarse:

—Si en vez de llevarme a Caracas, mi madre me hubiera dejado por aquí, aprendiendo la ortografía del cuento de ño Pernalete, yo no sería hoy el doctor, sino el coronel Santos Luzardo, por lo menos, par de este bárbaro, y él no se habría atrevido a hablarme con la insolencia con que lo ha hecho.

—Te voy a decir, chico —insinuó Mujiquita—. El general no es tan...

Pero no se atrevió a continuar, tal fue la mirada que le dirigió Santos Luzardo, y concluyó:

—Bueno, chico. Vamos a pegarnos un palo, que la otra vez, ni tiempo tuve de invitarte.

Tal proposición, en aquellos momentos, revelaba un cinismo absoluto, y Santos, después de mirarlo de arriba abajo, dijo:

—También es verdad que no existirían ño Pernaletes, si no existieran...

Iba a decir: Mujiquitas; pero comprendió que aquel infeliz era también una víctima de la barbarie devoradora de hombres, y con la ira ya trocada en compasión le respondió a su invitación de inconsciente:

—No, Mujiquita. Todavía no empezaré a beber aguardiente.

El antiguo condiscípulo se lo quedó mirando, con aquel mismo aire de incomprensión de cuando él trataba de explicarle las lecciones de Derecho Romano, y luego, sonriendo de una manera incierta:

—¡Ah, Santos Luzardo! Tú no has cambiado en nada, chico. Tengo tantas ganas de echar una conversada larga contigo... Para recordar aquellos tiempos, chico. ¿No te irás, todavía, por supuesto? No, chico. No vayas a coger camino ahora. Déjalo para mañana. Descansa ahora un rato y luego voy a buscarte a la posada. No te acompaño hasta allá porque tengo que despachar un asunto urgente.

Y cuando Luzardo cruzó la esquina, cerró el juzgado y se dirigió a la Jefatura Civil, a explorar el ánimo de ño Pernalete respecto a él.

Lo encontró solo y muy agitado, paseándose de un extremo a otro del despacho y monologando:

—Por algo no me gustó el doctorcito ese, desde que lo vi por primera vez. ¡Esos picapleitos! En la cárcel tendría yo a toditos. Mujiquita —díjole, al verlo aparecer—. Tráigame acá el sumario de la... berenjena esa del muerto de *El Totumo*.

Mujiquita fue y vino con el legajo. Todavía ño Pernalete se paseaba.

—Léame eso a ver cómo quedó. Salte los priámbulos hasta donde dice cómo se encontró el cadáver.

Mujiquita leyó:

"— El cadáver presentaba síntomas de descomposición avanzada".

—¿Síntomas? —interrumpió ño Pernalete—. Si estaba podrido de bola. Usted siempre está poniéndole versos a todo para enredarlo más. Bueno, siga leyendo:

"— Y no se pudieron apreciar heridas ni contusiones".

—¡No le digo! —protestó Pernalete, dando bufidos—. ¿No se le pudieron apreciar? ¿Y para qué fue usted, entonces, sino para apreciar lo que hubiere? ¿Cómo sale ahora con que no pudo?

—General —balbució Mujiquita—. Acuérdese de que usted me dijo...

Pero el jefe no le dejó concluir:

—No me venga ahora con que "usted me dijo". ¿Qué necesidad tiene usted de que le digan lo que debe hacer en el cumplimiento de su obligación? Para eso se le paga un sueldo. ¿O es que usted pretende que yo le haga el trabajo que le corresponde como juez? Para que después venga el doctorcito ese a hablarme de jurisdicciones. ¿No leyó usted el oficio que le dirigí en días pasados al Presidente del Estado? Muy claras están expuestas en ese oficio las reglas de mi conducta como funcionario, porque en mis escritos yo no ando con zoquetadas de palabras bonitas, pero digo las cosas claras. Y que después de haber recibido ese papel mío vaya a saber el Presidente que hemos querido echarle tierra al muerto de *El Totumo*, sin haber averiguado bien si el hombre se murió porque se murió o porque lo asesinaron para robarlo... ¡A ver! Eche acá el sumario ese.

Se lo arrebató de las manos y comenzó a leer, acompañando el trabajo de los ojos con movimientos de deglución, y Mujiquita, que de todo aquello coligió que ño Pernalete estaba "tendiéndose un puente", se animó a advertirle:

—Fíjese, general, en que ahí no dice que haya sido muerte natural.

Mas, en esto de abandonar una opinión que hubiere sustentado, ño Pernalete era como las bestias que luego de derribar al jinete lo cocean en el suelo, y al oír mencionar la explicación que hasta allí había hecho prevalecer, se revolvió contra Mujiquita:

—¿Cómo iba a decir? ¿Acaso puede usted asegurar que el hombre no fue asesinado? ¿Ni qué tiene que meterse en esos particulares un juez de instrucción, que no está obligado sino a poner en el sumario lo que vio con sus propios ojos? ¿O es que usted se ha metido a dar opiniones sobre la causa de la muerte?

—En absoluto, general.

—¿Entonces, pues? ¿A qué viene todo este, embrollo? Si usted hizo lo suyo bien hecho, quédese tranquilo. Ya le dije también a su amigo el doctorcito que se fuera tranquilo, porque la justicia se cumpliría. Váyase allá, usted debe de saber dónde se ha alojado, y como cosa suya, repítale eso: que la justicia se cumplirá, porque yo me estoy ocupando del asunto. Así él se irá tranquilo para su casa y no nos jeringará más la paciencia.

—Si usted quiere, general, puedo también preguntarle cuáles son las personas de quién sospecha —propuso Mujiquita.

—¡No, señor! Haga lo que le digo y nada más.

—Como cosa mía, decía yo.

—¿Hasta cuándo será usted pendejo Mujiquita? ¿No se le ocurre que si nos ponemos a jurungar, nos vamos a encontrar con la mano de doña Bárbara?

—Yo decía por lo de la circular del Presidente —balbució Mujiquita.

—¿No le digo? A usted lo van a enterrar con urna blanca, Mujiquita, de puro inocente. ¿No sabe usted que a *El Miedo* no llegan circulares, porque el Presidente del Estado es amigo de doña Bárbara? Le debe favores que no se olvidan: un muchacho que le salvó de la muerte con unas hierbas, de las que ella conoce, y otras cosas más que no son hierbas, propiamente. Ande a hacer lo que le mando. Vaya a darle un caldo de sustancias a su amigo, para que se largue tranquilo para su casa, mientras aquí brujuliamos la cosa.

Y Mujiquita salió de la Jefatura, convencido de que, por muchos "tiros" que le hubiera cogido al general para estar bien con Dios y con el diablo, a él lo iban a enterrar con urna blanca.

—¡El pobre Santos Luzardo! De esos veinte mil pesos que iba a coger por sus plumas, como que no va a ver ni real. Y tener yo que decirle que se vaya tranquilo.

Pero cuando llegó a la posada, ya Santos estaba con el pie en el estribo.

—¿Esa prisa, chico? Deja ese viaje para mañana. Tengo muchas cosas que decirte.

—Me las dirás cuando volvamos a vernos —le respondió Santos, ya a caballo—. Que será cuando pueda venir con un machete en la mano y poniéndolo sobre tu escritorio, decirte: "Bachiller Mujiquita, quien tiene la razón es fulano. Sentencie ahora mismo en favor suyo".

Como si por primera vez oyera cosa semejante, Mujiquita preguntó:

—¿Qué quieres decirme con eso, Santos Luzardo?

—Que el atropello me lanza a la violencia y que acepto el camino. Hasta la vista, Mujiquita. Puede que pronto volvamos a vernos.

Y partió, levantando una polvareda bajo las patas de su caballo.

# IV

## *Opuestos rumbos buscaban*

Uno de aquellos mensajeros que le llevaron a Santos Luzardo la noticia del suceso de *El Totumo* había recibido de ño Pernalete esta consigna privada:

—De paso, acérquese a las casas de *El Miedo*, con un pretexto cualquiera, y en conversación, como cosa suya échele el cuento a doña Bárbara. Es bueno que ella también lo sepa. Pero a ella sola, ¿sabe?

Lo primero que le ocurrió a doña Bárbara al recibir la noticia fue alegrarse del daño que con aquello había sufrido Luzardo.

Horas después lleváronle la noticia de que Marisela había regresado con el padre al rancho del palmar de *La Chusmita*, y al recibirla acudieron a su mente las cabalísticas palabras de "el Socio", pero con una interpretación esperanzada: Marisela, la rival que le quitaba el amor de Santos Luzardo, regresando al rancho del palmar, eran las cosas que debían volver al lugar en donde salieron. Vio en esto un signo de que aún no se había apagado su buena estrella y se dijo:

—Dios tenía que seguir ayudándome.

Y ya se disponía a trazarse el plan adecuado a las nuevas circunstancias, cuando se le acercó Balbino Paiba, diciéndole:

—¿Sabe la noticia?

Rápida como la centella fue la ocurrencia de interrumpirlo:

—Que en el chaparral de *El Totumo* asesinaron a Carmelito López.

Balbino hizo gesto de sorpresa y en seguida exclamó, lisonjero:

—¡Caramba! A usted no hay manera de venderle noticias frescas. ¿Cómo lo supo?

—Anoche me lo dijeron —respondió, dejando entender, con el impersonal empleado y con el tono misterioso, que había sido "el Socio" quien se lo comunicara.

—Pero la informaron mal —repuso Balbino, al cabo de una breve pausa—, porque según parece, Carmelito no murió asesinado, sino de muerte natural.

—¿Y una puñalada por la espalda, o un tiro por mampuesto, en un lugar como el chaparral de *El Totumo*, no es también una manera natural de morirse un cristiano?

Fue tal el desconcierto de Balbino al oír estas palabras, acompañadas de una sonrisa socarrona, que, pareciéndole única manera de salir del apuro hacer como si creyera que doña Bárbara le daba a entender que el crimen había sido obra de ella, cometió la torpeza de decir:

—No hay cuestión: a usted la ayudan cosas que pueden más que los hombres.

Brusco y amenazante fue el juntarse y separarse de las cejas de doña Bárbara al oír aquella alusión a sus poderes de bruja; pero ya Balbino había comenzado y tenía que concluir:

—El doctor Luzardo se propone acabar con el cachilapeo a sabana abierta, y en el chaparral de *El Totumo* se muere Carmelito, y el viento se lleva las plumas que iban a producir la plata necesaria para la cerca de *Altamira*.

—Así es —repuso ella, asumiendo de nuevo la actitud socarrona—. En esas sabanas de *El Totumo* siempre sopla mucho viento.

—Y como las plumas son livianitas... —agregó Paiba, en el mismo tono sarcástico.

—Me parece —concluyó ella.

Se lo quedó mirando un rato, sonriendo, y luego soltó una carcajada. Balbino se dejó traicionar por el característico ademán involuntario de la manotada a los bigotes, y como esto hiciera reír a doña Bárbara con mayores ganas, acabó de perder los estribos y preguntó amoscado:

—¿De qué se ríe?

—De lo bellaco que eres. Vienes a contarme lo del chaparral, que ya debías saber que no era noticia fresca para mí, pero tienes buen cuidado de no mentar tus fechorías. ¿Por qué no me cuentas lo que has hecho durante estos días que has estado sin dejarte ver la cara por acá?

Dijo esto entre pausas y sin perder de vista los cambios de color y movimientos irreprimibles que pasaban por el rostro de Balbino, y cuando ya éste se disponía a dar la explicación del empleo de su tiempo, que tenía preparada para justificar su ausencia del hato, ella concluyó apresuradamente:

—Ya me dijeron también que tienes una rochelita con una de las muchachas de *Paso Real*. Sé que has estado allá poniendo joropos y empatando las noches con las noches en una sola parranda. ¿Por qué no me hablas de eso, grandísimo bribón, en vez de venir a darme noticias que no me interesan?

A Balbino, le volvió el alma al cuerpo; pero al recuperar la serenidad no hizo sino volverse más obtuso de lo que ordinariamente era, pues creyó que, en realidad, lo que le interesaba a la barragana eran sus devaneos, con la muchacha de *Paso Real*.

—Eso es una calumnia inventada por mis enemigos. Seguramente por Melquíades, que ya me he fijado que anda espiándome los pasos. Yo sí estuve dos días en un joropo en *Paso Real* pero ni lo puse yo, ni es verdad que ande enamorando a ninguna de las muchachas de allá. Lo que pasa es que como uno no podía acercársete en estos días sin llevarse un boche, lo mejor que podía hacer yo era no dejarme ver contigo.

Se interrumpió un momento para explorar el efecto que le causara el tú que se había aventurado a darle, tratamiento que sólo en raptos de amor solía tolerar ella y como no la viese manifestar disgusto, se animó más.

—Tan es así, que ya estaba pensando irme de por todo esto, porque no ha sido muy bonito el papel que me has hecho representar desde que ha venido el doctor Luzardo.

Impenetrable el designio y con tan perfecto arte de simulación, doña Bárbara asumió una actitud de enamorada celosa y replicó:

—Pretextos. Bien sabes tú qué es lo que me propongo con el doctor Luzardo. Pero están muy equivocados, tú y la muchacha de *Paso Real*, si creen que se van a burlar de mí. Ya le mandé decir a ella que si sigue haciéndote carantoñas la voy a alumbrar.

—Te aseguro que eso es una calumnia —protestó Balbino.

—Calumnia o lo que sea, ya te he dicho lo que tenía que decirte: de mí no se burla nadie. De modo que no se te ocurra volver por *Paso Real*.

Y le dio la espalda, diciéndose mentalmente:

—Ya éste no verá el hoyo donde va a caer.

En efecto, Balbino Paiba se quedó haciéndose estas reflexiones:

—Yo hice muy bien las cosas. Con una sola piedra maté dos pájaros. Los joropos de *Paso Real* me sirvieron para ir y venir hasta *El Totumo*, sin despertar sospechas y para que ésta volviera al comedero empujada por los celos. Ahora vuelvo a ser yo el gallo que canta en el patio de *El Miedo;* pero si ella se va a dar sus artes para hacerse rogar, yo también me voy a dar las mías. Yo hice muy bien las cosas: de Rafaelito no quedó ni el rastro, porque lo que no le gustó al caimán le gustó a la caribera de *Chenchenal*, y ahora él es quien va a cargar con la muerte del hermano y con el robo de las plumas. Mientras tanto, ahí bajo tierra están seguras y puedo esperar a que pase el tiempo para ir viéndolas a pitos y flautas, y mientras tanto, el negocio de *El Miedo* andando.

A la vez, doña Bárbara, diciéndose, por allá:

—Dios tenía que ayudarme. Apenas había empezado a preguntarme: ¿Quién habrá sido el asesino?, viene este vagabundo a contarme el cuento con el crimen pintado en la cara. Ahora, lo vajeo hasta que descubra dónde tiene escondidas las plumas, y una vez que estén en mis manos las pruebas suficientes, lo amarro codo con codo y se lo entrego al doctor Luzardo, para que haga con él lo que le dé gana.

A todo estaba dispuesta: a entregar sus obras y a cambiar de vida, porque ya no la impulsaba un capricho momentáneo sino una pasión, vehemente como lo fueron siempre las suyas y como naturalmente lo son las pasiones otoñales, pero en la cual no todo era sed de amor, sino también ansia de renovación, curiosidad de nuevas formas de vida, tendencias de una naturaleza vigorosa a realizar recónditas posibilidades postergadas.

—Seré otra mujer —decíase una y otra vez—. Ya estoy cansada de mí misma y quiero ser otra y conocer otra vida. Todavía me siento joven y puedo volver a empezar:

Tal era la disposición de su ánimo, cuando dos días después de regreso a la casa ya al atardecer, divisó a Santos Luzardo que volvía del pueblo.

—Espérame aquí —díjole a Balbino, en cuya compañía siempre procuraba estar ahora, y atravesando un gamelotal[82] que la separaba del camino que traía Luzardo, le salió al paso.

Lo saludó con una leve inclinación de cabeza, sin sonrisas ni zalamerías, y lo interpeló:

—¿Es cierto que han asesinado a dos peones de usted que llevaban para San Fernando la cosecha de la pluma?

Después de haberle dirigido una mirada despectiva, Santos le respondió:

—Absolutamente cierto y muy estratégica su pregunta.

Pero ella no atendió al final de la frase por formular ya otra interrogación:

—¿Y usted qué ha hecho?

Mirándola fijamente a los ojos y martilleando las palabras, aquél le contestó:

—Perder mi tiempo pretendiendo que la justicia podría cumplirse; pero puede usted estar tranquila por lo que respecta a las vías legales.

—¡Yo! —exclamó doña Bárbara, enrojeciendo súbitamente, cual si la hubiesen abofeteado—. ¿Quiere decir que usted?...

—Quiero decirle que ahora estamos en otro camino.

Y espoleando el caballo prosiguió su marcha, dejándola plantada en medio de la sabana.

# V

## La hora del hombre

Momentos después, Santos Luzardo irrumpía en la casa de *Macanillal*, revólver en mano.

Estaba la casa en el mismo sitio donde mandara a reponerla doña Bárbara, pero no donde, en estricta justicia, debería estar, pues también había sido arbitraria la decisión del juez al establecer aquel lindero.

Hallábanse los dos Mondragones, supervivientes de aquella temible trinidad de hermanos, entretenidos en apacible plática, meciéndose en sus chinchorros, cuando Santos, sin darles tiempo a que se armasen, les intimó la rendición. Cruzaron entre sí una mirada de inteligencia y el apodado *El Tigre* dijo, con alevosa mansedumbre:

—Está bien, doctor Luzardo. Ya estamos rendidos. ¿Qué hacemos ahora?

—Pegarle fuego a la casa —y arrojándoles a los pies una caja de fósforos—. ¡Vamos!

La orden era imperiosa y a los Mondragones no se les escapó pensar que quien se la daba era un Luzardo, hombres que nunca habían esgrimido un arma para amenazas que no se cumplieran.

—¡Caramba, doctor! —exclamó *El León*—. Esta casa no es de nosotros y si le pegamos fuego nos la va a cobrar doña Bárbara con daños y perjuicios.

—Eso corre de mi cuenta —respondió Santos—. Procedan sin chistar.

En esto, *El Tigre* había logrado escurrirse hacia el sitio donde estaba un rifle y ya se abalanzaba a cogerlo, cuando un disparo certero de Luzardo, alcanzándolo en un muslo, lo derribó por tierra, profiriendo una maldición.

Con un arrebato impetuoso, el hermano intentó abalanzarse sobre Luzardo, pero lo contuvo el revólver que lo apuntaba al pecho, en la diestra cuya eficiencia ya habían experimentado, y volviéndose al hermano, lívido de ira impotente, díjole:

—Ya se nos presentará la oportunidad de cobrarnos ésta, hermano. Levántese del suelo y ayúdeme a pegarle fuego a la casa. Cada hombre tiene su hora y el doctor Luzardo está gastando la suya. Luego vendrá la de nosotros. Tome la mitad de estos fósforos y usted por esa punta y yo por ésta, hagamos lo que nos mandan. Que bien merecido lo tenemos por habernos dejado coger desprevenidos.

Aplicando el fuego a las barbas de la techumbre pajiza, el viento de la sabana lo convirtió pronto en una llamarada rabiosa que destruyó en instantes aquella casa, que no era sino un techo sobre cuatro horcones.

—Bueno —volvió a hablar *El León*—. Ya la casa está ardiendo como usted quería. Ahora, ¿qué más se le ocurre?

—Ahora se echa usted encima a su hermano y marcha por delante de mí. Lo demás se lo diré en *Altamira*.

Volvieron a mirarse los Mondragones y como a ninguno de los dos le pareciera que el otro estuviese dispuesto a jugarse la vida con una temeraria resistencia, pues además de que Luzardo les llevaba las ventajas de estar a caballo y armado, tenía pintado en el rostro el aire de las resoluciones extremas, el herido dijo:

—No hay necesidad de que me cargue, hermano. Yo voy a pie, así me sangre por el camino.

Oriundos de los llanos barineses, en donde habían cometido crímenes que la fuga al Arauca y el amparo que les brindó doña Bárbara dejaron impunes, ahora iban a purgarlos, pues Santos se proponía remitírselos a la autoridad de aquella región, y así se los manifestó cuando llegaron a *Altamira*.

—Usted sabrá lo que hace —repuso *El León*—. Ya le digo: está en su hora.

Y como Santos, sin hacer caso de la altanería de tales palabras, le ordenase a Antonio que curara al herido, éste replicó:

—No se moleste, doctor. La sangre que he botado no era sino la que me sobraba. Ahora es que estoy en mi peso.

A lo cual intervino *Pajarote*:

—Pues así no habrá que arriarlo mucho por el camino.

Y, bravuconada por bravuconada, dirigiéndose a Luzardo:

—Déme a mí esa comisioncita, doctor. Yo le respondo de estos hombres. Dos piazos de sogas para amarrarlos codo con codo, es lo que necesito. Lo demás lo pongo yo. Y, ¡ah malhaya!, esté el hombre tan livianito como dice, para ver si se le ocurre correr. Supongo que usted los va a mandar con un papel, y si es así, vaya escribiéndolo de una vez, porque es ya que los voy a estar arriando por delante. No es bueno dejarlo para mañana. Aunque no creo que se atrevan los otros fustaneros a venir esta noche por estos dos. ¡Ni malo que sería! Si yo pudiera partirme en dos piazos, con la mitad me llevaba por delante a estos faramalleros y con la otra esperaba aquí a los que vinieran por ellos de *El Miedo*. Pero aquí no hago falta, porque ya usted ha demostrado que con un altamireño basta y sobra para arriar por delante a dos miedosos, y a ese tono van a cantar todos los del lado de acá.


Hacía rato que había entrado en la casa y todavía no se había dado cuenta de que Marisela y su padre no estaban allí.

—Se fueron en cuanto usted partió para el pueblo —explicó Antonio—. La idea fue de Marisela y perdí mi tiempo yendo a buscarla. Por nada quiso venir.

—Es lo mejor que ha podido ocurrírsele —dijo Santos—. Ahora estamos en otro camino.

Y en seguida ordenó proceder, al día siguiente, a levantar la palizada de Corozalito que míster Danger venía aplazando, valido del ardid que le aconsejara ño Pernalete.

—¿A pesar de aquel documento que le mostró míster Danger? —inquirió Antonio, al cabo de una corta pausa.

—A pesar de todo y contra todo lo que se oponga. Al atropello, con el atropello. Esa es la ley de esta tierra.

Antonio volvió a quedarse pensativo. Luego dijo:

—No tengo nada que decirle, doctor. Por el camino que usted se eche, ya sabe que detrás voy yo.

Pero se retiró, diciéndose mentalmente:

—No me gusta ver a Santos en ese tono. Ojalá sean aguaceros de verano.

Aquella noche, mientras los perros raboteaban en torno a la mesa, una mujer que apestaba a pringue de cocina fue quien le sirvió la comida a Santos Luzardo. Apenas probó unos bocados de los feos guisos de Casilda y como no podía permanecer dentro de aquella casa, donde, a los tristes reflejos de la lámpara, las cosas que antes brillaban limpias tenían ya una pátina de polvo y estaban cubiertas de moscas, se salió al corredor.

La sabana reposaba, fosca, bajo la noche encapotada. Ni el cuatro, ni la copla, ni el pasaje. Los peones silenciosos pensaban en el compañero taciturno asesinado en el chaparral de *El Totumo*; en el hombre "encuevado", con quien, sin embargo, siempre se podía contar, pues a nadie dejaba nunca en un apuro, así arriesgase la vida; en el hombre bueno que tuvo que hacerse justicia por sí mismo y ni aun después de muerto se le hacía.

Piensan también en el amo, despojado de aquel dinero que iba a invertir en la obra en la cual fundaba tantas esperanzas y que ha regresado convertido en otro hombre, fiero y sombrío.

Óyese a distancia el áspero grito de los alcaravanes y Venancio rompe el silencio:

—Lejos deben ir ya *Pajarote* y María Nieves, con su arrebiate.

Y otro, refiriéndose a las vías de hecho por donde ahora se ha lanzado el amo:

—Así es como hay que hacer las cosas en esta tierra, porque

a conforme es el mal, así tiene que ser el remedio. En el Llano, el hombre debe saber hacer todo lo que hace el hombre. Que se deje el doctor, de una vez por todas, de estar pensando en cercas y en cosas que se hacen en otros países de llanos, y haga lo que todo el mundo ha hecho siempre por aquí: cachilapiar, desde mamantón para arriba, todo el ganado sin hierro que le pise su posesión.

—Y meterse en las ajenas —agrega un tercero— y arriar de allá para acá cuanto bicho de casco y pezuña se encuentre por delante. Asina están haciendo con lo de él y lo que es igual no es trampa.

—Pues yo no soy del parecer de usted —interviene Antonio Sandoval—. Yo estoy por lo que me hizo comprender el doctor. La cerca en todas partes y cada cual criando lo suyo dentro de lo suyo.

Como oyese estas palabras, Santos experimentó una impresión semejante a la que acababan de producirle los melancólicos reflejos de la lámpara sobre las cosas abandonadas por Marisela.

Aquella convicción de Antonio era obra de un hombre que ya no existía, aquel que llegó de la ciudad acariciando proyectos civilizadores, respetuoso de los procedimientos legales, aunque estos sustentasen sanciones como aquellas con las cuales doña Bárbara venía arrebatándole su propiedad, enemigo de las represalias —cuyas insinuaciones rechazaba su conciencia vigilante, con un sagrado horror de la catástrofe espiritual a que pudieran inducirlo, poniendo en libertad al impulsivo que alentaba en él—, aun a riesgo de convertirse en víctima de la violencia enseñoreada de aquella tierra.

Éste que ahora escuchaba la conversación de sus peones pensaba y sentía como aquel que acababa de decir: "el hombre debe hacer todo lo que hace el hombre".

Ya él había demostrado que sabía hacerlo: la casa de *Macanillal* ya no existía y los Mondragones iban a rendir cuentas de sus crímenes ante la justicia, por obra de su mano armada. Al día siguiente le tocaría a míster Danger. Puesto que era la hora del hombre y no todavía la de los principios, ya que para la arbitrariedad y la violencia el desierto no oponía límites a la acción individual, el hombre se impondría. Un golpe aquí, otro allá, en seguida una afirmación de fuerza en cada oportunidad que se le deparara, y el ancho feudo sería suyo para la futura obra civilizadora.

Era el comienzo del buen cacicazgo. La hora del hombre bien aprovechada.

# VI

## El inefable hallazgo

Fueron tres los días que Santos estuvo ausente del hato y, mientras tanto, Marisela alimentó la secreta esperanza de verlo ir en busca suya en cuanto regresara a *Altamira* y no la encontrase allí. Empecinada en el sombrío despecho que la había impulsado a retornar al rancho del palmar, no quería confesarse que abrigaba tal esperanza, pero no se apersonaba tampoco del momento, como si estuviera allí de paso, y el resto del día se le iba sentada en el brocal del pozo o vagando por el palmar, mirando hacia donde podía aparecer gente que viniese de *Altamira*.

A ratos disipábasele la negra melancolía y soltaba la risa al pensar en el enojo de Santos cuando no le encontrara en su casa, pareciéndole entonces que no había querido hacer sino una chiquillada, para cobrarle aquel áspero regaño que le dio en pago del amoroso empeño que ella había puesto en librarlo de los maleficios de la madre; pero en llegando a este punto de su soliloquio, las odiosas imágenes de aquella escena volvían abatirle y ensombrecerle el ánimo.

Finalmente, supo que Santos había llegado y transcurrieron dos días y se extinguió totalmente aquella lucecita de esperanza que a ratos parpadeaba en su corazón.

—Bien sabía yo que él no vendría a buscarme, ni se ocuparía más de mí —se dijo—. Ahora sí es verdad que aquello no fue sino un sueño.

En cambio, míster Danger caía a cada rato por allí. Menos audaz que antes, contenido por la actitud seria y digna que ella observaba en su presencia, ya no era osado a ponerle encima sus manazas; pero estrechaba cada vez más el asedio de la presa que había vuelto a ponerse al alcance de sus garras, más codiciable ahora, y alternaba las habituales bromas de su perenne buen humor con altaneras actitudes de comprador que ya ha pagado.

Por momentos, el despecho inducía a Marisela a complacerse en pensar que su destino sería caer, tarde o temprano, entre los brazos de aquel hombre; pero en seguida la repugnante perspectiva la impulsaba a buscar remedios eficaces y rápidos a la situación.

Un día vio a Juan Primito, que merodeaba por allí sin atreverse a llegarse hasta el rancho, temeroso de que ella no le hubiese perdonado la ingerencia que tuvo en lo de la medida de la estatura de Luzardo. Lo llamó y le dio este encargo:

—Dile a... Bueno. Tú sabes a quién me refiero: a la señora, como tú la llamas. Dile que le mando a decir yo que aquí estamos otra vez en el palmar, pero que quiero irme de por todo esto. Que me mande dinero; pero no una miseria de cuatro centavos, porque no es una limosna lo que le pido, sino dinero suficiente para irme a San Fernando con papá. ¿Cómo le vas a decir? Repite lo que te he dicho. Bien. Así mismo se lo dices, de lo contrario no se te ocurra volver por acá.

Juan Primito se fue repitiendo el recado, para que no se olvidara una sola de las palabras de la niña Marisela, y así se lo dio a doña Bárbara. En el primer momento, ésta pensó dar la callada por respuesta o contestar con una violencia; pero, recapacitándolo mejor, comprendió que le convenía que Marisela se marchase a San Fernando y cogiendo de su armario un puñado de monedas de oro, de las que acababa de recibir en pago de un lote de ganado, se las entregó a Juan Primito.

—Toma. Llévale esto. Que ahí van quince morocotas. Que se vaya de por todo esto con su padre y que haga todo lo posible para que yo no vuelva a saber de ella.

Ahogándose en la sofocación de la prisa con que recorrió el trayecto y de la alegría que le causaba el éxito de su cometido, Juan Primito sacó el pañuelo donde había envuelto las monedas, diciendo:

—Atoca, niña Marisela. ¡Eso es oro! ¡Quince morocotas te manda la señora! Cuéntalas a ver si están completas.

—Ponlo en esa mesa —díjole Marisela, sintiéndose humillada por haber tenido que recurrir a aquel expediente para librarse de míster Danger y para renunciar a las limosnas de provisiones que Antonio seguía enviándole de *Altamira*.

—¿Es que te da asco el pañuelo, niña Marisela? Aguárdate que te las voy a entregar limpiecitas —dijo Juan Primito, dirigiéndose a lavar las monedas con agua del aljibe.

—Por más que las laves, siempre me dará asco tocarlas. Déjalas ahí. No es tu pañuelo lo que me da grima.

—No seas zoqueta, niña Marisela —replicó el bobo—. Oro es oro y venga de donde venga siempre está que brilla. ¡Son trescientos pesos! Con estos centavos puedes poner un negocio. En el paso del *Bramador*, del otro lado del Arauca, hay una pulpería que están vendiendo. Si tú quieres yo me acerco allá en un saltico a preguntar que por cuánto te la venden. Es un buen negocio, niña Marisela. Todo el que viene para acá se para en esa pulpería y por lo menos un palo de caña se pega. Si tú la compras yo me voy allá a servirte de dependiente, sin que tengas que pagarme nada. Déjame ir hasta allá a preguntar.

—No. No. Déjame pensarlo primero, y por ahora vete. Hoy no estoy de humor para conversar contigo. Coge para ti una de esas monedas y déjame las otras sobre la mesa.

—¿Atocar yo una de esas monedas para mí? ¡Qué mano, niña Marisela! ¡Ave María Purísima! ¡Déjame dirme más bien! ¡Ah! Se me olvidaba que te manda decir la señora que... Nada. Nada. Haz lo que te digo: compra la pulpería del otro lado del paso y te vas de una vez de por todo esto.

Se fue Juan Primito, se quedaron las monedas donde él las había puesto y se quedó Marisela pensando en lo que le propusiera aquél.

—¡Pulpera! Pero ¿a qué más puedo aspirar sino a ganarme la vida detrás del mostrador de una pulpería? ¡Pulpera! Al fin me casaré, o me pondré a vivir con un peón y un día pasará por allí el doctor Santos Luzardo y me pedirá que le venda... aguardiente no, porque él no bebe, pero cualquiera otra cosa, y yo se la venderé y él ni siquiera se fijará en que es Marisela, aquella Marisela, quien le despachará.

Horas después se presentó por allí míster Danger. Bromeó un poco a propósito de aquellas monedas que todavía permanecían en la mesa, y cuando ya iba a retirarse, sacó del bolsillo un papel donde había algo escrito y presentándoselo a don Lorenzo, le dijo:

—Firma aquí, chico. Éste es el documento del contratico que hicimos ayer.

Lorenzo levantó a duras penas la cabeza y se quedó mirándolo desde el abismo de su borrachera, sin entender lo que le decía: pero míster Danger le puso la pluma entre los dedos y llevándole la mano lo obligó a estampar su firma al pie del escrito, aunque con una letra que no tenía de suyo sino el temblor de la diestra por medio de la cual escribía el extranjero.

—¡*All right!* —exclamó éste, guardándose la pluma en el bolsillo del pecho, y en seguida dio lectura al escrito, en alta voz—: "Por el presente declaro que he vendido al señor Guillermo Danger mi hija Marisela por cinco botellas de brandy".

Era una de aquellas brutales bromas que acostumbraba; pero Marisela la tomó en serio y se precipitó a arrebatarle aquel documento, mientras don Lorenzo volvía a sumirse en su letargo, con una sonrisa de inconsciente y un hilo de saliva manándole de la boca.

Don Guillermo se dejó arrebatar el papel, echándose a reír mientras Marisela lo hacía añicos; pero aquella risa no hizo sino exasperarle la indignación.

—¡Salga de aquí, insolente! —rugió, con una voz ronca, llame-antes los ojos, y encendido el rostro. Y como don Guillermo, per-niabierto y con los brazos en jarras, seguía lanzando sus robustas carcajadas, se le abalanzó encima a echarlo de allí, a empujones.

Pero sus fuerzas no eran suficientes para mover aquella mole só-lidamente plantada en el suelo, y esto acabó de enfurecerla, embe-lleciéndola más. Descargó una lluvia de golpes sobre el sonoro pecho atlético de Danger sin que éste interrumpiera su carcajadas ni cambiara de actitud, y como no lograba sino magullarse los puños contra los recios pectorales, ya con lágrimas en los ojos, se apoderó de la pluma-fuente que aquél se había guardado en el bolsillo del pecho, dispuesta a clavársela en el cuello; pero él la inmovilizó, su-jetándola por los brazos, riendo siempre, la levantó en el aire y gi-rando sobre sus talones la hizo describir círculos vertiginosos. Luego la depositó en el suelo atontada por el mareo y deshecha en llanto y volvió a plantársele por delante con los brazos en jarras, pero ya sin reír, resollando fuertemente y contemplándola con mi-radas inflamadas de deseo.

Entretanto, despertado por aquellas carcajadas y por los gritos de la hija, Lorenzo se había incorporado, a duras penas, en el chin-chorro y habiendo logrado apoderarse de una punta de machete que estaba clavada en el bahareque del rancho, se arrojaba sobre míster Danger, con una expresión delirante.

Pero Marisela lanzó un grito de horror, míster Danger se volvió rápidamente y de una cachetada le hizo perder el vacilante equili-brio al borracho, que fue a dar con sus huesos en el suelo del ran-cho, lanzando un rugido de dolor y de ira impotente.

Míster Danger sacó y encendió tranquilamente su cachimba, y entre una y otra bocanada de humo y dándole la espalda a Marisela, díjole:

—Ha estado un juego mío, Marisela. Míster Danger no gusta tomar las cosas por la fuerza; pero ya tú sabes que míster Danger te quiere para él.

Y ya al salir:

—Y no vuelvas a coger machete para Míster Danger, don Lorenzo, porque entonces se acabó brandy y aguardiente y todo.

Así que se hubo marchado el extranjero, Lorenzo se levantó del suelo, trastabilleando, se acercó al rincón donde sollozaba Marisela, y tomándola por un brazo, díjole, con una voz de insensatez y de dolor:

—Vamonos, hija. Vamonos de aquí.

Por un momento creyó Marisela que se trataba de regresar a *Altamira*, y se dejó levantar del suelo y marchó, enjugándose los ojos; pero Lorenzo continuó:

—Allí... allí está el tremedal donde se acaba todo. Vamos a terminar allí esta maldita vida.

Entonces ella, sobreponiéndose a su pena y tratando de sonreír, repuso:

—No, papá. Tranquilízate. Ha sido un juego de míster Danger. ¿No se lo oíste decir? Cálmate. Acuéstate otra vez. Ha sido un juego. Pero ofréceme que no beberás más, que no volverás a pedirle bebida a ese hombre.

—No. No volveré; pero yo lo mataré... No há sido un juego... No ha sido un juego... A ver... Dame... ¡Dame acá esa botella!

—No. Ya me has ofrecido que no beberás más. Acuéstate. Duérmete... Ha sido un juego...

Y pasándole la mano por la frente cubierta de un sudor pegajoso y acariciándole suavemente los cabellos, mientras le mecía la hamaca, estuvo sentada en el suelo junto a él, hasta que lo vio profundamente dormido. Luego le secó la saliva espumosa que le manaba de la boca, lo besó en la frente, y al hacer esto sintió que una nueva transformación se había operado en su alma.

Ya no era la muchacha despreocupada y ávida de felicidad que en *Altamira* había podido vivir con la risa en el rostro y una copla en los labios a toda hora, indiferente ante el espectáculo de aquella repugnante y dolorosa miseria física y moral, ajena a las tormentas de aquel espíritu, porque ante el suyo se abría un mundo luminoso, poblado de formas risueñas, resplandeciente hasta deslumbrarla.

Este mundo, que era su propio corazón ilusionado, fue Santos quien se lo mostró y sólo él lo llenaba. Él le quitó con sus manos la mugre del rostro, con sus palabras le reveló la propia belleza ignorada, con sus lecciones y consejos la desbastó de la rustiquez y la hizo adquirir buenos modales y hábitos y gustos de un espíritu fino; pero, en el fondo de esta gruta resplandeciente que era su corazón dichoso, se había quedado en tinieblas un pequeño rincón; la fuente de la ternura, y se había quedado en tinieblas porque sólo el dolor podía revelárselo.

Ya le había sido dado conocerlo y de allí surgía ahora una nueva Marisela, deslumbrada por el hallazgo de sí misma, con la divina luz de la bondad en el rostro y con la suavidad de la ternura en las manos que habían acariciado, por primera vez con verdadero amor filial, la frente atormentada del padre.

Ya Lorenzo se había sumergido con sus miserias en el sueño apaciguador que le provocaron las caricias de la hija y aún ella seguía pasándole la mano por los cabellos, mientras sus ojos se posaban distraídos sobre las monedas de oro que brillaban en el ángulo de la mesa donde las colocó Juan Primito, cuando apareció en el umbral de la puerta Antonio Sandoval.

Marisela le recomendó silencio poniéndole el índice sobre los labios, cuidadosa del plácido sueño de su padre, y luego se levantó del suelo y salió a recibirlo afuera, donde la conversación no turbara aquel reposo. Trascendía de la expresión de su rostro y de la calma de sus movimientos el cambio espiritual y profundo, en cierta gravedad que llamó la atención de Antonio:

—¿Qué tiene usted hoy, niña Marisela? Le noto algo raro en la cara.

—Si usted supiera, Antonio; yo también me siento de una manera distinta.

—Como no vaya a haber cogido la fiebre del tremedal.

—No. Es otra cosa, que por cierto también la tiene el tremedal. ¡Una paz! Una tranquilidad sabrosa. Me siento tranquila hasta el fondo, como debe sentirse el tremedal cuando se pone a reflejar el palmar y el cielo con sus nubes y las garzas que están paradas en la orilla.

—Niña Marisela —dijo Antonio, más extrañado todavía—. Déjeme que se lo diga como lo siento: yo nunca la había oído expresarse de esa manera. Y me gusta hallarla en ese tono porque ahora sí me atrevo más a decirle lo que me trae hoy a casa de usted. Usted está haciendo falta en *Altamira*, niña Marisela. El doctor se ha echado por un camino que no es el de él y que no lleva a buen fin. Antes, usted lo sabe, pasaba de amigo de respetar los derechos ajenos, aunque fueran mal habidos y quería que todo se hiciera por las vías legales, y ahora, por el contrario, no hay arbitrariedad que no le provoque hacerla. Eso me tiene preocupado, porque la sangre es una cosa seria cuando dice a dar lo suyo, y me dolería verlo terminar como terminaron todos los Luzardos. Yo no digo que no haga respetar sus derechos; pero tampoco hay necesidad de andar atropellando con todo. Todas las cosas de este mundo tienen su más y su menos, y al doctor le ha dado ahora por el más. Esto con don Guillermo, con todo y ser don Guillermo una mala ficha, francamente estuvo feo. A usted nada más se lo digo; pero es la verdad. Que hubiera mandado a tirar la palizada, aunque ya *Corozalito* no le pertenece, era ya mucho; pero lo de decirle: "¿Viene usted dispuesto a impedírmelo a tiros?", eso no estaba hecho para la boca de un Santos Luzardo. No es nada los malos resultados que pueda traerle, porque el extranjero siempre tiene garantías que faltan al criollo; es lo que significan unas palabras como esas que le he mentado, en boca del doctor. ¿No piensa usted como yo? Y luego, ya van dos veces con ésta de ahora poco que se mete a parar rodeos en lo de doña Bárbara sin cumplir el requisito de pedirle trabajo primero. Fueron reses de él las que se llevó; pero lo natural era que le hubiera pedido permiso, como es costumbre que lo haga el que va a recoger ganado suyo en sabanas de otro. No es que yo le saque el caballo, porque ya se lo dije: por donde usted se zumbe, cuente que yo voy detrás suyo. Es que cada palo debe dar sus frutos y no es natural que un Santos Luzardo se empeñe en proceder como procedería doña Bárbara.

—¿Y cree usted, Antonio, que si yo hubiera estado allá no habría sucedido eso? —interrogó Marisela, sonrojándose, pero sin perder aquella grave serenidad del inefable hallazgo.

—Mire, niña Marisela —repuso Sandoval—. Uno no tendrá ilustración, pero no le falta malicia para catar ciertas cosas. Aparte lo que pueda haber entre usted y él, que no me incumbe averiguar si existe o no, lo que sí puedo decir es que... ¿Cómo se lo diré?... Bueno. Se lo voy a decir a mi manera. Usted es para el doctor, mejorando lo presente, como la tonada para el ganado, que si no la escucha cantar, a cada rato está queriendo barajustarse. ¿Me explico?

—Sí, comprendo —respondió Marisela, cubriéndose de rubor, complacida en la metáfora de Antonio.

—Pues bien. Termino por donde empecé: usted está haciendo falta en *Altamira*.

—Lo siento mucho. Antonio; pero, por el momento, no puedo volverme a *Altamira*. Papá no convendrá en regresar, y, además, tengo otro deber que cumplir. Quiero llevarme a papá a San Fernando, a ver si allá los médicos le hacen remedios que le quiten el vicio y que lo repongan, porque está muy aniquilado.

—No veo que una cosa estorbe a la otra —observó Antonio.

—Sí. Papá no quiere volver a *Altamira* y yo no quiero contrariarlo. Además, ya en *Altamira* se hizo la prueba y ya ve usted que no dio resultado. Véalo cómo está. Puede que yo haga falta allá, como usted dice; pero más falta hago aquí.

—Eso es verdad. Su padre, primero que todo. Pero ¿con qué recursos cuenta usted para irse a San Fernando y hacerlo ver con los médicos? ¿Quiere que le hable de eso al doctor?

—No. No le diga nada. Yo tengo dinero suficiente. Se lo pedí a quien tenía el deber de dármelo.

—Bien —dijo Antonio, poniéndose de pie—. Se quedará Santos sin la tonada; pero usted tiene razón: su padre antes que todo. Ojalá que encuentre esos remedios que va a buscar don Lorenzo. Pero para hacer ese viaje le harán falta bestias y una persona que la acompañe. Si no quiere que le hable de eso al doctor, yo por mi cuenta puedo mandarle un peón de confianza, con dos bestias buenas para usted y su viejo. Aunque será que se lo lleve en un bongo, porque no me parece que don Lorenzo esté en condiciones de resistir un viaje tan largo.

—Es verdad. Está muy aniquilado.

—Entonces deje eso de mi cuenta. De hoy a mañana debe pasar un bongo que viene de Arauca arriba. Creo que viene en lastre y en él pueden irse hasta San Fernando.

Se fue Antonio, Marisela volvió a entrar en la casa, se detuvo un rato ante el chinchorro donde dormía Lorenzo, contempló con ojos amorosos aquella faz cavada, que nunca había contemplado como ahora lo hacía, y luego recogió de la mesa las monedas de oro que le permitirían llevar a cabo su propósito, y al tomarlas en sus manos no experimentó repugnancia alguna. No había llegado a lavarlas Juan Primito, pero de la recóndita fuente de ternura recién hallada, también sobre aquel dinero de su madre caían linfas purificadoras.

# VII

## *El inescrutable designio*

Los rayos tendidos del sol de los araguatos[83] doran los troncos de los
árboles del patio, del paloapique, de los corrales y la horconadura,
de los caneyes bajo la sombra violácea y de las pardas techumbres, y
cuando ya el disco rutilante del astro se ha ocultado tras el horizonte, quédanse sobre el inmenso espacio, más y más oscuro, de la
sabana, largas nubes cual barras de metal fundido, arreboles de entonaciones calientes y el trazo firme y negro de la silueta de una lejana palmera solitaria contra el resplandor del ocaso.

Hacia allá cae *Altamira* y hacia allá se hunden en la lejanía las
miradas de doña Bárbara.

Tres días hacía que había llegado a *El Miedo* la noticia de la destrucción de la casa de *Macanillal* y prisión de los Mondragones; ya
éstos estaban en poder de las autoridades, adonde los remitiera Santos Luzardo, y ya éste se había metido dos veces con sus peones en
tierras de *El Miedo* a parar rodeos sin cumplir el requisito de pedirle
permiso, y aún los de ella esperaban sus órdenes para lanzarse a las
represalias.

Viendo que no se animaba a darlas, Balbino Paiba se decidió
por fin a pedírselas, y se acercó al palenque donde ella estaba abis-
mada en su silenciosa contemplación del paisaje.

Pero antes de abordarla, gastó un buen rato en pretextos de

conversación. Ella sólo le respondía con monosílabos y las pausas se fueron haciendo más y más largas.

Entretanto, un rebaño avanzaba hacia los corrales. Oíase el canto de los pastores tendido en la inmensidad silenciosa.

Llegaron las primeras reses. El madrinero, un toro lebruno,[84] se detuvo, de pronto, ante el higuerón plantado cerca de la puerta de la majada y lanzó un bramido impresionante. Había olido la sangre de una res que fue beneficiada allí en la mañana. El rebaño se arremolinó y comenzó a cabildear, mientras el madrinero daba vueltas en torno al árbol, escarbando la tierra, olfateándola, cerciorándose de aquella cosa atroz que había sucedido en aquel sitio, y cuando ya no le quedaron dudas, lanzó otro bramido, que ya no era de miedo ni de dolor, y se llevó el rebaño, en carrera por la sabana.

—¿Quién fue el de la ocurrencia de escoger la puerta de la majada para beneficiar? —gritó Balbino, alardeando de su mayordomía, mientras los pastores les daban rienda a sus caballos y se lanzaban a cabecear la punta que se abría alborotada.

Por fin la redujeron y otra vez la arrearon hacia la corraleja, situada más allá del higuerón.

Ya estaba encerrado el rebaño, pero aún mugía lastimeramente, y doña Bárbara dijo, de pronto:

—Hasta el ganado le tiene grima a la sangre de sus semejantes.

Balbino la miró de soslayo, con un gesto de extrañeza, y se interrogó mentalmente:

—¿Y es ella quien lo dice?

Transcurrieron unos instantes y Balbino se hizo esta reflexión:

—¡Hum! Con esta mujer no hay brújula. Hasta el caballo, que es bestia, se le descubre lo que esté pensando, sólo con mirarle cuál de las orejas amusga; pero con esta mujer siempre está uno bailando en un tusero.[85]

Y se le quitó del lado.

Mas, no solamente Balbino Paiba, que ya era bastante torpe, ni ella misma hubiera podido decir cuáles eran sus propios designios.

Una vez más, sus obras le habían salido al paso, cerrándole el camino que insistiera en buscar. Aún resonaban en sus oídos las fieras palabras con que Santos Luzardo le había arrojado a la cara su sospecha, precisamente cuando ella iba a decirle que creía haber descubierto al autor del crimen de *El Totumo*, y que, de un momento a otro, iría a entregárselo, personalmente, en cuanto estuviese en posesión de la prueba fehaciente. Sospecha injusta y calumniosa esta vez, pero en el fondo de la cual se cumplía la justicia misma, puesto que ¿acaso sólo en *El Totumo*, matas y chaparrales guardaban secretos de emboscadas asesinas, y si allí fue Balbino Paiba, obrando por cuenta propia, no había sido, en otros sitios, Melquíades quien descargó sobre caminantes desprevenidos el golpe homicida fraguado por ella? ¿Y no era, también, Balbino Paiba instrumento de sus tortuosas obras, su obra misma cerrándole el paso hacia el buen camino?

Ramalazos de cólera azotáronle el corazón, uno tras otro, durante aquellos tres días; contra Paiba, cuyo delito le atribuía a ella Santos Luzardo; contra el espaldero siniestro, que guardaba el secreto de los que había cometido, mandado por ella; contra las mismas víctimas de su codicia y de su crueldad, que se le habían atravesado en el camino, *poniéndola en el caso* de tener que suprimirlos, y contra todos los que, como si no hubiese ya bastante con las obras cumplidas, venían ahora a proponerle represalias, cada uno de sus peones, gavilla de asesinos, cómplices y hechuras suyas, cuyas miradas fijas en ella estaban diciéndole a cada rato: "—¿Qué espera usted para mandarnos a matar al doctor Luzardo? ¿No estamos aquí para eso? ¿No ha adquirido con nosotros el compromiso de darnos sangre que derramar?"

Y Juan Primito se puso en marcha, camino de *Altamira*, con este recado para Luzardo:

—Que esa noche, a la salida de la luna, estará esperándolo en *Rincón Hondo* una persona que tiene que decirle algo a propósito del crimen de *El Totumo*. Que si usted se atreve, vaya solo a oír lo que le dirá.

Juan Primito fue y vino con la respuesta de Luzardo:

—Dígale que está bien. Que iré solo.

Esto fue en la mañana y hacía poco que había llamado a Melquíades para decirle:

—¿Recuerdas lo que me dijiste hace unos días?

—Todavía lo tengo presente, señora.

—Pues bien. Esta noche, a la salida de la luna, estará en *Rincón Hondo* el doctor Luzardo.

—Y yo se lo traeré aquí, vivo o muerto.

Ya se aproxima la noche. Pronto se pondrá en camino el espaldero siniestro: pero todavía doña Bárbara no ha logrado descubrir cuáles son los propósitos que con aquella emboscada persigue, ni con qué sentimientos espera la aparición de la luna en el horizonte.

Hasta allí siempre había sido para los demás la esfinge de la sabana; ahora lo es también para sí misma: sus propios designios se le han vuelto impenetrables.

# VIII

## *La gloria roja*

No dejó de ocurrírsele a Santos Luzardo que sólo en una cabeza ofuscada podía haber brotado la idea de invitarlo, de manera tan absurda, a caer en una celada; pero él también daba muestras de haber perdido la cordura al decidirse a aprovechar aquella ocasión para demostrarle a doña Bárbara que no ganaría nada con amedrentarlo, pues si no pudo vindicar ante la justicia subordinada a la violencia sus derechos atropellados, sí sabría defenderlos en lo sucesivo con la fiera ley de la barbarie: la bravura armada. Y con este temerario empeño, al atardecer de aquel día se aventuró solo, camino de *Rincón Hondo* adelantándose a la hora de la cita para burlar el golpe alevoso al amparo de la noche.

Pero, en llegando a la vista del sitio, distinguió un jinete parado en la orilla del monte que bordeaba el solitario rincón de la sabana y se dijo:

—Siempre se me adelantó.

Luego descubrió que el jinete era *Pajarote*.

—¿Qué haces aquí? —le preguntó al reunírsele, autoritariamente.

—Voy a explicarle, doctor —respondió el peón—. Esta mañana, cuando se le arrimó Juan Primito a darle el recado, malicié que no podía ser nada bueno y me fui detrás, dejándolo que se ale-

jara de la vista de usted y luego le di alcance y poniéndole el revólver en el pecho, nada más que para asustarlo, porque sé que él se
echa a morir cuando ve un revólver, lo obligué a que me repitiera el
recado que le habían dado para usted. Por él supe que usted había
prometido venir y estuve tentado de decirle: déjese de eso, doctor.
Pero le vi pintada en la cara la resolución y me dije: lo único que hay
es írsele alante y tirar la parada junto con él.

—Has hecho mal en inmiscuirte en mis asuntos —repuso Santos, secamente.

—No le digo lo contrario; pero tampoco me arrepiento. Porque si a usted le sobra arrojo, creo que todavía le falta malicia. ¿Sabe
si es un hombre solo el que viene a hablar con usted?

—Aunque sean varios. Retírate.

—Mire, doctor —propuso *Pajarote*, rascándose la cabeza—.
Peón es peón y le toca obedecer cuando el amo manda pero, permítame que se lo recuerde: el llanero no es peón sino en el trabajo.
Aquí, en la hora y punto en que estamos, no habemos un amo y un
peón, sino un hombre, que es usted, y otro hombre que quiere demostrarle que está dispuesto a dar su vida por la suya, y que por eso
no ha buscado compañeros para venir a tirar la parada con usted.
Ese hombre soy yo, y de aquí no me muevo.

Conmovido por aquella ruda demostración de lealtad, Santos
Luzardo se dijo que no era cierto que sólo la bravura armada fuese
la ley de la llanura y aceptó la compañía de *Pajarote*, estrechándole
en silencio la mano.

—Y sírvale esto de experiencia, doctor —agregó *Pajarote*—.
Llanero puede ir solo adonde le dicen: venga acompañado; pero la
viciversa, nunca. Y la picada alante. Ya he registrado todos estos
montes. La entrada de ellos debe de ser por esta dirección adonde
estamos mirando. Nos emboscamos detrás de estos saladillos[86] y
cuando aparezcan, a conforme se presenten así les saldremos, pero
tumbando y capando,[87] porque el que pega primero, pega dos
veces.

Se emboscaron en el sitio elegido por *Pajarote* y allí se estuvieron largo rato vigilando el boquerón de monte por donde debían

aparecer quienes vinieran de *El Miedo*, silenciosos bajo el impresionante ulular de los araguatos que acudían en manadas a sus dormideros. Cerró por completo la noche y ya empezaba a rayar el orto lunar en el confín de la sabana, cuando surgió en el claro la silueta de *El Brujeador* a caballo.

—Viene solo, efectivamente, y yo estoy acompañado —murmuró Luzardo, haciendo un ademán de contrariedad.

Y *Pajarote* para disiparle los escrúpulos:

—Acuérdese, doctor, de lo que le acabo de decir: la picada alante siempre. Ese hombre viene solo, si es que los compañeros no están emboscados por ahí: pero ése es *El Brujeador*, a quien nunca lo mandan a conversar. Y si viene solo, peor que peor, porque ése no anda nunca acompañado cuando lo mandan a desempeñar ciertas comisiones. Déjele que coja confianza y se salga al claro de sabana para salirle nosotros. Aunque estoy por decirle que me lo deje de mi cuenta. A ese espanto lo desvisto yo solo, con todo y la fama que tiene, porque otros más grandes me han dejado la camisola entre las manos.

—No —protestó Luzardo—. Ese hombre viene por mí y es a mí, solamente, a quien debe encontrar. Quédate tú aquí.

Y se precipitó fuera de la mata a la sabana despejada.

*El Brujeador* avanzó, al trote sosegado de su cabalgadura; pero pronto se detuvo. Luzardo lo imitó y así estuvieron un breve rato, observándose a distancia, hasta que, como aquél parecía dispuesto a no proseguir, enardecido Santos por la expectativa, espoleó el caballo y salvó el espacio que los separaba.

Ya cerca de *El Brujeador*, le oyó decir:

—¿Luego a mí me han mandado para que usted y su gente me maten como a un perro? Si es así salgan de eso de una vez.

Santos comprendió que *Pajarote* se había ido detrás de él, a pesar de que le había ordenado permanecer oculto, y ya volvía la cabeza para mandarlo retirarse, cuando vio brillar el revólver que *El Brujeador* sacaba de la cobija atravesada sobre la montura.

Con un rápido movimiento esgrimió el suyo. Sonaron disparos simultáneos. Melquíades se desplomó sobre el cuello de la bestia, y ésta, espantándose, lo derribó por tierra, inerte, de bruces sobre la hierba.

Y para Santos Luzardo, la fulgurante noción fue como un macetazo en la nuca: ¡había dado muerte a un hombre!

*Pajarote* se le reunió, y después de haber contemplado un rato el cuerpo yacente murmuró:

—Bien, doctor, ¿qué hacemos ahora con este muerto?

Largo rato invirtieron estas palabras, claramente percibidas, en penetrar hasta la sumidad donde se había refugiado la conciencia de Santos Luzardo, y *Pajarote* se respondió a sí mismo:

—Lo atravesamos sobre su bestia, yo la arrebiato a la mía, y en llegando cerca de las casas de *El Miedo* la suelto, la espanto para allá y pego un leco: ¡Ahí va lo que les mandan de *Rincón Hondo*!

Saliendo de pronto de su estupor, Santos Luzardo se apeó del caballo.

—Tráete acá la bestia de este bandido. Seré yo quien le llevará su cadáver a quien lo mandó contra mí.

*Pajarote* lo miró de hito en hito. El acento con que habían sido pronunciadas estas palabras hacía extraña la voz de Santos Luzardo, así como tampoco parecía suya la sombría expresión de fiereza que tenía pintada en la faz.

—Haz lo que te ordeno. Tráete acá la bestia.

*Pajarote* obedeció, pero cuando Luzardo se inclinaba para levantar del suelo el cadáver, se interpuso, diciéndole:

—No, doctor. Eso no le corresponde a usted. Lléveselo a doña Bárbara, si quiere hacerle ese regalo; pero quien se echa encima este muerto es *Pajarote*. Sujete usted la bestia mientras yo lo atravieso encima.

Hecho esto, arrebiatada la bestia de *El Brujeador* a la de Luzardo, *Pajarote* propuso, valiéndose de su baquianía, para que no se negase a que lo acompañara:

—Por aquí mismo debe de haber una huella de ganado que lleva ligerito a las casas de *El Miedo*. Vamos a irnos por ella.

Santos convino en que lo acompañara, pero, en llegando a la vista de la casa de doña Bárbara, díjole al peón:

—Espérame aquí.

Por fin y por encima de su voluntad empezaba a realizarse aquel presentimiento de una intempestiva regresión a la barbarie que atormentó su primera juventud. Todos los esfuerzos hechos por librarse de aquella amenaza que venía suspendida sobre su vida, por reprimir los impulsos de su sangre hacia las violencias ejecutorias de los Luzardo que habían sido, todos, hombres fieros sin más ley que la de la bravura armada, y por adquirir, en cambio, la actitud propia del civilizado, en quien los instintos están subordinados a la disciplina de los principios, todo cuanto había sido obra ardua y tesonera de los mejores años de su vida desaparecía ahora arrollado por el temerario alarde de hombría que lo moviera a acudir a la celada de *Rincón Hondo.*

No era solamente el natural escrúpulo de haber tenido que defenderse matando, el horror de la situación brutal que lo pusiera en el trance de cometer un acto que repugnaba con los principios más profundamente arraigados en su espíritu, sino el horror de haber perdido para siempre esos principios, de haber adquirido una experiencia definitiva, de pertenecer ya, para toda la vida, al trágico número de los hombres manchados. Lo primero, el hecho mismo, aunque en sus manos estuvo el evitarlo, tenía sus atenuaciones: fue un acto de legítima defensa, pues había sido Melquíades el primero en hacer armas: pero lo segundo, lo que no fue acto de voluntad ni arrebato de un impulso, sino confabulación de unas circunstancias que sólo podían darse en el seno de la barbarie a que estaba abandonada la llanura: el ingreso en la fatídica cifra de los hombres que han tenido que hacerse justicia a mano armada, eso ya no podía tener remedios ni atenuaciones. Por el Arauca correría su nombre envuelto en la aureola roja que le daba la muerte del temible espaldero de doña Bárbara y de allí en adelante toda su vida quedaba comprometida con esa gloria, porque la barbarie no perdona a quien intenta dominarla adaptándose a sus procedimientos. Inexorable, de sus manos hay que aceptarlo todo cuando se le piden sus armas.

Pero ¿no se había propuesto, acaso, cuando resolvió internarse en el hato, renunciando a sus sueños de existencia civilizada, convertirse en el caudillo de la llanura para reprimir el bárbaro señorío de los caciques, y no era con el brazo armado y la gloria roja de la hazaña sangrienta como tenía que luchar con ellos para exterminarlos? ¿No había dicho ya que aceptaba el camino por donde el atropello lo lanzaba a la violencia? Ahora no podía revolverse.

Y avanzó solo con el trágico arrebiate. Solo y convertido en otro hombre.

# IX

## *Los retozos de míster Danger*

Ya Guillermo Danger se disponía a recogerse a dormir cuando ladraron los perros y se oyeron las pisadas de un caballo. "¿Quién vendrá para acá a estas horas?", se preguntó, asomándose a la puerta.

Comenzaba a salir la luna, pero sobre las sabanas del *Lambedero* aún se reposaban densas tinieblas, bajo un cielo anubarrado, en una atmósfera sofocante.

—¡Oh, don Balbino! —exclamó por fin, míster Danger, al reconocer al inoportuno visitante—. ¿Qué lo trae por aquí a estas horas?

—A saludarlo, don Guillermo. Como pasaba cerca de aquí, me dije; déjame llegarme hasta allá a saludar a don Guillermo, que no lo he visto después que regresó de San Fernando.

No podía creer míster Danger en la sinceridad de tales demostraciones de amistad de Balbino Paiba, ni se las estimaba tampoco, pues, aparte ciertas complicidades, Balbino no era sino uno de los que él llamaba amigos de su whisky, y lo recibió con exclamaciones sarcásticas:

—¡Oh! ¡Carramba! ¡Qué honor para mí que usted haya venido a saludarme cuando yo iba a dormirme! Muchas gracias, don Balbino. Eso merece un palito. Entre y siéntese mientras se lo sirvo. Ya no hay peligro del cunaguaro, porque se murió, ¡el pobrecito!

—¿De veras? ¡Qué lástima! —exclamó Balbino, tomando asiento—. Era un bonito animal aquel cachorro y usted estaba muy encariñado con él. Debe de hacerle mucha falta.

—¡Oh! Usted piense: todas las noches, antes de acostarme, retozaba con él un buen rato —repuso míster Danger, mientras servía dos copas de whisky, de la botella recién descorchada que tenía sobre el escritorio.

Vaciaron las copas, Balbino se enjugó los bigotazos y dijo:

—Gracias, don Guillermo. Que se le convierta en salud —y en seguida—: ¿Y qué era de su vida? Esta vez se quedó usted mucho tiempo en San Fernando. ¿Para olvidarse de cunaguarito? Ya se estaba diciendo por aquí que usted se había ido para su tierra. Pero yo dije: Lo que es don Guillermo no se va más de esta tierra; ése es más criollo que nosotros y le haría falta la guachafita.[88]

—¡Eso, don Balbino! ¡Eso es lo sabroso de esta tierra! Yo siempre digo como aquel general de ustedes, no me recuerdo el nombre... Uno que decía: "Si se acaba la guachafita me voy". —Y soltó la risa, ancha como su faz rubicunda.

—¿No le digo? Usted es más criollo que la guasacaca.

—También es muy sabrosa la guasacaca. Todas las cosas que empiezan por gua, son muy sabrosas: guachafita, guasacaca, guaricha bonita... ¡Guá, míster Danger! Vamos a pegarnos un palo, como me dicen los amigos siempre que se encuentran conmigo.

—¡Ah, míster Danger! ¡Ojalá todos los extranjeros que vinieran por aquí fueran como usted! —dijo Balbino, lisonjero, preparando ya el terreno.

—¿Y usted, qué tal, don Balbino? ¿Cómo marchan los negocios? —preguntó míster Danger, sacando su cachimba y dándole las primeras chupetadas—. ¿Siempre tan buena moza doña Bárbara? Eso no empieza por guá, pero también es muy sabroso, ¿verdad, don Balbino? ¡Este don Balbino bribón!

Rieron a dúo, como es uso de pícaros celebrar picardías, y Balbino abordó su asunto, previas las características manotadas a los bigotes:

—Los negocios no han estado del todo malos este año. Pero,

usted sabe, don Guillermo, pobre es pobre y nunca le faltan apuros de plata.

—¡Oh! No se ponga llorón, don Balbino. Usted tiene plata guardada bajo tierra. ¡Mucha plata! Míster Danger lo sabe.

Balbino hizo un movimiento involuntario y se apresuró a replicar:

—¡Ojalá! Se vive, nada más. Con negocios de a cuatro centavos, que son los que yo puedo hacer, no hay para guardar dinero. Eso está bueno para Bárbara y para usted, que tienen tierras y cogen ganado. Yo apenas he podido recoger este año unos cuarenta cachilapos. Y ya que hablamos de esto; cómpremelos, don Guillermo. Tengo un apuro de unos centavos y se los daría baratos.

—¿Están bien cachapeados los hierros?

Cachapear, o sea, hacer desaparecer el hierro original de una res para venderla como propia, era una de las habilidades mayores de Balbino Paiba, y aunque entre amigos no le molestaba que se hablase de ello, esta vez no le cayó bien la pregunta de míster Danger.

—Son míos por todo el cañón —afirmó con altivez.[89]

Eso es otra cosa —repuso míster Danger—. Porque si fueran luzarderos, aunque no se les viera el hierro, yo no me metería en ese negocio.

A lo que replicó Balbino:

—¿Y ese resuello, don Guillermo? Usted siempre ha comprado ganado luzardero cachapeado sin ponerle inconvenientes. ¿Es que también a usted le ha metido los bichos en el corral el patiquincito de *Altamira*?

—Yo no tengo que explicar a usted si me han metido bichos en el corral, como usted dice —protestó míster Danger, amoscado—. He dicho que no compro ganados, ni caballos, ni plumas altamireñas. Eso es todo lo que tengo que decir.

—Plumas no le estoy ofreciendo —se precipitó a observarle Balbino.

Iba míster Danger a replicar cuando sucedió algo que llamó su atención: los perros, que estaban echados en el corredor, frente a la puerta de la pieza donde tenía lugar la entrevista, se levantaron y desaparecieron, sin gruñir y raboteando, como si salieran al encuentro de alguien que les fuera conocido.

Balbino no reparó en esto por hallarse de espaldas a la puerta, y míster Danger, para cerciorarse de lo que pudiera ser aquello, dijo:

—¿Otro palito, amigo Paiba?

Y tomando las copas donde ya habían bebido, con el pretexto de arrojar el resto de licor que en ellas quedaba, se asomó al corredor y echó una rápida mirada de exploración, que le permitió descubrir que quien por allí andaba era Juan Primito, mal tapado detrás de un árbol y rodeado de los perros amigos, como lo eran todos los de las casas de por allí.

Rápida la ocurrencia: "A éste lo han mandado a espiar a don Balbino" —y perverso el designio—: "Vamos a hacer hablar a este vagabundo". Sin que pasara de ganas de divertirse la intención, volvió a entrar en la sala, sirvió las copas, apuró la suya, se sentó frente a Balbino, permaneció un rato en silencio, dándole repetidas chupetadas a su cachimba, y luego dijo, reanudando la conversación interrumpida:

—He nombrado plumas porque el año pasado me vendió usted algunas. ¿Se acuerda?

—Sí. Pero, afortunadamente, este año no pude comprar. Ya le digo: unos cuarenta mautes es todo mi capital.

—Y dice usted bien: *afortunadamente*, porque después de lo de *El Totumo* y mientras no se averigüe qué fue lo que pasó allí, es peligroso ofrecer plumas. ¿No es verdad, don Balbino?

—¡Que si es peligroso!

Míster Danger se arrellanó en el asiento, estiró las piernas y sin quitarse la cachimba de la boca, dijo, como ocurrencia súbita:

—Ya que eso ha venido a la conversación, dígame don Balbino: ¿no ha pasado nunca usted por el chaparral de *El Totumo*!

Haciendo de tripas corazón, Balbino respondió con el tono con que se habla de cosas sin importancia:

—Por el chaparral, propiamente, no. Cerca sí he pasado cuando he tenido que ir a San Fernando.

—Es extraño —dijo míster Danger, rascándose la cabeza.

—¿Por qué le extraña? —interrogó Balbino, clavándole una mirada penetrante.

Pero la respuesta fue ésta:

—Yo sí he pasado. Ahora cuando venía de San Fernando, al día siguiente de haber estado allí las autoridades. Registré todo el chaparral y me convencí, una vez más, de que los jueces de este país tienen los ojos por adorno, como dice uno de mis amigos de San Fernando.

Mientras así hablaba, con la cabeza reclinada en el respaldar de la silla de extensión donde se había arrellanado, aparentemente mirando el humo de su cachimba, pero sin perder de vista el rostro de Balbino, abrió la gaveta de su escritorio y sacó algo que su interlocutor no pudo ver, pues lo ocultaba dentro de su manaza apuñada.

Balbino perdió la noción del tiempo, y le pareció que había dejado transcurrir largo rato para replicar, cuando, por el contrario, lo hizo apenas terminara de hablar míster Danger.

—¿Qué fue lo que usted vio que no hubieran mirado las autoridades?

—Vi...

Pero se interrumpió en seguida para observar el objeto que había sacado del escritorio, con el aire de quien se encuentra de pronto entre las manos algo que no cree tener.

—¿Eso no es suyo, don Balbino? Creo que es de usted este corotico de chimó.

Y mostró una de esas cajitas talladas en madera negra de corazón, donde llevan el chimó los aficionados a él.

Con un movimiento maquinal Balbino se palpó los bolsillos del liquiliqui, para cerciorarse de si llevaba allí aquel "corotico", sin acordarse de que hacía tiempo lo había perdido.

—Sí —concluyó míster Danger, después de haber observado el monograma que ostentaba la tapa del artefacto—. Esto es de usted, don Balbino.

Perdido ya el dominio de sí mismo, Balbino se llevó la diestra al revólver, poniéndose de pie, pero míster Danger replicó, burlón:

—¡Oh! No hay necesidad de eso, don Balbino. Tome su coro-tico. Yo no pensaba quedarme con él.

Haciendo un esfuerzo visible por serenarse, Balbino interrogó:

—¿Qué significa todo esto, míster Danger?

—¡Es muy claro, hombre! Que usted dejó ese corotico olvidado y que yo me lo encontré y me dije: "Esto es de don Balbino, él ven-drá por aquí a buscarlo. Vamos a guardárselo". Pero ya veo que usted se ha imaginado otra cosa. No, don Balbino, no tenga usted cuidado. No fue en el chaparral de *El Totumo* donde encontré ese corotico, ni tampoco al pie del paraguatán de *La Matica*.

Aludía con lo último al sitio donde Balbino tenía enterradas las plumas.

—Yo hice muy bien mis cosas —se había dicho éste—. Ni un rastro mío dejé en el chaparral, y sin son las plumas, ni brujos que fueran podrían descubrir dónde las tengo escondidas.

Mas he aquí que ahora, aunque creía no haber llevado consigo al chaparral aquel utensilio que le devolvía míster Danger, tampoco podía asegurar si fue realmente allá donde lo perdió y, por otra parte, la alusión al paraguatán de *La Matica* no dejaba lugar a dudas: míster Danger estaba en el secreto del crimen y sabía dónde había ocultado el cuerpo del delito.

—¡Maldición! —exclamó mentalmente—. ¿Quién me mandó a venir a proponerle a este hombre que me comprara los mautes? ¡La codicia, que siempre rompe el saco!

En efecto, ya Balbino, al separarse de doña Bárbara, momentos antes, después de haberla oído decir aquello de: "Hasta el ganado le tiene grima a la sangre de sus semejantes", había decidido fugarse del hato con su botín, camino de la frontera colombiana, y sólo es-peraba la oscuridad propicia de la noche para ir a *La Matica* a des-enterrar las plumas; pero como allí también tenía algunos mautes, producto de su rapacidad incruenta en bienes de la barragana, la co-dicia le dictó ir a proponérselos en venta a míster Danger.

Comprendiendo que, ya descubierto, lo mejor era abordar des-caradamente el asunto, interrogó:

—Dígame una cosa, don Guillermo, ¿qué me quiere decir usted con eso del paraguatán de *La Matica*?

—¡Oh! Muy sencillo. Una casualidad, puramente. Yo estaba esa noche haciéndole el tiro a un tigre que me habían dicho que estaba cebado por allí y lo vi a usted enterrar un cajón al pie del paraguatán. Yo no sé qué hay dentro de ese cajón.

—Usted sí sabe, don Guillermo. Déjese de disimulaciones conmigo —replicó Balbino, decidido—. En la hora y punto en que estoy yo y con la clase de hombre con quien estoy hablando, "al pan, pan; y al vino, vino". Yo no he venido a ofrecerle mautes, sino plumas de garza. Dos arrobas completas y de primera. Póngase en proporción y son suyas. No serán las primeras plumas manoteadas que usted ha comprado.

Su plan era captarse la complicidad del extranjero, aceptar el precio que quisiera ofrecerle, por irrisorio que fuese, cerrar el negocio para el día siguiente y marcharse en seguida con su botín. Lo interesante, lo apremiante, era salir del atolladero en que se había metido.

Pero míster Danger soltó una carcajada y dijo:

—Usted se equivoca, don Balbino. Míster Danger no hace negocios que no estén dentro de sus planes. Yo no he querido sino divertirme un rato con usted. Ese corotico de chimó lo ha dejado usted aquí sobre mi escritorio, hace una porción de tiempo. Yo no he estado en el chaparral de *El Totumo*. Todo ha estado un juego mío, menos lo del paraguatán de *La Matica*, ¿eh?

Demudado por la ira, Balbino replicó:

—¿Quiere decir que usted me ha escogido para que le hiciera las veces del cunaguaro? ¿No sabe usted que esos retozos son muy peligrosos?

Pero en esto gruñeron los perros y a Balbino se le fue del rostro la sangre del coraje. Se asomó a la puerta, exploró la oscuridad, y aunque nada vio, dijo:

—De aquí se acaba de ir alguno que estaba oyendo lo que conversábamos.

Volvió a reír míster Danger y concluyó:

—¿Ve usted, don Balbino, cómo hoy no está bueno para meter miedo? Lo más peligroso que hay ahora es ofrecer plumas. Míster Danger no habla, no porque le tenga miedo a sus amenazas, sino porque a míster Danger no le importa nada de lo que haya sucedido en el chaparral de *El Totumo*. Y ahora...

Y castañeteando los dedos le mostró la salida.

No otra cosa quería Balbino; pero no se marchó sin haberle echado encima una mirada terrible, con el imprescindible acompañamiento de las manotadas a los bigotes, y una vez fuera, le echó la pierna al caballo y cogió el camino del sitio de *La Matica*, diciéndose mentalmente:

—Ahora sí que no hay tiempo que perder. Ya voy a estar desenterrando mis plumas, y ¡ojos que te vieron, paloma turca![90] Viajando de noche y escondiéndose de día en las matas, antes de que puedan ponérseme sobre las huellas, ya habré pasado la raya de Colombia.

Entretanto, míster Danger, a solas y entre carcajadas:

—Ya Juan Primito estará llegando a *El Miedo* con el cuento de lo que ha oído. Ahora doña Bárbara va a querer que Balbino parta con ella las plumas. ¡Pobrecito Balbino!

Y después de ese saludable ejercicio de buen humor se durmió tranquila y profundamente, como en vida del cunaguaro, después de los retozos sobre la estera.

# X

## *Entregando las obras*

Hacía rato que se habían escuchado, en el profundo silencio de la noche, las detonaciones de los disparos de *Rincón Hondo*, y todavía doña Bárbara, pendiente de lo que allí hubiera sucedido y echando de menos aquella extraordinaria facultad de intuición de los sucesos lejanos que se le atribuía, se paseaba, sumamente agitada, de un extremo al otro del corredor, explorando a cada momento las tinieblas de la sabana, cuando llegó Juan Primito con la noticia entre ahogos de haberla traído en carrera:

—En *La Matica*, al pie de un paraguatán, están enterradas las plumas.

Y en seguida pasó a explicar cómo lo había descubierto, pero apenas hubo comenzado, cuando doña Bárbara, que ya le prestaba poca atención, se precipitó fuera del corredor, a tiempo que los perros salían, también ladrando al encuentro de un jinete que traía una bestia arrebiatada a la suya.

—¿Melquíades? —inquirió.

—No es Melquíades —respondió Santos Luzardo.

Y deteniendo su caballo comenzó a desamarrar el arrebiato, con la misma calma trágica con que, trocadas las suertes, lo hubiera hecho *El Brujeador*.

Doña Bárbara avanzó hasta reunírsele, y después de haber echado una rápida mirada al cadáver del espaldero, como a cosa sin importancia, la fijó en aquel que sólo atendía a la operación que ejecutaban sus manos. Aquella mirada expresaba estupor y admiración a la vez. La nueva faz imprevista de la personalidad del hombre deseado revolvía y mezclaba en un solo sentimiento monstruoso todo lo que en ella pudiera haber de amor y de anhelos de bien.

—Yo sabía que usted vendría a traerlo —murmuró.

Santos volvió bruscamente la cabeza. Acababa de explicarse el tortuoso designio de la mujerona: había querido deshacerse del espaldero, cómplice de sus crímenes, y lo había mandado a *Rincón Hondo* para que él le diese muerte; lo había convertido, pues, en instrumento suyo, y ahora tenía la avilantez de hacérselo comprender. Moralmente, ya él pertenecía a la gavilla de asesinos de la cacica del Arauca.

Por un momento lo asaltó el impulso de precipitarse sobre ella, tirándole encima la bestia para que la arrollara y pisoteara en el suelo pero en seguida se le deshizo en brusco abatimiento la fiereza que le hervía en el pecho, y arrojándole a los pies la falseta del caballo de *El Brujeador*, tiró de la rienda al suyo y partió, sombrío, repitiéndose la reflexión que acababa de hacerse: no la gloria roja de los dominadores a sangre y fuego habíale dado el suceso de *Rincón Hondo*, sino la triste fama del asesino, ejecutor de los designios de la mujerona.

Largo rato estuvo el caballo de *El Brujeador* con su carga macabra atravesada sobre la montura, quieto y con la cabeza vuelta hacia doña Bárbara, cual si esperase la determinación que ella debía de tomar. Asimismo los perros, después de haber olfateado los pies y manos péndulos del cadáver, se habían quedado inmóviles, en un grupo expectante, pendientes del rostro del ama. Pero como ésta permaneciera absorta, mirando hacia donde ya se había hundido en la noche la sombra de Santos Luzardo, la bestia decidió encaminarse al caney sillero, paso a paso, como para no sentir el trágico péndulo que llevaba encima, y los perros se fueron detrás, gruñendo.

Doña Bárbara continuó inmóvil; pero ya había desaparecido de su rostro aquel aire de estupor y de admiración con que se quedara mirando a Luzardo, y ahora su frente ceñuda denunciaba un sombrío trabajo del pensamiento.

Una vez más parecía como si su instinto la hubiera guiado certeramente, pues, a pesar de la manera absurda con que fue urdido el plan de *Rincón Hondo*, había resultado lo que más conviniera a sus designios. No porque aquella solución fuese, en realidad, la que ella hubiere perseguido, pues en éste, como en casi todos sus planes, no hubo sino simple provocación impulsiva de un resultado cualquiera, golpe a salga lo que saliere, para ponerle término a una situación complicada. Pero, como siempre le acontecía, en presencia del resultado fortuito se engañaba a sí misma, diciéndose que así lo había previsto, que eso era lo que buscaba.

Por una parte, presa de sentimientos contradictorios respecto a Luzardo: pasión amorosa y deseos de venganza, y por la otra, rabioso despecho ante la fatalidad de las obras cumplidas que por dondequiera le salían al paso, cerrándole el camino, urdió la celada de *Rincón Hondo* sólo por provocar los acontecimientos fortuitos: muerte de Luzardo o de *El Brujeador*, soluciones, ambas, de las cuales dependía su suerte. Cierto era que ahora tenía en sus manos la de Santos Luzardo, pues con acusarlo de haber dado muerte a Melquíades y con poner en juego un poco de su ascendiente sobre jueces y autoridades de la región, bastábale para arruinarlo y llevarlo a un presidio; pero esto sería la renuncia definitiva al buen camino, la vuelta a las obras cumplidas, de cuya fatalidad quería librarse.

Ya había comenzado a entregarlas: los Mondragones abandonados a su suerte; Melquíades atravesado sobre aquel caballo...

El alboroto de la peonada interrumpió sus cavilaciones. Del plan de los caneyes venía uno de los vaqueros a darle la noticia.

Al volverse vio a Juan Primito, que había presenciado todo aquello desde el corredor, horrorizado, haciéndose cruces, y con una súbita ocurrencia le dijo:

—Tú no has visto nada. ¿Sabes? Vete de aquí inmediatamente y cuidado como se te ocurra hablar de lo que has visto.

A grandes zancadas el bobo se perdió en la oscuridad de la sabana, y doña Bárbara, como si ignorase el acontecimiento y con la habitual impasibilidad con que sabía ocultar sus impresiones, oyó lo que le refirió el vaquero y luego se dirigió al caney.

Despertados por las voces del peón que había visto llegar el caballo con *El Brujeador* muerto encima, los demás vaqueros, las mujeres de la cocina y los muchachos de unos y otras, éstos medio adormilados todavía, formaban un ruedo en torno a la bestia, haciendo comentarios y profiriendo exclamaciones; pero al reunírseles doña Bárbara enmudecieron y se quedaron mirándola, pendientes del mínimo gesto de su rostro enigmático.

Se acercó al cadáver y después de haber visto que tenía una herida en la sien izquierda, de la cual manaba un hilo de sangre negra y espesa, dijo:

—Apéenlo y pónganlo en el suelo para ver si tiene otras heridas.

Así se hizo; pero mientras uno de los peones registraba el cadáver, ella parecía atender, más que a la operación, al designio que le ensombrecía la faz.

—La de la sien solamente —dijo, por fin, el peón enderezándose—. Una herida muy noble que seguramente lo mató en seco.

Y otro comentó:

—Buen ojo tiene el que lo tiró: pero se conoce que no estaba cara a cara con él. Seguramente lo estaba cazando detrás de algún palo.

—O iba al lado suyo —repuso doña Bárbara, volviéndose a mirar al peón que había formulado el comentario.

—También sirve —murmuró el vaquero, aceptando aquella interpretación que le imponía quien no necesitaba haber presenciado las cosas para saber cómo habían sucedido.

Doña Bárbara volvió a fijar la vista sobre el cadáver, en cuyo rostro exangüe se mezclaban la lívida luz de la luna y los reflejos cárdenos de un candil que una de las mujeres sostenía entre sus manos trémulas. Entretanto, el mudo círculo de espectadores esperaba el resultado de aquella cavilación.

De pronto levantó los ojos y miró en derredor, como si buscase a alguien.

—¿Dónde está Balbino?

Aunque todos sabían que Balbino no estaba entre ellos, todas las miradas lo buscaron en el grupo, con simultáneo movimiento maquinal, y luego, con una sospecha unánime, suscitada en los ánimos hostiles al mayordomo por aquella capciosa pregunta, cruzáronse las miradas que interrogaban: "¿Habrá sido Balbino?".

—"¡Ya está!" —se dijo mentalmente doña Bárbara, al advertir que sus palabras habían surtido el efecto buscado, y en seguida, con la entonación de visionaria con que administraba su fama de bruja y dirigiéndose a dos de sus peones, entre los cuales ya podía ir eligiendo el sustituto de Melquíades Gamarra:

—En *La Matica*, al pie de un paraguatán, están enterradas las plumas de garza del doctor Luzardo. Allí debe de estar Balbino, desenterrándolas. Ándense allá ligero. Llévense dos wínchesters y... tráiganme las plumas. ¿Comprenden? —Y en seguida, a los demás—: Ya pueden levantar el cadáver. Llévenlo a su casa y vélenlo allá.

Y se retiró a sus habitaciones, dejándole a la peonada un fecundo motivo de comentarios para la tertulia del velorio de Melquíades.

—Yo lo que aseguro es que si fue Balbino, por ahí había palos gruesos con qué taparse, porque de hombre a hombre le quedaba grande el difunto.

Y durante largo rato la expectativa los mantuvo en silencio, atentos a los rumores lejanos. Por fin oyéronse detonaciones hacia los lados de *La Matica*.

—Ya empezaron a trabajar los güínchestes —dijo uno.

—Hay un revólver contestando —añadió otro—. ¿No sería bueno que nos llegáramos hasta allá a ayudar a los muchachos?

Y ya algunos se disponían a encaminarse a *La Matica*, cuando apareció doña Bárbara, diciéndoles:

—No hay necesidad. Ya Balbino cayó.

Volvieron a mirarse las caras los vaqueros, con el supersticioso recelo que les inspiraba la "doble vista" de la mujerona, y cuando ya ella había entrado de nuevo en la casa, uno insinuó la explicación:

—¿No se fijaron en que el revólver se calló primero? Los últimos tiros fueron de güínchestes.

¿Pero quién les quitaba ya de las cabezas a los servidores de la bruja del Arauca que ella había "visto" lo que estaba sucediendo en *La Matica?*

# XI

## *Luz en la caverna*

Era ya medianoche y hacía más de una hora que cabalgaban en silencio, cuando, a la vista del palmar de *La Chusmita*, observó *Pajarote:*

—¿Luz a estas horas en la casa de don Lorenzo? Algo debe de estar pasando allá.

Santos, que desde *El Miedo* venía cabizbajo y ajeno a cuanto lo rodeaba, levantó la cabeza, cual si saliese de un sueño.

Tres días habían pasado desde aquella otra noche cuando Antonio Sandoval le dijera que Marisela se había ido para el rancho del palmar, y ni un solo instante le había cruzado por la mente, ofuscada por los propósitos de violencia que acababan de hacer crisis en el abatimiento que ahora lo traía silencioso y sombrío, la idea de las privaciones y peligro a que pudiera estar expuesta aquella muchacha, que sin embargo, había llegado a ser la ocupación dominante de su pensamiento durante varios meses.

Reconoció que había hecho mal en abandonarla a su suerte y encontrando alivio a sus tormentos al darles de nuevo cabida en su pecho a los bondadosos sentimientos, torció camino hacia el palmar.

Momentos después se detenía en el umbral de la puerta del rancho, ante un candil: hundido en su chinchorro y con el sello de la muerte en el rostro, yacía Lorenzo Barquero, y junto a él, Marisela, sentada en el suelo, acariciándole la frente, fijos en él los hermosos ojos, fuentes de un llanto silencioso que le bañaba la faz.

Acariciándolo así lo había ayudado a bien morir, con tierno sostén de amor y aunque hacía rato que la frente había dejado de sentir el suave contacto de la mano, todavía ésta prodigaba la filial caricia.

Más que lo doloroso, la dramática vida que acababa de extinguirse, la miseria del cuadro y el llanto de la faz atribulada, lo que tocó el corazón de Luzardo fue lo que allí había de tierno: la mano acariciadora, la expresión de amor que tenían los ojos bañados en lágrimas, la ternura para la cual creyera incapacitada a Marisela.

—¡Se me murió papá! —exclamó, con un acento desgarrador, al ver a Santos, y cubriéndose el rostro con las manos se echó de bruces en el suelo.

Después de haberse cerciorado de que, realmente, Lorenzo estaba muerto, Santos levantó a Marisela para hacerla sentarse en una silla; pero ella se le arrojó sobre el pecho, gimiendo y llorando.

Largo rato permanecieron en silencio y luego Marisela, desatada la locuacidad del dolor, comenzó a explicar:

—Yo pensaba llevármelo mañana mismo para San Fernando para que lo vieran los médicos. Yo creía que pudiera curarse y quería llevármelo. Se lo dije a Antonio, que estuvo esta tarde por aquí, y él me ofreció contratarme un bongo que venía de arriba. Acababa de irse Antonio y yo había entrado a darle una vuelta a papá, antes de ir a prepararle la comida, porque desde esta mañana estaba muy hundido y me daba miedo dejarlo solo mucho tiempo, cuando de pronto hizo un esfuerzo por sentarse en el chinchorro y se me quedó viendo con los ojos pelados y gritó:

"— ¡El tremedal! ¡Me traga!... ¡Sosténme, no me dejes hundir!"

—Fue un grito espantoso, que me parece estar oyéndolo todavía. Después cayó otra vez de espaldas en el chinchorro y empezó a morirse, diciendo a cada rato: "¡Me hundo! ¡Me hundo! ¡Me hundo!" Y me apretaba la mano, con una angustia horrible.

—Era su tema —comentó *Pajarote*—. Que se lo tragaría el tremedal.

Santos permaneció en silencio, haciéndose reproches por el injustificable abandono en que había dejado a Lorenzo y a Marisela, y ésta reanudó el nervioso charloteo, repitiendo:

—Yo pensaba llevármelo mañana mismo para San Fernando. Antonio me había ofrecido conseguirnos puesto, en un bongo que iba para allá...

Pero Santos la interrumpió, atrayéndola sobre su pecho paternalmente:

—Basta. No hables más.

—Pero si he estado toda la noche sufriendo callada, íngrima y sola toda la noche viéndolo hundirse, hundirse y hundirse. Porque era como si verdaderamente se estuviera hundiendo en el tremedal. ¡Dios mío! ¡Qué cosa tan horrible es la muerte! Y yo, ¡íngrima y sola, ayudándolo a bien morir! Y ahora ¡íngrima y sola, para toda la vida! ¿Qué me hago yo ahora, Dios mío?

—Ahora nos volvemos a *Altamira* y luego se verá qué se hace. No has quedado tan completamente desamparada como crees. Anda, *Pajarote*. Ándate a buscar la gente necesaria y una bestia aperada para Marisela. Y tú, acuéstate un rato a descansar y procura dormirte.

Pero Marisela no quiso moverse de junto al padre y fue a sentarse en aquel butaque donde tomara asiento Lorenzo la tarde de la primera visita de Santos, dejándole a éste la silla que entonces había ocupado, y así, separados por el chinchorro donde yacía aquél, permanecieron largo rato en silencio.

Afuera, la luna brillaba sobre el palmar silencioso que se extendía en torno al rancho, inmóvil en la calma de la noche, y más allá se reflejaba en el remanso del tremedal. Era honda y transparente la paz del paisaje lunar; pero los corazones estaban atormentados y la sentían abrumadora y siniestra.

Marisela sollozaba entre ratos, Santos cavilaba, ceñudo y sombrío, repitiéndose mentalmente aquellas palabras de Lorenzo la tarde de su primera visita al rancho de *La Barquereña*:

"—¡Tú también, Santos Luzardo! ¿Tú también has oído la llamada?"

Ya Lorenzo había sucumbido, víctima de la devoradora de hombres, que no fue quizá tanto doña Bárbara cuanto la tierra implacable, la tierra brava, con su soledad embrutecedora, tremedal donde se había encenagado aquel que fue orgullo de los Barquero, y ya él también había comenzado a hundirse en aquel otro tremedal de la barbarie, que no perdona a quienes se arrojan a ella. Ya él también era una víctima de la devoradora de hombres. Lorenzo había terminado; ahora comenzaba él.

"—¡Santos Luzardo! Mírate en mí. ¡Esta tierra no perdona!"

Y contemplaba el rostro desencajado y cubierto por la pátina terrosa de la muerte, suplantando imaginativamente las facciones de Lorenzo por las suyas y diciéndose:

—Pronto empezaré a emborracharme para olvidar y pronto estaré así, con la muerte fea pintada en la cara: la muerte del espectro de un hombre, la muerte de un cadáver.

Y suplantándose así a Lorenzo Barquero le causó sorpresa que Marisela le hablase como a ser viviente.

—Me han dicho que has estado muy raro en estos días, haciendo cosas que no son propias de ti...

—Y aún no te han dicho nada. Esta noche he dado muerte a un hombre.

—¿Tú?... ¡No! No puede ser.

—¿Qué tiene de raro? Todos los Luzardos han sido homicidas.

—No es posible —replicó Marisela—. Cuéntame. Cuéntame.

Y así que Luzardo le hubo referido el mal suceso, tal como se lo representaba su imaginación exaltada, que era cual había sucedido, pero mal interpretado a causa de la ofuscación del ánimo, aquélla repitió:

—¿No ves cómo no era posible? Si la cosa sucedió como la cuentas, fue *Pajarote* quien lo mató. ¿No dices que *El Brujeador* estaba cara a cara contigo y que la herida fue en la sien izquierda? Pues por ese lado no podía herirlo sino *Pajarote*.

Horas de presencia continua del cuadro ante la imaginación y de reflexiones obstinadas en la reconstrucción de todos los detalles del suceso, no habían bastado para que Santos cayera en cuenta de lo que Marisela había inferido en un instante, y así fue que se la quedó mirando con el esperanzado deslumbramiento de quien, perdido en el fondo de tenebrosa caverna, ve acercarse la luz salvadora.

Era la luz que él mismo había encendido en el alma de Marisela, la claridad de la intuición en la inteligencia desbastada por él, la centella de la bondad iluminando el juicio para llevar la palabra tranquilizadora al ánimo atormentado, la obra —su verdadera obra, porque la suya no podía ser exterminar el mal a sangre y fuego, sino descubrir, aquí y allá, las fuentes ocultas de la bondad de su tierra y de su gente—, su obra, inconclusa y abandonada en un momento de despecho, que le devolvía el bien recibido, restituyéndolo a la estimación de sí mismo, no porque el hecho material de que hubiese sido la bala de *Pajarote* y no la suya la que diera muerte a *El Brujeador* modificase la situación, de un orden puramente ideal, con que su espíritu había reaccionado contra las ofuscaciones de la violencia, sino porque, viniendo de Marisela, la tranquilizadora persuasión de aquellas palabras había brotado de la confianza que ella tenía en él y esta confianza era algo suyo, lo mejor de sí mismo, puesto en otro corazón.

Aceptó el don de paz, y dio en cambio una palabra de amor.

Y aquella noche también para Marisela bajó la luz al fondo de la caverna.

# XII

## *Los puntos sobre las haches*

Estaban cortando sogas en el patio de los caneyes, ya al caer la tarde, cuando *Pajarote*, después de haber dirigido una mirada a la sabana, dijo:

—Yo no sé cómo puede haber cristianos que les guste vivir entre cerros o en pueblos de casas tapadas. El Llano es la tierra de Dios para el hombre de los demonios.

Interrumpieron los demás el trabajo que hacían sus cuchillos en el cuero crudo y pestilente de donde sacaban tiras y se quedaron mirando interrogativamente al vaquero de las graciosas ocurrencias.

Éste concluyó:

—Pero si está clarito, como jagüey de medanal. En el llano se aguaita desde lejos y se sabe lo que viene antes de que llegue, tan y mientras que en las tierras de cerrajones va uno siempre encunado entre las vueltas del camino, que son como puntas de cachos, y si es en las casas tapadas, está el cristiano como los ciegos, que preguntan quién es después que los han tropezado.

Con una misma suspicacia todos dirigieron simultáneamente las miradas hacia la sabana y divisaron un jinete que traía rumbo a las casas.

Enterados del suceso de *Rincón Hondo*, los peones de *Altamira* habían estado esperando por momentos ver aparecer en el hori-

zonte la comisión que viniera a practicar el arresto del doctor Luzardo, y aunque no era presumible que a ello viniese un hombre
solo, la aparición de gente forastera tenía que inspirarles recelos.

En cambio, *Pajarote* daba muestras de una despreocupación absoluta, entregado de nuevo a su trabajo y riéndose para sus adentros
del esfuerzo que les estaba costando a los compañeros distinguir
quién era la persona que se acercaba. Desde que apareció en el horizonte aquel jinete, lo había estado observando de cuando en
cuando, sin que los demás se diesen cuenta, dispuesto a marcharse
al escondite del monte tupido en cuanto descubriese indicios de
que fuera gente sospechosa; pero ya sus ojos, acostumbrados a las
largas distancias de las sabanas, habían reconocido en aquel forastero a un peón amigo, de uno de los hatos de Arauca arriba, que
días antes había pasado por allí hacia el pueblo cabecera del distrito.

—Es el mocho Encarnación —dijeron, por fin, aquéllos.

Y *Pajarote*, con su hablar a gritos:

—A buena hora lo descubren. Buenos para vigías están ustedes.
Y eso que mi vale María Nieves se las echa de anteojo de larga vista.

—Los milagros que hace San Miedo —replicó, María Nieves—. Hasta los ciegos ven cuando deben alguna y están esperando
que vengan a cobrársela.

—Tápate esa punta, zambo *Pajarote*. Mira que el catire te está
tirando al bulto —díjole Venancio, excitándolo a la réplica, como
solía hacerlo para divertirse con las sátiras con que ellos acostum-
braban zaherirse.

Pero *Pajarote* no necesitaba que lo animaran:

—De que es milagroso San Miedo, eso nadie lo duda; pero que
este zambo sea tan cegato, eso todavía está por verse. Por lo menos
a mí no me ha pasado lo que le sucedió a un amigo mío, cabrestero
y catire, por más señas, que por encender un tabaco, una noche, lo
cogieron encandilado como al cachicamo. Y no por falta de miedo,
porque llevaba bastante el catire, según él mismo me lo ha contado,
sino porque le faltó la malicia del zambo *Pajarote*, que cuando viaja
de noche y tiene que prender un tabaco, deja abierto un ojo sola-

mente para cuando se le encandile poder seguir sin tropiezo con la remonta del que tenía cerrado y ve clarito en lo obscuro.

—¡Arrea, María Nieves! Mira que el zambo te va echando tierra —volvió a intervenir Venancio, aludiendo con tales palabras a la maña que se daba *Pajarote*, cuando viajaba en verano, para ponerse a la cabeza de la cabalgata y de este modo librarse de las polvaredas que levantaran las bestias de los demás.

En cambio, durante el invierno, procuraba siempre quedarse atrás a fin de que, al esguazar los caños crecidos, fueran los que marcharan adelante quienes pasasen los trabajos buscando los vados; y a este ardid se refirió María Nieves, al replicar:

—Ahora él va en la culata, esperando que otro encuentre el paso.

Pero la réplica de María Nieves tenía un sentido que sólo *Pajarote* podía entender. De la explicación que éste le diera al suceso de *Rincón Hondo*, había deducido aquél que no fue la bala del disparo de Luzardo la que había dado muerte a *El Brujeador*, pero que si *Pajarote* no reclamaba esta gloria, por una delicadeza de bárbara hidalguía, pues se trataba de una hazaña que muchos codiciaban y no quería regateársela al doctor, también se la cedía porque a la hora de las responsabilidades ante la ley, a Luzardo le sería más fácil salir impune.

Ambos estaban acostumbrados a zaherirse sin consideraciones; pero *Pajarote* no esperaba que María Nieves le saliese con aquello y se quedó desconcertado, lo cual hizo exclamar a los circunstantes:

—¡Se aspeó el zambo! Aprovéchalo, catire. Naricéalo ahí mismo, que ya ése es tuyo.

Pero María Nieves, comprendiendo que el juego había resultado pesado, respondió:

—Mi vale sabe que yo y él no nos tiramos.

*Pajarote* sonrió. Para los demás, María Nieves lo había derrotado; mas, para ellos dos, el amigo sabía que había sido él quien "se pegó" al espanto de la sabana, y con ser el más hombrón entre los que con él estaban allí, lo admiraba y lo envidiaba.

Momentos después llegaba el mocho Encarnación al patio de los caneyes, *Pajarote* y María Nieves saliéronle al encuentro, preguntando éste:

—¿Qué lo trae por aquí, amigo?

—Las ganas de dormir bajo techo, si aquí me lo permiten, y una encomienda que me dieron para el doctor. Una carta del juez.

—¡Ah, caramba! —exclamó *Pajarote*—. ¿De cuándo acá ha tenido usted necesidad de pedir permiso en esta casa para colgar su chinchorro donde le dé gana? Apéese y acomódese donde más le guste y écheme acá esa carta que trae para el doctor.

Con ella en la mano se presentó ante Luzardo, diciéndole:

—Ya como que reventó la cosa, doctor. Esto es del juez para usted.

Era de Mujiquita y refería acontecimientos insólitos.

"Ayer se presentó por aquí doña Bárbara con las dos arrobas de plumas de garza que te fueron robadas en *El Totumo* y declaró lo siguiente: que habiendo caído en sospechas de que el autor del crimen fuera un tal Balbino Paiba, mayordomo de *Altamira*, al cual despediste a tu llegada a ésa, ordenó a varios de sus peones que lo vigilaran, que dos de éstos, cumpliendo aquella orden, lo siguieron hasta el sitio denominado de *La Matica* y allí lo sorprendieron *infraganti* desenterrando un cajón que resultó contener las plumas de referencia; que le intimaron se diera preso y como hiciera armas contra ellos, dispararon sobre él y le dieron muerte, en seguida de lo cual ella se puso en camino para ésta, con el cuerpo del delito y a dar cuenta a la autoridad de lo sucedido, así como también de la muerte de Melquíades Gamarra (a) *El Brujeador*, asesinado por el mencionado Paiba, pocos momentos antes del suceso de *La Matica* y a causa de la misma vigilancia a que más arriba hago mención".

Terminaba Mujiquita anunciándole que ya doña Bárbara, deseosa de hacerlo todo ella misma, había seguido viaje para San Fernando a entregar las plumas al comerciante a quien se las llevara Carmelito, y felicitándolo por la solución que había tenido el asunto, tan peliagudo días antes.

La posdata era de puño y letra de ño Pernalete:

"¿No se lo dije, doctor Luzardo? Ya están los puntos sobre las haches. Sus plumas están en buenas manos: en las de su amiga de usted, que le llevará la plata. Eso es lo que usted ha debido hacer desde un principio. Su amigo, *Pernalete*".

La lectura de esta carta dejó a Santos sumido en perplejidades. ¡Las plumas recuperadas, Balbino matador de Melquíades y todo esto hecho por doña Bárbara!

—¡Ya ve, doctor, que no había que calentarse tanto la cabeza! —exclamó *Pajarote*—. Ahora que todo se ha arreglado, puedo decirlo: mía fue la bala que mató a *El Brujeador*, porque, como usted debe recordar, usted se le arrimó por el lado del lazo y yo por el de montar, y era por este lado donde tenía la herida. En la sien izquierda. ¿Se acuerda? Pues, bueno, fui yo quien acabó con el espantajo; pero ahora el juez dice que fue don Balbino y de don Balbino será el muerto.

—Pero eso es una iniquidad, *Pajarote* —protestó Luzardo—. Nuestro derecho a defendernos era legítimo, puesto que Melquíades fue el primero en hacer armas, y yo, o tú, como ahora puedo decirlo, ya que lo reconoces, podíamos estar con la conciencia tranquila. Pero de ahora en adelante la injusticia cometida con Balbino nos quita el derecho de esa tranquilidad, si en seguida no nos presentamos ante el juez a deponer la verdad del hecho, a poner los puntos sobre las íes y no sobre las haches, como están puestos en esta carta.

—Mire, doctor —repuso *Pajarote*, después de una pausa dubitativa—. Si usted se presenta a confesar la verdad contra lo que allá han sentenciado, se le pone bravo ño Pernalete, y es capaz de mandarlo a condenar para que otro día no sea tan inocente. Y últimamente, todo esto que ha sucedido y que a usted le parece tan feo, no lo han hecho ni doña Bárbara, ni el juez, ni el Jefe Civil, sino Dios mismo, que sabe muy bien lo que hace. Fíjese en esto, doctor: nosotros nos pegamos a *El Brujeador*, usted o yo —ahora no le convenía insistir en que había sido él—, porque ¿quién puede asegurar si el difunto no volteó la cabeza en el momento de disparar nosotros? Pero muy bien pegado, de todos modos, y quien carga con la muerte es Balbino, que quién sabe cuántas debía. Dios tiene su modo de Él para arreglar sus cosas y es un demonio para castigar.

A pesar de la gravedad del asunto, Santos no pudo menos que sonreír: al dios de *Pajarote*, como al amigo del cuento de ño Pernalete, no le producían escrúpulos los puntos sobre las haches.

# XIII

## *La hija de los ríos*

Tiempo hacía que doña Bárbara no visitaba San Fernando. Como siempre, en cuanto corrió la noticia de su llegada, pusiéronse en movimiento los abogados, vislumbrando ya uno de aquellos litigios largos y laboriosos que entablaba contra sus vecinos la famosa acaparadora del cajón del Arauca, y en los cuales, si los pícaros hacían su cosecha —pues para quedarse ella con las tierras ajenas tenía que dejar, en cambio, entre costas y honorarios, sus buenas morocotas en manos de jueces y defensores de la parte contraria o en los bolsillos de los prohombres políticos que le hubieran prestado su influencia—, también los profesionales honrados salían ganando mucho con el acopio de jurisprudencia y el ejercicio de sutilezas que se requerían para defender, contra las argucias y bribonadas de aquéllos, los derechos evidentes de las víctimas. Pero, esta vez, se quedaron chasqueados los rábulas; doña Bárbara no venía a entablar querellas, sino, por el contrario, a llevar a cabo reparaciones insólitas.

Mas no sólo entre la gente de leyes se alborotaron los ánimos. Ya, al saberse que estaba en la población, habían comenzado a rebullir los comentarios de siempre y a ser contadas, una vez más, las mil historias de sus amores y crímenes, muchas de ellas pura invención de la fantasía popular, a través de cuyas ponderaciones la mujerona adquiría caracteres de heroína sombría, pero al mismo tiempo fascinadora como si la fiereza bajo la cual se la representaba, más que odio y repulsa, tradujera una íntima devoción de sus paisanos. Habitantes de una región lejana y perdida en el fondo de vastas soledades y sólo dejándose ver de tiempo en tiempo y para ejercicio del mal, era casi un personaje de leyenda que excitaba la imaginación de la ciudad.

Dada esta ya favorable disposición de ánimos, la noticia de que había venido a entregar, personalmente, lo que su amante le robó a su enemigo y que representaba una suma considerable, y el rumor de que intentaba devolverle a Luzardo las tierras arrebatadas a *Altamira*, tenía que conmover la población. Espíritus impresionables y propensos a las sugestiones de lo extraordinario, como lo son los de la imaginativa gente llanera, inmediatamente comenzaron a buscárseles atenuaciones a las truculentas anécdotas, que la pintaban como un ser siniestro y odioso.

E inventando cada cual lo que se le antojara, pero contra la comente de las antiguas versiones, empezaron a circular por la población novísimos episodios de la vida de doña Bárbara, edificantes casi todos. No se habló de otra cosa durante toda la tarde: las mujeres, allá en sus casas, en animados conciliábulos de vecindario; los hombres en los corrillos que se formaban en torno a las mesas de los botiquines, y en la noche la calle del hotel donde ella se había alojado estuvo muy concurrida.

Era el hotel una casa de corredor hacia la calle, situada frente a una de las plazas de la población. Doña Bárbara reposaba en una mecedora, al fresco de la brisa que soplaba del río, distante de allí un centenar de metros, sola, reclinaba la cabeza en el respaldo del asiento, en una actitud lánguida y con una expresión de absoluta indiferencia por todo lo que la rodeaba.

Y lo que la rodeaba era la curiosidad de la ciudad. En la acera de enfrente, hombres del pueblo se habían detenido a contemplarla y ya era numeroso el grupo mudo y estático, y bajo los corredores del hotel y casas de comercio vecinas, que se prolongaban hasta la orilla del Apure, pasaban a cada rato grupos de señoritas y de señoras jóvenes que habían salido de sus casas sólo para verla. Las primeras, al poner sobre ella sus ojos honestos, se ruborizaban; azoradas por el temor de que los hombres que estaban por allí cerca las sorprendiesen satisfaciendo la maliciosa curiosidad; las segundas la examinaban a sus anchas y se cambiaban sus impresiones entre sonrisas malévolas.

Vestía una bata blanca, adornada con encajes, que dejaba al descubierto sus hombros y brazos bien torneados, y como nunca la habían visto con un aspecto tan femenino, hasta las más intransigentes concedían:

—Todavía da el gatazo.[91]

En cambio, las más espontáneas exclamaban:

—¡Es estupenda! ¡Qué ojos tiene!

Y si alguna comentaba:

—Dicen que está perdidamente enamorada del doctor Luzardo —no pasaba de amargura de honestidad desilusionada esto que otra agregara:

—Y se casará con él. Esas mujeres logran todo lo que se proponen, porque los hombres son todos idiotas.

Al fin se cansaron de admirar y de murmurar, y la calle se fue quedando sola.

La luna brillaba débilmente sobre las copas de los árboles de la plaza, lavadas por un aguacero reciente, y se reflejaba en las charcas que se habían formado en las calles. A intervalos un soplo de brisa agitaba las ramas y refrescaba la atmósfera. Ya los transeúntes se habían recogido a sus casas y los vecinos que tomaban el fresco fuera de las suyas, obstruyendo las aceras, en mecedoras y sillas de extensión, empezaban a despedirse de un grupo al otro, con lentas voces y lánguidas entonaciones:

—Hasta mañana, pues. ¡A dormir, que ya esto se acabó!

Y en el silencio que se iba extendiendo por la población, aquellas palabras sencillas, aquella lánguida invitación al sueño, tenían la mansa gravedad del drama de los pueblos tristes, donde es algo solemne el hecho de recogerse a la cama, al cabo de un día sin obras, que era sólo un día menos en la esperanza, pero murmurando siempre:

—Mañana será otro día.

Así pensaba doña Bárbara. Ya había entregado las obras que le cerraban el paso y ahora veía despejado el camino. Soñaba, como una jovencita ante su primer amor, haciéndose la ilusión de haber nacido a una vida nueva y diferente, olvidada de su pasado, cual si éste hubiera desaparecido con el espaldero siniestro de la mano armada y tinta en sangre y con el amante del grosero amor. ¿Cuáles serían sus sentimientos para las cosas que vendrían con aquel mañana? Se preparaba para ellas como para un espectáculo maravilloso: el espectáculo de sí misma por un camino diferente del que hasta allí había recorrido, de su corazón abierto a las emociones desconocidas, y esta espera ya era luz sobre la región de su alma que empezaba a revelársele y por donde discurrían formas serenas, sombras errantes del buen amor frustrado de la muchacha que vislumbraba a través de las palabras de Asdrúbal un mundo de sentimientos diversos de los que reinaban en la piragua de los piratas del río.

Mas he aquí que en lo mejor de sus desmemoriados fantaseos, una de esas ideas que se deslizan furtivas, una impresión, tal vez de una palabra inconscientemente percibida, un minúsculo cuerpo extraño en el engranaje de la máquina, altera de pronto su funcionamiento y la hace detenerse. ¿De dónde ha venido esta amargura repentina que la ha hecho contraer el ceño involuntariamente, este sabor conocido de olvidados rencores? ¿Por qué la ha asaltado el intempestivo recuerdo de un ave que cae encandilada, al apagarse, de pronto, unas hogueras? Así su corazón, deslumbrado ya por las luminosas ilusiones, se le ha quedado repentinamente ciego para el vuelo del sueño. ¿No bastaba, pues, haber entregado las obras?

Fue la contemplación del populacho agrupado en la acera de enfrente y el ir y venir de las señoras y señoritas de la ciudad. La admiración ingenua y la curiosidad maliciosa; la ciudad que quería hacerla recordar la historia que ella se empeñaba en olvidar. Parecíale que le hubieran dicho al oído: "Para ser amada por un hombre como Santos Luzardo es necesario no tener historia".

Y la suya se le vino a la mente, como siempre, por su punto de partida: "Era en una piragua, que surcaba los grandes ríos de la selva cauchera..."

Abandonó el soportal del hotel y, lentamente, se fue alejando por los de las vecinas casas de comercio que llegaban hasta la ribera del Apure. Una necesidad invencible y oscura la llevaba hacia el paisaje fluvial; la hija de los ríos empezaba a sentir la misteriosa atracción.

Un cielo brumoso cernía sin brillo la luz de la luna sobre las fachadas de las casas ribereñas, sobre los techos de palma de los ranchos, esparcidos más allá, sobre el monte de las costas, sobre la quieta superficie del turbio Apure, cuyas aguas, en máxima bajante por efecto de la sequía, habían dejado al descubierto anchas playas arenosas. En la de la margen derecha al pie del malecón, estaban varados desde la creciente anterior una lancha y un alijo,[92] y en la orilla flotaban, amarrados a estacas: la balsa del paso, construida sobre canoas, unas piraguas negras, cargadas de leña y de plátanos, y un bongo en lastre, recién barnizado de blanco, sobre cuya paneta dormía un muchacho, extendido boca arriba.

Ya se habían retirado a sus casas los hombres que habían estado bebiendo y charlando bajo los árboles de la ribera, frente a los botiquines, y los dependientes de éstos recogían las sillas y las mesas y cerraban las puertas apagando así los reflejos de las lámparas sobre el río.

Doña Bárbara comenzó a pasearse por la avenida solitaria.

En la balsa, conversan los bogas de las piraguas con los palanqueros del bongo y su charla es algo tan lenta como la corriente del río por la horizontalidad de la tierra, como la marcha de la noche soñolienta de brumas, como los pasos de doña Bárbara, sombra errante y silenciosa a lo largo del ribazo.

La costa de monte, quieta y oscura bajo la noche serena; el río, que viene de arriba, desde las remotas montañas, deslizándose en silencio; el graznido de un chicuaco que se acerca, volando sobre el agua dormida, y la conversación de los bogas con los palanqueros: cosas terribles que han sucedido en los ríos que atraviesan los llanos.

Esto, cuando doña Bárbara viene, lenta, bajo la tenue sombra azul que proyectan los árboles. Y esto mismo cuando se revuelve: la costa de monte, la noche callada, el río que se desliza sin ruido hacia otro río lejano, el graznido del pájaro insomne que ya se ha perdido de vista y la charla soñolienta de los palanqueros con los bogas: cosas graves que han acontecido en las tierras bárbaras de anchos y misteriosos ríos...

Doña Bárbara no mira ni escucha nada más, porque para su conciencia ya no existe la ciudad que duerme sobre la margen derecha; sólo atiende a lo que, de pronto, se le ha adueñado del alma: la fascinación del paisaje fluvial, la intempestiva atracción de los misteriosos ríos donde comenzó su historia... ¡El amarillo Orinoco, el rojo Atabapo, el negro Guainía!...

Medianoche por filo. Cantan los gallos; ladran los perros de la población. Luego se restablece el silencio y se oyen volar las lechuzas. Ya no se habla en la balsa. Pero el río se ha puesto a cuchichear con las negras piraguas.

Doña Bárbara se detiene y escucha:

—Las cosas vuelven al lugar de donde salieron.

# XIV

## *La estrella en la mira*

Era la decadencia que ya había comenzado. La mujer indomable que ante nada se había detenido se encontraba ahora en presencia de algo contra lo cual no sabía luchar. El tortuoso designio de *Rincón Hondo* ya había sido tirar zarpazos a ciegas, y el impulso que la movió a hacer recaer sobre Balbino Paiba la muerte de *El Brujeador* fue el punto de partida de la capitulación definitiva.

Presentía el fracaso de las esperanzas puestas en la entrega de sus obras, y el fatalismo del indio que llevaba en la sangre la hacía mirar ya, a pesar suyo, hacia los caminos de renunciación. Las evocaciones del pasado, de su infancia salvaje sobre los grandes ríos de la selva, fueron formas veladas de una idea nueva en ella: la retirada.

No obstante, sobreponiéndose al momentáneo desaliento, decidió emprender el regreso al hato, y con la carta en la cual el comerciante a quien le entregó las plumas en nombre de Santos Luzardo le participaba a éste haberlas recibido y cotizado al precio del día, más alto que el que tenía la especie cuando Carmelito la hubiera entregado, y con la escritura, redactada por su abogado, de la venta simulada que iba a proponerle, una vez más, a Luzardo, de las tierras altamireñas que le arrebató en pleitos de mala ley. Cifraba en estos papeles las últimas esperanzas sin forma determinada, pues ya no aspiraba al amor que a tanto la moviera. De un momento a otro ante el paisaje fluvial, la imagen de Santos se había confundido en su mente con aquella, borrosa, que conservaba de Asdrúbal, y tan lejano como a éste veía ahora a aquél, sombra que se alejaba desvaneciéndose en la luz incierta de un mundo irreal.

Pero quería llevar a cabo lo que se había propuesto. Lo necesitaba, imperiosamente, porque un propósito trunco en aquellos momentos sería el golpe de gracia para su razón de existir, ya vacilante.

Comenzaba a reinar la sequía. Ya era tiempo de picar los rebaños que ignoraban el camino de los bebederos o lo olvidaban en el tormento de la sed. Cangilones[93] de caños ya enjutos atravesaban, aquí y allá, los pardos gamelotales, y a los rayos ardientes del sol, bajo las costas blanquecinas de las terroneras,[94] las pútridas ciénagas eran como úlceras pestilentes que se cicatrizan sin curarse. En algunas quedaba todavía un agua caliente y espesa, dentro de la cual se pudrían reses que, enloquecidas por la sed, se habían precipitado a lo más hondo del bebedero y allí ahítas, infladas de tanto beber, se atascaron y sucumbieron. Grandes bandas de zamuros, ávidos de carroña, revolotean sobre aquellas charcas. ¡La muerte es un péndulo que se mueve sobre la llanura, de la inundación a la sequía y de la sequía a la inundación!

Crujían los chaparrales retostados, reverberaba la sabana dentro del anillo de espejismos, que daban la ilusión de remansos azules, ella siempre a la misma distancia, en el ruedo del horizonte. Doña Bárbara cabalgaba a marchas forzadas hacia el espejismo del amor imposible.

Llegada al hato, donde, a pesar de las fatigas del viaje y aunque ya se aproximaba la noche no se detendría sino los momentos necesarios para cambiar la bestia cansada, mudarse y adecentarse para la entrevista con Luzardo, que la impaciencia no le permitía aplazar para el día siguiente, vio que los caneyes estaban desiertos, cerrada la cocina y vacíos los corrales. Sólo Juan Primito andaba por allí.

—¿Qué pasa aquí? —le preguntó—. ¿Qué se ha hecho la gente?

—Se escabulleron todos —respondió el bobo, sin atreverse a acercársele, temeroso del arrebato de cólera que sus palabras iban a provocar—. Dijeron que no querían servirle más a usted, porque ya usted no es la misma de antes y el día menos pensado los iba a ir entregando, atados codo con codo.

Relampaguearon las miradas coléricas de la mujerona y Juan Primito se apresuró a dar otras noticias:

—¿Sabe que se murió don Lorenzo?

—Ya era tiempo. Mucho había durado. ¿Y ella? ¿Dónde está?

—¿La niña Marisela? Otra vuelta en *Altamira*. Se la llevó el doctor para su casa, y según he oído decir, se va a casar con ella en estos mismos días.

Reapareció por completo en doña Bárbara la mujerona de los ímpetus avasalladores y, sin decir una palabra, con un arrebato preñado de intenciones siniestras, volvió a montar a caballo y se encaminó a *Altamira*.

Juan Primito se quedó haciéndose cruces, y luego, asaltado por su manía, corrió en busca de las cazuelas donde acostumbraba ponerles de beber a los rebullones. Entretanto, al galope con que la bestia despeada, sacando fuerzas de flaquezas, respondía al sanguinario apremio de los acicates, doña Bárbara, desvariando, también, monologaba en alta voz:

—¿Quiere decir que he perdido el tiempo al entregar mis obras? Pues las recojo otra vez, y con ellas, ¡hasta la tumba! Pero veremos quién triunfa. Todavía no ha nacido quien pueda arrebatarme lo que ya he dicho que me pertenecerá. ¡Primero muerta que derrotada!

Así llegó hasta las fundaciones de *Altamira*. Al favor de la oscuridad de la noche se acercó a la casa y, por la puerta que daba al corredor delantero, vio a Luzardo sentado a la mesa con Marisela.

Ya habían concluido de comer; él hablaba y ella escuchaba, mirándolo embelesada, los codos sobre la mesa, las mejillas entre las manos.

Doña Bárbara avanzó hasta el alcance de un tiro de revólver. Detuvo el caballo. Despacio y con fruición asesina, sacó el arma de la cañonera de la montura y apuntó al pecho de la hija, que hacía blanco a la luz de la lámpara.

De pura luz de estrellas era la chispa que brillaba en la mira, entre la tiniebla alevosa, ayudando al ojo torvo a buscar el corazón de Marisela; mas, como si en aquel diminuto destello gravitara todo el peso del astro de donde irradiaba, el arma bajó sin haber disparado y, lentamente, volvió a la cañonera de la montura. Puesto el ojo en la mira que apuntaba al corazón de la muchacha embelesada, doña Bárbara se había visto, de pronto, a sí misma, bañada en el resplandor de una hoguera que ardía en una playa desierta y salvaje, pendiente de las palabras de Asdrúbal, y el doloroso recuerdo le amansó la fiereza.

Se quedó contemplando, largo rato, a la hija feliz, y aquella ansia de formas nuevas que tanto la había atormentado tomó cuerpo en una emoción material, desconocida para su corazón.

—Es tuyo. Que te haga feliz.

¡Por fin el amor de Asdrúbal, pura sombra errante a través del alma tenebrosa, se reposaba en un sentimiento noble!

# XV

## *Toda horizontes, toda caminos...*

Aquella noche no estuvo la luz encendida en el cuarto de las entre-
vistas con "el Socio", pero cuando doña Bárbara salió al patio, Juan
Primito y los dos peones que la habían escoltado en el viaje a San
Fernando —aquellos que habían dado muerte a Balbino, los únicos
todavía fieles— no la conocieron. Había envejecido en una noche,
tenía la faz cavada por las huellas del insomnio, pero mostraba también, impresa en el rostro y en la mirada, la calma trágica de las de-
terminaciones supremas.

—Aquí tienen lo que les debo —díjoles a los servidores, pendientes de sus palabras, poniéndoles en las manos unas monedas—.
Lo que sobra es para mientras no encuentren trabajo. Ya aquí, no hay
nada que hacer. Pueden irse. Tú, Juan Primito, llévale esta carta al
doctor Luzardo. Y no vuelvas por aquí, quédate allá si te lo permiten.

Horas más tarde, míster Danger la vio pasar, *Lambedero* abajo.
La saludó a distancia pero no obtuvo respuesta. Iba absorta, fija
hacia adelante la vista, al paso sosegado de su bestia, las bridas flo-
jas entre las manos abandonadas sobre las piernas.

Tierras áridas, quebradas por barrancas y surcadas de terroneras. Reses flacas, de miradas mustias, lamían aquí y allá, con una ob-
sesión impresionante, los taludes y peladeros del triste paraje.

Blanqueaban al sol las osamentas de las que ya habían sucumbido, víctimas de la tierra salitrosa que las enviciaba hasta hacerlas morir de hambre, olvidadas del pasto, y grandes bandadas de zamuros se cernían sobre la pestilencia de la carroña.

Doña Bárbara se detuvo a contemplar la porfiada aberración del ganado, y con pensamientos de sí misma materializados en sensaciones, sintió en la sequedad saburrosa de su lengua, ardida de fiebre y de sed, la aspereza y la amargura de aquella tierra que lamían las obstinadas lenguas bestiales. Así era en su empeñoso afán de saborearle dulzura a aquel amor que la consumía. Luego, haciendo un esfuerzo por librarse de la fascinación que aquellos sitios y aquel espectáculo ejercían sobre su espíritu, espoleó el caballo y prosiguió su errar sombrío.

Algo extraño sucedía en el tremedal, donde de ordinario reinaba un silencio de muerte. Numerosas bandadas de patos, cotúas, garzas y otras aves acuáticas de varios colores volaban describiendo círculos atormentados en torno a la charca y lanzando gritos de un pánico impresionante. Por momentos, las de más remontado vuelo desaparecían detrás del palmar, las otras bajaban a posarse en las orillas del trágico remanso y, al restablecerse el silencio, daba la impresión de una pausa angustiosa: pero en seguida, reemprendiendo unas el vuelo y reapareciendo las otras, volvían a girar en torno al centro de su bestial terror.

No obstante el profundo ensimismamiento en que iba sumida, doña Bárbara refrenó de pronto la bestia: una res joven se debatía bramando al borde del tremedal, apresada del belfo por una culebra de aguas cuya cabeza apenas sobresalía del pantano.

Rígidos los remos temblorosos, hundidas las pezuñas en la blanda tierra de la ribera, contraído el cuello por el esfuerzo desesperado, blancos de terror los ojos, el animal cautivo agotaba su vigor contra la formidable contracción de los anillos de la serpiente y se bañaba en sudor mortal.

—Ya ésa no se escapa —murmuró doña Bárbara—. Hoy come el tremedal.

Por fin la culebra comenzó a distenderse sacando el robusto cuerpo fuera del agua, y la novilla empezó a retroceder batallando por desprendérsele del belfo; pero luego aquélla volvió a contraerse lentamente, y la víctima, ya extenuada, cedió y se dejó arrastrar y empezó a hundirse en el tremedal lanzando horribles bramidos y desapareció dentro del agua pútrida, que se cerró sobre ella con un chasquido de lengua golosa.

Las aves, aterrorizadas, volaban y gritaban sin cesar. Doña Bárbara permaneció impasible. Huyeron definitivamente aquéllas, volvió a reinar el silencio y el tremedal agitado recuperó su habitual calma trágica. Apenas una leve ondulación rizaba la superficie, y allí donde las verdes matas de borales se habían roto bajo el peso de la res, reventaron pequeñas burbujas de gases del pantano.

Una más grande, se quedó a flor de agua dentro de una ampolla amarillenta, como un ojo teñido por la ictericia de la cólera.

Y aquel ojo iracundo parecía mirar a la mujer cavilosa...

La noticia corre de boca en boca: ha desaparecido la cacica del Arauca.

Se supone que se haya arrojado al tremedal, porque hacia allá la vieron dirigirse con la sombra de una trágica resolución en el rostro; pero también se habla de un bongo que bajaba por el Arauca y en el cual alguien creyó ver una mujer.

Lo cierto era que había desaparecido, dejando sus últimas voluntades en una carta para el doctor Luzardo, y la carta decía:

"No tengo más heredera sino a mi hija Marisela,[95] y así la reconozco por ésta, ante Dios y los hombres. Encárguese usted de arreglarle todos los asuntos de la herencia".

Pero como era cosa sabida que tenía mucho oro enterrado y de esto nada decía la carta, y, además, en el cuarto de las brujerías se encontraron señales de desenterramientos, a la presunción de suicidio se opuso la de simple desaparición, y se habló mucho de aquel bongo que, navegando de noche, ya eran varias las personas que lo habían sentido pasar, Arauca abajo...

Llegó el alambre de púas comprado con el producto de las plumas de garza y comenzaron los trabajos. Ya estaban plantados los postes, de los rollos de alambre iban saliendo los hilos y en la tierra de los innumerables caminos por donde hace tiempo se pierden, rumbeando, las esperanzas errantes, el alambrado comenzaba a trazar uno solo y derecho hacia el porvenir.

Míster Danger, como viese que sus lambederos iban a quedar encerrados y ya no podrían las reses ajenas venir a caer bajo sus lazos por lamer el amargo salitre de sus barrancas, se encogió de hombros y se dijo:

—¡Se acabó esto, míster Danger!

Cogió su rifle, se lo terció a la espalda, montó a caballo y, de paso, les gritó a los peones que trabajaban en la cerca:

—No gasten tanto alambre en cercar los lambederitos. Díganle al doctor Luzardo que míster Danger se va también.

Transcurre el tiempo prescrito por la ley para que Marisela pueda entrar en posesión de la herencia de la madre, de quien no se ha vuelto a tener noticias, y desaparece del Arauca el nombre de *El Miedo*, y todo vuelve a ser *Altamira*.

¡Llanura venezolana! ¡Propicia para el esfuerzo, como lo fue para la hazaña, tierra de horizontes abiertos, donde una raza buena, ama, sufre y espera!...

# Vocabulario

**Acupe:** Bebida extractada de maíz fermentado.

**Aguaitar:** Acechar.

**Ajilarse:** Colocarse en hilera, yendo uno detrás de otro. En algunos casos quiere decir que el pez pica el anzuelo.

**Alcaraván:** Ave de la familia de las zancudas.

**Amadrinador:** Jinete entendido en caballos que va en compañía del domador.

**Araguato:** Rubio rojizo oscuro. Este nombre se aplica a cierta especie de monos de pelo leonado.

**Arica:** Designa abeja silvestre.

**Arrosquetado:** Del color del trigo entre moreno y rubio.

**Aspear:** Derribar una bestia dejándola con las patas hacia arriba.

**Atarrillamiento:** Se da este nombre al tabardillo de las bestias.

**Atrincarse:** En Venezuela, ahorcarse.

**Atropellada:** Atropellamiento.

**Bahareque:** Pared de cañas y tierra.

**Banco:** La parte más elevada de una determinada extensión sobresaliente de las sabanas.

**Baniba:** Importante nación indígena situada en el Territorio Amazonas.

**Baquianos:** Prácticos del campo y de los caminos.

**Barajustar:** Acometer, embestir.

**Barajuste:** Huir en desbandada.

**Barrear:** Tumbar un animal y ponerlo inmóvil.

**Bigarro:** Toro corpulento, salvaje.

**Bolerear:** Derribar un animal mediante lazada en las patas delanteras. También se dice cuando el tumbo es producido por el estirón de la cuerda sujeta a la cola de la bestia.

**Bongo:** Canoa india.

**Botalón:** Palo largo que sale fuera de las embarcaciones.

**Bote:** Tanque en que se pone a cuajar la leche para hacer el queso.

**Butaque:** Asiento pequeño.

**Brujeador:** Experto en la cacería de bestias bravas acosándolas día y noche impidiéndoles pacer, dormir y descansar.

**Cabecear:** (relativo a los ríos). Este término se usa cuando los ríos empiezan a aumentar o disminuir el volumen de sus aguas.

**Cabildear:** Así se denominan en el Alto Llano, las reuniones que ocasionalmente lleva a cabo el ganado por efecto del miedo, bramando, escarbando la tierra con las patas.

**Cabildeo:** Bramido que hace el ganado cuando se reúne y siente algún recelo.

**Cabrestear:** Atravesar un río a nado guiando una punta de ganado.

**Cabrestero:** Se da este nombre al peón que se ocupa de guiar el ganado.

**Cabuyera:** Cuerda que sostiene la hamaca.

**Cachapear:** Deformar la marca de un hierro poniéndose otra encima.

**Cachilapiar:** Cazar reses sin herrar.

**Cachilapo:** Res enclenque y sin herrar.

**Cacho:** Cuento anecdótico muy corto.

**Cajón:** Faja de tierra llana situada entre dos ríos.

**Calceta:** Sabana de corto perímetro cercada de árboles o matorrales.

**Carnazas:** Recipiente que se hace con una parte de calabaza gigante, al cual se le da también el nombre de botijón.

**Camperuso:** Campirano.

**Capachos:** Semillas del capacho, que se utilizan como sonajas en las maracas. Esta planta es una especie de cañacoro de fruto comestible, de cuyas semillas se hacen cuentas de rosario.

**Carama:** Encornadura de venado. También se da este nombre a todo lo que aparente dicha forma.

**Caramacate:** Árbol de bosque maderable.

**Caramero:** Apilamientos de troncos y ramajes de arboles que acarrean los ríos cuando las aguas inundan las sabanas.

**Caribes:** Peces de los ríos de los llanos, muy pequeños y sumamente voraces.

**Carrao:** Ave de la familia de las zancudas.

**Castaño-lucero:** Nombre que se le da a las bestias de color castaño que tienen una mancha blanca en la parte superior de la cabeza.

**Catire:** Individuo rubio, hijo de blanco y mulata o viceversa.

**Conuco:** Plantío de frutas, huerta.

**Corocera:** Ave de la familia de las zancudas y plumaje color granate pálido.

**Cazabe:** Torta de harina de mandioca.

**Coroto:** Trasto, trebejo.

**Corrido:** Romance popular cuya letrilla se canta acompañada de maracas y un guitarrillo de cuatro cuerdas denominado cuatro.

**Crinejear:** Trenzas en forma de crinejas, las cerdas de la cola de un caballo, para anudar en ella la cuerda del enlazador.

**Cuibas:** Indios muy agresivos que habitan en las riberas del río Meta, afluente del Orinoco.

**Culatero:** Dícese del peón trasero que va acompañando un hato de ganado.

**Changuango:** Planta herbácea cuyos tallos subterráneos, llamados rizomas, son comestibles.

**Chenchena:** Ave de la familia de las gallináceas, muy escandalosa.

**Chicuaco:** Ave de la familia de las zancudas.

**Chiga:** Sustancia feculosa que se extrae de las semillas del chigo, árbol de la familia de las leguminosas.

**Chingüín:** Muchacho canijo.

**Chigüire:** Carpincho. Este animal es un roedor de hábitos anfibios.

**Chinchorro:** Hamaca trenzada en punto de malla.

**Chischeo:** Dícese del sonido onomatopéyico de las maracas.

**Chucuto:** Que carece de rabo.

**Chusmita:** Garza enana de plumaje azulado.

**Dañera:** Persona que, según las supersticiosa opinión popular, practica el mal por arte de brujería.

**Desmostrencar:** Quitarle los becerros a las vacas, cuando llega el momento, destete.

**Embarbascar:** Echar barbasco al agua en las caladas de pesca para aletargar a los peces.

**Empadronarse:** Acostumbrar al ganado a que por sí solo vaya a los corrales de la quesera.

**Enguaralar:** Enlazar.

**Entabanarse:** Dícese así cuando el ganado se alborota al ser picado por el tábano. También se aplica a las personas atacadas de ofuscación mental.

**Fuerte:** Moneda de plata de 5 bolívares, muy parecida al duro español de principios de 1936.

**Fustanero:** Dícese de un sayo cuya tela de algodón tiene pelo por una cara.

**Gandumbas:** Testículos.

**Garrón:** Espolón del ave. Gancho que queda cuando se corta una rama de un árbol.

**Gotero:** Dícese del acto de arrojar el lazo sin previo braceo de la cuerda.

**¡Guá!:** Interjección.

**Guachafita:** Lío, embrollo, desorden.

**Guaral:** Sedal o cuerda que se emplea para pescar. A la soga también se le llama así.

**Guasacaca:** Salsa picante preparada con ajíes, o sea, pimientos.

**Guate:** Voz despectiva que se emplea en el Llano para designan a los hombres de la cordillera andina y también a los colombianos.

**Guayuquear:** Inmovilizar una bestia tumbada en el suelo pasándole la cola por entre las patas traseras.

**Güirirí:** Pato enano que emite un sonido gutural muy parecido a su nombre (güirirí).

**Ir por pique:** Se dice cuando el ganado es conducido por pastores.

**Jarisar:** Lugar donde hay mucho jaro.

**Jipato:** Que padece ictericia. También se dice del color verdoso amarillento.

**Jojoto:** Panoja de maíz tierno.

**Joropo:** Baile de los llaneros.

**Lambedero:** Lugar donde va el ganado a lamer el salitre.

**Leco:** Llamar de lejos y a gritos.

**Lechada:** Masa de cal o de yeso que sirve para blanquear paredes.

**Levante:** Retirar el ganado de sus comederos para juntarlo en rodeos.

**Locha:** Moneda de valor equivalente a un octavo de bolívar.

**Macunilla:** Planta de la familia de las palmeras del cual se obtiene una madera muy dura.

**Macundos:** Trebejos y utensilios personales.

**Madrevieja:** Cauce de un río en cuyo fondo suele haber agua estancada.

**Mancornear:** Hacer mancuernas.

**Mancha:** Hato de reses que se juntan en la sabana.

**Manguarear:** Quitarle tiempo a la faena haciendo ver que se realiza.

**Manirito:** Anona (árbol de fruto agradable).

**Maraca:** Especie de instrumento de música que se hace con una cala-baza pequeña y que tiene piedrecitas o semillas dentro, para que suene mediante movimientos de percusión.

**Marmoleado:** Se dice del color blanco y negro de las bestias.

**Marota:** Cuerda que se utiliza para trabar las patas de las bestias e impedirles que corran.

**Marotear:** Poner marotas a las bestias.

**Mascada:** Cantidad de tabaco tomada en la boca para mascar.

**Mautaje:** Reunión de becerros cuya edad oscila entre uno y dos años.

**Medio casco:** Paso que se aprecia como intervalo entre el natural y el llano de las bestias.

**Melao frontinos:** Dícese de la bestia (especialmente el caballo) que tiene el pelo color castaño y blanca la cara.

**Merecure:** Árbol de mucho ramaje que se cría en el Alto Llano.

**Monear palos:** Imitar a los monos subiendo a los árboles.

**Montaña:** Lugar boscoso en los llanos.

**Morocota:** Moneda de oro de veinte dólares.

**Naricear:** Pasar una cuerda por una anilla que se le pone a una res en la nariz.

**Nefato:** Estar atontado o idiotizado.

**Ñaragato:** Planta de ramaje muy sarmentoso.

**Pajonal:** Lugar donde abunda el ichu o pajón.

**Palito:** Tomarse una copa de licor.

**Palo a pique:** Cercado construido con troncos.

**Palodeagua:** Árbol frondoso y muy alto que se da en las márgenes de los ríos.

**Paraguatán:** Árbol rubiáceo de madera muy apreciada.

**Pasaje:** Narración anecdótica.

**Peine:** Pieza que utilizan los cazadores para armar algunas trampas.

**Pelodeguama:** Sombrero de fieltro aterciopelado.

**Percusio:** Sucio y de poca monta, es decir, insignificante.

**Picar:** Llevar el ganado con orden por una vía determinada.

**Porsiacaso:** Alforja.

**Pulpería:** Tienda donde se venden comestibles.

**Puntero:** Dícese del peón que va delante guiando una punta de ganado.

**Pusana:** Bebida enervante que toman los indígenas.

**Querevere:** Árbol que crece en Apure y Guayana, cuya semilla utilizan los indios para hacer pan.

**¿Quién quita?:** Frase que quiere decir: "Podría ser". "¿Por qué no?", etc.

**Regarse como fruta de maraca:** Disgregarse el ganado en la sabana en la misma forma que se dis-persan las semillas que se ponen en el interior de una maraca cuando ésta se rompe.

**Remonta:** Bestia de recambio que cada jinete lleva para reemplazar la que va montando.

**Retallones:** Sobrantes de la comida.

**Rochela:** Lugar donde se reúne el ganado cuando se manifiesta nervioso.

**Saltanejas:** Baches, surcos y prominencias formados en los caminos por el paso de carruajes y bestias.

**Silbar iguanas:** Emitir un silbido leve y prolongado para cazar lagartos llamados iguanas. Los huevos de estos animales son muy buscados por los llaneros. También se emplea este silbido para despreocuparse de alguna inquietud.

**Súcubo:** Nombre dado a cierto demonio femenino, por oposición a *íncubo.*

**Sueltas:** Manea larga que se pone a los caballos y otras bestias para juntar una pata delantera con otra trasera.

**Sufridor:** Sudadero.

**Tapices:** Presas fabricadas en terrenos apropiados para que sirvan de embalses de agua para el ganado.

**Temblador:** Dícese de cierto pez que carece de escamas cuyo nombre científico es *Gymnotus electricus*. Este pez posee cuatro órganos eléctricos.

**Tiros:** Añagazas.

**Topo:** Casar la apuesta plenamente en el juego de dados.

**Topocho:** Dícese de cierta variedad del banano.

**Totumo:** Calabaza, güira.

**Trambucarse:** Dícese del vuelco de una embarcación, y en sentido figurado quiere decir que está trastornado o que perdió el juicio.

**Vajear:** Echar de sí vaho o vapor; pero se atribuye esta acción a ciertos reptiles que arrojan su vaho o aliento sobre sus víctimas para adormecerlas. En sentido figurado indica perturbación de alguien por medio de malas artes.

**Vale:** Camarada.

**Vaquería:** Totalidad de recolección y aplicación del hierro de propiedad al ganado.

**Ventana:** Espacio que se mantiene abierto en la vegetación de las orillas de los ríos o en una sabana.

**Ventear:** Tomar el olfato del viento.

**Yacabó:** Nombre contractado (ya acabó) que se aplica a cierta ave agorera de las selvas del río Orinoco.

**Yaruro:** Tribus establecidas en las riberas de los ríos Capanaparo, Cunaviche, Arauca y Cinaruco.

**Yapururo:** Flauta de caña de bambú a cuyo son cantan los indígenas de Guayana.

# Notas explicativas

1. *Bongo* (voz malaya). Embarcación sumamente ancha y de bajo fondo, en la que cabe mucha carga y gran peso, usada principalmente para trasbordar en los barcos de mar, y en Venezuela también como canoa mercante en la navegación fluvial". Francisco J. Santamaría: *Diccionario General de Americanismos,* Méjico, Editorial Pedro Robredo, 1942, 1.1, p. 224 y siguientes. Según el testimonio personal de Don Teodoro Sánchez Olivo, quien fue **bonguero** —navegante, comerciante en un **bongo** por diversos ríos del estado Apure— esta embarcación constaba de las siguientes partes: 1) espejuelo, 2) regala (obra muerta), 3) piso, 4) morrocoy, 5) estación, 6) remo, 7) toldilla, 8) paneta, 9) estrobo (de cuero de manatí) y 10) espadilla (San Fernando de Apure, 29-12-76).

2. *Copla.* La nomenclatura preceptiva no tiene rígida aplicación en el folklore. Por lo demás en Venezuela *coplero* no es quien "vende coplas", como indica el *Diccionario de la Real Academia de la Lengua.* La copla puede ser o no popular y rimada a capricho del versificador. Por lo demás entre nosotros tiene una connotación literaria, pero también musical. Las coplas se dicen, se escriben o se cantan.

3. *Paneta.* Parte trasera del bongo, en donde va sentado el patrón. La nomenclatura se conserva también en embarcaciones marítimas.

4. Sobre el origen del personaje, v. "Algunas noticias sobre *Doña Bárbara*",

de Ricardo Montilla, extraordinario conocedor de la obra de Gallegos. Revista *El Farol* N° 179, Caracas, nov.-dic., 1958. Gallegos,
como informa en el prólogo, viaja a Apure en abril de 1927. Lo acom-
pañan su hermano Pedro Gallegos y su alumno del Liceo Caracas,
José Félix Barbarito. En San Fernando de Apure se añaden al grupo
José Faoro y Chucho Vásquez, quien le presenta a Pancha Vásquez, la
mujerona que inspira el personaje. "El señor Rodríguez" que men-
ciona Gallegos es Juancho Rodríguez, dueño del hato "El Ojo de
Agua", ya fallecido.

5. *Porsiacaso.* "Pequeño saco de tela con bolsas en los extremos, donde
   carga la comida llanera: casabe, papelón, café, queso, arepa, plátano,
   carato, carne seca". J. A. de Armas Chitty: *Vocabulario del hato,* Caracas, Ediciones de la Biblioteca de la Universidad Central de Venezuela
   (EBUC), 1966, p. 161 (Colección Avance, N° 13).

6. *Chaparro.* "Verdasca, varilla o tallo flexible usada como bastoncillo o lá-
   tigo. Proviene ordinariamente de alguna de las especies de chaparro
   del país". Lisandro Alvarado: *Glosario del bajo español en Venezuela,*
   Caracas, Ediciones del Ministerio de Educación, 1954. p. 174 *(Obras
   completas),* vol. II.

7. *Guaricha.* Joven mestiza de singular belleza. Por lo menos en lo que respecta a Venezuela, yerra el *Diccionario* académico en la acepción que
   inserta.

8. *Arranchar.* Levantar una ranchería o pernoctar en ella en un paraje determinado con el propósito de hacer una escala en el viaje; por tiempo
   más largo para permanecer una temporada.

9. *Sideración.* Del latín *sideratio, onis* (de sideror). "Acción funesta de los
   astros y especialmente del sol". v. Agustín Blánquez Fraile: *Diccionario latino-español,* Barcelona, Editorial Ramón Sopeña. S.A., 1954,
   p. 1076. v. t. Joan Corominas: *Breve diccionario etimológico de la lengua castellana,* Madrid, Editorial Gredos, p. 521.

10. Según el testimonio de Ricardo Montilla (v. "Algunos personajes galle-
    guianos", *El Farol,* N° 210, Caracas, julio/agosto/septiembre de 1964,
    pp. 28 y sig.), Gallegos creó a *Lorenzo Barquero* en base a dos sujetos
    reales: el Dr. Galo Segundo Bramón, "médico a quien, siendo muy
    joven, el Maestro conoció y luego oía mencionarlo con elogio entre la

familia". Es el "Lorenzo Barquero de antes de haber oído la llamada" (...). "La otra etapa del personaje de la novela reproduce la tragedia del enviciamiento en el licor de que fue víctima el Dr. Francisco Mier y Terán".

11. El Prof. Héctor Pedreáñez Trejo trabaja en un estudio de literatura comparada entre *Doña Bárbara* y *La Marquesa de Yolombó,* de Tomás Carrasquilla. Pedreáñez nos ha señalado varios de sus hallazgos, especialmente en lo relativo a la primera parte de la obra del costumbrista colombiano. Allí encontramos un personaje importante de nombre Doña Bárbara y, como era de esperar, grandes coincidencias en las costumbres llaneras.

12. Analogía del personaje con la llanura que describe el autor, "bella y terrible a la vez" (v. el celebrado capítulo "La doma").

13. Tal como lo informa Gallegos en su prólogo, Antonio Torrealba es el Antonio Sandoval de la novela. Según nos informó su hija, Mercedes Torrealba de Loreto, Antonio, quien falleciera el 14 de junio de 1948, mantuvo extensa relación con Gallegos. Le dio preciosa documentación oral y escrita. El Maestro le consultó siempre para sus descripciones del ambiente. En esos casos Torrealba le escribía o le satisfacía personalmente sus consultas. Es posible que las coplas que transcribe Gallegos las haya tomado del abultado álbum personal de Torrealba, admirable coplero, un fragmento del cual tenemos a la vista. Lamentablemente el archivo de este famoso personaje de San Fernando de Apure fue incinerado por un familiar cercano sin que en verdad hubiera motivos para ello. (Información recogida de labios de Mercedes Torrealba de Loreto. San Fernando de Apure, 29-12-76.)

14. *Marrajo.* "Persona de cerrado criterio, que se mueve con lentitud, ya por torpeza o por malicia." Armas Chitty, *op. cit.,* p. 130.

15. *María Nieves.* En entrevista concedida al escritor apureño Manuel Mirabal Ponce, le confesó que había nacido el 16 de julio de 1882. "En 1903 comencé a tirar ganados. Don Fabián Tavera tenía el Paso a su cargo y sus hijos, Pedrito y Francisco, eran los cabresteros. Panchito bebía mucho, y una tarde me había visto nadar tanto (que) me hizo desnudar en la boca de la manga. Me dio el caballo, su cuchillo y su chaparro, y me dijo: "Voy a hacer de ti otro cabrestero". Y desde en-

tonces (no) hubo otro cabrestero en el Paso del Apure" (v. periódico *Letra 5*, N° 1.337, San Fernando de Apure, 2 de octubre de 1934). De María Nieves se conoce una extraordinaria fotografía testimonial que le hizo tomar con un agente viajero don Julio César Sánchez Olivo, quien se la remitió a Gallegos. La fotografía fue publicada por Ricardo Montilla en la revista *El Farol*, N° 210, Caracas, julio/agosto/septiembre de 1964, p. 29. El verdadero nombre de María Nieves era Ángel María Nieves, "pero desde muchacho me dijeron María Nieves". La entrevista mencionada de Manuel Mirabal Ponce está firmada con su conocido seudónimo MAMPO.

16. Antigua tradición ya desaparecida. La recoge también Carrasquilla —tal como nos los señaló Pedreáñez Trejo—: *La Marquesa de Yolombó*.

17. Sobre este específico asunto de la obra galleguiana, el testimonio de Miguel Otero Silva: "Cuando el maestro Gallegos leyó mi libro *Casas muertas*, me llamó a su casa para decirme que la novela le había gustado, y agregó después: 'Hay, sin embargo, una cosa que no me **explico**. Y es que tú metes a un cura en el relato y el cura te sale bueno, lo cual es algo difícil de concebir. Y unas páginas más adelante metes a otro cura y también es bueno, lo cual redobla la dificultad. Y, por último, inventas un tercer cura y también es bueno. Ya eso es inverosímil'. Y yo le respondí: 'Mire, maestro, lo que pasa es que cuando yo meto un cura no estoy metiendo al clero en su totalidad, como tal vez haría usted. Yo pinto simplemente a un cura de carne y hueso; y esos tres me salieron buenos porque dio la casualidad de que en Ortiz, el pueblo donde sucede *Casas muertas*, vivieron tres curas en la época de mi historia y los tres eran almas de pios'. Y concluí para consolarlo: 'Pero no se preocupe, maestro. Ahora estoy escribiendo una novela llamada *Oficina N° 1*, donde aparece un cura que es un bandido' ". (v. Efraín Subero: *Cercanía de Miguel Otero Silva*. Caracas, Ediciones de la Oficina Central de Información (OCI), 1977, p. 40).

18. *Pasaje*. Gallegos lo incluye en su glosario como "anécdota". También tiene, generalmente, connotación musical (v. "El pasaje apureño", en Luis Felipe Ramón y Rivera: *La música folklórica de Venezuela*, Caracas, Monte Ávila Editores, 1969, pp. 175 y sigs.).

19. *Alazano tostao*. "Alazano tostado. Alazano oscuro, tostado. Frente

blanca, crin y cola de rojo pálido o parda o negra; algún casco claro. El alazano melado es el alazano hormiga de los mexicanos". Armas Chitty, *op. cit.*, p. 22. v. del mismo autor: "Correlación entre los colores y las cualidades de los caballos", en: *Archivos Venezolanos de Folklore*, año IV-V, t. III, N° 4. Caracas 1955-56, pp. 53-63. Se trata de un refrán de origen español: "8.178. Alazán tostado, antes muerto que cansado", v. Luis Martínez Kleiser: *Refranero general ideológico español*, Madrid, Ediciones de la Real Academia Española de la Lengua, 1953, p. 92.

20. *Lavagallos*. Aguardiente de caña, fuerte, transparente y de pésima calidad. Deriva su nombre a que comúnmente los galleros lo destinan para lavar el pescuezo de sus animales.

21. v. "Las Queseras". En Fernando Calzadilla Valdés: *Por los llanos de Apure*, Caracas, Ediciones del Ministerio de Educación Nacional, 1948 (Biblioteca Popular Venezolana, N° 25), pp. 51-79. Este trabajo de importante valor documental fue escrito en diciembre de 1929, el mismo año en que apareció la primera edición de *Doña Bárbara*.

22. Gallegos no informa nada concreto acerca de este personaje; no obstante *Mujiquita* es real. Con nombre propio lo encontró el novelista en el pueblo de Camaguán, última escala de su viaje a San Fernando en abril de 1927. La discreción de Gallegos, sin embargo, nunca dijo nada. Al fin y al cabo se trataba de una de las "personificaciones de la tragedia venezolana".

23. *Taranta*. "Empuñadura de sable provista de guardas", v. Lisandro Alvarado: *Glosario del bajo español en Venezuela*, Caracas, Ediciones del Ministerio de Educación, 1955, p. 243 *(Obras completas)*, vol. III.

24. *Entaparado*. "Negocio secreto, muy reservado", Alvarado: *Glosario de voces indígenas de Venezuela. op. cit.*, I, p. 164.

25. *Curucuteando*. "*Curucutear*, huronear, escudriñar, registrar", Alvarado, *op. cit.*, III, p. 76.

26. Gurrufío. "Bufadera, cierto juguete de niños. Voz onomatopéyica, al parecer", *Id.*, p. 129.

27. *Puyones*. "*Puyón*. Suerte de culicidos (zancudos) con la trompa o rostro muy larga y de picadura dolorosa. Hailo en los sitios palustres del país", *Id.*, p. 215.

28. *Pajuato.* Pazguato.

29. *Jarizal.* "Jarilla. *Ichtyothere curvifolia.* Compuestas. Yerba vivaz que en Guayana, Cumaná, los Llanos y los otros puntos del país se usa como antisifilítica. 'Las hojas y tallos estrujados entre los dedos exhalan un olor algo aromático particular y característico que nos ha parecido análogo al del androsemo oficial de Europa' ". Grosourdy, I, 333. Ernst la identifica con la *Galicosa. Id.,* p. 140.

30. *Cabildeo.* "*Cabildear.* Reunirse en grupos el ganado, mugiendo los machos en actitud de amenaza y escarbando el suelo con las pezuñas. Usada en el Alto Llano", u. t, *cabildo.* "Llaman así en el Alto Llano una especie de rodeo espontáneo que ejecuta el ganado de una circunscripción, provocándose al principio los machos unos a otros con mugidos y escarbando la tierra, y combatiendo después los más jóvenes o más fuertes, mientras que los viejos se mantienen alejados de ese torneo. De aquí el proverbio: "Novillo pasado no entra a cabildo", Lisandro Alvarado: *op. cit.,* II, pp. 95 y sig. Armas Chitty: *Cabildeo.* Grupo de reses que mugen cuando huelen la sangre de una res y en el sitio donde han matado a ésta", *op. cit.,* p. 42.

31. *Ajila.* Ahila.

32. *Embarbasquen.* "*Barbasco.* Nombre común a varias plantas cuyas propiedades estupefacientes se aprovechan en la pesca. Las principales especies pertenecen a los géneros *Piscidia, Tephosia, Galega, Polygonum, Phyllanthus, Jacquinia, Clibadium.* El uso de algunas de estas plantas para pescar es muy antiguo en Venezuela, habiendo conocido los aborígenes este método, cuyo empleo está prohibido con harta razón por los reglamentos de policía, aquí como en Honduras y quizá en todas partes, aunque rara vez son observadas estas ordenanzas", Alvarado, *op. cit.,* II. pp. 71 v sig. Armas Chitty: "*Barbasco. Clibadium surinamense* y *Piscidia guaricensis,* con su raíz se aturden y matan peces. Es costumbre antigua, pues Gumilla habla de ella en su clásica obra sobre el Orinoco. Hay varios tipos de barbareo", *op. cit,* p. 32.

33. *Chusiar.* Penetrar.

34. *Mandador.* "Con esta palabra el llanero nomina lo siguiente: (1) Palo angosto de 50 ó 60 cm de largo, unido a una correa angosta de más o menos del mismo tamaño. (2) Bejuco de 80 cm, de chaparrillo (ver

"chaparro"). Todo para cuerear, tanto a cabalgaduras como a arreos de mulas, burros y a yuntas de bueyes", Armas Chitty: *op. cit.,* pp. 125 y sigs.

35. *Tapias.* "*Tapia.* Una de las tres piedras del fogón", *Id.,* p. 187.

36. *Bayeta.* El uso que Gallegos le da en este párrafo está de acuerdo con la definición académica: "tela de lana floja y poco tupida". No obstante, tanto en el llano como en otras regiones del país se usa la cobija de *bayeta,* de lana gruesa y muy tupida, impermeable, generalmente de color azul oscuro o rojo. Las hay también de color azul por un lado y rojo por el otro.

37. *Cacho.* De acuerdo con el contexto, en este caso significa "cuerna provista de un bramante, con la que el llanero puede coger agua para beber, sin desmontarse de la cabalgadura. Hailas curiosamente esculpidas o guarnecidas con engastes de plata" (Alvarado, *op. cit.,* II, 98). Armas Chitty lo describe como un "cuerno de res preparado como vaso para tomar agua el llanero" *(op. cit.,* p. 44).

38. *Cabrestero.* Alvarado: "arcaísmo usado en Venezuela" *(op. cit.,* III, p. 42). Armas Chitty: "Peón a la cabeza de un rebaño en marcha. Con su canto —coplas— ayuda a guiarla" *(op. cit.,* p. 42).

39. *Manga.* "Pasadizo algo convergente, compuesto de dos vallas, construido a la orilla de un corral o río para encallejonar el ganado que ha de ocuparlo o de vadearlo. La abertura más estrecha corresponde a la entrada o al ribazo, y está dispuesta de modo que al penetrar la res no pueda volverse atrás. Estas *mangas* suelen designarse en los vados con el nombre del dueño cuyas son o fueron antes; v.g. Las *Mangas coveras* (del propietario Cova, y en este sentido pasan a ser voces geográficas" (Alvarado, *op. cit.,* II, p. 298). Armas Chitty: "Corral angosto y largo que destinan para el coleo, ya en el hato, ya en el pueblo. También lo utilizan para herrar las reses. Esta operación se hace apretujando el ganado y herrándolo desde la cerca" *(op. cit.,* p. 126).

40. *Majada.* "Corral grande para recoger el ganado, que se construye cerca de la casa de la dehesa con gruesos maderos" (Alvarado, *op. cit.,* II, p. 294). Armas Chitty: "Corral inmediato a la casa del hato, donde el llanero cultiva plantas domésticas o encierra reses mansas" *(op. cit.,* p. 124).

41. Existen diversas presunciones sobre las coplas que intercala Gallegos en *Doña Bárbara*. Algunos estudiosos piensan que son folklóricas en su totalidad. Otros —como el ya fallecido Ricardo Montilla—, apoderado y secretario privado del Maestro a lo largo de muchísimos años, opinan que —algunas por lo menos— fueron creadas por el propio Gallegos. Después de una investigación de campo que realicé en el estado Apure, en los escenarios galleguianos, y sobre todo después de la larga entrevista que sostuve con la señora Mercedes Torrealba de Loreto, tengo la presunción que también, en este caso, Gallegos pudo documentarse en Antonio Torrealba, excelente coplero, a quien Gallegos —con el nombre novelesco de Antonio Sandoval— pone a cantar al lado de *Pajarote* —Pedro Manuel Sánchez, "Perucho", en la vida real (en la conocida foto (Cfr. 10) que muestra a Gallegos de polainas, sentado sobre un caimán al que le han dado muerte, Pajarote, o por mejor decir, Pedro Manuel Sánchez es el que aparece echado sobre la cola del caimán, usando sombrero alón—. Este personaje me lo identificó el Dr. José Félix Barbarito en su Hato "Santa Luisa", cercano a San Fernando de Apure, el 28 de diciembre de 1976. El Dr. Barbarito fue quien invitó a Gallegos para que conociera al Apure en abril de 1927. Para lo referente al folklore literario en Gallegos, v. Adelis León Guevara: *La copla en Rómulo Galle-gos*, Mérida. Ediciones de la Universidad de Los Andes, 1966, p. 100. v. t. Orlando Araujo: "El folklore", en: *Lengua y creación en la obra de Rómulo Gallegos,* 3ª edic., Caracas, Ediciones En la Raya, 1977, 2 vol.

42. Con base en estas legendarias coplas el gran poeta nativista venezolano Alberto Arvelo Torrealba (1904-1971) creó un celebrado poema cuya versión definitiva, con el título de *Florentino y el diablo*, publicó en 1957 (Caracas, Editorial Rex, C.A.). Nos informó en San Fernando de Apure la señora Mercedes Torrealba de Loreto que su padre, Antonio Torrealba, había escrito una versión propia. Es posible que este "corrido —como dijo ella— esté en el álbum personal de Torrealba que conservan otros familiares. Hasta ahora no nos ha sido posible consultar dicho álbum. Conocemos, sí, fragmentos de la poesía popular del coplero, propiedad del Dr. Pedro Elías Hernández, Presidente de la Fundación "Rómulo Gallegos" de San Fernando de Apure.

43. *Curiara.* En lo relativo a Venezuela, la definición del Diccionario académico es inexacta. Alvarado: "Embarcación enteriza, pequeña, ligera, menor que la canoa, muy usada en la navegación fluvial" *(op. cit.,* I, p. 132). Armas Chitty: "Pequeño barquichuelo hecho del tronco de un árbol, con cabida para dos o cuatro personas" *(op. cit.,* p. 69).

44. *Leco.* Grito fuerte, prolongado, que puede producir eco. Alvarado: "¡Aho!, interjección para llamar a alguien desde lejos" *(op. cit.,* III, pp. 147 y sig.).

45. Según el testimonio de Javier Villafañe, Gallegos le informó, a requerimiento suyo, cuando estaba en la preparación de un nuevo volumen de sus celebrados *Los cuentos que me contaron,* que los relatos intercalados en sus novelas son los que aprendió en su infancia.

46. *Cuarterón.* "Medida de capacidad cuya equivalencia fluctúa entre dos y cinco litros, según las localidades" (Santamaría: *Diccionario,* I, p. 419).

47. Figurado por *maracas.*

48. *Chipola.* En el joropo, el *golpe* de ritmo más violento. "Si el Padre Santo supiera / la revuelta'e la chipóla, / se quitaría el balandrán, / dejara la iglesia sola" (copla tradicional). Julio César Sánchez Olivo: "Y la Chipola es un son / alegre, pimienta pura, / al escucharla un tullío / le traquean las coyunturas. / Por 'La Chipola' botó / la sotana un santo cura". "Contestación a K. Pacheco". En: *Por el rumbo del recuerdo (versos sabaneros apureños),* San Fernando de Apure, 1975, p. 37 (Impreso en Caracas por Venevasco). Alvarado: "Aire popular de movimiento vivo, muy usado en nuestros campos" *(op. cit.,* III, p. 83).

49. *Golpe.* Según el testimonio oral del prestigioso hombre público y escritor apureño don Julio César Olivo, el *golpe* es una parte del *joropo* que se canta con mayor libertad; la otra es el pasaje. Según me declaró enfáticamente: "ambos son joropos" (información del 1° de junio de 1977).

50. Éstas y las otras dos coplas que utiliza Gallegos en este capítulo son de estirpe folklórica. Igualmente las que inserta en la 2ª parte, caps. IV, IX y XII; id. 3ª parte, cap. II. Para documentar estas coplas puede

consultarse a José A. Machado: *Cancionero popular,* Caracas, Ediciones del Ministerio de Educación Nacional, 1946 (Biblioteca Popular Venezolana, N⁹ 6), pp. 51, 52, 85, 86 y sigs. Hay edición reciente: Caracas, Ediciones de la Presidencia de la República, 1976. Prólogo, fdo.: José Enrique Machado E., p. 237. v.t. "Cancionero de Montesinos". En: *Revista Venezolana de Folklore* N° 1, Caracas, enero-julio de 1947, pp. 133-154. Reproducido en *Archivos Venezolanos de Folklore,* N⁹ 6, Caracas, 1959-60, pp. 145-263. Nota sobre el "Cancionero de Montesinos", p. 5.

51. Para todo lo relativo al joropo puede consultarse a Luis Felipe Ramón y Rivera: *El Joropo, baile nacional de Venezuela,* Caracas, Ediciones del Ministerio de Educación, 1953, 92 + 34 p., ilus. fot., trans. mus.

52. *Pedir una palomita.* Solicitar una oportunidad para intervenir.

53. *"Ser mono".* Constituirse en hazmerreír.

54. *Aguacerito blanco.* Llovizna fina continua. También se le llama *Moja bobo.* Inf. de Julio César Sánchez Olivo: "Se le aplica también al hombre de charla menuda y fastidiosa" (San Fernando de Apure, 1-6-77).

55. Esta expresión se emplea cuando llueve con sol.

56. *Mucura.* Tinaja pequeña de forma específica. En el llano actual cada vez está más en desuso (I.: J.C.S.O.L.; S. Fdo. de Apure, 1-6-77).

57. *Empadronar.* Del mismo informante: "Cuando el ganado ya está domesticado, y es manejable y se deja arrear con cierta facilidad. Esta voz tiene otra acepción: herrar el ganado". Santamaría: "En Venezuela dícese del ganado manso cuando se acostumbra a buscar por sí solo los corrales" (Diccionario, I, p. 592).

58. *Botalones. Botalón.* Sánchez Olivo: "Es un horcón que se clava en el centro del corral; termina o no en horqueta. Sirve para amarrar ajustadamente la res previamente enlazada; entonces se la manosea, se le acaricia para amansarla. A esta acción de amarrar la res se le dice en el llano *enyugar"* (San Fernando de Apure, 1-6-77). Armas Chitty: "Poste de grosor suficiente y de dos metros de alto que se coloca en el centro de los corrales para amarrar reses o bestias. También señala el lindero de una propiedad" *(op. cit.,* p. 39).

59. *Zamuritos. Samurito.* J. C. Sánchez Olivo: "Especie de pez caribe muy voraz" (San Fernando de Apure, 1-6-77). Alvarado: *"Callophysus ma-*

*cropterus.* Silúridos. Pez de los ríos Guárico y Apure" *(op. cit.,* I, p. 312).

60. *Mascada, tapara y chinchorro.* Sánchez Olivo: Expresión en desuso. Se refiere al llanero acostado en el chinchorro, bebiendo aguardiente de la tapara que tiene al pie del chinchorro donde permanece acostado" (San Fernando de Apure, 1-6-77). Por extensión se utiliza en invierno como frase hecha cuando el estado del tiempo produce modorra: *El día está de mascada, tapara y chinchorro.* En el Oriente del país: *De mascada, tapara y cobija.* También: De *tapara, chinchorro y cobija.*

61. *Gabán.* Alvarado: *"Tantalus loculator.* Cicónidas. Ave zancuda más pequeña que el garzón. Tiene la cabeza y cuello desnudos por encima; pico grueso, sin ranura, con bordes cortantes, largo de un palmo. Plumaje blanco, excepto en las remeras y timoneras que son negras con reflejos verdes y violados; cabeza y cuello negros; pico de un verde amarillento oscuro; patas amarillas. Hállase en bandadas en los ríos y lagunas del Llano, y su carne es comestible" *(op. cit.,* II, p. 229). Armas Chitty: *"Mycteria americana.* Ave cuya carne es utilizada en sancochos. De color blanco, grisoso, con algunas plumas negras, pico terroso" *(op. cit.,* p. 97).

62. *Gallito azul.* Sánchez Olivo: "Ave acuática que vive en los bótales muy bonita, de color azul" (San Fernando de Apure, 1-6-77). En su romance "Este Juan Bruno no ha muerto", Sánchez Olivo se refiere al Gallito azul: "Cuando su canto de alerta / en plena noche de invierno / no lance el *gallito azul I* desboronando el silencio / a lo largo y a lo ancho / de esteros y más esteros... *(Por el rumbo del recuerdo,* p. 50), El *Gallito azul* no debe confundirse con el *Gallito de monte.*

63. *Chicuaco.* Sánchez Olivo: "Ave, especie de garza, de varios colores. Tiene una pluma en la cabeza que le sobresale ostensiblemente. El chicuaco es ave nocturna, tiene la cabeza azul y el cuerpo gris. Su nombre le proviene por onomatopeya. También existe el *chicuaco cangrejero* de color chocolate. Su nombre le viene por costumbre de comer cangrejos" (San Fernando de Apure, 1-6-77). Armas. Chitty: *"Butorides striatus striatus* (L). Ave de color gris cerrado" *(op. cit.,* p. 73). Alvarado: *"Ardea (Butorides) striata.* Ave zancuda de pico largo con ceroma hasta la región ocular y un penacho en la nuca, tarsos des-

nudos. Color por encima castaño más o menos oscuro con reflejos metálicos verdes o azulados; garganta y vientre blancos, pescuezo ocre, iris amarillo citrino; partes desnudas circumoculares de un amarillo sulfúreo: pico negro arriba, verdoso debajo, brida negra; patas de un verde aceitunado. Largo total 45 cm. Vive de insectos y pececillos, y nidifica en árboles cercanos al agua. Sus plumas se utilizan como adorno" (*op. cit.,* I, p. 146).

64. *Baba.* Alvarado: *"Jacaré punctulata.* Saurios de la familia de los aligatéridos, caracterizados por un hocico ancho, por unas fóselas en el maxilar superior donde se alojan los caninos del inferior, y por una membrana interdigital mediana o rudimentaria. Las babas son más pequeñas que el caimán y permanecen más que éste fuera del agua. Son muy comunes en todos los llanos y en Guayana, no atacan al hombre, y la carne de la cola es, a lo que se dice, muy gustosa" (*op. cit.,* I, p. 33).

65. *Bora.* Teodoro Sánchez Olivo, llanero inveterado, bonguero famoso: "Es una planta acuática que se mantiene en la superficie, de flor morada, cubre extensas superficies de ríos y lagunas. Existe también la *Bora marranera,* cuyas raíces se fijan en la tierra y es muy gustada por los marranos, de allí su nombre" (San Fernando de Apure, 1-6-77). Alvarado: "Nombre genérico dado a varias plantas acuáticas con hojas flotantes. Llaman así, por tanto, a una especie de loto o nenúfar *(Nymphaea),* la mata de agua *(Eichhomia),* el lampazo *(Lemna),* etc. que cubren con sus hojas lenticulares o pelladas la superficie de las aguas tranquilas, de los pozos, de las lagunas, de los caños y ríos del llano. El *lirio de agua (Pontederia crassipes)* es una de las *horas* más comunes" (*op. cit.,* I, pp. 48 y sig.). *Boral:* "Agua o aguazal más o menos extenso cubierto de *bora*" (*Id.,* p. 49).

66. *Tembladores. Temblador.* Alvarado: *"Gymnotus electricus.* Pez desprovisto de escamas y de aleta dorsal, siendo la anal casi tan larga como el cuerpo todo; vejiga natatoria muy grande; cabeza y lomo provistos de dos o más hileras de orificios excretorios. Color verde aceitunado con partes más oscuras por encima, rojizo por debajo; a cada orificio glandular corresponde una mancha amarilla clara; anal apizarrada, orlada de blanco. Cuatro son los órganos eléctricos, colocados a un lado

del vientre desde su extremo hasta la punta de la cola, y constan de una sustancia blanda, gelatinosa, traslúcida, amarillo-rojiza. El pez mide 2 metros o más de largo, y puede pesar de 15 a 20 kilogramos. Cómese la carne que es espinosa, desechando la sustancia eléctrica. Hállase en los ríos, caños, lagunas y aguazales de los llanos y Guayana. Sin.: Anguila eléctrica" *(op. cit.,* II, pp. 445 y sig.).

67. *Tereco.* J. C. Sánchez Olivo: "Silla vieja de montar, hecha pobremente y en su totalidad, por el mismo llanero. Él mismo se procura y fabrica los trebejos" (San Fernando de Apure, 28-12-76).

68. *Guardabastos.* J. C. Sánchez Olivo: "Cubierta de suela que se coloca sobre el caballo, debajo de la silla. Sobre la bestia, en pelo, se colocan primero los *falsos,* que son de coleta, luego el *sudadero,* generalmente una esterilla, y finalmente el *guardabastos* de suela. Éste termina, a cada lado, en una punta larga que sobresale de la coraza y termina en una mota hecha de cordován" (San Fernando de Apure, 1-6-77). Alvarado: "Gualdrapa, mantilla de piel con forro de tela" *(op. cit.,* III, p. 128).

69. *Nefato.* Corruptela por nefasto.

70. *Paloapique.* J. C. Sánchez Olivo: "Cerca de madera de horcones totalmente adheridos unos a otros. Corral muy fuerte. Puede servir de cerca alrededor de la casa. En este caso tiene sólo un metro de altura y hasta 80 cm de diámetro. Cuando se usa como corral, su altura es de dos metros" (San Fernando de Apure, 28-12-76). Armas Chitty: "1. Cerca de estantes verdes o secos, con dos o tres pelos de alambre. 2. Arroz y frijoles cocinados juntos. 3. Mucha gente junta" *(op. cit.,* p. 146).

71. *Rucio mosqueado.* J. C. Sánchez Olivo: "Caballo blanco con pequeñas pintas oscuras o coloradas. Existe en el llano el *rucio mosca colorada, rucio moro,* también llamado *canoso* y *rucio mosca azul.* En este caso, la mosca es la pinta del caballo" (San Fernando de Apure, 28-12-76). Armas Chitty: "Blanco con profundas pintas negras y rojas" *(op. cit.,* p. 175).

72. *Pique. Picar.* Teodoro Sánchez Olivo: "Arrear el ganado hasta el paradero" (San Fernando de Apure, 29-12-76).

73. *Rejo.* Teodoro Sánchez Olivo: "Pedazo de *falseta* hecha de cerda. También puede ser un pedazo de *cabo* de soga" *(Id. Id.).*

74. Del folklore. Cfr. 50.

75. *Id. Id.*

76. *Carrao.* En su glosario, Gallegos indica simplemente "ave zancuda". Alvarado: *"Aramus (Ardea) scolopaceus.* Ave zancuda con el pico más largo que la cabeza; fosa lineal, narices laterales, abiertas de parte a parte; dedos del todo separados, uña intermediaria entera, dilatada; alas mediocres, en las que sobresale la 3ª remera; cola mediana, rectilínea, de 12 timoneras. Cuello pardo rojizo, matizado de blanco, pico plomizo hacia la punta, rosado en la base; tarsos azulados. Longitud, unos 70 cm" *(op. cit.,* I, p. 87). Armas Chitty: *"Aramus guarauna guarauna* (Linnaeus). Ave marrón y negra, cuyo canto es onomatopéyico" *(op. cit,* p. 54).

77. *Tranquero.* Tranquera.

78. *Arrebiatada. Arrebiato.* Alvarado: "Rabiatar. Pero el verbo venezolano se usa con doble régimen, y no es exactamente lo que la Academia entiende por 'Rabiatar' (atar por el rabo), sino reatar un animal a la cola de otro para obligarle a seguir su camino, como se entiende en Honduras y Colombia. En sentido reflejo, es irse en compañía de otro, adherirse servilmente a la opinión o parecer de otro" *(op. cit.,* III, p. 24). Armas Chitty: *"Arrebiate.* Estorbe. Cuando una persona representa un estorbo, algo incómodo, le dice arrebiate. También a los galanes impacientes. *Arrebiatao.* Amarrar cualquier animal a la cola de un caballo" *(op. cit,* p. 27).

79. *Chigas. Chigo.* Alvarado: *"Campsiandra camosa.* Leguminosas. Árbol de ramos lisos; hojas alternas, imparipinadas, glabras, con estípulas lineares, gruesas, deciduas y pecíolos angulosos o subalados. 4-5 policares; hojuelas de 5 a 9, oblongo-elípticas, acuminadas, redondeadas en la base, coriáceas, lustrosas por encima; racimos terminales, cáliz apenas más corto que el pedicelo, pétalos semipolicares, amarillos: legumbe ulrapedal, glabra, con valvas estrechamente adheridas. Alto Arauca" *(op. cit.,* I, p. 147).

80. *Guereveres, guerebere.* Alvarado: *Couepia ovatifolia.* Rosáceas. Árbol no

muy alto; de cuyo fruto ovalado largo, de unos 4 cm, hacen pan los indios del Arauca y Apure" *(op. cit.,* I, p. 301).

81. *Monear palos.* Frase hecha. Trepar.

82. *Camelote.* Alvarado: *"Panicum maximun.* Especie de gramínea forrajera, de hojas muy largas, que crece espontáneamente en la región más cálida del país. Buen pasto para el ganado mayor" *(op. cit.,* III, p. 122). Armas Chitty: *"Panacium maximun.* Pittier la llama 'hierba de Guinea', pero no la describe. La llamada paja de Guinea en el Alto Llano no es lo que allá se conoce como *gamelote.* La paja de Guinea se cultiva, es paja gruesa, de tallos de 1 ó 2 metros; en cambio, el gamelote es mucho más alto y sus tallos son carrizo, muchos de ellos tan ordinarios que el ganado ni en invierno los come, y es silvestre" *(op. cit.,* p. 99).

83. *Sol de los araguatos.* J. C. Sánchez Olivo: "Se trata de un sol de atardecer, de un color amarillento excepcional. Es un sol que no se ve todos los días. También se conoce como *Sol de los venados"* (San Fernando de Apure, 29-12-76). Alvarado: *"El sol de los venados:* el sol poniente (...). Se dice en el mismo sentido: *El sol de los araguatos" (op. cit.,* II, p. 436).

84. *Lebruno.* J. C. Sánchez Olivo: "Ganado vacuno de color blanco amarillento" (San Fernando de Apure, 1-6-77). Armas Chitty: "Vacuno color crema, amarillo bajo" *(op. cit.,* p. 119).

85. *Bailar en un tusero.* Santos Erminy Arismendi: *"Bailar en un tusero con alpargatas nuevas.* Estar expuesto. Temor manifiesto de peligro oteado", v. *Refranes que se oyen y dicen en Venezuela.* Madrid-Caracas, Editorial Oceánica, s/f., p. 15. Es una expresión generalizada en todo el país. R. Olivares Figuero: *"Bailar en un tusero.* O: Estar *pisando una concha'e mango* (verse en dificultades)", v. *Folklore venezolano. Prosas,* Caracas, Ediciones del Ministerio de Educación, 1954, p. 135 (Biblioteca Popular Venezolana, N° 53).

86. *Saladillos.* J. C. Sánchez Olivo: "Es el mismo *Salado* (San Fernando de Apure, 2-6- 77). Alvarado: *Salado. Pisonia inermis* (¿) Nictagin. ceas. Árbol de madera liviana de color ante; poros numerosos, grandes; líneas vasculares anchas como en el *Carneasado* (...) pero no entrelazadas en forma de malla" *(op. cit.,* II, p. 426).

87. *Tumbando y capando.* Alvarado: "Diciendo y haciendo, sin perder momentos" *(op. cit.,* II, p. 461).

88. *Guachafita:* Alvarado: "Confusión, desorden" *(op. cit.,* III, p. 126), u. t. para indicar falta de seriedad.

89. *Por todo el cañón.* Sin medias tintas.

90. *Ojos que te vieron ir, paloma turca.* Erminy Arismendi: "Algo que se fue y es imposible recuperar" *(op. cit.,* p. 80).

91. *Dar un gatazo.* Impresionar favorablemente por elegancia.

92. *Alijo.* Teodoro Sánchez Olivo: "No es expresión llanera. Jamás la oí ni la usé en mi vida de bonguero" (San Fernando de Apure, 2-6-77). Alvarado: *Alijo, alijador:* Especie de gabarra usada en ciertas radas del país para cargar o descargar buques mercantes que por su calado fondean lejos del muelle o desembarcadero" *(op. cit.,* II, p. 44 y sig.). Gallegos debe referirse a los *curiarones* o grandes *curiaras* que en la época de la novela llegaban a San Fernando especialmente fletadas desde los puertos del Orinoco.

93. *Cangilones. Cangilón.* Alvarado: "Bache, carril, carrilera" *(op. cit.,* II, p. 110). Armas Chitty: "Honduras, grieta, bache" *(op. cit.,* p. 49).

94. *Terroneras.* Alvarado cita a Adolfo Ernst *(Idea general de la flora de Venezuela,* II): *"Terronera.* Dase tal nombre a unos lugares en los que las aguas de las lluvias, llevándose la tierra que rodea las plantas, han producido una superficie muy desigual cubierta de terrones endurecidos" *(op. cit.,* III, p. 245).

95. *Marisela.* Según el testimonio personal de su hija Sonia (Caracas, 3-6-77), el nombre de *Marisela* lo tomó Gallegos del juego de Marisela que se canta con música de chipola, especialmente en los Velorios de Cruz. El juego lo inicia un primer protagonista, quien entona la siguiente copla: "Marisela se perdió / su madre la anda buscando. / ¿Quién ha visto a Marisela / que anda por aquí bailando?" Un segundo protagonista hace las pantomimas que se le ocurren, al mismo tiempo que canta la segunda copla: "Por esta calle de abajo / yo la vi cuando venía / la que no baile conmigo / tiene su prenda perdía". La muchacha que quiera entrar en el juego, imita las pantomimas del hombre, pero si no las imita bien o se inhibe, pierde, y entonces debe hacer lo que se le pida o entregar determinado objeto al que llaman

*prenda*. (Inf.: Julio César Sánchez Olivo. San Fernando de Apure, 29–12–76). Nos informó la señora Mercedes Torrealba de Loreto, en la misma fecha, que su padre, Antonio Torrealba —el Antonio Sandoval de la novela—, tenía una potranca de nombre *Marisela*. Para mayor documentación, véase de Manuel Mirabal Ponce: "No somos un pueblo triste", en el periódico *Letras*, N° 1.332, San Fernando de Apure, 25 de setiembre de 1943. Dice Mirabal Ponce que en esa época también se llamaba *Marisela* a un determinado traje femenino y que se le aplicaba también a una mujer extrovertida, fresca, "salida".

# Rómulo Gallegos

Novelista, cuentista, ensayista, Presidente de Venezuela. Nació en Caracas el 2 de agosto de 1884 y murió en la misma ciudad el 5 de abril de 1969. Hijo de Rómulo Gallegos Osío y Rita Freyre Guruceaga. Ingresa al Seminario Metropolitano y lo abandona al año siguiente, cuando muere su madre (1896). Entra al Colegio Sucre y se gradúa de bachiller en 1903. Su niñez y su juventud estuvieron marcadas por esa pobreza digna, común a muchos venezolanos de otros tiempos. En el Colegio Sucre, ya dirigido por J. M. Núñez Ponte, dio clases de educación primaria. Ingresa a la Universidad, pero debe retirarse para ayudar a su familia. Es nombrado Jefe de la Estación del Ferrocarril Central de Caracas. Por esta época hace amistad con Julio Planchart (1885–1948), Julio Horacio Rosales (1885–1970), Salustio González Rincones (1886–1933), Enrique Soublette (1886–1912), en cuya hacienda de Valle Abajo, Gallegos era tenedor de libros y constituyen un grupo literario que tendrá como órgano de expresión una revista, *La Alborada*, financiada por Soublette, quien apenas vivirá 26 años. Los artículos de Gallegos publicados en dicha revista los recogerá más tarde su biógrafo, el norteamericano Lowell Dunham, en el libro *Una posición en la vida*.

En 1910 publica en *El cojo ilustrado* el cuento *Las rosas*, posteriormente titulado *Sol de antaño*, y este mismo año concluye el drama *El motor*. Publica de nuevo en *El cojo ilustrado* los cuentos *Liberación* y *Una aberración curiosa*, incluido éste en la novela *El último Solar*. *El cojo ilustrado* era una revista que servía de termómetro de la calidad de un autor y había evolucionado de pequeño periódico, distribuido gratuitamente a quien comprara los tabacos *El cojo*, a la empresa boyante que dirigía J. M. Herrera Irigoyen, quien adquirió imprentas modernas que imprimían huecograbados. En 1912 es Director del Colegio Federal de Varones de Barcelona y desde esta ciudad se casa por poder con Teotiste Arocha Egui. Al año siguiente publica su primer libro de relatos, *Los aventureros*. En 1915, *El cojo*... le publica un cuento que luego no fue recogido en volumen, *Cuento de carnaval*. En 1917 comienza a trabajar como Subdirector del Colegio Federal de Caracas, denominado luego Liceo Caracas y hoy Andrés Bello. La revista de Leoncio Martínez, *Fantoches*, reproduce su cuento *El piano viejo*, publicado el año anterior por *La revista*. En 1918 es designado Subdirector de la Escuela Normal de Varones (hoy Miguel Antonio Caro).

Sobre los años venideros de Gallegos nos ilustran estas palabras de Carlos Capriles Ayala: *El Maestro había sido durante 20 años un fiel servidor del dictador Juan Vicente Gómez y recibido de éste cargos y prebendas, primero a los 22 años de edad como Jefe de la Estación del Ferrocarril Central, y luego en la docencia desde 1912 hasta 1931. Le había correspondido con lealtad defendiendo la obra rehabilitadora y la ideología del Gendarme Necesario de Laureano Vallenilla Lanz desde sus revistas* **Alborada**, *al comienzo del régimen, y en* **Actualidades**, *desde 1920 en adelante. Esta última era una revista exclusivamente social, fundada por un italiano de nombre Aldo Baroni, donde Gallegos empezó a colaborar a partir de febrero de 1919 con su cuento* **Los Mengánez**. *En 1920, casi quebrada, Baroni vendió la revista a Gallegos, quien, demostrando una habilidad comercial impredecible en un intelectual, le imprimió un nuevo giro, transformándola en un órgano al servicio del gobierno* (Suplemento Cultural de *Últimas Noticias*, 4 de noviembre de 1996).

Lowell Dunham señala que *Actualidades* fue suspendida por un relato de Gabriel Espinoza que había ofendido al clero y Gallegos debió trasladarse a Maracay para solicitar a Gómez la continuidad de la publicación (*Rómulo Gallegos, vida y obra*, Los Teques: Ed. del Gobierno del estado Miranda. 1985). Yolanda Segnini, en *Las luces del gomecismo*, reproduce dos cartas de Gallegos de 1921 dirigidas a Gómez (en una de ellas (18-12-1921) leemos: ... *me permito enviarle junto con la presente dos ejemplares del último número de* **Actualidades**, *por cuyo contenido verá Ud. que ha sido mi deseo contribuir, dentro del reducido campo de mi actividad, a la obra patriótica que el gobierno del general Gómez viene haciendo en el sentido de mostrar a Venezuela como una nación culta y próspera*) que sustentarían los juicios de Capriles Ayala, quien no aduce prueba documental alguna de sus afirmaciones.[1] En 1920 Gallegos publica *El último Solar*, su primera novela, que a partir de la edición de 1930 comienza a llamarse *Reinaldo Solar*. Se residencia en Los Teques y enseña en el Colegio San José, donde también da clases el poeta Fernando Paz Castillo. Empieza a escribir *El forastero*, que será publicada en 1942. En 1922 comienza a publicar el semanario *La novela semanal*, en cuyo primer número aparece el relato *Los inmigrantes* (en 1937, la Editorial Élite, dirigida por Juan de Guruceaga, publicará en formato similar *La novela de ahora*). En 1925 publica *La trepadora* y, según confiesa en el prólogo de la primera edición, la idea central de la novela le fue sugerida por Paz Castillo, a quien la dedica. Realiza su primer viaje a Europa (España, Francia, Italia). En 1927 pasa la Semana Santa en el hato "La Candelaria", cerca de San Fernando de Apure, y se documenta para una novela. Se llamará en un comienzo *La coronela* y comienza a imprimirla en la Editorial Élite. Suspendida la edición, viaja a Italia, y durante la convalecencia de su esposa, revisa, retoca y reescribe la obra, hasta que la entrega a la Editorial Araluce de España, donde es publicada bajo el título de *Doña Bárbara*. En septiembre de 1929 es escogida como una de las mejores novelas del mes publicada en España. Al año siguiente se hizo una nueva edición, corregida y aumentada con un vocabulario de venezolanismos. Dillwyn F. Ratcliff opina que *Doña Bárbara es una novela abundante, llena de personajes convincentes, lógica, de acción rápida y cuadros de rara belleza y con un aliento de vida que va desde el principio al final.*[2]

Gómez lo nombra Senador por el estado Apure, pero Gallegos evita asistir a las sesiones del Congreso. En 1931 envía una carta al Presidente del Senado desde Nueva York en la que renuncia al cargo y asienta: *Habéis traicionado el mandato popular al allanaros a desquiciar los fundamentos democráticos de nuestras instituciones republicanas, cercenando la soberanía del Congreso... y por todo esto habéis expuesto al ludibrio del mundo la dignidad de una patria de libertadores.*

En 1932 se marcha a España, donde trabaja como jefe de ventas de la National Cash Register Company. En Madrid hizo amistad con el escritor Gabriel Miró, quien había propuesto a *Doña Bárbara* como mejor novela del mes en 1929, y con Gabriela Mistral. Araluce publicó *Cantaclaro* y *Canaima* entre 1934–35. Regresa a Venezuela en 1936, es nombrado Ministro de Educación y recibe homenajes del Ateneo de Caracas y de la Asociación de Escritores de Venezuela. Renuncia

---

[1] Yolanda Segnini, *Las luces del gomecismo*, Caracas: Alfadil Ediciones S. A. 1987.
[2] Dillwyn F. Ratcliff, *La prosa de ficción en Venezuela*, Caracas: EBUC. 1966.

al Ministerio debido a una campaña de prensa de *La esfera* y *La religión* contra sus proyectadas reformas. Es electo diputado al Congreso en 1937, viaja a Estados Unidos para negociar la filmación de *Doña Bárbara* en Hollywood y en 1938 constituye la empresa cinematográfica Estudios Ávila, la cual filma *Juan de la Calle*, corto que divulgaba los fines del Consejo Venezolano del Niño. En 1940 es elegido miembro del Concejo Municipal de Caracas y al año siguiente es candidato presidencial del PDN clandestino. Triunfa el general Isaías Medina Angarita, quien será derrocado el 3 de octubre de 1945 por una Junta Militar en la que participan líderes de Acción Democrática (Rómulo Betancourt, Luis Beltrán Prieto Figueroa, Gonzalo Barrios), golpe que Gallegos justifica por radio tres días más tarde (...*porque los hombres que hoy están organizando el gobierno de la triunfante revolución democrática y popular sabrán hacerle honor a sus palabras empeñadas, unos —mis compañeros de partido— porque el móvil que nos llevó a la lucha política en el campo del civismo, no fue bastarda apetencia de posiciones de mando...*).[3]

En diciembre de 1947 es elegido Presidente de la República y el poeta norteamericano Archibald MacLeish, representante del Presidente Harry Truman para la toma de posesión, recuerda el almuerzo ofrecido por el novelista a los intelectuales, publicistas y escritores invitados y el *gran festival de música y danzas populares de Venezuela en el Nuevo Circo de Caracas... uno de los más impresionantes espectáculos montados en nuestro tiempo* (cit. por Lowell Dunham, *op. cit.*). Meses más tarde será derrocado por los mismos militares del Golpe contra Medina. En 1949 se publica en Espasa-Calpe Argentina *La rebelión y otros cuentos*. En 1950 muere su esposa en México. En 1952 circula en La Habana *La brizna de paja en el viento*. En 1955 renuncia al doctorado *Honoris Causa* de la Universidad de Columbia cuando se le concede al dictador guatemalteco Castillo Armas.

En 1958 regresa a Venezuela; donde permanece hasta su muerte, el 5 de abril de 1969. Estos últimos años los pasa entre el cariño y la admiración del público, recibiendo múltiples premios y reconocimientos, incluyendo el Premio Nacional de Literatura por *La doncella y el último patriota*, el Premio Alberdi- Sarmiento, con un jurado presidido por Jorge Luís Borges, y diversos doctorados *Honoris Causa*.

El Premio Internacional de Novela Rómulo Gallegos, uno de los más prestigiosos galardones de la literatura en lengua española, se crea en su honor en 1965.

---

[3]Cit. por Marco Tulio Bruni Celli, Acción política en: *Rómulo Gallegos / Multivisión*. Caracas: Ed. de la Presidencia de la República. 1986.

### PEDRO PÁRAMO
de Juan Rulfo

Obra maestra del universo literario en español, esta portentosa novela mexicana narra la historia de Pedro Páramo, un caudillo local de quien dependen la vida y la muerte de un pueblo, Comala, y del hijo que va a buscarlo porque así se lo prometió a su madre moribunda. El narrador, Juan Preciado, llega a un pueblo deshabitado pero lleno de susurros, y a través de estos conoce la destrucción que trajo la convulsa pasión de Pedro Páramo hacia Susana San Juan. Publicada en 1955 y aclamada por el público y la crítica, *Pedro Páramo* representa un cambio radical con la novela realista de la época. Edición con introducción de Gabriel García Márquez.

Ficción

### EL SEÑOR PRESIDENTE
de Miguel Ángel Asturias

En *El Señor Presidente*, una de las obras que mejor han revelado los horrores de la vida bajo una dictadura, y que inspiró obras como *El recurso del método* o *El otoño del patriarca*, Miguel Ángel Asturias cuenta la historia de un despiadado dictador en un país innominado de América Latina y de sus planes para deshacerse de un adversario político. En esta obra cumbre de la literatura en español, Asturias acude a la sátira y al flujo de conciencia surrealista para resaltar los horrores de un gobierno totalitario. El trabajo de Asturias como diplomático y su compromiso contra todas las formas de injusticia lo llevaron a ser reconocido como portavoz de los oprimidos siendo galardonado en 1967 con el Premio Nobel de Literatura por el conjunto de su obra.

Ficción

## LA CELESTINA
### de Fernando de Rojas

*La Celestina*, uno de los supremos monumentos del realismo, perdurará por siempre en el ánimo de todo lector sensible a las más auténticas manifestaciones artísticas de una sociedad. Esta peculiar obra dialogada, cuya primera versión conocida data de finales del siglo XV, ha conservado a lo largo de las centurias su particular fascinación y, si cabe, ha acrecentado su valía literaria. *La Celestina* va a contracorriente del pensamiento clásico y humanista; en ella el amor actúa como polo negativo de una anécdota que desemboca en tragedia precisamente por el influjo nefasto del amor, fuente de dolor y destrucción. Las relaciones entre los personajes se basan en manifiestos conflictos de intereses, ambiciones, malquerencias, enemistades y envidias que, sombríamente, apuntan una reflexión sobre la condición humana.

Ficción

## LOS PASOS PERDIDOS
### de Alejo Carpentier

Huyendo de una existencia vacía y rutinaria en la ciudad de Nueva York, un compositor viaja con su amante hasta un poblado perdido en las profundidades de una selva en Sudamérica en busca de instrumentos primitivos. El protagonista remonta el río Orinoco hasta sus orígenes y va descubriendo los estratos temporales de la humanidad, mediante una regresión en el tiempo en la que simultáneamente irá descubriéndose a sí mismo. Allí tendrá que decidir si quiere permanecer en un mundo primitivo, carente de bienes materiales pero donde ha encontrado la felicidad, o retornar a la civilización. *Los pasos perdidos* es una profunda reflexión sobre el mundo moderno y el estado de la humanidad vista a través del lente del realismo mágico y narrada en un estilo barroco que Carpentier lleva al límite, como ningún otro escritor podría.

Ficción

Novela breve de un autor desconocido, el *Lazarillo de Tormes* se publicó por primera vez en Burgos, España, en 1554. Hijo de un molinero que había acabado sus días en la cárcel y de una buena mujer que tras quedar viuda se amancebaría con un palafrenero morisco, Lazarillo entrará, siendo adolescente, al servicio de un mendigo ciego a quien acompañará en sus vagabundeos y de quien aprenderá las artimañas de la vida de pícaro. Cuando se siente lo suficientemente aleccionado como para seguir su propio camino, abandonará a su primer "maestro" y pasará al servicio de un clérigo tan pobre y hambriento como él, que vive de las limosnas que la Iglesia destina a los pobres. A su lado aprenderá que la caridad, cuando se tiene el estómago vacío, solo es virtud propia de santos. Su tercer amo será un hidalgo holgazán y arruinado, pero tan obsesionado por su honra que prefiere soportar el hambre antes que rebajarse a pedir limosna. Lazarillo se compadece de él y se dedica a mendigar para los dos, comprendiendo que existen quienes prefieren la honra sin pan al pan sin honra. Finalmente, acabará encontrando su propio camino convertido en pregonero público y casado con la sirvienta de un clérigo a la que su amo ofrece "generosa y desinteresada protección".

Ficción